고려태조 왕건 3

인간의 길

고려태조 왕건 _ 3권 인간의 길

초판 1쇄 발행 2016년 2월 11일

지은이 김성한
펴낸이 노미영

펴낸곳 산천재(공급처 : 마고북스)
등록 2012. 4. 19.
주소 서울시 마포구 월드컵북로 5길 48-9(서교동)
전화 02-523-3123 팩스 02-523-3187
이메일 magobooks@naver.com

ISBN 978-89-90496-88-1 04810
ISBN 978-89-90496-85-0(세트)

고려태조 왕건

인간의 길

王蓮

3

김성한
역사소설

산천재

■ 신라말·고려초 전란 관계 지도

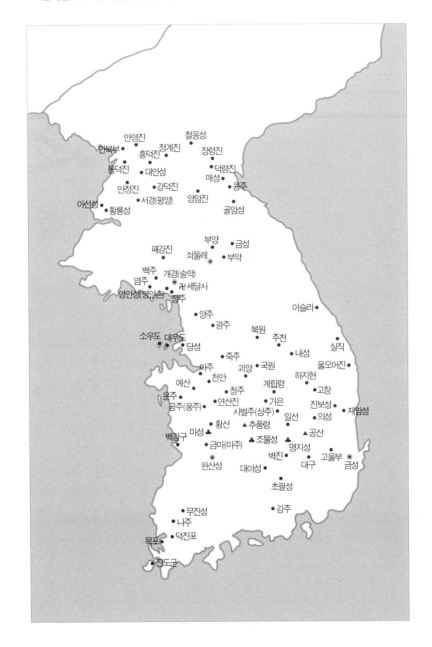

고려태조 왕건 _ 3권   인간의 길
차례

7   목포의 여인

56   세상은 물 흐르듯이

87   몽둥이 사연

146   인간의 길

172   임금은 병들고

205   왕후 설리

231   흔들리는 왕국

254   개선장군

288   구출작전

319   꿈은 넓은 바다로

■ 이 작품은 1980년대 초 '왕건' 제하로 삼 년에 걸쳐 동아일보에 연재되었다. 1982년 같은 제목의 단행본으로 출간되었고(전6권, 동아일보사) 그 후에도 판을 거듭하여 나왔다.

■ 이 책은 마지막 판인 《고려태조 왕건》(전6권, 행림출판, 1999년)의 오탈자 등을 바로잡아 다섯 권으로 다시 편집한 것이다.

목포의 여인

"왕 장군, 저는 적진에 가장 가까이 있었기 때문에 후퇴하는 것을 보았습니다. 그래서 총공격을 하자는 신호를 보냈는데 안 된다, 동이 트면 한다는 답신을 보낸 건 누구지요?"

"……."

왕건은 대답하지 않았다. 이기건 지건 죽으려고 생각한 사람이니 무작정 적진에 뛰어들려고 했을 것이다.

"가만 보니 견훤은 마막을 습격당하자 즉시 후퇴를 시작합디다. 폭풍우 속에서도 질서정연하게 말입니다. 우리가 공격하기 좋으라고 아침까지 기다릴 줄 알았습니까?"

이것은 시비였다.

"그런 셈이 됐구만."

왕건은 가볍게 넘겼다.

힘겨운 전쟁이기에 궁여지책으로 적의 말을 몰살하는 계책, 그것도 만에 하나도 맞기 어려운 어린애 장난 같은 계책이 천행으로 맞아떨어지자 과욕이 생겨 이번에는 적을 몰살하지 못한 것을 가지고 왈가왈부한 것이 되었다. 이것은 자기가 깊은 생각 없이 일으킨 풍파다.

처음에 기기까지 생각한 것도 사실이었으나 그것은 이쪽만의 생각이지 예상치 못한 천지의 조화, 전장(戰場)의 변화무쌍한 양상을 고려에 넣은 것은 아니었다.

다행히 폭풍우 덕을 보았다. 폭풍우는 계속될 것으로 생각했고 그 속을 견훤이 후퇴하리라고는 생각하지 못했다.

졸병의 경험을 운운하지만 그 당시 성 밖의 모든 병력은 마막 습격 후에 뿔뿔이 흩어져 지리멸렬 상태에 있을 것도 모르지 않았다. 그러기에 총공격은 아침이라고 명령을 내렸었다.

이쪽의 누구에게도 잘못이 없고, 사람마다 할 일을 다 했다.

문제의 핵심은 견훤에게 있었다.

그는 평소에 장수들을 훈계했다고 한다. 천하에 변덕스러운 것이 날씨다. 전장에 임하거든 날씨를 믿지 말고 적이 우리가 도저히 못하리라고 생각하는 일을 하고, 전진과 후퇴의 기회를 재빨리 간파하고 지체 없이 실천하라.

견훤은 그대로 실천하여 바람같이 사라졌다.

견훤을 포위 섬멸할 태세에 있었느냐? 그렇지 못했다. 날이 밝으면 가능했을까? 아마 가능했을 것이다.

견훤은 위급한 상황에서도 사태를 파악하고 단 하나 남은 기회를 제때에 포착하여 깨끗이 사라졌다.

왕건은 적이건만 견훤에게 새삼 외경(畏敬)에 가까운 심정을 느꼈고, 그를 놓쳤다고 화가 동했던 자신이 한심했다.

무장 견훤은 무장 왕건보다 몇 등급 위였다.

스스로 우스워지기도 했다. 적더러 앉아서 죽어 주지 않고 왜 도망쳤느냐고 화를 내는 것과 무엇이 다르랴?

왕건은 견훤에게서 큰 것을 배웠고 며칠 사이에 몇 배 성숙해지는 느낌이었다.

군관이 쪽지를 들고 들어와 넘겼다. 식렴의 보고였다.

"그동안 병졸들을 풀어 조사한 결과 여태까지 판명된 것은 적이 유기한 시체가 십여 구, 말은 사천이백오십 두, 산으로 도망친 것도 있으리라고 짐작되나 숫자는 알 길이 없습니다. 우군의 손해는 더욱 세밀을 요하기에 계속 조사중입니다."

식렴은 쉬지 않고 일을 찾아 하는 살림꾼이었다. 시키지 않았어도 전과(戰果)를 조사한 그가 대견했다.

왕건은 군관을 시켜 술을 가져오게 하고 잔과 육포를 장군들 앞에 각각 배포했다. 그는 식렴의 쪽지를 들여다보면서 전과를 발표하고 말을 이었다.

"우선 대승을 축하합시다. 또 오늘 여러분과 적장 견훤으로부터 많은 것을 배우게 된 것을 부처님께 감사드립니다."

축배를 들고 난 왕건은 장군들에게 물었다.

"지금부터 가장 긴급한 일은 무엇이겠소?"

제일 늙은 장수가 대답했다.

"우선 병정들을 따뜻한 방에서 쉬게 하구 더운 음식을 양껏 먹이는 일이 아니겠습니까? 감기에 걸린 병정들도 적지 않습니다."

이구동성으로 찬성이었다.

왕건도 고개를 끄덕였다.

"옳은 말씀이오. 즉시 성내로 이동하여 군영에 수용하고 그래도 모자라면 민가에 수용하도록 합시다."

왕건은 일어서려다 도로 앉았다.

"상처를 입은 적마를 잡아 병사들에게 먹이고 가죽은 군용에 쓰는 것이 어떻겠소?"

이에는 찬반양론이 있었다. 가죽을 이용하는 데는 이론이 없었으나 말고기를 먹는 것이 좋다는 사람과 말고기를 어떻게 먹느냐는 사람으로 갈라졌다.

왕건은 책에서 읽은 일이 있었다. 아득한 옛날 우리 조상들이 북방 초원에 있을 때에는 말고기가 일등 가는 요리였다. 그러나 말의 수가 줄어들면서 이를 금지하였고, 오랜 세월이 흐른 끝에 말고기는 못 먹는 것으로 되어 버렸다고 한다.

그러나 글을 모르는 그들에게 책 이야기는 비위를 건드리기 알맞은 일이었다. 어려서 늙은 중으로부터 들은 이야기로 하고 말고기의 내력을 설명한 다음 이렇게 덧붙였다.

"사실은 나두 한번 먹어 보구 싶은데 여러분 안 되겠소?"

왕건이 이렇게 나오자 반대하던 사람들도 누그러졌다.

"그런 거라면 나두 한번 맛을 볼까?"

"그런 줄은 몰랐구만."

"하기는 소와 마찬가지루 풀을 먹구 자라지 않아? 잡것을 먹구 자라는 돼지고기보다는 나을 거야."

"……."

이리하여 부지불식간에 의견의 일치를 보았다.

더운 때라 서둘러야 했다.

우군과 적의 시체를 찾는 병정들 외에는 총동원하여 들판에서 말을 잡는 일이 벌어졌다. 너무나 많은 숫자에 고기도 엄청나게 많았다.

병정들에게 배정하고 성내의 백성들에게도 푸짐하게 돌아갔다. 처음 맛보는 말고기, 병정들이고 백성들이고 기대에 부풀었다.

왕건은 그날로 전사한 우군의 장례식을 올리고 시체들을 화장하여 고향으로 보내는 한편, 보낼 곳이 없는 유골은 양지바른 언덕에 묻었다.

문제는 적의 시체였다. 구덩이를 큼직하게 파고 쓸어 넣으면 그만이라고들 했으나 왕건은 듣지 않았다. 많은 숫자도 아니고 그들에게 죄가 있는 것도 아니니 돌려보내야 한다고 양보를 안 했다.

이름도 고향도 모르니 화장할 수도 없어 소금을 쳐서 천으로 싼 다음 관에 넣어 국경으로 보내면서 적의 초병들에게 넘기라고 했다.

바쁜 하루였다. 더구나 엿새 동안 생사를 건 전쟁을 치른 끝이라 눈에는 살기가 번뜩이고 광대뼈가 튀어 나왔다.

해가 져서 집에 돌아오니 오 씨가 성찬을 차린 데다 구운 말고기도 상에 놓여 있었다.

"말고기가 별맛이라는 말을 듣구 구으면서 맛을 보니 정말 괜찮구만이라우."

"그래?"

"술을 따끈하게 데웠는디 말고기를 안주루 한잔하실라요?"

"그러지."

술기운이 차츰 체내에 퍼지니 긴장으로 오그라들었던 몸이 풀리는 듯했다.

"내 말에 어김이 없지. 당신은 천하명장이여."

오 씨는 바싹 다가앉았다.

"천하명장은 견훤이야."

왕건은 내뱉듯이 한마디 던졌다.

"당신, 사람 놀리는 거여, 뭐여?"

"……."

"천하명장이 왜 야밤중에 내뺐어라우?"

"……."

이야기를 하자면 길어지고 그럴 기운도 없었다.

"당신 말대루 견훤이 천하명장이라고 합시다. 그라문 천하명장을 쳐서 죽자 사자 도망치게 한 당신은 뭐여?"

"아무것도 아냐."

"아무것도 아닌 사람이 천하명장을 때려누였다? 이걸 곧이들을 사람이 있을까베?"

"……."

"말 좀 해 보시라요."

"……."

"네?"

"부처님의 덕택이지."

왕건은 진심으로 그렇게 생각했다. 세상에 대적할 자가 없다는 견훤의 정기(精騎) 오천을 하룻밤 사이에 없앤다는 것은 사람의 힘으로 될 일이 아니고 부처님의 뜻일 수밖에 없었다.

"부처님이라구?"

"응."

"이웃집 군관 여편네는 아들을 낳게 해 달라구 날마다 절간 출입인디 딸 아홉에 두 달 전에 열 번째를 낳았으니 이것두 부처님의 덕이라우?"

"그야 내가 알 수 있나……."

"저건 알구, 이건 모르구, 같은 부처님인디?"

"졸려. 좀 자게 해 줘."

여종을 불러 상을 치우고 잠자리를 마련하는 사이에도 오 씨의 입은 쉬지 않았다.

"이제 알았당께. 고년 사람 보구 인사두 제대루 안 하더니만 그래 싸지. 부처님이 들어줄 턱이 없지."

"……"

"줄줄이 딸만 낳아 이십은 채울 기여."

"……"

"그래 싸지."

"……"

"저번 비오는 날에는 이 대장군 부인께서 납시는데 길두 안 비키더라 이거여."

"……"

"호통을 쳤더니 여우같은 것이 못 봤다나?"

"……"

"또 그랬다가는 대갈통을 까 준다구 단단히 일러줬으니 다시는 못 그 랄기라. 당신 안심하시라우."

졸린 중에서도 한마디 나오지 않을 수 없었다.

"정말 그랬어?"

"정말이지 그럼, 가만두면 당신 체면은 뭐가 되는기여?"

이건 정말 어떻게 할 수 없는 불치의 병신이다. 전생에 멧돼지 아니면 곰이었던가, 하여튼 곡절이 있을 게다.

왕건은 여종이 자리를 보고 나가자 옷을 벗어 던지고 자리에 들었다. 그러나 오 씨는 옷을 챙기고 옆에 누워서도 입을 다물지 않았다.

"이번 전쟁에 일등공신은 당신일 거구, 이등은 누구여?"

"……"

"내가 아니여?"

잠이 들락말락하던 왕건은 히죽 웃었다

"웃는 걸 보니 틀림없구만, 잉?"

"……"

"성에서 고년들 주둥아릴 문지르지 않았으면 어떻게 됐지라우?"

"……"

"지금 생각해두 아찔하다, 이거여."

왕건은 잠이 쏟아지는데 오 씨가 옆구리를 쥐어박았다.

"말이 말 같잖아 응대가 없는 기여?"

"무슨 말이더라? 깜빡 졸려서."

"성 위에서 종알대는 여편네들을 토벌한 얘기 말이여."

"큰일 했어."

"그러니 말이여."

"……"

"삼등공신 이하라면 난 아예 받지두 않을기여."

"……"

"공신이 되면 뭐라더라? 노끈? 아니 하여튼 그 비슷한 이름으로 종이에 적은 것이 내리구, 땅이다 상이다 주체할 수 없이 내린다는디, 나는 비단이 내렸으면 좋겠구만이라우."

"……"

"다홍치맛감이 제일인디."

"……"

당신 듣구 있는기여?"

"……"

왕건은 이미 잠이 들었다. 엿새 동안 밤이나 낮이나 성 위를 떠나지 못했고 틈틈이 새우잠을 잤을 뿐이다. 더구나 긴장의 연속이었던지라, 긴장이 풀리기 시작하자 땅으로 스며들 듯 몸을 가누지 못했다.

"남이 열심히 얘기하구 있는디, 뭐여 당신?"

오 씨는 또 옆구리를 쥐어박았다. 그래도 왕건은 돌아누울 뿐 응대가 없었다.

"당신 돌부처여, 사람이여?"

오 씨는 또 쥐어박았다. 그러나 왕건은 '으응' 소리만 내고 잠에서 헤어나지 못했다.

"두구 보시라우. 내 가만 있을 줄 알면 큰 코 다친다 이거여."

오 씨는 눈을 감자 코를 골기 시작했다.

다음 날 왕건은 느지막이 잠이 깨었다. 며칠이라도 더 자고 싶었으나 이기나 지나 할 일이 많은 것이 전쟁이었다.

조정에 사실을 보고해야 하고 오천 병력을 나주에 묶어 둘 형편이 못 되는데다 고향을 떠난 지 오래되어 교대할 병정들도 적지 않았다.

전사한 장병들을 위해서 재를 올리는 일도 빠뜨릴 수 없고, 유가족이 나주에 있으면 직접 찾아가 위문하고 본국에 있으면 사람을 보내야만 했다. 위로는 입이나 편지로 되지마는 생활이 어려운 유가족들은 살길을 마련해 주어야 했다.

오정 가까이 되어 조반겸 점심을 들고 있는데 오 씨가 대문으로 들어섰다. 꼭두새벽부터 휩싸구 돌아다녔구나.

"알 만한 사람들에게 물어봤더니 공이 크고 작은 것을 조정에 아뢰는 것은 당신의 붓대에 달려 있고, 거기 따라 일등공신 이하 이등, 삼등이 내리 결정된다는디, 사실이여?"

"응."

"그람 됐구만이라우."

"?"

왕건은 그를 힐끗 돌아보았다.

"다홍치마 말이여."

"다홍치마?"

"당신 간밤에 내 말을 귓등으로 들었지?"

쉬지 않고 입을 놀리던 일은 생각이 났으나 무어라고 했는지는 기억에 없었다. 그렇다고 응대를 하면 말 같지 않은 말이 쏟아져 나올 것이 뻔하기에 잠자코 있었다.

"말이라는 건 귓구멍으로 듣는 것이지 귓등으로 흘리는 것이 아니여."

"……."

"다홍치마는 당신의 붓끝에 달렸단 말이여."

왕건은 숭늉을 마시고 상을 물렸다.

"조정에 아뢰는 글에, 공으로 말하자면 내 마누라 아무개는 이러저러한 공이 있은즉 이등공신으로 하되 노끈 아니 하여튼 공신에게 주는 땅은 물론 상은 다홍치마 감을 몇 벌 내리시는 것이 좋겠다, 이렇게만 쓰면 된다는 얘기들이여."

오 씨는 청산유수로 나왔다.

"……."

오 씨의 주책은 나주 성내에서는 다 아는 일이라 어지간한 일은 남도 그렇고 자기도 으레 그러려니 들은 둥 마는 둥 해 왔는데 이 판국에 하필이면 이등공신에다 다홍치마라…….

굴레 벗은 말이 아니라 애당초 굴레를 써 본 일조차 없는 동물이다. 그러나저러나 나주에서는 당분간 이등공신과 다홍치마가 사람들의 입돋음에 오르게 생겼다.

왕건은 가타부타 응대를 않고 공청에 나와 자기 처소로 들어갔다.

우선 급한 것은 조정에 상세한 전투 상황을 적은 장계(狀啓)를 올리는 일이었다.

식렴은 언제나 부지런하고 유능한 행정가였다. 숫자에 밝은 그는 군수품의 조달상황, 피아의 사상자 수와 그 처리상황, 전멸하다시피 한 적군마의 수도 확인된 것만 적고 일체의 추측이나 과장을 배제한 자료가 이미 책상 위에 놓여 있었다.

왕건은 자료를 훑어보고 금언을 불렀다.

"이것을 보았겠지요?"

"보았습니다. 깎을 것도 보탤 것도 없는 정확한 기록입니다."

왕건은 식렴을 불러 금언과 의논해 가면서 성의 공방전을 소상히 설명하고 식렴은 가끔 반문하면서 적어내려 갔다.

끝나자 성 밖에서 적의 군마를 짓밟은 장군들을 소집하였다. 왕건은 그들의 공을 치하하고 나서

"나는 성내에 있었고, 캄캄한 밤인 데다 폭풍이 휘몰아치는지라 역사에 남을 이 큰 전투를 먼발치로도 보지 못했고 듣지도 못했소. 부끄럽고 미안한 일이지요. 장계에 자세히 아뢰어야 할 터이니 말씀들을 해 주시오."

하고 자리에 앉았다. 아무도 선수를 쳐서 설명에 나서려는 사람이 없었다. 넓은 범위에 걸쳐 포진한 데다 야습을 목표로 한 만큼 연락이 어려운 것을 고려하여 장군이라 하더라도 휘하에 기백 명, 총지휘자를 따로 두지 않았다. 총지휘는 성내에서 자기가 갖가지 신호로 하게 되어 있었으나, 지나고 보니 전투가 어떻게 시작되고 끝났는지조차 모르는 지휘자가 되고 말았다.

침묵이 흐르고 기록을 맡은 식렴은 몇 번이고 먹을 다시 갈곤 했다.

"내가 잘못된 점이 있었던 모양인데 훗날의 교훈을 위해서라도 솔직히 말씀해 주시오."

그래도 말이 없었다. 왕건은 일전의 일을 생각하고 흑상을 지목했다.

"흑상 장군부터 시작하시지요."

흑상은 왕건을 한참 바라보다가 다짐했다.

"아무 말이라도 괜찮습니까?"

"그럼요."

"이번에 보니 장군께서는 명장에 틀림없습니다. 그러나 사람을 믿지 못하는 결함이 있단 말입니다."

"내가 여러분을 믿지 않았다는 말씀이오?"

왕건은 생각지도 않은 소리였다.

"성이 포위되면 성내와 성 밖이 차단되어 연락이 어렵다는 것은 상식이 아닙니까? 그런데두 안팎의 지휘를 혼자 맡았으니 내가 아니면 안 되고 다른 사람은 믿을 것이 못 된다, 이것이 아닙니까?"

왕건은 아픈 데를 찔렸다. 그런데 흑상은 한 걸음 더 나갔다.

"성 밖의 상황은 각각으로 변하는데 지휘자는 성안에 계시구, 지시를 받을 길은 없구, 이런 때 어떻게 하면 되지요?"

"……."

왕건은 대답할 말이 없었다.

"저는 아는 것이 없습니다마는 머리가 좋은 것도 어느 정도이지 너무 좋은 것도 탈이라 어중간히 좋은 것이 합당할 것 같습니다."

"좋은 말씀을 해 줬소. 그러나 결과를 보시오. 이 전쟁을 승리로 이끈 것은 여러분이지 내가 아니오. 나는 머리가 좋은 것이 아니라 둔하다는 생각밖에 없소."

두 사람을 번갈아 보던 종희가 끼어들었다.

"할 얘기들은 안 하고 왜 애꿎은 머리를 가지구 시비들이시오?"

좌중에는 웃음이 터지고 딱딱하던 분위기도 누그러졌다. 그러나 눈에 살기가 가시지 않은 종희는 웃지 않았다.

흑상은 한바탕 웃고 나서 계속했다.

"그럼 머리는 떼어 버리고 몸뚱이 얘기를 해야겠군. 장군, 장군께서는 귀신같이 그 어려움을 이기고 성을 지켜 주셨지요. 그 대신 적의 군마들을 귀신같이 없애 버린 것은 능산 장군이라는 걸 잊지 마셔야 할 겁니다."

"쓸데없는 소리……."

한구석에 앉은 능산은 나지막하게 중얼거리고 눈을 감아 버렸다.

"능산 장군, 말씀해 보시오."

왕건이 권유했으나 그는 말하려고 들지 않았다.

"흑상 장군이 공연한 소리를 해서……. 저는 한 게 없습니다."

결국 흑상이 다시 설명했다.

그동안 숲 속의 장군들은 여러 번 모였다는 사실부터 시작해서 운명의 날이 저물면서 빗방울이 떨어지자 다시 모인 자리에서 능산이 내놓은 계획은 절묘했다는 것이다.

폭풍우가 불 것 같다. 폭풍우는 우리만 이용할 줄 알고 견훤은 가만있으리라고 생각하는 것은 잘못이다. 왕 장군의 성격으로 보아 공격은 없으리라고 안심할 염려가 있는데 자기가 보기에 견훤은 이 틈을 타서 일거에 성을 짓부수려고 들 것이다.

우리가 숲 속에 있는 것을 잊을 견훤도 아니다. 자기 계산으로는 삼천 병력으로 성을 칠 것 같고 나머지 이천으로 우리를 향해 방어망을 칠 것 같다는 것이 능산의 의견이었다는 것이다.

"귀신같은 계산이었지요. 어둠을 타고 적의 군관 한 놈을 붙들어다 족치니 신통하게 들어맞더군요."

왕건은 솔직한 사람이었다.

"사실 나는 성의 공격은 없고 견훤은 총력을 다해서 여러분의 야습을 경계할 줄 알았소. 능산 장군은 적장의 성품까지 계산하는 뛰어난 장수요."

능산은 말이 없고 흑상이 계속했다.

"장군께서는 역시 장지장(將之將)이십니다. 거북한 소리를 해도 탓하지 않고 자신의 잘못도 감추지 않고……."

왕건이 가로막았다.

"그런 한가한 소리는 그만두구……. 내 모를 것이 있는데, 적이 이천 명이나 방어망을 치고 있는데 어떻게 돌파했소?"

"그게 또 기막히지요. 이건 종희 장군의 계책인데 돌파할 생각을 말라, 목표는 말이다, 새까만 밤에 폭풍우겠다 누가 누군지 모를 터이니 틈을 찾아 적과 어울리면 이기는 것이다, 이겁니다. 죄송하지만 왕건이란 죽일 놈이라구 욕설을 퍼부으면서……."

"죽일 놈이야 죽일 놈이지."

왕건은 웃었다.

"그래서 어떻게 됐소?"

흑상은 씩 웃고 기막힌 사연을 털어놓았다.

"이것도 종희 장군의 제의로 미리 짠 것이지요. 어울려서 뒤죽박죽이 되면 병정마다 중얼거리는 겁니다. 아이구 내 팔자야에서부터 시작해서 투덜거리다가 냅다 뛰는 겁니다. 나중에 목이 달아나는 한이 있더라두 우선 살구 봐야겠다, 이러면서."

흑상의 이야기 투가 우스워서 왕건도 웃고 장군들도 웃었다.

"적진으로 달아나는 것이 아니라 자기 진영으로 뛰니 모두 우군인 줄 알구 덩달아 함께 뛰는 바람에 방어망이구 뭐구 폭풍우에 날아가 버린 것이지요. 아마 영영 날아가 버린 적도 적지는 않을 겁니다."

이런 일은 자기도 예상하지 못했고 견훤도 예상하지 못했기에 그런 결과가 된 것은 말할 것도 없었다. 그러나 종희의 머리에 불쑥 떠오른 것인지 생각에 생각을 거듭해서 짜낸 것인지 하여튼 계획대로 성공했다.

지금 세상에서는 견훤을 제일로 치고 다음으로 선종 그리고 자기를 꼽는다. 그러나 완전한 인간이 없듯이 완전한 명장도 없다는 것을 실감했다. 역시 흑상의 말이 옳았다. 성 밖의 병력 전체를 지휘할 장군을 따로 지명하는 것이 옳았고, 자기는 신호로나마 그와 연락하는 데 그치고 모든 것을 맡겨야 했다. 이번 승리는 잘못된 자기의 지휘를 휘하 장군들이 합심해서 적절히 대처한 덕이었다.

자신이 지나친 것을 오만이라고 한다면, 아직 거기까지는 가지 않았다 하더라도 거듭되는 성공에 그 일 보 직전까지 와 있는 것은 아닐까?

어제 적을 놓쳤다고 언짢게 이야기한 데 대해서 자책감이 없을 수 없었다. 이 나주의 교훈을 두고두고 잊지 않으리라. 왕건은 부족한 인간이라고.

장군들은 창밖을 내다보며 멍하니 생각하는 그를 바라보고, 붓을 든 식렴은 기다리다 못해 물었다.

"이것으로 끝입니까?"

왕건은 생각난 듯 헛기침을 했다.

"아 참, 꼭 물어보려구 했는데 중요한 것을 놓칠 뻔했군. 말은 고삐를 단단히 맸을 텐데 온 벌판에 흩어진 건 어떻게 된 일이오?"

아무도 말이 없고 또 흑상이 답변에 나섰다.

"그건 능산 장군의 계책이올시다. 집단으로 공격하되 한 사람이 한 필씩 맡으라는 장군의 명령을 어길 수는 없구 해서 한 사람이 한 필씩

말되 고삐도 한 사람이 하나씩 맡아 짝을 지었지요. 고삐를 매인 채 배를 찔린 말이 죽자 사자 날뛰면 다른 말에 손대기 전에 곁뿌리에 맞아 죽을 판이 아니겠습니까. 자르는 동시에 찌르면 곧바로 밖으로 냅다 뛰어서 일하기 편하게 말입니다. 하기야 어둠 속에서 짝을 잃구 손발이 안 맞은 경우도 있었지만요.”

능산의 경험담을 좀 더 깊이 있게 음미하지 않은 것도 실수였다.

“그동안 적은 가만있구?”

“우욱 후퇴하는 판이라 영영 도망간 병사들이야 제 갈 길을 갔겠지마는 다른 병사들은 우선 비바람을 피해야 하지 않아요? 제각기 자기 장막으로 뛰어들었지요. 이쪽은 미리 점을 찍어두었던 마막으로 뛰어들고…….”

왕건은 묻지 않아도 추측이 가는 것까지 물었다. 배우는 심정으로 장군들의 공적을 정확히 파악하고 조정에 그대로 빈틈없이 보고하기 위해서였다. 그는 식렴에게 사실을 빠짐없이 적으라 이르고 일어섰다.

“오늘은 좋은 이야기를 많이 들었소. 피곤하실 터인데 모두들 일찍 돌아가 쉬도록 합시다.”

장군들을 먼저 보내고 왕건도 집으로 돌아왔다. 하룻밤을 잤어도 피곤은 풀리지 않았다.

“이등공신에 다홍치마는 따 놓은 당상이라는 게 공론인디 어김없겠제?”

대문을 들어서자 오 씨가 팔에 매달렸다. 그동안에도 온 동네를 휘젓고 돌아간 모양이었다. 창피보다 피곤이 앞선 왕건은 방에 들어가 쓰러지듯 자리에 누웠다.

전쟁이 끝나면 조정에 장계를 보내는 것이 가장 먼저 할 일로 되어 있었다. 왕건은 식렴이 초를 잡은 것을 스스로 정서해서 봉한 다음 종희를 불렀다.

"아무래도 종희 장군이 갔다 와 주어야겠소."

종희는 입을 꾹 다물고 그를 바라보기만 했다.

"가 줘요."

"왜 하필이면 제가 가야지요?"

전과는 사람이 달라졌다. 친구일망정 공사에 있어서는 반문하는 법이 없었고 시키는 일에 군소리가 나오는 법도 없었다.

쇠둘레에 다녀오고부터 밝던 얼굴에 구름이 끼고 웃는 것을 보지 못했다.

"가장 적임이라 그러는 거지."

"적임? 편지 한 장 들구 가는데 적임 여부가 있을까요?"

"어전에 장계를 바치는 데 그치는 것이 아니라 전투 상황을 상세히 아뢰구, 물으시면 대답도 해야 하는데. 장군밖에 있소?"

"어전?"

종희의 얼굴에 독기가 스쳐 갔다.

"그럼, 어전에 아뢰어야지."

"왕거미, 너 아직 오리무중이구나."

노기를 품은 종희의 말투가 달라졌다.

"그 애꾸 앞에 나가 이러구저러구? 더러워서 죽을라다 못 죽은 이 종희다. 지금에사 말이지마는 그날 밤 졸병들 틈에 끼어 찌른 것이 센 것만도 삼십 마리다. 그 이상은 얼마인지 모르겠구."

"……."

"적이 와서 찔러 주기를 기다렸는데 와 줘야지. 개죽음을 하는 것도 뭣해서 부지하구 있는 목숨이란 것만 알아 둬."

"어떡하면 그 생각을 돌릴 수 있지?"

"두구 봐. 애꾸가 나라를 잡아먹는다."

"⋯⋯."

"한 번만 더 부탁한다. 나주를 버리자. 이 여세를 몰아가지구 올라가서 애꾸를 몰아내구 태자를 세우잔 말이다. 죽이지만 않으면 너두 찬성 아냐?"

"될 일 같으면 왜 이러구 있겠느냐? 설사 된다 하더라두 배는 모두 정주에 가 있으니 배부터 끌어와야 병정들을 싣구 갈게 아냐?"

"흥."

종희는 외면했다.

"왜?"

"날 세 살 먹은 어린앤 줄 아냐?"

"좋다. 털어놓구 얘기하지. 원회 장군만 찬성하면 그 계획은 성공할 게다. 장군의 말이라면 폐하에게 충성된 고을의 장군들도 찬성할 테니까. 그러기 전에는 안 된다."

"그런 얘기는 전에두 했지?"

"했지. 흑상은 원회 장군의 심복이라면 심복 아냐? 흑상을 붙여 줄 테니 원회 장군과 화해두 하구 해 볼 대루 해 봐."

종희는 마음이 동하는 눈치였으나 가망은 없다는 말투였다.

"전에 보니 외곬으루 우직한 그 영감태기, 자신이 없다."

"자신이 있는 일이 이 세상에 어디 있어? 해 보는 거지. 너는 죽지 못해 안달하는 친구 아냐? 그때 가서 죽어두 늦지 않잖아?"

"너는 끈덕지구나."

"너두 끈덕진 걸 좀 배워라. 이번 전쟁두 그렇지. 다 진 전쟁이 하룻밤 사이에 뒤집혔잖아? 강두 구비가 있구, 산두 내리막뿐이냐? 오르막두 있잖아? 좀 끈덕지게 살자."

"도통한 소리를 하는구나. 가 주지."

종희는 그날로 흑상과 함께 목포에 내려가 십여 척의 연락함선에 호위병들을 싣고 서해를 북상하였다.

종희가 떠나간 후에도 할 일은 많았다. 장군의 권한으로 포상할 병사들을 포상하고 남을 병사들과 본국으로 돌아갈 병사들을 재편성해야 했다.

남는 병사들도 나주에 모두 집결했던지라 중요한 고을에 다시 배치하고 군량미도 다시 배정했다.

선종의 허락을 받았으니 오천 병력을 그대로 머물게 할 수도 있었으나 나주는 이들을 유지할 힘이 없었다.

고을마다 자급자족을 원칙으로 하고 중앙에 공물(貢物)을 바쳐야 하는 세상인데, 나주는 특수지역이라 해서 흉년이기는 하지마는 백성들의 식량까지 본국에서 가져왔다. 이것은 왕건에 대한 선종의 남다른 정애의 표시이기도 했다.

나주에서 중앙에 바치는 것이라고는 이 고장에 흔한 대(竹) 정도여서 태봉국에서 쓰는 화살의 몇분의 일은 나주산이라는 말이 나돌 형편이었다. 그러나 대단한 공물이라고 생각하는 사람은 아무도 없었다.

선종을 만난 지 이십구 년, 그때나 지금이나 변함없는 그의 정을 저버릴 수 없었다. 종희의 제안을 마다하는 데는 그럴 만한 이유가 있는 것도 사실이지마는, 지금은 임금과 신하라 하더라도 다정한 친구의 정을 끊을 수 없는 일면도 있었다.

기병집단을 근간으로 하는 견훤이 그것을 잃었으니 당분간 움직이지 못할 것이고 얼마 안 가 정주에서 만드는 함선이 완공되면 기병을 싣고 오리라는 것까지 계산하면 나주 방위는 염려할 것이 없었다.

왕건이 분주히 돌아가는 동안 부인 오 씨도 그에 못지않게 분주했다.

그럴 만한 아낙네들을 불러다 놓고 이등공신에 걸맞은 축하연의 장소와 규모, 음식의 가짓수와 양을 계산하는 데도 며칠이 걸렸다.

초청인원을 선정하는 데 적지 않은 시일이 소비되었다. 글을 아는 아낙네 한 사람을 골라 그럴싸한 군관과 관원들 부인의 이름을 적게 하고 이것을 일러주면 오 씨는 일일이 판정을 내렸다.

만날 때마다 인사를 깍듯이 하니 부르는 것이 좋겠다.

남편의 관등이 높다고 좀 설치는 버릇이 있으니 본때를 보여 주기 위해서 초청하지 말라.

그 여편네는 우리 애기더러 얼굴에 주름살이 있다고 흉을 보고 다닌다지? 그런 걸 왜 명단에 넣었어? 빼요.

아, 그 여편네는 어떻게 알았는지 지난번 내 생신에 암탉을 한 마리 가져왔으니 갸륵한 일이지. 넣어야 하구말구.

이렇게 일단 결정된 명단도 다음 날이면 또 수정을 가해야 했다. 명단에는 없지마는 아무개는 내가 길에서 미끄러져 자빠진 것을 일으켜 주었으니 첨가하는 것이 좋겠다.

어저께 넣기는 했으나 새침한 모양새가 모인 사람들의 기분을 잡칠 것이 뻔하니 빼라.

장군의 부인들은 다 불러도 쇠둘레에 간 종희의 부인만은 빠졌다. 한 사람만 빼는 것은 안 된다고 타일러도 막무가내였다. 종희는 후레자식이요, 후레자식과 사는 여자는 잡년에 틀림없다고 끝까지 듣지 않았다.

명단이 결정되어도 할 일은 또 있었다. 주체할 수 없이 올 다홍치마 감을 어떻게 할 것이냐? 몇 벌이 올지 알 수 없으니 온 다음에 보자고 해도 듣지 않았다. 이등공신인데 적어도 백 벌은 틀림없다고 장담이었다.

딴 아낙네들과 의논하다가 이것만은 자기 혼자 생각하기로 변경했다.

우선 자기 차지가 두 벌에서 세 벌, 다섯 벌, 생각할 때마다 늘어났다. 친정에도 보내야 하고 괄시 못할 사람을 생각하면 날마다 늘어났지 줄어드는 법이 없었다. 백 벌도 모자랄 듯하고 이백 벌쯤 왔으면 쓰겠는데……

왕건만 몰랐지 사람들은 이등공신과 다홍치마 이야기로 웃고, 분개하고 탄식하고, 남보다 의분기가 넘치는 사나이들이 가슴을 치고 통탄하는 가운데 온 성안이 부글거리고 있었다.

자연히 왕건의 이름도 사람들의 입에 오르내리게 마련이었다.

식충이냐, 성인이냐?

평소에 일을 처리하는 것을 보면 어려운 사람들의 사정에 밝고 함께 걱정하여 주는 인자한 사나이에 어김없었다. 성인까지는 못 가도 군자(君子)쯤은 족히 될 인간이다.

거기다 이번 전쟁에 이긴 후로는 영웅이라고 한마디 더 붙이는 사람도 있었다.

그런데 온 동네를 웃기고 다니는 마누라 하나 제대로 간수하지 못한다는 것은 아무리 생각해도 알 수 없는 일이었다.

군자에 영웅이라면 몇백 년에 한 사람쯤 날까 말까 하는 것으로 아는데, 마누라한테 짓눌려 꼼짝 못하는 것을 보면 식충기가 섞인 것 같기도 하고 도시 알쏭달쏭한 일이었다.

그러나저러나 이등공신의 녹권(錄券)에 다홍치마가 오느냐 안 오느냐, 이것은 지대한 관심사가 아닐 수 없었다. 사람들은 쇠둘레의 소식을 손꼽아 기다렸다.

그럴 수밖에 없는 것이 일찍이 여왕이 있었다는 소리는 들었어도 전쟁에서 여자가 공신이 되었다는 소리는 듣지 못했다. 그것도 칼이나 창을 들고 적을 어쨌다면 알아듣겠는데 성 위에서 드센 여자가 약한 여자를 깔고 앉아 주먹질한 것으로 공신이 된다면 이거 어떻게 돌아가는 세상이냐?

한 달 가까이 지나 쇠둘레에 갔던 종희와 흑상이 푸짐한 상품과 함께 팔십여 척의 함선을 몰고 왔다.

장군마다 관등이 하나씩 올라가고 군관들 중에도 승진한 사람들이 적지 않았다. 또 병정들에게도 섭섭지 않은 대접이 있었다.

사람에 따라 금 혹은 은으로 만든 술잔도 받고 군도(軍刀)도 받았다. 그중에서도 이십 년 가까이 일만 해 온 식렴은 비로소 장군으로 승진하여 뭇사람들의 축하를 받고 본인도 더없이 만족했다. 병정들에게는 특히 폐하의 하사품이라 하여 이천 마리에 가까운 돼지와 특별히 빚었다는 술이 통으로 즐비하게 왔다.

아래위가 다 만족하고, 병정들은 돼지를 잡아 며칠을 두고 먹고 마시며 노래와 춤으로 세월을 보냈다.

그러나 오 씨가 떠들고 돌아다니던 이등공신과 다홍치마는 누구 하나 입에 올리지도 않았다.

남편 왕건에게 물어보았으나

"글쎄……."

하고 희미한 대답이었다.

"되는 기여, 안 되는 기여?"

그래도 대답은 역시 '글쎄'였다.

"사람이 왜 그렇게 희미한지 모르겠구만. 기면 기구 아니면 아니라구 분명히 말씀해 보시라우."

"그러게 말이야."

속이 달아 죽을 판인데 남의 이야기하듯 천하태평이었다.

흐느적거리는 품이 일은 다 틀렸다. 이렇게 난처할 수가 없었다. 이등공신 잔치는 언제 하느냐고 날마다 찾아오는 아낙네들은 극성이고, 개중에는 다 알고 있다는 듯이 입가에 묘한 웃음을 띠는 친구들도 있었다. 다홍치마는 준다고 약속한 사람이 없으니 다행이었으나 이것도 무사히 넘어가지는 않았다. 구경 좀 하자는 데는 재간이 없었다.

며칠이 지나 흑상이 왕건 없는 틈을 타서 조그만 보따리를 하나 들고 왔다.

"중전마마께서 특별히 부인께 보내시는 선물이올시다."

그는 마당에서 보따리만 전하고 그냥 돌아갔다.

다홍치마 한 벌 감이었다.

오 씨는 감격했다. 사내들은 자기만 아는 동물이고 역시 여자를 알아주는 것은 여자밖에 없다. 그는 선물을 앞에 놓고 동북 쇠둘레를 향해 합장배례했다.

다홍치마를 구경하자고 조르는 고역을 면한 데 그치지 않고 한바탕 으쓱해도 됨 직했다.

오 씨는 다홍치마 잔치를 벌였다.

생각하기 나름이었다. 여자는 여자답게 중전마마로부터 상을 받는 것이 어울리고 허깨비 같은 이등공신 잔치보다 치마 잔치가 그럴듯하게 생각되었다.

모모한 아낙네들은 다 모였고 여태까지 약간 흰눈으로 보던 여자들도 돌아섰다. 실지로 근사한 다홍치마 감이 있고 그것을 내보이는 데는 할 말이 없었다. 중전마마께서 알아주시는 오 씨. 원래 성미가 빼뜨름한 여자들은 어쩐지 몰라도 모두들 우러러보는 눈치가 역력했다.

치마 감에 손이 닿는 것만도 황송한 일이라 개중에는 천을 어루만지면서 눈물짓는 여자들도 한둘이 아니었다. 자기네는 몇 번 죽었다 살아나도 될 일이 아니요 오 씨는 세상에 태어난 보람이 있다고 했다.

오 씨는 한동안 잃었던 활기를 되찾고 가슴을 펴는 보람에 잠시도 입을 멈출 수 없었다.

중전마마께서는 인자하시고 자상하시고 아름답기로 말하면 세상에 덮을 여자가 없다고, 생각해 낼 수 있는 찬사는 빠짐없이 토하면서 좌중을 돌았다. 돌면서, 먹은 위에 더 먹으라고 포식해서 수저를 놓고 비스듬히 벽에 기대어 앉은 여자들까지 들볶았다.

모인 여자들은 나주가 생긴 이래 처음 있는 경사에 처음 있는 큰 잔치라고 단언했고, 오 씨의 이깨는 더욱 올라갔다.

여러 날에 걸친 승전 축하도 끝났다. 고을에 내려갈 병정들은 내려가고 본국으로 돌아갈 병정들도 흑상 이하 전에 능산과 함께 왔던 장군들의 지휘하에 나주를 떠나 목포에서 배에 올랐다.

이등공신으로 우습게 되었던 오 씨의 체면은 다홍치마 잔치로 더 올라갔으면 올라갔지 떨어졌을 까닭은 없었다. 적어도 오 씨 자신은 그렇게 믿었고 힘이 용솟음쳤다. 또다시 견훤이 쳐들어오면 몇 놈 때려누이지 않으면 사람이 아니라고 장담했다.

그런데 묘한 이야기가 귀에 들어왔다. 다홍치마는 가짜라는 것이다.

오 씨는 펄쩍 뛰었다. 어떤 인간이 그런 소리를 했는지 당장 입을 찢어 버리겠다고 고래고래 고함을 지르는 바람에 은밀히 전하러 왔던 식렴의 부인은 어찌할 바를 몰랐다.

"언니, 고정하세요."

"고정? 이게 고정할 일이여? 어디서 들었어?"

"알아서 뭘 하세요? 세상없는 공론두 사십 일이라구 다홍치마 얘기는 더 이상 꺼내지 마시구 가만계시면 곧 잠잠해질 것 아니에요?"

"어디서 들었느냐고 물었어라우!"

식렴의 부인은 하는 수 없이 실토를 했다. 오늘 종회 장군의 부인이 생신이라 점심 초대를 받아 갔더니 그런 소리가 나왔다는 것이다.

"누구 누구 모였제?"

"몇 사람 안 돼요. 장군 부인들만 다 모였어요."

오 씨는 가슴이 터질 듯했다. 장군 부인들을 초대하면서 총대장의 부인인 이 오 씨만 빼 놓았다는 것은 하늘도 무심할 수 없는 일이다.

비록 장작개비로 자기 남편에게 덤볐다 하더라도 그것은 정당한 일이었고, 따라서 다홍치마 연회에 그 부인을 뺀 것도 나무랄 일이 아니었다. 그렇다고 자기만 빼돌려? 남편이 총대장이면 자기는 부인들의 총대장이 아닌가? 자기와 내가 어떻게 같단 말이냐?

다홍치마는 뒷전으로 물러가고 점심 초대로 오 씨는 차츰 제정신이 아니었다.

"응, 보자 보자 하니께……. 누구 덕에 그만큼 된 기여? 그 은혜를 몰라보구설랑 그런 년이 부른다구 제 발루 걸어가서 아양을 떨어?"

벌떡 일어서는 품이 머리채라도 거머쥘 기세였다.

"그게 아니에요."

식렴의 부인은 두 손을 모아 쥐었으나 대청에 버티고 선 오 씨는 더욱 기승했다.

"그게 아니면 뭐여?"

"애비가 새로 장군이 되었으니 축하두 해 드릴 겸 꼭 오라는 걸 어떻게 거절하겠어요?"

오 씨는 소매를 걷어 올렸다.

"아 – 니, 장군은 누가 시켜줬간디? 너, 친척의 의리를 저버리구 그런 년한테 붙어 알랑댔겄다? 오늘부터 의절이다. 당장 발을 끊어!"

식렴의 처는 참고 사과했다.

"죽을죄를 지었습니다."

"다시는 안 그러겠단 말이제?"

"그럼요."

항복을 받은 쾌감에 오 씨는 한결 누그러진 듯 자리에 앉았다. 그리고 생각하는 눈치였으나 아무것도 머리에 떠오르지 않는 모양이었다.

"가만 – 있자, 애초에 왜 우리가 떠들기 시작했던가 모르겠구만."

식렴의 부인은 후회막심이었다. 공연히 친절을 베풀려다가 된 소리 안 된 소리 욕바가지만 뒤집어썼다. 만사 젖혀놓고 이 자리를 뜨고 싶었다.

"제가 쓸데없는 소리를 해서 그리 됐어요."

"그게 무슨 소리였더라?"

"점심에 초대받은 얘기예요."

"아 – 냐, 첫 대가리는 그게 아닌데……. 예전에는 영리하기로 말하면 동네에서 둘째도 아니구 첫째로 딱 지정돼 있었는디 높은 어른의 마누라가 되구 보니 일두 많구 머리두 복잡하구……."

언제 끝날지 모르는 오 씨의 넋두리를 듣고만 있다가는 언제 이 고역을 면할지 알 수 없었다.

"모두들 퇴청하실 시각두 되구 이제 물러가겠습니다."

식렴의 처는 일어서려고 했으나 오 씨는 주먹으로 그의 어깨를 쥐어박듯 눌러앉혔다.

"그렇게 영리하던 머리가 이렇게 될 줄 누가 알았간디."

"지금두 나주에서는 제일 총명하시다구 공론이 자자합지요."

식렴의 처는 치켜세우고 일어설 작정이었으나 오 씨는 놓아주지 않았다.

"그래? 머리는 예전이나 지금이나 같은 머린디 달라지는 게 오히려 이상하지. 안 그라우, 동서?"

"그렇습지요."

"가만 – 있자. 다홍치마가 가짜라구 했겠다? 어느 년의 입에서 나왔지?"

오 씨의 언성은 높아지고 얼굴이 빨개지면서 이를 부드득 갈았다.

이제 와서 그런 일이 없었다고 할 수도 없고 공연히 입을 놀려가지고 ……. 장차 벌어질 곤욕을 생각하니 머리가 아찔했다.

"누구여?"

"종희 장군의 부인이에요."

식렴의 부인은 실토했다.

"그년이 다홍치마 잔치에 부르지 않았다구 앙심을 품었구만. 엉뚱한 말을 만들어 퍼뜨리는 걸 보니께."

"그게 틀림없을 것 같습니다."

식렴의 처는 맞장구를 치고 일어서려고 했으나 또 어깻죽지를 맞고 다시 주저앉았다.

"것 같습니다여?"

"틀림없습니다."

오 씨는 대청 구석에 뒹구는 다리미를 들고 일어섰다.

"당장 가서 그 주둥아릴 다리미질해야 쓰겠어."

대청을 내려서는데 말릴 여지도 없었다.

말굽소리에 이어 대문이 열리면서 왕건이 들어섰다. 마당에 내려서면서 머리를 숙이는 식렴의 처로부터 인사를 받으면서도 눈은 오 씨를 아래위로 훑고 있었다.

벼락이 떨어질 것만 같아 식렴의 처는 간이 콩알만 했다.

"당신, 다홍치마를 아시제?"

붉으락푸르락하면서 오 씨가 먼저 말을 걸었다.

"알지."

"그게 글쎄 가짜라니 그런 법이 어디 있어라우?"

온 나주 성내에 퍼진 다홍치마의 역사와 거기 따른 잔치를 왕건이라고 모를 까닭이 없건만, 여태 아는지 모르는지 내색을 한 일조차 없었다.

"다홍치마면 그만이지 가짜, 진짜가 어디 있소?"

왕건은 빙그레 웃기까지 했다. 오 씨는 듣고 보니 그럴싸한 소리였다. 가짜라고만 들었지 어떻게 돼서 가짜인지 그 이유는 없었다.

그는 이유를 묻지 않은 생각은 못하고 이유 없이 트집을 잡은 것으로만 생각했다. 종희의 처가 앙갚음으로 지어 낸 말에 틀림이 없다는 확신이 섰고, 그 입은 만사불구하고 다라미질을 해 버리기로 결심을 했다.

이 틈을 타서 식렴의 처는 머리를 숙이고 슬그머니 빠져나왔다.

"시장한데 얼른 저녁이나 차려요."

왕건은 돌에 올라 신발 끈을 풀기 시작했다. 그러나 오 씨는 당장 요절을 내지 않고는 배기지 못할 심정이었다. 그는 마중 나와 두손을 마주 쥔 여종을 가리키면서 내뱉었다.

"제가 상은 봐 놓았으니께 먼저 드시라우. 난 다리미질을 좀 하구 와야 쓰겠는디."

"다리미질?"

"당치도 않은 소리를 나불거린 가시내의 주둥아릴 다리미질해서 입을 봉해 버려야 쓰겠어라우. 중전마마께서 특별히 내리신 다홍치마를 덮어놓구 가짜라니, 이런 걸 그냥 두구서는 법도가 안 서지라우. 다리미질 좀 하구 올 테니께 그리 아시우, 잉?"

왕건은 남자 종에게 눈짓을 해서 대문을 나서는 것을 막아서게 했다.

"니, 왜 못 나가게 하는 기여?"

다리미로 두 번 세 번 내리치는 것을 종은 용케 피하면서도 내보내지 않았다.

"이리 들어와요!"

왕건의 굵직한 목소리가 노기를 품고 있었다. 오 씨는 돌아보았다.

"들어오라면 들어와!"

오 씨는 기세에 눌려 그를 따라 안방으로 들어갔다.

왕건은 한마디 말도 없이 식사를 마치고 상을 물리고는 전에 없이 엄숙한 얼굴로 말을 이어 갔다.

"이제부터 내가 하는 말을 잘 들어 둬요. 암탉이 울면 집안이 망한다고 했지만, 이건 울 정도가 아니라 온 집안을 휘젓고, 그것도 모자라 성내 여기저기를 쑤시고 다니니 사람을 망신 시켜두 분수가 있지. 입을 무겁게 갖구 집안에 들어앉아 있으면 대접도 받고 웃음거리도 안 될 것 아니오?"

그러나 오 씨는 지지 않았다.

"내 딴에는 당신을 위해서 하느라구 했구만이라우. 그런디 당신은 이걸 손톱만치두 알아주지 않으니 난 분통이 터져 못 살겠다 이거여. 또 이번 전쟁만 하더라두 내가 공이 없는 걸 있다구 했간디? 남자라면 이등공신두 아니구 일등공신이 어김없었을 것이구만. 여자루 태어난 죄루 공신두 못 되구 그나마 중전마마께서 내리신 다홍치마까지 시비하는 인간이 있으니 분해서 참을 수가 없당께. 당신 같으면 그런 입을 다리미질 안 할 것이여?"

왕건은 전에도 생각한 일이지마는 이것은 천하의 명의(名醫)들이 다 모여도 고칠 수 없는 병이었다.

"불문곡직하고 함부로 나다니지 말구 무슨 소리를 들어도 못 들은 척, 화나는 일도 참고 한 달만 지내 봐요."

그러나 오 씨는 대답이 없었다.

배짱이 두둑한 오 씨는 그 밤에 남편 못지않게 단잠을 잤다. 냅다 칠 때는 치더라도 잘 때는 씻은 듯이 잊고 자는 것이 그의 성품이었다.

다른 여자들처럼 분한 일이 있으면 눈물을 찔끔거리고 잠을 이루지 못하는 허약한 체질이 아니었다. 그러기에 좋은 일 궂은일을 뛰어넘어 언제나 기운이 씽씽해서 공격 자세를 가다듬고 있었다.

아침에 남편을 보내고 나서 종희의 부인을 요리할 궁리를 시작했다.

생각하니 어제 안 가기를 잘했다. 다리미를 들고 갔다 해서 그 집에서 숯불을 피워 줄 것도 아니고 설사 피워 준다 하더라도 입을 지지고 다리미질하라고 가만히 누워 있을 여자가 아니다.

계책을 달리해야겠다.

가만 생각하니 남편의 거동이 수상했다. 마누라가 그런 모욕을 당했다면 도대체 어떤 인간이 그런 소리를 했느냐고 한마디쯤 물어라도 봄 직한데, 불문곡직하고 귀머거리에 벙어리처럼 행세하라니 이건 도대체 뭐냐?

이 나주 천지에서는 왕이다. 다른 남편 같으면 물어볼 뿐 아니라 그런 인간을 끌어다 넋이 떨어지도록 조질 터인데 도리어 나를 나무랐겠다.

나를 싸악 무시했구나.

두구 보자. 가만있을 내가 아니다.

그런데 다시 생각하니 자기의 실수도 몇 가지 있었다. 못마땅한 소리를 들으면 화부터 내는 것이 내 고약한 성미란 말이다.

식렴의 처가 이 중대사건을 발설할 때 마치 그가 죄인인 것처럼 윽박지르고 종희의 처를 어쩐다고 다리미부터 들고 나섰다. 어째서 가짜라고 하더냐? 그 중대한 조목을 묻지도 않고 화를 내고 행동부터 개시한 것은 자기의 실수였다.

그럼으로 해서 자기는 알맹이는 알지도 못하면서 덮어놓고 나대는 꼴이 되었다.

남편에 대해서도 그렇다. 저쪽에서 묻지도 않은 것은 섭섭한 일이지마는 '가짜'에 흥분해서 할 말은 안 하고 딴소리만 늘어놓았다. 장작개비 사건도 있는지라, 무엄하게도 '가짜'라고 입을 놀린 것이 종희의 마누라고 했던들 남편도 생각하는 바가 있었을 것이다.

그런데 범인이 종희의 처라는 말조차 하지 않고 길길이 뛰기만 했으니 이것도 실수가 아닐 수 없었다.

그는 난생처음으로 자기반성 비슷한 것을 했다. 그러나 자기가 옳은 것은 절대 틀림없고 방법이 틀렸을 뿐이다. 처음부터 다시 시작해서 뿌리를 캐어 가지고 못된 것들을 꼼짝 못하게 조져야겠다.

그는 사람을 보내 식렴의 처를 불렀다. 그러나 매우 죄송하다, 아파서 못 가뵌다는 대답이었다.

다음 날 또 보냈다. 더욱 아프다는 대답이었다.

공연히 윽박질러서 핑계를 대는 것이 아닌가 의심이 들었다. 이튿날은 몸소 찾아갔다. 정말 머리에 수건을 동여매고 몸져누워 있었다.

몇 마디 위로를 하고 머리를 짚어 보니 열이 나는 듯도 하고 없는 듯도 했다.

"동서, 아픈데 안됐지만, 다홍치마가 어째서 가짜인지 들은대로 얘기해 줬으면 쓰겠구만."

"아이구 머리야, 무슨 말씀인지 통 알아듣지 못하겠구만요."

"다홍치마 말이요. 가짜라면서?"

"그래요?"

"그래요라니? 동서가 그러지 않았어라우?"

"제가요? 아이구 머리야 통 정신이 없어서……."

죽는 시늉을 했다.

오 씨는 울컥했다. 곁에 망치라도 있었으면 한 대 쳤을 것이다.

"동서, 정말 그러기여?"

눈을 아래위로 훑었다.

"아, 아이구 머리야. 죄송합니다."

"죄송이구 뭐구, 어째서 가짜라는 기여?"

"뭐가 가짠데요?"

이것이 여우를 찜 찌겠다. 일어서 짓밟으려다가 참았다. 정말인지 꾀병인지 알 길이 없으나 죽어 자빠지면 그것도 큰일이었다.

"종희 여편네가 가짜라구 했다제? 다홍치마 말이여."

"저는 금시초문인데요. 아이구, 머리가 터지는 것만 같아서."

두 손으로 머리를 감싸 쥐었다.

"금시초문?"

"아이구, 왜 이렇게 아플까?"

"금시초문이라구? 누가 그런 거짓말을 곧이들을 것이여?"

"저는 정말 못 들었는데요. 아이구."

또 이마를 짚었다.

"당장 엊그저께 그러지 않았어라우?"

"엊그저께요? 그랬다면 제가 정신이 나갔던가 봐요."

"정신이 나가?"

"아이구 머리야. 요즘 머릿병이 들어 가끔 정신이 들락날락해서……. 죄송해요."

"똑 찍어 얘기하랑께. 들은 기여, 못 들은 기여?"

"이 머리가 왜 이렇게 아플까?……. 똑 찍을 것도 없이 전 못 들었어요."

잡아떼는 데는 도리가 없었다. 그렇다고 죽일 수도 살릴 수도 없고 꾀병 같기는 한데 꾀병도 병이라 건드릴 수도 없었다. 한 대 후려갈기면 직성이라도 풀릴 텐데…….

오 씨는 분을 참고 일어섰다.

"점심이라두 잡숫구 가실걸. 아이구 머리야."

식렴의 부인은 일어서려다 그대로 주저앉아 벽에 이마를 댔다.

오 씨는 문밖에 나섰다.

가만있자, 쇠뿔은 단김에 빼라고 했겠다. 빙빙 돌 것이 아니라 당자와 만나 결판을 내야겠다. 그는 종희의 집을 찾았다.

"아이구 이거, 장군 부인께서 몸소 왕림하시구. 이런 영광이 어디 있겠습니까?"

종희의 부인은 맨발로 마당까지 달려 내려와 왕림이니 영광이니 문자까지 써 가면서 두 손을 모아 쥐고 머리를 숙였다.

오 씨는 턱을 쳐들고 대청에 올라가 뒤따라 올라오는 종희의 부인을 노려보았다.

"우리 간단히 끝내는 게 좋겠구만. 다홍치마가 어째서 가짜여?"

종희의 부인이 무릎을 꿇고 앉자마자 대뜸 내뱉었다.

"무슨 말씀인지 저는 통 알아들을 재간이 없습니다."

두 손을 무릎에 얹고 말씨도 공손하기 이를 데 없었다.

"당신이 그런 소리를 했다는 걸 나는 다 알구 있당께."

"저는 다홍치마 소리는 듣지두 보지두 못했습니다. 어떻게 된 사연이에요?"

송두리째 잡아뗄 뿐 아니라 반문까지 하고 나서는 데는 말문이 막힐 수밖에 없었다.

오 씨는 짐작이 안 가는 것은 아니었다. 입이 간지러운 것이 여자요, 간지럽지 않으면 여자도 아니다.

그날 모인 여자들은 잠자리에 들자 낮에 들은 다홍치마의 사연을 남편에게 고해 바쳤을 것이고, 적어도 종희와 식렴은 정신이 번쩍 들도록 마누라를 족쳤을 것이다.

그래서 이 여자는 아양을 떨면서 잡아뗴고, 식렴의 마누라는 꾀병에 정신까지 들락날락한다며 얼버무리고 있다.

족쳤으면 속이 후련하겠는데, 짐작은 가도 증거는 없으니 더 이상 어쩔 도리가 없었다.

한편으로는 이것으로 일은 끝나지 않았을까 하는 생각도 들었다. 그러나 날이 갈수록 말이 많아지고 퍼질 대로 퍼져 성내에 넘쳐흐르고 인근 고을에서도 심심치 않게 쑥딕공론이 일어나고 있다는 소문이었다. 그렇지 않다고 기를 쓰면 쓸수록 공론은 더욱 기승을 부렸다.

남편 왕건의 세도로 말하면 근거 없이 종알대는 것들을 잡아다 족치고도 남을 터인데, 아는지 모르는지 내색조차 없었다.

오 씨는 속에서 불이 났다. 나중에는 흑상 장군이 전한 것도 아니고 자기가 감춰 두었던 것을 꺼내 가지고 희한하게 놀았다는 소문까지 퍼졌다.

하루 이틀도 아니고 열흘, 스무 날이 지나고 한 달이 되자 남달리 배짱이 두둑한 오 씨도 잠을 이루지 못하는 밤이 계속되었다.

억울한 것으로 말하자면 종알대는 입들을 모조리 문질러 주고 싶었으나 입마다 종알대고는 그런 일이 없다 잡아떼고……, 힘도 없거니와 설사 있다 하더라도 그 많은 입들을 다 문지른다면 나주에 성한 입은 별로 남지 않을 것이다. 죽을 지경이었다.

왜 이렇게 되었느냐, 그는 다시 생각하기 시작했다. 흑상이 장난을 친 것일까? 장난 치고는 너무 비싼 장난이다. 바다 건너 중국에서 무역해 들어온 비단인데 한두 푼으로 될 일이 아니었다.

그것은 아닌 것 같고……. 아주 근원의 근원을 캐자면 식렴이 아니면 종희다.

조정에 바치는 무어라고 하는 전쟁 문서를 만든 것은 식렴이요, 이것을 쇠둘레에 가지고 간 것은 종희다.

어김없는 이등공신에 적어도 다홍치마 백 벌을 망친 것은 이 둘 중의 어느 한 사람의 농간이거나 둘이 합작한 것이 틀림없다. 그냥 둘 수 없는 일이었다.

그러나 종희는 남편과 동갑이요 어려서부터 친구인 데다 취중일망정 나주 장군인 남편을 '너'니 '왕거미'니, 할 소리 못할 소리 다 해도 남편은 탓하지 않았다. 도리어 탓하는 자기를 죽이기라도 할 기세였다.

거기다 종희는 여간내기가 아니라고 한다. 섣불리 건드렸다가는 뼈도 추리지 못할 것이다.

만만한 것이 식렴이었다. 이번에 장군이 되었지마는 칼보다 붓대로 올라온 인간인데, 나이는 자기보다 더 먹었지마는 시동생이요 위인도 별것이 못 된다. 말이 통하지 않으면 완력으로 해서라도 이길 자신이 있었다.

가일에 남편이 낚시질을 나간 틈을 타서 식렴을 불렀다.

종희의 처가 자기를 대하는 것을 보고 한 가지 배운 것이 있었다. 웃는 낯에 침을 못 뱉는다고 부드럽게 나오는 데는 도리가 없었다. 우선 종희의 처를 본받아 부드럽게 살살 굴리다가 안 될 때는 우격다짐으로 나가자.

더운 때라 대청에 점심을 차려 놓고 부부를 기다렸다. 일이 잘못돼 부부가 합세해서 덤빌 때는 그 부인쯤은 발길 한 대면 알아볼 만하고 잘되면 남편의 입에서 말이 나올 수도 있을 것이다.

그러나 식렴은 혼자 나타났다.

"내자는 또 병으로 골골해서……, 미안합니다."

"동서는 늘 아파서 안됐어라우."

"그래서 걱정입니다."

식렴은 걱정이라면서도 걱정기가 보이지 않았다. 오 씨는 자기를 피한다는 것을 모르지 않았으나 입 밖에는 내지 않았다.

"좀 늦었지마는 축하를 해 드려야제. 이번에 장군이 되었으니 집안의 큰 경사에 어찌 그냥 지나칠 수 있겠어라우? 바깥 양반은 무심해서 탈이라 내가 이렇게 모셨구만."

"황송합니다."

식렴은 머리를 숙였다.

그는 식욕이 왕성해서 잘 먹고 잘 마셨다.

취기가 돌사 오 씨가 물었다.

"전쟁이 끝난 후에 조정에 바치는 문서를 무어라구 하지라우?"

"장계라구 하지요."

"장계, 장계. 그런디 이번에 바친 장계에는 무얼 썼지라?"

"전쟁의 자초지종을 썼지요."

"자초지종이 뭐간디?"

"시작에서 끝날 때까지 말이지요."

"그라문 아무개는 이걸 하구 아무개는 저걸 하구 소상하게 적었겠구만이라우."

"그야 그렇지요."

"그런 글은 누가 쓰는 기요?"

오 씨는 일부러 튕겨 보았다.

"모든 장군들을 모아 놓구 일일이 경위를 설명하는 것을 제가 적지요. 다음에는 그걸 근거로 해서 글을 만들어 바치면 형님께서 고칠 것은 고치시면서 손수 깨끗이 쓰십니다. 어전에 바치는 만큼 형님이 직접 쓰시는 것이 예의와 법도에 맞는다나 봐요."

식렴은 감추는 것이 없었다.

"저 북쪽 고을에는 글을 모르는 장군들 천지라는디, 그런 장군들은 곤란하겠네."

"할 수 없이 글을 아는 사람이 대신 쓰고 장군은 수결(手決)을 하지요."

"그런디, 데련님!"

오 씨는 본론으로 들어갔다.

"네?"

"그 글 가운데 내게 대해서는 뭐라구 썼지라우?"

"뭐라구 쓰다니요?"

식렴은 술이 깨는 눈치였다.

"내게 대해서 말이우."

"형수님에 대해서?"

"한마디두 없었던 모양이구만."

"없었는데……."

"그게 될 말이우?"

"허지만 형수님, 형수님은 전쟁에 안 나가셨지요?"

"내가 안 나갔다구? 기가 막혀서."

"나가셨나요? 아무두 그런 소리를 하는 사람이 없었는데."

"다른 사람두 아닌 바깥양반이 두 눈으로 똑똑히 보았단 말이여. 성벽 위에서 종알대는 가시내들을 때려누이는 걸. 지금 생각해두 아슬아슬하단 말이여. 그냥 두었으면 성에는 가시내들뿐이구나 하구 적이 쳐올라와서 나주는 적의 수중에 떨어졌을 것이 아니우?"

"……."

식렴은 잠자코 있었다.

"내 말이 틀렸으면 틀렸다구 히어 보랑께."

오 씨는 차츰 거칠어졌다.

"맞습니다."

"데련님은 날 못 봤어라우?"

"못 봤습니다."

"아무두 말하는 사람이 없으면 물어라두 볼 것이지 남의 말을 받아쓰기만 하는 건 뭐인기여?"

오 씨는 자기의 무용을 직접 보고도 말하지 않은 남편이 야속하다 못해 밉살스러워 견딜 수 없었다. 눈앞에 있으면 밥상이라도 엎어 씌울 판인데 낚시질을 나갔고 대신 식렴에게 화풀이를 했다.

식렴은 기가 막히고 무어라고 할 말도 없었다. 지난번에 부인이 좋은 뜻으로 몇 마디 일러 주러 갔다가 학질을 떼고 왔다기에 입을 닫아 매라고 나무랐지만 이 지경인 줄은 몰랐다.

"말을 받아 쓰구두 장군이 된다면 이 동네 서당 훈장은 대장군이 됐겠다."

"……."

"왜 말이 없지라우?"

인기척이 나기에 식렴은 마당으로 눈을 돌렸다. 낚싯대를 든 왕건이 서 있었다. 언제 왔는지 오래전부터 그 자리에서 두 사람 사이에 오고가는 말을 들은 모양이었다.

오 씨도 눈치를 차리고 마당에 선 왕건의 거동을 지켜보았다.

왕건은 구석에 낚싯대를 세워놓고 천천히 올라오는 것이 별다른 표정도 없었다.

그는 식렴의 옆에 앉아 자작으로 한 잔 마시고 딴소리를 했다.

"바람이 불어서 고기가 물려야지. 그러잖아두 오정이 지나면 돌아올 때가 되기두 했지만 말이야."

오 씨는 세모꼴 눈으로 노려보다가 폭발했다.

"당신은 짐승이여!"

"……."

"남을 겁탈하구."

"……."

"갖은 구박을 다 하구."

"……."

"전쟁에 죽자 사자 공을 세워두 모르는 척하구."

"……."

"걸핏하면 뚜드려 패구."

"……."

"날마다 공연히 욕설을 퍼붓구."

"……."

"제대루 먹였나, 입혔나."

"……."

"나중에는 온 나주의 웃음거리루 만들고."

"……."

"난 죽어두 이 집에서 나가야지 더는 못 살겄다 이 말이여."

"……."

"당신은 얼굴만 봐두 징그러우니께, 애기 보러두 오지 말란 말이여."

"……."

생각나는 트집은 다 잡아도 왕건은 덤덤히 앉아 자작도 하고 식렴이 따라 주는 것도 마시면서 안주를 집었다.

"내 말이 한 치라두 틀렸으면 말을 히어 봐요."

오 씨는 주먹으로 마룻바닥을 내리쳤다. 그래도 왕건은 응대가 없었다.

"한 치가 너무 길면 반 치라두 좋으니께. 틀린 게 있으면 말을 하랑께."

오 씨는 입에 거품을 물고 더욱 기승을 부렸다. 왕건은 젓가락을 그냥 놀리면서 물었다.

"꼭 대답을 들어야겠소?"

"들어야제. 대답을 못하면 칼이 나갈 것이여."

"얘기가 긴 건 질색이라 한 가지만 묻시. 걸핏하면 뚜드려 팼다구 했는데 한 번이라두 맞은 일이 있소?"

오 씨는 솔직했다.

"하, 그건 내 잘못이여. 맞은 일은 없구만. 입이 돌아가다 보니 그렇게 된 기라. 그 한 가지는 뺄 것이여."

왕건은 소리를 내어 웃고 식렴은 웃음을 참았다.

"웃는다구 내가 안 갈 줄 아는가베."

오 씨는 여종을 불러 안방으로 함께 들어갔다. 옷장을 열어젖히고 주워 싸는 품이 정말 떠날 모양이었다.

식렴은 앉아 있기도 거북해서 말리러 들어가려고 했으나 왕건이 불렀다.

"넌 지금 가서 종희 장군을 곧 오시라구 해라."

식렴은 집안 망신을 동네에 퍼뜨리는 짓이라고 생각했으나 시키는 대로 대문을 나섰다.

그동안에도 오 씨는 쉬지 않고 입을 놀리고, 왕건은 자작으로 찔끔 찔끔 마셨다.

"남의 공을 몰라주는 건 짐승이지 사람이 아니여."

"왕가네 얼마나 잘되나 두고 볼기라요."

"……."

"잘되면 내 손바닥에 가재미를 볶아도 좋으니께."

왕건은 일체 응답이 없었다.

종희가 들어서자 왕건은 짐을 다 싸고 방 안에서 비질하는 여종을 불러 상을 다시 차려오게 했다.

식렴은 난처했다. 싸운 것은 아니지마는 형수가 떠나가는 것을 보고 말리는 척이라도 해야 하겠는데, 왕건의 눈치는 그것이 아니고……, 그렇다고 모르는 척하고 가 버리기도 거북했다.

새로 차려온 상을 마주하고 좌정하자 왕건은 오 씨를 불렀다.

"할 말이 있으니 이리 좀 나와요."

오 씨는 서슴지 않고 나와 그의 옆에 앉았다.

"할 말이 있다구? 입이 열 개 있어두 할 말이 없다는 속담이 있는디 당신은 열한 개 있는 모양이구만, 잉?"

장작개비 사건으로 맞섰던 종희가 바로 마주 앉아 있어도 오 씨는 눈하나 까딱하지 않았다.

"열한 개두 더 되나 봐. 그건 그렇구, 종희 장군에게 우선 알려야겠소. 집사람이 오늘 영영 떠나 친정으로 돌아간다오."

"?"

종희는 이상한 얼굴을 할 뿐 말은 없었다. 왕건은 계속했다.

"사람이란 만날 때도 중요하지만 헤어질 때는 더욱 중요하지 않소? 장작개비로 으르렁거리다가 헤어지면 서로 간에 뒷맛이 개운치 않을 터이니 화해를 하구 헤어지는 것이 좋을 듯싶어 장군을 이렇게 모셨구만."

왕건은 두 사람의 잔에 손수 술을 부었다.

"그때는 제가 취중에 실례 막심했습니다."

종희가 머리를 숙이자 오 씨도 가만있을 수 없었다.

"제가 철없이 굴었지라우."

정숙하게 나왔다.

종희가 쭉 들이켜자 오 씨도 마시는 시늉을 했다.

지켜보고 앉았던 왕건은 안방에 들어가 문서를 들고 나왔다.

"헤어지는 마당에 만사 깨끗이 해 두는 것이 좋겠소. 쑥스러운 얘기지마는 소위 다홍치마 사건으로 입돋음에 올라 말이 많아지고 결국 이

지경에 이르렀는데, 당신도 그렇고, 알 만한 친구들은 알아 두는 것이 좋겠소."

서두를 꺼낸 왕건은 술 대신 물을 한 모금 마시고 설명했다.

"이것은 누구의 잘못도 아니오. 사람의 호의에서 출발한 것이 사람의 마음과 입으로 해서 묘하게 비틀어진 것이오. 혹상 장군이 어디서 들었는지 집사람이 다홍치마가 소원이라는 것을 알고 쇠둘레에서 한 벌 샀다오. 기왕이면 기쁘게 해 드린다구 중전마마의 하사품이라구 한 것이 일의 시초였소."

"그 사람이 돌았지, 그런 터무니없는 소리는 왜 했지?"

종희가 끼어드는 것을 왕건은 가로막고 계속했다.

"어명을 사칭하는 것이 큰 죄라는 것은 다 알지마는 중전마마의 이름을 파는 것도 가볍지 않은 죄가 아니겠소? 알다시피 혹상 장군은 순전한 무부(武夫)로 법도에 어둡소. 진작 알고 있었지마는 잘못 발설하면 그 착한 사람이 옥에 갇히게 된단 말이오. 그래서 원회 장군에게 사실을 고하고 부탁했더니 얼마 전에 중전마마 친필로 하사하신다는 글이 왔소. 종희 장군, 친필이 맞소?"

문서를 본 종희는 고개를 끄덕였다.

"친필에 틀림없군요."

오 씨는 벌떡 일어서 고함을 질렀다.

"당신 도대체 사람을 뭘루 아는 기여?"

"왜 그래?"

왕건은 오 씨를 쳐다보았다.

"그런 글이 왔으면 나한테 알려야 할 게 아니여? 사람을 등신으로 알아두 분수가 있제."

"기왕 떠날 사람이니 무슨 말을 해두 상관 않겠는데, 생각이 있으면 잠깐 앉아서 내 말을 들어 보는 게 어떨까?"

"서서두 잘 들리니께 걱정 놓으시라우."

왕건은 식렴에게 타고 갈 마필과 호송할 병졸 두세 명을 대기시키라고 속삭였다. 마지못해 일어선 식렴이 대문 밖으로 사라진 연후에 왕건은 다시 오 씨를 향했다.

"북이라는 건 치면 칠수록 더욱 요란한 것이지?"

"내가 세 살 먹은 어린애여?"

"일이 되기두 전에 이등공신이다, 무슨 치마다, 무슨 연회다, 북을 치구 돌아다닌 건 누구지?"

"나여. 그게 잘못됐어라우? 당연히 되는 걸 안 되게 만든 건 누구여?"

왕건은 멍하니 바라보다가 입맛을 다셨다.

"더 말해야 소용없을 것이니 이 중전마마의 문서나 잘 간수해 둬요."

왕건은 문서를 건넸으나 오 씨는 받지 않았다.

"인간 망신 다 한 연후에 그따위 종잇장이 무슨 소용이여?"

종희가 끼어들었다.

"무거운 것도 아닌데 받아 두시지요. 혹시 소용될 날이 있을지 모르니까."

"참견이 무슨 참견이간디? 정말 장작개비 맛을 봐야 정신이 들 것이여?"

종희는 외면하고 대답이 없었다. 왕건은 문서를 도로 서재에 간수하고 제자리에 돌아왔다.

밖에서 말굽소리가 울리고 식렴이 대문을 들어섰다. 뒤를 따라온 병정들은 남자 종과 협력해서 짐을 메어다 말 잔등에 싣고 이상하다는 표정으로 안을 기웃거렸다.

"왜 모가지들을 찔룩거리는 기여?"

오 씨의 고함에 남자 종이 달려가 대문을 닫았다. 오 씨는 왕건을 손가락질하며 전에 없이 가라앉은 목소리로 선언했다.

"분명히 해 두지마는 내 발로 걸어 나가는 것이지 쫓겨 가는 건 아니여. 내가 니 같은 인간에게 쫓겨 갈 사람이 아니니께."

"네 말이 다 맞다."

왕건은 한마디 하고 술잔을 들었다.

오 씨는 아기의 손목을 잡고 흰눈으로 왕건을 흘겨보고 나가다 대문에 이르자 돌아서 침을 뱉고 나가 버렸다.

뒤따라 나간 식렴은 멀리까지 배웅하고 돌아와 물었다.

"형, 정말 보내는 것이오?"

"돌아올 거야."

"나 같으면 벌써 다리몽둥이를 분질러 내쫓았겠다."

종희였다.

"철이 안 든 것이 병이지, 천성은 착한 여자다."

왕건이 두둔하고 나섰다.

"죽을 때까지 철이 들기는 다 틀렸다."

"나두 모르겠다. 오늘은 영안성에서 자란 세 사람이 모였으니 골치 아픈 얘기는 그만두구 옛날 얘기나 하자."

왕건의 제의에 돌아간 영감네들, 그리고 지금 영안성을 쥐고 흔드는 옛 친구 괄괄이와 꽈배기의 이야기도 나왔다.

"눈앞의 세월은 괴롭고 지나간 세월은 달콤하다더니 정말이다. 예성강, 서해, 송악……, 꿈같구 그림같이만 생각되는구나."

취기가 돈 종희의 감상(感傷)이었다.

"너 시인이 되구두 남겠다."

이렇게 말하는 왕건은 쇠둘레에 전승보고를 하고 돌아오면서부터 달라진 종희의 태도가 마음에 들었다. 자포자기가 없어지고 희망의 싹을 품은 듯했다.

종희는 일이 있다면서 먼저 돌아갔다.

"형, 울적할 텐데 저 오늘 밤 여기서 잘까요?"

"울적할 건 없다마는 오래간만에 너하구 한지붕 밑에서 자는 것도 좋겠다."

두 사람은 밤이 깊도록 대작을 하면서 평소에 못다 한 이야기를 했다.

"형수씨가 성질이 과한 것도 사실이지마는, 잠자코 있지만 말구 타이르시지 그랬어요."

"타일러두 봤지마는 안 되더라."

"형은 그 많은 부하들과 백성들은 잘 다스리면서 집안은 왜 못 다스리지요?"

"그러게 말이다."

"세상에서 형을 뭐라구 하는지 아세요?"

"마누라한테 쥐어 사는 맹충이라구 하겠지."

"알기는 아누만. 군잔지 식충인지 분간이 안 선다는 거요."

"그럴 거야."

"남의 말 하듯 하네. 창피하지두 않아요?"

"창피하지."

말은 그렇게 하면서도 조금도 창피한 얼굴이 아니었다.

"세상공론이 그렇게 자자한데 형님 배짱두 두껍구만."

"두꺼울 건 없구, 그렇다구 남달리 얇은 것도 아니구, 그저 그런 게 아닐까?"

하는 말마다 태평이었다. 역시 인물은 인물이구나……. 임금 선종은 사람을 보는 눈이 있다고 식렴은 생각했다.

"형은 소원이 뭐요?"

"없다."

"천하통일은 아니오?"

"그야 나만 바라나? 사람이면 누구나 주야 소원이지."

"그런 천하통일이 아니구 제 손으로 냅다 깔아 통일사업에 나서는 일 말이지요."

주량이 많지 않은 왕건은 찔끔찔끔 마시면서 그를 바라보았다.

"너두 사람을 웃기는구나. 그런 건 우리 성상이나 견훤같이 옥좌에 앉은 사람들이 꿈꾸는 일이지, 나주 장군 왕건이 천하통일을 꿈꾼다? 이렇게 되면 웃지 않을 사람이 있을까?"

듣고 보니 그럴싸한 이야기라 식렴은 화제를 바꿨다.

"형수씨가 떠났으니 불편한 일은 없겠어요?"

"있지."

"집의 딸아이를 보내 드릴까요?"

"그만둬. 마누라 아니고는 마누라의 자리를 메꿀 사람이 없는 건 너두 알 것이다."

식렴은 자기 경험으로 보아 맞는 말이라고 생각했다. 딸도 메꾸지 못하는 자리다.

"잊기 전에 얘기해 둬야겠다. 아침에 갈 때 금덩이를 몇 개 가지구 가라. 네가 알아서 한 달에 얼마큼씩 형수한테 보내되 하늘이 무너져두 내게서 나왔다는 얘기를 해서는 안 된다."

왕건은 쓸 데는 쓰지만 노랭이라고 별명이 붙을 정도로 돈과 물자를 아끼는 사람이었다. 지금도 쌀 절반에 콩과 보리를 섞어 먹는 처지였다.

장사를 할 때는 그렇지 않았으나 선종의 휘하에 들어오면서 선종으로부터 배운 것이었다. 배우기도 했지마는 신하가 임금보다 희한하게 살 수 없어 임금을 본받다 보니 습성이 되어 버렸다.

"예나 지금이나 돈이 떨어지면 사람은 죽은 목숨이다. 녹을 아껴 공용이건 사용이건 요긴할 때 쓰려고 금으로 바꿔 두었던 것이다."

"역시 형수께서 돌아오기를 바라는군요."

"그렇지 않다."

"그건 제 앞이라 해 보는 소리구, 진심은 그렇지 않지요?"

식렴은 씩 웃었다.

그러나 왕건은 웃지 않았다.

"그렇지 않다니까."

"형이 다달이 보내 주신다, 이걸 알게 되면 감격해서 달려오지 않을까요?"

"하늘이 무너져두 내가 보낸다는 소리는 말라니까."

"그럼, 형 무슨 약점이 있는 거요?"

"약점?"

식렴은 술기운이 돌아 평소에 궁금하면서도 묻지 못하던 것을 물었다.

"형수씨가 걸핏하면 형더러 자기를 겁탈했다구 큰소리였는데 사실이오?"

"겁탈이라면 겁탈이지."

찔끔 마시고 안주를 집으면서 지나가는 이야기를 하듯 했다.

"형은 큰 인물인줄 알았는데."

"……."

"형이 남의 처녀를 겁탈한 게 사실이라면 다시 봐야겠어요."

"얘기를 하자면 지저분해진다."

"정말 같기도 하구, 아닌 것 같기도 하구 도시 형의 속은 모르겠구만."

"그쯤 해 두자. 너두 더 마셔라."

식렴은 시키는 대로 술을 마시면서도 알 수 없는 것이 왕건의 마음속이었다. 세상에서 뭐라건 심지어 겁탈 소리까지 나와도 눈 하나 까딱 않는 인물도 드물 것이다.

"생활까지 돌봐주면서 친정에 보내는 건 잘못이 아닐까요?"

"왜?"

"그 겁탈인가 하는 걸 불어 댈 테니 말이지요."

"불어 대겠지."

"괜찮을까요?"

"괜찮다."

왕건은 또 찔끔 마셨다.

"장군의 체면에 손상이 안 갈까요?"

"너 잔걱정이 많구나. 그따위 잡소리가 겁나는 장군을 무엇에 쓰겠니?"

잡소리라는 말에 식렴은 자기가 어리석었다는 생각이 들었다. 아무리 미천한 백성이라도 억울한 일은 조정에 호소할 수 있고 호소하면 고관대작도 무사할 수 없는 것이 태봉국이다. 잡소리……. 주책없는 형수의 잡소리가 분명했다.

"알겠습니다."

"그것두 가련한 인생이다. 오 씨라고 불러 주니 오 씨지, 원래는 성도 없는 밑바닥 인생이 아니냐? 우리도 다를 것이 없기는 하다마는……."

왕건은 처음으로 희미한 한숨을 내쉬었다.

숫자로 살아오다시피 한 식렴도 한숨소리에 담긴 인정미를 느끼면서 물었다.

"생활을 돌봐 주실 생각이 있으면서 하필 말이 많을 고향으로 보냈지요?"

"자기가 갔지 내가 보냈나?"

"허지만 기왕 생활을 돌봐 주실 생각이었다면, 성안이나 성안이 아니라두 말이 없을 고장에 모실 걸 그랬어요."

"이봐, 요동부녀(妖童浮女)들의 허튼소리는 치지도외(置之度外)하는 법을 배워. 또 숫자도 중요하지마는 숫자를 넘은 숫자를 보는 눈두 기르구."

"네……"

식렴은 알아듣지 못했다.

"친정아버지는 지금도 어부이지마는 나보다 몇 배 훌륭한 사람이다. 내게 죄가 있다면 그 훌륭한 아버지를 배우기 전에 너무 일찍 데려온 일이지."

"네……"

"친정에 가게 내버려 둔 것도 그 때문이다. 가서 배우라구. 그래도 안 되면 버린 인생이라 더 이상 생각할 것도 없다."

왕건은 전쟁도 끝나고 집안일도 일단락 짓고 앞날의 전망도 괜찮을 듯싶었다.

세상은 물 흐르듯이

　쇠둘레에 다녀온 후부터 종희는 사람이 달라졌다. 예전보다 더욱 쾌활해지고 단둘이나 식렴만 낀 자리에서는 왕건과 너니 나니 하고 못할 말이 없었다. 자포자기에 빠진 연후에 한두 번 그런 일이 있기는 했으나 그전에는 없던 일이다.

　일에도 열심이었다. 난세에 힘을 기르지 않는 것은 나라나 개인이나 죄악이라고 했다. 어느 날 병정들이 모인 자리를 지나다가 이런 질문을 던진 일도 있었다.

　"너는 왜 무술을 닦느냐?"

　똑똑한 병정이 서슴없이 대답했다.

　"나라와 성상 폐하에게 충성을 다하고 목숨을 바치기 위해서 무술을 닦습니다."

　다른 병정들에게도 물었으나 같은 대답의 되풀이었다.

종희는 군대에서 가르치는 것은 앵무새처럼 되뇌는 것이지 정신이 제대로 박힌 자의 소리는 아니라고 생각했다.

"나라와 성상 폐하에게 충성을 다하는 것은 누구보다도 우리들 군인이 할 일이다. 그런데 내 모를 것이 하나 있는데, 목숨을 바친다는 것은 죽는다는 말이 아니냐?"

목숨을 바쳐야 한다고 우겨대는 군대에서는 묘하게 들리는 말이었다. 병정들이 대답을 못하고 멍청하니 그를 바라보는 가운데 처음 나섰던 똑똑한 병정이 물었다.

"죽어서는 안 됩니까?"

"안 된다는 말이 아니다. 나 같으면 적을 무찌르고 살아서 충성을 다하지 죽지 않겠다. 죽은 시체가 어떻게 충성을 다한단 말이냐? 너희들이 무술을 닦는 것은 죽기 위해서 닦는 것이 아니라 살기 위해서 닦는 거다. 게을러서 무술을 닦지 않고 있다가 무술을 닦은 적에게 맥없이 죽으면 충성두 아무것두 아니잖아? 우선 살기 위해서 무술을 닦는 거다. 자기가 살기 위해서."

그는 더 말하지 않고 성큼성큼 걸어갔다.

폐하니, 나라니 주문처럼 외지마는 터놓고 보면 막연한 이야기였다. 내가 사느냐 죽느냐, 이것은 절실한 문제가 아닐 수 없었다. 그의 부하들은 무술에 열을 내고 정병이 되어 갔다.

쇠둘레에서 만난 임금 선종은 전같이 머리가 돌지도 않았고, 어떻게 보면 더욱 판단이 명쾌하고 인물도 훨씬 커진 느낌이었다.

견훤 군의 핵심인 정기(精騎) 오천을 무찔렀다는 장계를 읽고 그에게 여러 가지를 물으면서 그렇게 좋아할 수 없었다. 왕건이 건의한 이상으로 장병들에게 포상을 내리고, 내전으로 불러 겸상으로 식사를 하면서 이런 말도 했다.

"나주가 굳어지면 왕 장군과 자네는 이 쇠둘레에 와서 나와 함께 천하를 통일할 계책을 세워야지. 공식으로야 임금이요 신하이지만 역시 믿을 것은 옛 친구밖에 없단 말이야."

종희는 나주에 돌아오는 날로 자초지종을 왕건에게 보고하고 다시 힘을 내기 시작했다.

그러나 무엇 때문인지 가끔 멍하니 하늘을 쳐다보고 생각하는 버릇이 생겼다. 이것은 전에 없던 일이다.

무슨 걱정이 있느냐고 물으면 아무것도 아니라는 대답이었다.

왕건은 필시 곡절이 있다고 생각했다.

오월 단오는 임금 선종의 생일인 천추절(千秋節)이라 공청에서 여러 사람들과 간소한 축하연을 마친 왕건은 종희를 자기 집으로 데리고 갔다.

그는 단도직입적으로 물었다.

"내 눈은 못 속인다. 무언지 모르지마는 걱정이 있지?"

그러나 종희는 대답하지 않았다.

왕건은 바라보다가 다시 물었다.

"나한테까지 감춰야 할 일이야?"

종희의 대답은 무뚝뚝했다.

"때가 안 돼서 그런다."

"때라니?"

"때가 오면 네가 나서지 않고는 안 될 날이 올 게다."

"말하기 싫으면 안 해두 좋다. 다만 마음에 낀 구름은 씻어 버리는 게 좋을 듯해서 하는 말이다."

"씻어질 구름이 아니다. 너는 생각이 많은 사람이라서 얘기해두 안 들을 것을 알고 있다. 일을 저질러 놓구 끌구 가야 마지못해 끌려올 위인이다. 그래서 말을 안 했다 뿐이다."

왕건은 심상치 않은 예감이 들었다. 쇠둘레의 사정이 소문과는 다른 것이 아닐까?

"쇠둘레에서 무슨 일이 있었던 건 아냐?"

"성상은 다 틀렸다."

왕건은 가슴이 철렁했다.

"얘기가 다르지 않아? 전에 뭐라구 했어?"

종희는 억양 없는 소리로 대답했다.

"다르지 않다. 너한테 얘기한 건 사실이다."

"그러면 무슨 걱정이야?"

"설리두 성상의 병이 다 나았다구 기뻐하구."

"……."

"세상 사람들이 다 태봉국의 앞날이 트였다구 희망을 가진 것도 사실이다. 국토와 인구를 생각해 봐. 이대로 가면 우리가 이기지, 견훤이 이길 것 같아?"

"그럼 성상의 병이 낫지 않았단 말이야?"

종희는 터놓고 이야기를 시작했다.

종뢰가 오대산(五臺山)에서 왔다는 늙은 중을 가마에 태워 가지고 들어가서 진맥을 하고 이상한 알약을 진상했더니, 며칠 안 가 증세는 없어지고 정상으로 돌아와 오늘에 이르렀다는 것이다.

종뢰의 말로는 명산대천을 두루 돌아다니면서 도를 닦은 도승(道僧)이라 천문 지리에서 의술에 이르기까지 통하지 않은 것이 없고 앞날과 뒷날을 훤히 꿰뚫어보는 성인이라고 했다는 것이다.

왕건은 흥미가 동했다.

"설리의 얘기를 들으니 신통하기는 신통하더란다. 그 중이 폐하는 미릌불로 중생을 제도하실 것입니다 했더니, 언짢은 눈으로 훑어보구 요망하다, 다시는 내 앞에 나타나지 말라구 내쫓았단다. 그리고 종뢰를 부르시더래. 미륵불이구 뭐구 네 농간인 줄 다 안다. 다시는 그런 요사스러운 짓을 하면 무사하지 못할 줄 알라구 야단을 치시구."

"그 정도까지 왔으면 정말 병이 나은 게 아냐?"

"나두 그렇게 믿었다."

"아니란 말이야?"

"돌아오기 이틀 전이다. 전의시에 들러 늙은 의원 보구 성상의 치병(治病)에 수고했다구 치하를 했더니, 글쎄올시다……, 하더란 말이야. 말이 이상하잖아? 그래서 다그쳤지. 바른 대루 말해라. 안 하면 죽인다구 말이다."

"……."

"절대 발설하지 않는다는 다짐을 받구서야 입을 열더라. 그 병은 바다의 파도처럼 올라갔다 내려갔다, 즉 정신이 들었다 나갔다 하는 거래. 마침 정신이 드는 기미를 보구 종뢰가 재간을 부린 거란다."

"그래……, 그럼 제정신은 언제까지 간대?"

"그건 자기두 모르겠다구 하더라. 몇 달 갈 수도 있구, 어쩌면 몇 해 가는 수두 있지마는 결국은 왕창 하는 날이 온다는 거야."

종희는 차로 목을 축이고 계속했다.

"다들 기적을 바라지마는 세상에 기적은 없다. 이 병은 안 낫는다구 단언하더라."

"원회 장군을 만나 사실대루 얘기하지 그랬어."

"너, 여전히 답답한 친구로구나. 쇠둘레는 지금 태평성대다. 전에 약간 돌았을 때두 안 들은 원회가 이런 때 들을 것 같으냐?"

"만나기는 했어?"

"만났다. 흑상이 좋게 얘기했겠지. 초대를 받아 가서 융숭한 대접을 받았다. 나주에서 이긴 장수들의 칭찬이 자자하구, 천하를 통일할 분은 우리 성상 폐하라구 하는데 할 말이 뭐가 있어?"

없었을 것이고 들을 원희도 아니었다. 멀쩡한 임금을 미치광이라고 했다가는 목이 달아날 판이기는 하지마는, 자기에게까지 종희가 입을 열지 않은 것은 기분 좋은 일은 아니었다.

"그럼 설리, 아니 중전에게라두 귀띔하지 그랬어."

"그애가 힘이 있다면 했지. 성상에게 무어라고 하면 제갈양(諸葛亮)의 출사표(出師表)에 나오는 문자를 내세운단다. 궁중과 부중(府中, 정부)은 엄격히 구분해야 한다. 왕후라도 정치를 넘보면 가만 안 둔다구 말이다. 이 세상에 그애 말을 듣는 것은 시중을 드는 늙수그레한 여자 몇 사람밖에 없다. 공연히 입을 놀려 소용없는 걱정을 시켜 뭘 하나?"

왕건은 사람의 운명이라는 것을 생각했다. 그렇게 잘생기고 영리하던 설리가 운명이라는 바람에 휩쓸려 미치광이에게 시달릴 줄은 참으로 몰랐다.

자기는 어떻게 될까? 일찍이 나주를 기반으로 삼을 생각을 한 일도 있었다. 그러나 흉년이 자주 들고, 생산되는 것이라고는 곡식과 해산물뿐이고, 전쟁에 쓸 만한 것이라고는 화살을 만들 대(竹)가 있을 뿐이다.

견훤은 자기를 사실 이상으로 보고 있다. 태봉국이 찢어지는 날 자기는 아마 견훤의 칼에 맞아 죽을 것이다.

"그렇다면 너, 좀 이상하잖아?"

왕건이 물었다.

"왜?"

"죽어야겠다고 벼르더니, 신이 나서 병정들을 훈련하구 다른 일에도 열을 내구."

"너 때문이다."

"나 때문이라구?"

"지금 병력 이천, 정주에서 함선이 되는 대로 기병도 천 명이 오기루 돼 있지?"

"돼 있지."

종희는 말이 기칠어졌다.

"그 애꾸가 이상한 눈치만 보이면 네가 나주를 버리고 올라가 태자를 세울 각오만 돼 있다면, 나두 그렇게까지 할 게 뭐냐? 나두 고달프다."

"전에두 얘기했잖아? 안 되는 일이라구."

"그때는 네 생각두 맞는다구 생각했다. 그러나 쇠둘레에 다녀오면서부터 생각이 달라졌다. 왕창 하면 나주에 앉아 말라죽을 작정이냐?"

"나두 만일의 경우를 생각 안 한 건 아니다. 허지만 별도리가 없잖아?"

"나는 저지르고 보겠다. 내 부하들만이라두 끌구 올라갈 것이다. 죽으나 사나 막판인데 네가 정말 친구라면 안 따라올 것이야?"

"허허, 그런 꿍꿍이속이었구나."

"웃을 일이 아니다. 안 따라와두 좋으니 방해만 마라."

"따라가기는 갈 거다."

"가기는 갈 거다? 구경하러 올 작정이면 거추장스럽다. 너는 비켜."

"……."

"내 생각이 틀렸어?"

"틀렸다 옳다가 아니라 환선길(桓宣吉)을 생각하는 중이다."

환선길은 마군장군(馬軍將軍)으로 쇠둘레 일대의 경비를 책임지고 있는 장수였다. 휘하의 병력 삼천.

"환선길이 어쨌다는 거야?"

"궁중에서 분란이 일어나면 그가 가만있을까?"

"그가 움직이기만 하면, 그때까지 밧줄로 묶어 두었던 애꾸는 없어진다. 태자가 즉시 등극할 텐데 자기가 나설 틈이 있어?"

"너를 살군지죄(殺君之罪)로 토벌할 것인데, 삼천 명과 삼백 명은 상대가 안 되지 않아?"

종희는 그런 것은 안중에도 없다는 듯 응대조차 하지 않았다.

"그것도 계산에 넣어야 하지 않을까?"

왕건이 다시 물었으나 종희는 송편을 집으면서 쳐다보지도 않고 대답했다.

"너, 생각보다 잔걱정이 많구나."

환선길은 처음부터 선종을 따라 나선 건국공신은 아니고 동해 바닷가의 작은 고을에서 놀아난 골목대장과 비슷한 건달 장군이었다.

그러나 일찍이 선종이 울오어진(울진)에서 아슬라(강릉)로 북상하는 도중, 산세를 이용해서 싸움다운 싸움을 걸어 온 인물이었다.

전멸하다시피 하고 충성을 맹세하기에 살려 주었더니 그 후 여러 차례의 전쟁에서 공을 세우고 선종의 신임을 얻은 장수였다.

거구에 풍채도 그럴듯해서 인재라고 하는 사람들이 적지 않았다. 어부 출신으로 자기 이름도 못 쓰는 처지였으나 통이 크고 사람을 다루는 솜씨도 있었다.

왕건이 보기에는 그가 문제였다. 종희가 궁중에서 분란을 일으키면 반드시 개입할 것이고, 개입하면 비록 태자가 선다 하더라도 허수아비에 불과하고, 종희는 역적으로 몰려 죽음을 당할 것이다. 이렇게 되면 선종에게 충성하는 고을의 장군들도 그를 나무랄 여지가 없고 호응할 것도 자명한 일이다.

자고로 칼을 든 자가 대의(大義)를 내세우지 않는 일이 없고, 그 대의는 한때 야심의 방편으로 쓰였을 뿐 결국 칼 든 자의 천하가 되지 않은 예가 없었다.

환선길의 천하를 만드는 것은 아닐까?

왕건은 생각하다가 쓴웃음을 지었다.

"이거 떡 주기 전에 국물부터 마신 격이 됐구나."

종희의 눈이 그를 아래위로 훑었다.

"싱겁기는. 뭐가 떡이구 국물이야?"

"내군장군이 되기도 전에 이미 된 것처럼 이러니저러니 했으니 말이다."

사실이기도 했지만 자기가 걱정하는 심정을 털어놓아야 들을 종희가 아니기에 무탈한 대답을 했다.

"천거를 못하겠다구 발뺌을 하는 건 아니겠지?"

종희의 다짐에 왕건은 그를 똑바로 볼 뿐 대답이 없었다.

"왜 말이 없어?"

"지나간 삼십구 년 동안 내가 한 번이라두 발뺌한 일이 있으면 말해 봐."

"그럼 됐다."

종희는 한마디로 대답하고 일어서면서 왕건을 내려다보았다.

이튿날.

두 사람은 말을 달려 성내를 빠져 나갔다.

산야를 뒤덮은 녹음은 짙어지고, 대자연의 웅대한 생명의 고동에 맞춰 삼라만상이 합창하는 생명의 가락이 귀에 들리는 듯했다.

처참한 전쟁이 지나간 지 보름, 그러나 적에게 짓밟힌 땅에도 자연의 숨결은 멈추지 않고 군마에 뜯긴 풀밭에 뜯긴 것은 뜯긴 대로, 쓰러진 것은 쓰러진 대로 줄기차게 다시 일어서 숨 쉬고 있었다.

사람도 다를 것이 없었다.

냇가 수양버들 밑에는 오색으로 단장한 젊은 여인들이 모여 그네를 뛰며 웃고 노래하고, 그 옆 모래밭에는 장정들의 씨름판이 벌어지고 있었다.

생명의 호흡, 그것은 초목이나 사람이나 다를 것이 없었다.

전쟁으로 남편이나 아들을 잃은 사람들은 아마 성묘를 마치고 집안에서 슬픔에 울고 있을 것이다.

그러나 초목이 마른 가지나 마른 잎사귀를 외면하고 생명의 길을 가듯이 인간도 남의 애통은 아랑곳없이 자연과 함께 숨 쉬고 자연의 길을 가고 있었다.

전쟁. 그것은 뜻도 소용도 없는 광란으로 자라나는 인간의 생명을 꺾어 마른 가지, 마른 잎사귀로 만드는 허망한 폭풍이었다.

왕건은 이번 전쟁에서 많은 인간의 생명을 구해 주신 부처님께 마음속으로 감사하면서 말을 달렸다. 하늘이라면 막연한 것 같고 역시 부처님이다. 부처님이 아니고 그런 기적은 일어날 수 없는 것이다.

두 사람은 그대로 말을 달려 서해 바닷가로 나갔다. 바다에서 자라 바다가 그리운 사람들이었다.

그들은 바닷가의 바위에 앉아 넘실거리는 파도를 바라보며 오래도록 아무도 입을 열지 않았다.

"참 아름답구나."

멀리 수평선으로 다가가는 해를 바라보고 종희가 혼잣말처럼 중얼거렸다.

"그래."

왕건은 나지막이 맞장구를 쳤다.

"자연은 이렇게 온통 아름다운데 인간 세상은 왜 이 모양일까?"

종희의 한탄에 왕건은 천천히 대답했다.

"자연두 아름답기만 한 건 아니지. 폭풍우에 눈사태, 거기다 가뭄에

홍수, 별의별 일이 다 있잖아?"

"……."

"인간 세상두 본시 아름다운 건데 전쟁이란, 말하자면 막간에 끼는 폭풍우 같은 게 아닐까?"

"그럴지두 모르지."

종희는 지는 해에서 눈을 떼지 않았다.

"종희, 부탁이 하나 있다."

왕건은 사이를 두고 말을 걸었다.

"말해 봐."

종희의 시선은 여전히 수평선을 향하고 있었다.

"뜻대루 내군장군이 되더라두 말이다……."

"……."

"듣구 있어?"

"듣구 있다."

"어떤 일이 있어두 성상을 해치지만은 말아 다우."

"왜?"

종희가 돌아보았다.

"목숨만은 다치지 말아 달라는 뜻이다."

"……."

종희는 말이 없었다.

"인간은 너무 왜소하다. 왜소한 것들끼리 이러구저러구, 생각하면 한심하고 허무한 일이 아니냐?"

"……."

"약속해라. 지금 보는 저 해와 같은 마음가짐으로 말이다."

"내가 내군장군이 되기는 될 것 같으냐?"

"그건 나두 모르겠다."

"그럼 네가 아까 얘기한 떡이니 국물이니 하는 얘기의 되풀이가 아니야?"

"하긴 그렇다."

"……."

종희는 눈알을 굴리는 품이 싱거운 넋두리라는 표정이었다.

"그동안 생각이 달라졌다. 역시 내군장군은 원회보다 네가 하는 것이 옳겠다."

"이랬다 저랬다……."

종희는 고개를 돌렸다.

"아니다. 아까 부탁이라구 했지마는 안 해두 될 부탁을 했다."

"모를 소리의 연속인데, 왜 내가 내군장군을 하는 것이 원회가 하는 것보다 낫지?"

"너는 성상을 해칠 사람이 아니다."

"그럼 원회는?"

"그는 더욱 아니다."

"……."

종희는 야릇한 표정으로 왕건을 바라보았다.

"한 가지가 다를 뿐이다. 위급한 때에 너는 성상을 구할 수 있어도 원회는 구할 사람이 못 된다."

"……."

"어차피 폭풍은 불게 생겼는데, 원회는 성상 주변에서 임기응변으로 대처할 사람으로는 부족하단 말이다."

"너, 내 속을 뻔히 알면서."

"너나 내가 성상에게 유감은 없잖아? 여태 잘해 주셨구……."

"나는 유감도 애착도 없구 신세를 진 일도 없다. 내 발루 걸어온 사람이다."

"그렇지도 않을걸."

"……."

"원래는 착한 사람이잖아? 그러니 머리가 돌아서 이상한 짓을 한다구 원망할 수는 없고, 너도 애착은 있을 게다."

"애착? 없다."

"옛정이라는 게 있잖아? 우리가 옛날 무역은 안 되구 살 길이 막연할 때가 한두 번이었어? 우리 둘이 단짝이 돼서 보따리를 지구 이 동네 저 동네 찾아다녔지. 때로는 지게에 어물을 지구 팔러 다니기두 하잖았어?"

"그랬지……. 그래두 그때가 좋았다. 공연히 칼을 잡구 나서 별별 곡절을 다 겪었으니 한 치 앞이라도 내다보았던들 영안성에 그대로 있었지, 이 노릇은 안 했을 게다."

"그때 성상은 이 집 저 집 다니면서 목탁을 두드리고 동냥하는 신세였구."

"그 돌중이 임금이 되구 우리가 그 신하로 뛰게 될 줄을 누가 알았겠니? 모를 건 인간세상이다."

종희는 희미하게 탄식하고 계속했다.

"그에게 충성을 다하느라구 죽을 고비를 넘긴 것도 부지기수이지. 그런데 지금 와서는 이 돌중을 없애겠다구 벼르고 있으니 말이다. 얼마 살지두 못하는 인생을 이런 식으로 엮어 놓은 건 하늘이야? 부처님이야?"

왕건이라고 알 수 있는 일이 아니었다. 종희의 심정을 생각하면서 다시 지는 해를 보다가 화제를 되돌렸다.

"언젠가 동냥 다니는 성상, 그때는 성상 아닌 선종이었지. 선종과 지게에 고등어를 진 우리가 마주친 일이 생각나?"

"허허……. 그런 일이 있었지. 나한테 달려드는 미친개를 몽둥이로 때려눕힌 얘기 말이지? 생각하니 그때 신세를 졌구나. 그러나 그 전에도 그 후에도 없구 딱 한 번이다."

"한 번이구 두 번이구 신세는 신세 아니야?"

"그러나 그 신세는 갚구두 남았다."

"?"

"그때 애꾸가 얼마나 사나웠느냐? 죽는 걸 살려냈는데 고맙다는 한마디루 때울 작정이냐? 다리몽둥이를 분질러 놓는다는 바람에 가슴이 뜨끔 하던 일은 지금도 잊혀지지 않는다."

"맞다. 그래서 우리 시냇가에 모시구 가서 고등어를 굽구, 주먹밥을 대접했지."

"그뿐이야?"

"또 있어?"

"남의 고등어를 먹으면서도 욕설이라, 그런 인간은 세상에 둘도 없을 게다."

"그랬던가?"

"왕거미는 가끔 꿩두 갖다 바치는데 너는 뭐야? 그 흔한 고등어 꼬리 하나 바치지 않으니 너는 미친개한테 물려 싸다, 이러잖았어?"

"해 보는 소리였겠지."

"너한테는 여태 얘기를 안 했지마는 미친개 사건의 꼬리는 그 후에도 오래 끌었다."

여기서 종희는 처음으로 그 후에 겪은 희한한 일을 이야기했다.

"한번은 길에서 우연히 만났는데 윽박지른단 말이다. 차후로는 나를 멀리서 보더라도 달려와서 인사를 할 것이구, 안 하면 반쯤 죽여 놓는다, 이거야. 네, 네 했지 별도리가 있어야지."

"……."

"만나기만 하면 욕부터 나오는 거다. 놈의 새끼, 자주 나타날 것이지 가물에 콩 나듯 이게 뭐야? 한번은 길에서 마주쳤는데 욕을 하구 나서 바위에 걸터앉아 명령을 내리더라. 출출한데 닭을 한 마리 잡아 오너라. ― 할 수 있냐? 네, 네 하구 나섰지."

"그래, 잡아 갔어?"

"대낮에 훔칠 수도 없구, 훔쳐야 잡아서 어쩔 수두 없구. 그때 난처하던 일을 생각하면……. 할 수 없이 동네에 들어가 아무개의 아들 아무갠데 급한 일이 있으니 닭을 한 마리 어떻게 해 달라, 값은 내일 갚겠다 이런 식으로 해서 갖다 바쳤다. 닭을 뜯으면서도 큰소리야. 이게 병아리지 닭이냐?"

"그런 일이 있었구나."

"그뿐이 아니다. 한번은 꼭두새벽에 골짜기에서 마주쳤는데 동냥을 다니다 허기진 모양이지? 난데없이 개고기를 먹어야 쓰겠다고 들볶는 데는 재간이 있어야지."

중은 살생계(殺生戒)에 따라 육식은 금물인데, 그중에서도 개고기는 가장 추하다 해서 금물 중에서도 금물이었다. 중과 개고기라, 왕건은 아무리 생각해도 정말 같지 않았다.

"스님이 개고기를 드셔야 되겠습니까? 죽어지내는 판이라 겁나는 걸 참구 한마디 했다가 큰코다쳤다."

"안 들어?"

"큰코다쳤다니까. 내 기가 막혀서……."

종희는 너털웃음을 치고 말을 이었다.

"다짜고짜 주먹으로 눈퉁이를 쥐어박고 한다는 소리가, 이눔의 자식, 남의 걱정 말구 너나 똑똑해라, 이러는 거야."

"……."

"눈에서 불이 번쩍 나는데 정말이지 기겁을 했다. 잘못했다구 빌었지."

"……."

"시키는 대루 골짜기를 나와 걸으면서 생각하니 내 힘으로는 될 일이 아니란 말이다. 동네마다 흔한 것이 개가 아냐? 허지만 도둑질할 수두 없고, 해 봐야 열 몇 살짜리가 개를 어떻게 감당하니? 도리어 물려 죽을 판이라 이거 정말 죽을 노릇이더라."

"그래, 그 무렵의 성상은 이치구 뭐구 없었지 ."

왕건도 맞장구를 쳤다.

"정말이지 힘만 있으면 그늠의 애꾸, 때려죽이구 싶더라."

종희는 결국 집에서 기르는 개를 생각했다는 것이다. 돌아와 보니 마침 집 앞에서 놀길래 살살 달래 가지고 골짜기로 가다가 외삼촌을 만났다고 한다.

외삼촌에게 사실을 얘기할까 하다가 무슨 소동이 벌어질지 모르고 또 심술로 가득 찬 선종이라 가만있을 것 같지 않아 겉치레로 인사를 하고 지나갔다는 것이 다.

겨우 개를 몰고 골짜기에 갔더니 넓은 바위에 자빠져 있던 선종이 일어나 앉으면서 히죽 웃더라고 한다.

"사람을 알아보는군."

이제 됐다 싶어 다가서는데 또 주먹으로 눈퉁을 쥐어박더라는 것이다.

" - 임마, 내가 짐승이야? 산 개를 어떻게 먹으라는 건지 말해 봐. - 그 자리에 주저앉아 엉엉 울었다. 그 영안성의 건달 있잖아? 그 건달은 그래두 말하면 이치라두 통했지마는 이건 한번 냅다 밀면 막무가내란 말이다."

한참 우는데 선종이 바위에서 내려와 발길로 엉덩이를 툭툭 차더라는 것이다.

"너 같은 돌대가리는 처음 보았다. 임마, 동네에 끌구 가서 잡으면 될 게 아냐?"

홧김에 일어서 한마디 했다고 한다.

"이 바쁜 세상에 남의 개나 잡아 줄 사람이 어디 있어요?"

그랬더니 선종이 손가락질하면서 고함을 지르더라고 한다.

"이 자식, 보자 보자 하니 돌대가리두 차돌대가리구나. 누가 잡아 달라구 하랬어? 잡아 잡수시오 하란 말이다."

이건 사람을 한번 놀려 보는 건가? 어이가 없어 쳐다보았더니 종희의 어깻죽지를 눌러 나란히 앉히고 이번에는 다정한 친구처럼 나오더라는 것이다.

"말이라는 건 말이다. '응'이 다르구 '엉'이 다르다구 했지? 개를 잡아 달라, 잡아 줄 사람이 있을 턱이 없지. 그러나 개를 잡아 잡수시오, 해 봐라. 아귀다툼을 하면서 몰려올 게 아냐?"

듣고 보니 그럴듯하기는 했으나 그렇게 되면 삼복더위에 가깝지도 않은 길을 내왕하면서 땀만 빼고 개 한 마리 공짜로 바치는 것밖에 되지 않고, 싱거워도 이렇게 싱거운 일이 있을 수 없었다.

그러나 선종이 먹으나 동네 사람들이 먹으나 자기에게는 다를 것이 없었다.

"알아들었어요."

한마디 하고 일어서려는데 선종이 또 어깻죽지를 잡아 앉혔다고 한다.

"못 알아들었다. 잡아 잡수시오 하면 사람들이 우욱 몰려 와서 목을 매구 칼질하구 야단날 거 아냐?"

"네……."

"그때 한마디 하란 말이다."

"뭐라구요?"

"뭐라구 했으면 좋겠는지 생각이 안 나?"

선종이 씩 웃더라는 것이다.

억울하고 부아가 치밀어 죽을 판인데 생각이 떠오를 리도 없고 설사 떠오른다 해도 선종이 좋으라고 입을 열겠느냐, 고개를 흔들었다고 한다.

"차돌대가리에서 생각이 나오라구 한 내가 잘못이지. 차돌에서 땀이 나오라는 거나 마찬가지 아냐?"

"……."

종희가 대답하지 않고 시큰둥해서 일어서는데 선종은 걸망에서 생쌀을 꺼내 씹으면서 삿대질을 하더라는 것이다.

"하늘을 봐. 오정이 가까워 오는데 이 스님께서는 시장하시단 말이다. …… 잡아서 다 잡숫구 저는 뒷다리 두 개만 주시오. 이렇게 말하면 된다."

"네."

하고 개를 몰고 골짜기를 나오는데, 그 선종의 목소리가 뒤를 따라왔다고 한다.

"근사한 양념을 잊지 말아라. 그리구 소주두 한 되 받아 갖구 와."

하여튼 마을에 내려와 처음 만나는 청년에게 이야기했더니 두말할 여지도 없었다고 한다. 널리 알리지도 않고 친구 한 사람만 끌고 와서 개를 잡고 시장하겠다면서 점심까지 주더라는 것이다.

이쪽의 청도 두말없이 들어주고 소주도 오리병에 넣어 주었다고 한다.

개를 잡고 불에 그을리고 삶고 하다 보니, 종희가 개다리를 메고 골짜기에 돌아온 것은 해가 너울거릴 무렵이었다는 것이다.

그때까지 넓은 바위에 사지를 뻗고 천자문을 소리 내어 읽던 선종은 우선 소주를 오리병째로 한 모금 들이켜고 걸망에서 칼을 꺼내더니 개다리에서 큼직하게 살점을 베어 뜯어 먹고 나서 또 한 점 베어 종희에게 권했다고 한다.

"너두 알다시피 난 개고기를 못 먹잖아? 못 먹는다구 했더니 배때기에 기름이 찬 헌놈의 자식이라구 욕설이겠지. 죽두록 고생만 하구 욕만 즉사두룩 먹구…… . 개고기두 개고기지마는 중은 술두 금물이잖아? 그래서 스님이 술을 들어두 괜찮습니까? 하구 한번 이죽거려 봤더니 하나밖에 없는 눈알루 째려보는 거야. 그 사이에도 쉴 새 없이 개고기를 뜯구 술을 찔끔거리면서 ."

"그랬을 거다. 그때 성상은 그런 사람이었다."

"이게 술이야? 알아둬. 반야탕(般若湯)이다, 반야탕. 하여튼 장사는 장사더라. 개다리 두 개에 술 한 되를 다 먹구두 끄덕없는 것. 트림을 하면서 나더러 가두 좋다는 거야. 스님두 어디 마을루 들어가셔야지요, 그랬더니, 별이 총총한 하늘 아래 넓은 바윗등에서 잔다, 이거 얼마나 근사해? 이런단 말이다."

왕건은 들으면서 선종다운 행동이라고 생각했다.

종희는 호랑이굴에서 벗어난 심정으로 집에 돌아왔으나, 개다리 소동은 약간의 후일담을 남겼다고 한다.

개가 없어졌다고 며칠 동안 집안 식구들이 찾아다닌 것은 응당 그럴 수 있는 일이었으나, 눈치를 챈 외삼촌이 허공 스님을 찾아 담판을 지었다는 것이다.

"게걸이라도 든 듯 개고기를 포식하구 술을 들이켜는 그런 놈팽이도

중이라구 할 수 있습니까?”

그러나 허공 스님은 대수롭지 않게 웃어넘겼다고 한다.

“못 되면 건달이구, 잘되면 큰 중이 될 테니 우리 두구 봅시다.”

이 한마디로 개다리 소동은 막을 내렸다고 한다.

“좋은 시절, 좋은 사람들은 다 간 것 같구나.”

땅거미 지는 길을 나란히 말을 몰아 돌아오면서 왕건이 한탄했다.

“좋은 시절이었는지는 모르겠고, 돌아가신 어른들을 생각하면 모두 훌륭한 분들이었지. 그 어려운 시기에 용케 처사를 해서 우리 고장에서는 큰 분란두 없었구.”

“종희, 이런 생각은 안 해 봤어? 우리두 늙었다구.”

“늙었다구?”

“어려운 시기를 잘 넘겨 주신 분들의 그때 연세가 지금 우리 또래였으니 말이다.”

“듣고 보니 그렇기두 하구나.”

두 사람은 차차 어두워 가는 하늘 아래 말을 달리면서 아무도 말이 없었다.

예성강가에서 자라던 어린 시절, 좋은 일만 있었던 것은 아니었다. 거센 파도를 무릅쓰고 어른들을 따라 당나라에 무역도 수차 다녀왔고 때로는 해적들과 싸우기도 했다. 장사가 잘될 때에는 가게에 앉아 계산만 하고 앉아 있어도 돈이 들어왔으나 안 될 때에는 등짐을 지고 산간벽지까지 집집을 찾아다니며 행상도 했다.

그렇다고 쓰라린 일만 있던 것도 아니다. 봄이면 친구들과 어울려 산으로 꽃놀이를 가기도 했고 예성강에서 고기를 낚아 천렵도 했다.

그때는 세상이 어떻게 돌아가는지 알지도 못했고 알려고도 하지 않왔다. 쓰라리던 일, 괴롭던 일도 지나고 보니 즐겁던 일과 조화를 이루어 그리운 추억으로 남아 있을 뿐이었다.

사람들은 이것을 철없는 시기라고 한다. 인생에 조금이라도 낙이 있다면 별로 길지도 않은 이 철없는 시기가 아닐까. 나랏님이 돌아갔다 해도 딱히 무슨 소리인지 알아듣지 못하면서도, 잡았던 참새 한 마리를 놓치고는 가슴이 메어져 울던 그 시기.

그러나 철이 들어 칼을 잡고 나선 지 이십 년. 이 살벌한 이십 년은 그리운 추억일 수 없고, 오늘과 직결되어 요동치고 내일을 판가름하려고 움찔거리고 있다.

나주 성내에 들어오니 완전히 어둠이 깔리고 저녁 식사를 마친 가족들이 문을 열어젖힌 채 등잔불 주위에 모여 앉은 모습도 보였다. 목침을 베고 드러누운 할아버지의 옛이야기를 듣는 모양이었다.

"부인두 안 계시구 적적할 텐데 우리 집에 가서 식사나 하구 가지."

바닷가를 떠난 후 비로소 종희가 입을 열었다.

"그래 볼까?"

햇수로 칠 년 전, 처음 이 나주에 올 때부터 동행하였으나 두세 번 지나는 김에 잠깐 들렀을 뿐 집 안으로 들어가 보기는 처음이었다.

장군의 집이래야 백성들의 집보다 조금 클 뿐 별로 다를 것이 없는 초가였다. 하기는 기백 호밖에 안 되는 이 나주 성내에서 지붕에 기와를 인 것은 금성군 태수의 처소였던 나주 장군의 공청과 왕건이 사는 집뿐이었다.

대여섯살 난 남매가 달려 나오고 뒤이어 부인이 머리를 만지면서 나와 두 손을 모으고 머리를 숙였다. 종희의 외가 편에서 온 조용한 여자였다.

"시장한데 얼른 식사를 차려 줘요."

집에 들어서자 종희가 부인에게 일렀다. 부인은 난처한 듯 잠시 머뭇거리다 잠자코 부엌으로 들어가 상을 보아 가지고 올라왔다.

보리에 콩, 흰쌀은 어쩌다 보일 정도의 밥에 명절이라고 별미로 내놓은 송편도 잡곡떡이었다.

한쪽에 오리병이 놓여 있었으나, 찬이라고는 산채에 마른 육포밖에 없었다.

종희의 부인은 소녀 같은 웃음을 띠면서 남편을 흘겨보았다.

"장군께서 오시면 미리 알려라두 주시지……."

"괜찮아. 오늘은 장군이 아니구 옛 친구니까. 당신두 이리 앉아요. 옛 이야기두 하구."

종희의 웃는 얼굴에는 쓸쓸한 기운이 감돌았다. 왕건은 그리운 추억 속에 어두운 현실을 잊으려는 감상(感傷)이라고 생각했다.

왕건도 부인을 모르는 처지는 아니었다. 영안성 이웃 마을에서 자란 처녀로 일 년에 한두 번 명절이면 설리랑 어울려 함께 놀기도 했다.

"식전에 우선 한잔씩 해야지."

종희가 잔에 술을 따르는데, 그의 어깨에 매달렸던 남자 아이가 옆에 앉으면서 손가락질을 했다.

"아버지, 나 송편 먹어두 돼?"

종희가 대답하기 전에 왕건이 집어 주었다.

"그럼, 되구말구. 우리 공주는 무얼 줄까?"

한 손가락을 입에 물고 어머니의 옆에 앉은 딸에게 물어보았다.

"난 고기를 먹구 싶은데 육포는 딱딱하구, 울 아버지는 못쓰겠어."

맹랑한 소리를 했다. 종희는 어린 딸을 무릎에 앉히고 물었다.

"우리 공주, 화가 났구만. 왜 그러지?"

"바다에 갔다는 소리를 듣구 생선을 잡아 오는 줄 알았는데, 난 아버지가 싫어.”

“그래, 내 깜빡 잊었구나. 다음에 가면 꼭 잡아 올게.”

종희는 울먹이는 딸을 달래고 왕건과 술을 나눴다.

왕건은 부러운 생각이 들었다. 유 씨에게는 자식이 없고, 오 씨는 그 모양이고, 이런 분위기는 처음으로 실감했다. 자기가 어릴 때 어떠했는지는 딱히 기억에 없고, 이것이 사람 사는 세상이라는 생각이 들었다.

이 조그만 세계, 그러나 인정이 흐르는 안온한 세계, 단아한 꽃병 같아 깨뜨리기 아까운 생각이 들었다. 지금같이 종희가 외곬으로 나간다면 일이 잘될 수도 있겠지마는, 이 아담한 세계에 풍파가 일어날 수도 있지 않을까?

왕건은 어려서부터 아는 부인이 있는 자리라 터놓고 이야기하는 것이 편할 듯싶었다.

“종희, 너 군인이 된 것을 후회한 일이 없어?”

“있지.”

“지금이라도 그만두구 싶은 생각은 없어?”

“그만두게 돼 있어야지. 너 왕건이는 어때?”

“마찬가지다.”

부인이 끼어들었다.

“지금이라두 저이가 군인을 그만둔다면 얼마나 좋겠어요? 아이들을 제대로 먹이거나 입히지두 못하구, 전쟁만 터지면 조바심나구, 사는 게 사는 것 같지 않아요. 지금이라두 예성강에 돌아가 조용히 지냈으면 하는 것이 제 소원이에요.”

약간 취기가 돈 종희는 잔을 상 위에 놓으면서 왕건을 건너다보았다.

“우리 소원대루 된 게 뭐가 있어? 그래서 나도 예성강으로 돌아갈 생각을 한 것이 한두 번이 아니다. 허지만 대단할 것도 없었지마는 군인생활 이십 년에 가산을 탕진하구 백수건달이 돼서 고향에 돌아가면 웃음거리밖에 될 것이 있어야지."

"……."

"남이야 뭐라건 그것두 좋아. 먹구는 살아야 할 게 아니야? 나이 사십에 밑바닥 뱃사공부터 시작해야 할 텐데, 나도 옛날과 다르다는 것을 느낄 때가 많다. 힘이 부쳐서 못할 게다."

"제가 빨래하구 바느질할게요."

부인의 목소리는 간절했으나 종희는 반대였다.

"이 종희가 별것은 아니지마는 패잔병이 돼서 마누라의 손끝에 매달려 살게 됐어? 돌아설 시기는 옛날에 흘러갔구 앞으로 나가는 수밖에 길이 없어."

왕건은 종희를 건너다보았다.

"세상이 사람의 마음대로 된다면 만대를 두고 태평성대일 것이구. 우리는 지금도 예성강 포구에서 장사를 하고 있겠지. 사람의 세상이면서 사람의 마음대로 안 되는 것이 불가사의하잖아."

종희는 고개를 끄덕였다.

"처음에 너를 따라 쇠둘레로 갈 때는 꿈도 많았다. 성의나 노력이 부족한 것도 아니었는데, 뜻대로 된 것은 하나 없으니 이게 어찌 된 일이지?"

"그러게 말이다."

"너나 나나 이 나주 구석에 와서 견훤을 상대로 힘겨운 싸움을 해 가면서 썩어 가고 있으니 이게 꿈에라두 생각이나 한 일이냐?"

"그래……."

"앞날이라도 내다보였으면 그런 대루 참겠는데……, 캄캄하구."

"……."

"안 그래?"

"나는 그렇게까지 절박하게 생각하지는 않는다. 작은 일은 사람의 마음대로 되는 것도 있지마는 큰일은 될 대루밖에 안 되고 사람의 힘으로는 어쩔 수 없다는 생각이 든다."

"될 대루밖에 안 된다……."

종희는 생각하는 눈치였다.

"부지런히 농사를 지었다구 반드시 잘되는 것도 아니잖아? 홍수, 가뭄, 병충해루 아무리 땀을 흘려도 보람조차 없는 경우가 얼마나 많지? 사람은 노력은 하되 결말을 짓는 것은 사람이 아닌 것 같다."

"또 부처님인가?"

종희는 빈정댔다.

"나두 모르겠다. 이번 전쟁만 하더라도 우리는 이길 수 없는 전쟁에 이기구, 견훤은 질 수 없는 전쟁에 지지 않았어? 하룻밤의 폭풍우로……. 이게 어떻게 사람의 뜻일 수 있겠어?"

종희는 그를 똑바로 바라보다가 물었다.

"점점 얘기가 어려워지는데 난 모르겠다. 어쨌든 아무리 보아도 판세는 우습게 돌아가는데 너는 어쩔 셈이야?"

왕건은 대답 대신 부인을 돌아보고 잔을 권했다.

"부인 고생이 많으시지요? 우리끼리만 되지도 않은 소리를 주고받아 미안합니다."

부인은 두 손으로 잔을 받았다.

"무슨 일인지는 몰라두 저이는 술이 아니고는 잠을 이루지 못하는 밤이 많아졌어요. 억지에 못 이겨 대작을 하다 보니 저두 술과 차츰 가까워지나 봐요."

부인은 미소를 띠고 잔을 반쯤 비웠다. 지켜보고 있던 종희가 농반진

반으로 시비를 걸었다.

"판세가 우습게 돌아가는데 너는 남의 여자와 술잔이나 주구받구. 이렇게 태평이냐 이 말이다."

왕건은 종희의 잔에 술을 부었다.

"지금은 캄캄하게 보이지마는 밝아 올지도 모르구, 아주 캄캄해질지두 모르구, 세상은 될 대루밖에 안 된다니까……. 너무 외곬으루만 생각하지 마라."

종희는 부은 술을 그대로 들이켜고 혀꼬부랑 소리가 나왔다.

"도통한 소리를 하는구나. 이런 때 나주 구석에서 썩다가 그대로 죽어두 한이 없어?"

"죽게 되면 죽는 거지."

"고향도, 밝은 세상도 못 보구?"

"죽은 다음에 고향이구 밝은 세상이구 무슨 소용이냐? 나는 사는 날까지 마음이나 편하게 가지구 살다가 때가 오면 조용히 사라지는 것이 소원이다."

"더욱 도통했구나. 그러나 이 종희는 못 참겠단 말이다. 이놈의 세상……."

그는 빈속에 연거푸 술을 들이켜고 쓰러졌다.

왕건은 부인을 도와 그를 자리에 누이고 나왔다. 그는 초승달을 잠시 쳐다보다가 말에 올랐다.

왕건은 하루를 더 생각했다.

자기는 우리 고유의 말로 광치내(匡治奈), 중국식으로 시중(侍中)이라 부르는 최고의 벼슬을 지낸 나라의 중신(重臣)인 것도 사실이다.

그러나 지금은 멀리 떨어진 나주 고을의 장군에 지나지 않는다. 자기 휘하에 있는 종희의 공을 치하하고 포상을 건의하는 것은 의당 있을 수 있는 일이다.

그러나 이것은 경우가 다르다. 나주에서는 전권을 가지고 있으니 마음대로 자리를 바꾸고 보고만 하면 되지만 중앙의 어느 벼슬을 지목해서 그 자리에 누구를 앉혀 달라고 하는 것은 분명한 월권(越權)이었다.

더구나 그것은 건국공신인 원회의 자리요, 임금이 직접 인선하기로 되어 있는 자리다. 임금뿐만 아니라 원회의 감정을 상할 염려도 있었다. 긁어 부스럼을 만드는 결과가 되지 않을까?

태자의 순시를 요청하는 것은 무방할 것이다. 큰 전쟁에 이긴 뒤라 장병들을 위문하고 바다를 보지 못한 그에게 바닷가에서 휴양하도록 하는 것이 어떻겠느냐고 문의하는 정도로 한다면 도리에 어긋나는 일도 아니리라.

아침에 장군 처소에 나간 왕건은 종희를 불렀다.

"종희 장군, 그 결심에 변동이 없소?"

"없습니다."

종희는 잘라 말했다. 왕건은 물끄러미 그를 쳐다보았다. 몸매나 마음이나 나무랄 데 없이 깨끗한 옛 친구. 그러나 한번 마음먹으면 돌이킬 줄 모르는 단순한 마음의 주인공. 지금은 붓으로 몇 자 적는 아무것도 아닌 일 같지만 그를 사지로 몰아넣는 결과가 될 수도 있는 일이다.

"마음이 달라지셨습니까?"

아무리 기다려도 바라보기만 하는 왕건에게 물었다.

"그리 않으시오."

왕건은 서 있는 종희에게 탁자 건너 걸상을 가리켰다. 종희는 왕건에게서 눈을 떼지 않고 걸상에 앉았다.

"장군."

왕건은 조용한 목소리였다.

"내가 마음이 변한 것은 아니오. 다시 생각하고 또 생각한 끝에 마지막으로 한 번 다시 의향을 묻는 것이오."

"어떤 의향 말씀이지요?"

"만사 때가 있는 것이 아니겠소? 때라는 것은 앞당길 수도 늦출 수도 없는 것인데 이것을 어기면 낭패하기 쉽지 않을까, 이런 생각을 해 보았소."

"……."

"함께 자란 죽마고우에게 이런 말을 하는 것은 거북하오마는 우리 목에 힘을 주지 말고 물 흐르듯 이 세상을 살아가는 것이 어떻겠소?"

"……."

떠보았으나 정색을 한 종희의 얼굴에는 표정이 없고 대답도 하지 않았다.

"함께 이 나주에 있다 보면 영영 안 올 수도 있겠지마는 때가 올 수도 있지 않겠소? 지나간 이십 년을 생각해 보시오. 세상의 조화는 누구도 예측하지 못하는 것이니 앞으로도 이런 일 저런 일 있을 터인데 흐르는 강물처럼 살면서 기다려 보는 것이 어떻겠소?"

"말씀 다 하셨습니까?"

묻는 종희는 억양 없는 목소리였다. 왕건은 고개를 끄덕이고 미소를 지었으나, 종희는 딱딱한 표정 그대로였다.

"맹세까지 하신 일이니 그대로 해 주셨으면 좋겠습니다."

"하기는 어느 길이 옳은지 누가 알겠소? 장군의 소원대로 합시다."

왕건은 그 자리에서 붓을 들어 임금에게 올리는 글을 써서 즉시 쇠둘레로 보냈다.

그러나 오월이 다 가도 소식이 없고, 유월 중순에 들어서야 회신이 왔다.

임금 선종의 친필이었다.

─ 태자를 보내 달라는 것은 좋은 생각이다. 젊은 아이에게 휴양
이라는 것은 말이 안 되나 어려운 전쟁에 크게 이긴 장병들을 잠시
나마 위문하고 그 고장의 사정을 알아 두는 것은 좋은 일이다. 정
주에서 만드는 배들이 완공되어 지금 하자가 없는지 조사 중이니
마침 잘되었다. 태자가 큰 전쟁을 치른 군인들을 위문하는데 빈손
으로 가는 것도 민망하니, 새로 만든 함정에 기병 일천을 싣고 칠
월 초하루 정주를 떠나도록 하겠다.

종희의 공은 익히 알고 있으나, 원회는 나라의 원로이니 소홀히
대접할 수 없어 그의 의향을 물었더니 지금 자리에 그대로 있었으
면 좋겠다는 의향이라 나도 난감하다.

그동안 생각해서 섭섭지 않은 자리를 마련할 터이니 태자가 돌
아올 때 함께 보내라. ─

이런 사연이었다.

왕건은 안 할 일을 했다고 생각하면서 종희를 불러 친서를 보였다. 그
도 글을 읽고 나서 낙심한 표정이었으나 아무 말 없이 나가 버렸다.

왕건은 억지로라도 말릴 것을 잘못했다고 생각했으나 지금 와서 어
쩔 도리가 없었다. 만사 신중히 처리한다고 조심해 왔건만 맹세를 한다
고까지 해서 그에게 휘둘린 것은 객기(客氣)의 소치였다. 아직도 객기가
가시지 않았구나…….

태자가 온다면 합당한 예절을 갖추고 대접도 범연할 수 없었다. 그러
나 앞으로 보름 남짓밖에 시일의 여유가 없는 것이 탈이었다.

부장 금언을 불러 친서를 보였다. 그가 친서를 읽는 동안 왕건은 잘못
의 근원을 곰곰이 생각하고 그것은 자기에게 있다고 후회막심이었다.

아무리 종희가 친근한 벗이라고 할지라도 공사를 사사로이 처리한 것이 잘못의 시초였다. 말 못할 사정은 말을 안 하더라도, 부장 금언을 뛰어넘어 서차를 무시하고 종희와 속삭여서 일이 묘하게 되었고, 금언에게도 난처한 처지가 되었다.

그러나 몇 번이고 편지를 되풀이 훑어보고 난 금언은 아무런 내색도 하지 않았다.

"영접 준비를 서둘러야겠군요."

"무엇보다 유숙할 데부터 생각해야 하겠는데 내가 잠시 비키고 지금 있는 집을 새로 단장해서 드리면 어떻겠소?"

"좋두룩 하시지요."

얼굴에는 나타나지 않았으나 기분 좋은 말투는 아니었다. 전쟁 중에 여기저기 부서진 성벽의 보수는 그럭저럭 끝났으나 아직 미진한 데가 있고, 거리도 깨끗이 정돈하는 것이 귀인을 맞는 인사임은 말할 것도 없었다.

선종은 아이들이 무슨 휴양이냐고 했으나, 바닷가에서 휴양하라고 했으니 무엇인가 만들어 놓지 않을 수 없었다. 이것저것 금언에게 상의했으나 대답은 매일반이었다.

"좋두룩 하시지요."

"만사 금언 장군이 맡아 해 주시오."

구차스러운 변명을 늘어놓는 것도 거북해서 명령조로 나왔다.

"어떻게 하면 될까요?"

금언이 반문했다.

일찍이 이런 일은 없었다. 명령이 떨어지면 밤을 새워서라도 몇 가지 안을 만들어 가지고 와서 판정을 받곤 했다.

"폐일언하고 이번 일은 내 실수였소. 세월이 흐르면 언젠가 그 실수의 내막도 얘기할 때가 올지 모르겠소. 하여튼 금언 장군이 재량껏 처리해 주시오."

"네⋯⋯."

대답하고 나가는 금언은 내키는 태도가 아니었다. 일마다 심사가 불편한데 집에 돌아오니 생각지도 않던 광경이 벌어지고 있었다.

보따리를 싸 가지고 목포 친정으로 돌아갔던 오 씨가 여종과 함께 부엌에서 지지고 볶고 바삐 돌아가다가 왕건이 대문을 들어서자 뜀박질이라도 하듯이 달려 나와 어깨에 매달렸다.

오늘따라 왜 고약한 일만 생길까? 공청에서 심사가 뒤틀릴 대로 뒤틀려 돌아온 왕건은 고함이라도 지르고 싶은 심정이었으나 참고 말없이 대청에 올라 건넌방으로 들어갔다.

오 씨는 뒤따라와 옷을 챙기고 그가 목침을 베고 드러눕자 옆에 바싹 다가앉아 묻지도 않는 그동안의 내력을 엮어 나갔다.

몽둥이 사연

몽둥이는 기막힌 선생이었다. 목포에 내려간 오 씨는 사립문을 들어서자마자 대성통곡을 하고 마당에서 열무김치를 담그던 어머니는 딸을 얼싸안고 눈물부터 쏟았다.

"이게 어찌 된 일이여?"

치맛자락으로 눈물을 훔치며 영문을 묻는 어머니에게 오 씨는 짐짝을 메어다 방안에 들이미는 병정들을 가리켰다.

"온 나주 성내가 떠들썩했당께. 저 병정들에게 물어보시라우."

어머니는 호송해 온 두 병정을 붙잡고 물었으나 그들은 들은 둥 만 둥 짐을 들여놓고 사립문을 나섰다. 어머니가 달려 나가 한 명의 옷자락을 단단히 거머쥐고 물었다.

"사람이 물었으면 대답이 있어야 할게 아니여?"

"무슨 말씀인데요?"

"아따, 정말 못 들었어라우?"

"못 들었는데요."

"두 사람이면 귀가 넷인디, 네 귀가 모두 못 들었어라우?"

"못 들었습니다."

"시상에 별난 귀두 다 있당께. 저에가 왜 저러는지 물었구만."

"하, 그야 저희들이 어떻게 알겠습니까?"

"정말 몰라라우?"

"모릅니다."

병정은 잡힌 옷자락을 잡아채어 가지고 동료와 함께 가 버렸다.

방에 들어간 오 씨는 아이를 나가 놀라고 내쫓은 후 두 다리를 뻗고 주먹으로 방바닥을 내리치며 무작정 '아이구'를 연발했다.

어머니는 마당에 들어서면서 홧김에 담그던 열무김치 단지를 발길로 걷어차고 딸 옆으로 들어가 앉았다.

"시상에 남의 딸을 갖다가……."

무작정 딸의 '아이구'에 장단을 맞춰 방바닥을 내리 두드리는데 딸 오 씨가 먼저 '아이구'를 그치고 물었다.

"아버지는 어디 갔지라우?"

"어디는 어디여. 배 타구 고기잡이밖에 할 일이 무어간디."

"그래라우?"

"시상에 장군이면 장군이지. 지가 뭐 어쨌다구 남의 딸을 두드려 패는 기여?"

"그런 게 아니여."

"아니는 뭐가 아니여? 지나 우리나 근본을 따지면 다 같은 뱃놈인디, 시상이 거꾸로 돼서 망종들이 장군이라구 날치니 난 눈꼴이 시어 못 보겠당께로."

"아니라구 하지 아녀."

"그람 얻어맞은 게 아니여?"

"아니랑께."

"그람 무작정 몽둥이루 내쫓은 기여?"

"그것두 아니여. 엄마, 나 목이 말라라우."

종을 부리던 습성이 몸에 배어 두 다리를 뻗은 채 명령 아닌 명령을 내렸으나 어머니는 종처럼 고분고분했다.

부엌에 나가 뚝배기에 냉수를 떠다 딸에게 먹이고 남은 것을 자기도 들이켰다.

"내 억울한 사정, 책으로 엮어두 열 권이 더 되면 더 됐지, 덜 되지는 않을 기여."

오 씨는 길게 한숨을 내뿜었다.

"그럴 기여, 이마빼기부터 넙데데하게 생긴 것이 인간 못된 짓은 다 했을 기라. 얼마나 드세게 부려 먹었으면 그 곱던 손이 이렇게 몽당비같이 됐을 것이여."

어머니는 자기의 몽당손으로 딸의 날씬한 손을 어루만지며 눈물을 짰다.

오 씨는 앉아서 종을 부리고 하루 세 끼 밥을 먹는 외에는 얼굴과 손을 가꿔 온 처지였다.

모정(母情)도 모정이겠지마는 철이 들면서부터 막일로 반생을 보낸 어머니는 사십을 몇 해 안 넘겼건만 허리도 꾸부정하고 가까운 물건도 실눈을 하거나 멀찌감치 떼어야 보이는 모양이었다.

오 씨는 큰소리를 쳤다.

"엄마, 내가 그따위 뱃놈한테 뚜드려 맞을 사람이여? 한 대를 치면 열 대를 쳤을 거로구만."

"하긴 그려. 넌 자랄 때부터 사방 백 리까지는 몰라두 삼십 리 안에서는 제일 똑똑했으니께."

"엄마, 내가 그따위 뱃놈한테 쫓겨날 사람으로 보여라우?"

"그라문 그렇지. 니가 쫓겨날 사람이여?"

"내가 걷어차구 나와 버린 기라요."

"그라문 그렇지."

"한마디라두 서툴게 나왔으면 그눔아 땅에 묻을 뼈두 없이 박살이 났을 기로구만."

"그라문 그렇지."

오 씨는 소매를 걷어올렸다.

"들어 보시라우. 그눔아가 얼마나 너즐하구, 내가 얼마나 억울한가 말이여."

오 씨는 왕건을 찾아 나주성으로 간 이후의 역사를 소상히 엮어내려 갔다.

해군 대장군이라 해서 대단한 줄 알았으나 실제로 같이 살아 보니 너절하기 이를 데 없고, 인정머리 없고, 주책이 없고, 하는 짓마다 못나기 이를 데 없고……, 하여튼 이 세상 지저분한 것은 생각나는 대로 주워섬겼다.

"내 그랄 줄 알았다. 그란디 말이다. 백성들은 그 못난 것을 아주 잘난 어른으로 생각하니 이게 귀신이 곡할 노릇이 아니여?"

"그래라우? 내 이제부터 사실은 이만 저만해서 하늘 아래 둘도 없는 시라소니라구 불구 다닐 테니께 지가 어쩔 것이여? 망했지 별수 있을까베."

"그건 그리여."

"그눔아, 사람의 공을 몰라주는 데는 첫째지 둘째는 절대 아니라요."

"그랄 기여."

어머니는 고개를 끄덕였다.

오 씨의 무용담은 장작개비 사건부터 약간 초를 쳐서 시작되었다. 어떻게 못났으면 아무리 집에 차린 술좌석일망정 부하 입에서 '애', '쟤', 심지어 '왕거미'라는 별명까지 튀어나왔겠느냐?

"그 떨어진 위신으로 말하자면 썩은 메루치젓보다 나을 것이 없었시우. 그래서 내가 그 못된 놈을 장작개비로 후려쳤더니만 손이야 발이야 싹싹 빌겠지라우. 그런디 남편인지 뭔지 그 못난 것이 좋더러 날 없애 번지라구 했으니 이런 일이 하늘 아래 또 있겠어라우?"

"없애라구?"

"보나마나 겁쟁이라 부하들이 들구일어날까 두려웠을 기라."

"니 그래 어떻게 살아난 기여?"

"내가 그래 종놈의 손에 죽을 사람이간디? 꽥 소리 한마디에 숨어 버렸당께. 손님들이 간 다음에 남편이라는 그 못난이가 부시시 나타나서 입을 헤버릴구 빌길래, 한 번이다, 딱 한 번이다, 다시 그라문 없다구 다짐을 받구 용서해 줬구만이라우."

"그랬을 기라. 니가 옆에 있으니 그럭저럭 행세했지, 시든 오이 조각보다 나을 것도 없는 시 라소니 아니여?"

"그라문요. 더 엄청난 얘기 들어 보겠어라우?"

오 씨는 걷어 올린 소매를 더 걷어 올리고 세상이 깜짝 놀랄 비밀을 털어놓기 시작했다.

"시상에서는 이번에 견훤을 짓밟아 납죽하게 만든 건 나주 장군 왕건이다, 이러지라우?"

"그람 아니란 말이여?"

어머니는 입을 벌리고 딸을 쳐다보았다.

"그랑께 시상은 요지경이라구 아니 히여?"

"……."

어머니는 혼이 나간 사람모양 입을 헤벌리고 그 자세 그대로 처다보기만 했다. 오 씨는 소리를 질렀다.

"목이 마르당께!"

어머니는 뚝배기를 들고 휘청거리면서 부엌에 나가 다시 물을 떠 가지고 들어왔다.

오 씨는 반쯤 들이마시고 크게 기침을 했다.

"이번에 이긴 건 나주 장군 아무개의 신묘한 계책 때문이다, 이렇게들 생각한다 이거지라우?"

어머니는 두 눈을 껌벅거리고 물었다.

"신묘한 계책이라는 게 어떻게 생겼는지 한번 봤으면 쓰겠는디. 떠도는 말로는 우리 병정들이 하늘을 씽씽 날아다니면서 번개같이 적을 쓸어 버렸다는디, 혹시 빗자루같이 생긴 건 아니여?"

오 씨는 허리를 꺾고 웃었다. 웃고 나서 비스듬히 어머니의 무식을 한탄하고 들은풍월로 머리에 박혀 있는 자기의 유식을 과시하여 알아듣도록 설명하고 나니 한결 마음이 가벼워졌다.

오 씨는 자기가 없었으면 나주성은 영락없이 짓밟혔다고 단언했다.

"그 너즐한 인간이 이 전쟁에서 한 일이 무엇인지 모르지라우?"

"모르지."

"그것이 한 일로 말하자면 엿새 동안 성루에 죽을상을 하고 죽치고 앉아 바들바들 떤 일밖에 없다, 이거여. 보다 못해 내가 올라가서 가끔 호통을 쳤구만. 사내자식이 죽을 땐 죽더라두 이게 뭔 기여! 척 나서 호령두 하구설랑 태연자약하구 자신만만한 기상을 뵈어야 대장이지. 그제서야 병정들을 독려한다구 야금야금 성 위를 몇 번 돌았당께. 그것두 적이 볼까 무서워 어두운 다음에."

어머니는 어려운 문자를 섞어 가며 팔을 냅다 젓는 딸의 이야기를 반도 알아듣지 못했으나, 하여튼 딸이 큰 일을 한 것은 틀림없고 감격하지 않을 수 없었다.

"그리 된 거로구나!"

휘젓는 팔을 잡아 손을 어루만졌다.

해가 기울 때까지도 오 씨의 무용담은 그칠 줄을 몰랐다.

특히 이 전쟁을 순식간에 패배에서 승리로 전환시킨 자기의 기막힌 무공을 논할 때에는 두 주먹을 한꺼번에 들어 방바닥을 치고 어머니는 치맛자락으로 눈물을 훔쳤다.

"생각해 보시라우. 종알대는 그 가시내들의 주둥이를 문지르지 않았다면 어떻게 됐을 것이여? 적은 호호, 사내들은 다 죽구 가시내들뿐이로구나라구 알아차리구 밀구 올라왔을 건 뻔한 이치가 아니라요?"

"그건 그렇지."

"가시내들이 활을 쏘나 칼을 쓰나. 모두 저들의 밥이 되구, 성은 떨어지구, 왕건인지 시러베아들인지 그 물건두 어느 발길에 채여 죽었을 건 뻔하지 아니 히여?"

어머니는 말만 떨어지면 감격하고 딸의 치맛자락이라도 만지지 않고는 배기지 못했다.

"그런즉 사실을 놓고 본다면 내가 일등공신이구 그 인간은 축에두 못 낄 것이 뻔한디, 이것이 재간을 부려 갖구설랑 일을 거꾸로 만들어 버렸으니 화가 안 나게 됐어라우?"

"거꾸로?"

어머니는 분을 참지 못해 두 번이나 일어섰다 앉았다.

오 씨는 전쟁이 끝난 후에 일어난 이등공신과 다홍치마 사건을 소상히 엮었다.

명색 남편이라 깔고 앉을 수는 없고, 일등공신을 양보하는 대신 이등 공신에 상으로 다홍치마를 요구했는데, 이것이 잔재주를 부려 쇠둘레에는 알리지도 않았고, 따라서 자기는 축에도 못 끼었으니 세상에 이런 협잡 도둑놈이 어디 있느냐고 방바닥을 후려쳤다.

딸은 한 번만 쳤으나 어머니는 더욱 흥분해서 두 번, 세 번 방바닥을 치며 중얼거렸다.

"글쎄, 어쩐지 상판대기만 보아도 협잡기가 아물거리더라니께."

오 씨는 그에 그치지 않고, 어김없는 이등공신이라, 왕건이 재간을 부리는 것도 모르고 축하연을 미리 해 버린 바람에 온 성내의 웃음거리가 된 이야기, 조정에서 다홍치마가 내리면 적어도 친정에 열 벌은 보낼 작정이었다는 계획도 털어놓았다.

어머니는 이등공신이 무엇인지는 몰라도 다홍치마 열 벌을 놓친 것은 생각할수록 아깝고 분하고, 일을 그렇게 비틀어 놓은 왕건은 사람의 새끼가 아니었다.

그 한 가지만으로도 딸이 하나에서 열까지 옳다는 것을 알 수 있고 왕건이 되지 못한 것은 말할 여지도 없었다.

이리하여 모녀 간에는, 왕건이란 인간은 하늘 아래 둘도 없는 겁쟁이에 사기, 협잡, 농간, 거짓말을 떡 먹듯이 하는 인간망종이요, 죽일 놈이라는 데 의견의 일치를 보았다.

기막힌 사연의 줄거리가 끝나자 지엽말단에 들어가 오 씨의 이야기는 시간 가는 줄 모르고 계속되었다.

노랭이 중에서도 불노랭이라 밥에는 콩과 보리를 섞어야 하고, 시집간 후에 비단옷 한 벌 해 준 일이 없고, 아기를 안아 주는 일이 없고, 계집이라면 사족을 못 쓰고, 말하면 건성으로 대꾸를 하고, 한자리에 들어도 얘기를 하는 일이 없다는 등 오 씨의 화제는 무궁무진했고, 요컨대 왕건이라는 인간은 아무짝에도 못 쓸 물건이었다.

고기잡이를 나갔던 아버지가 돌아왔다. 절을 했으나 선 채로 내려다
보다가 어머니를 향했다.

"아이구 시장해. 얼른 밥상이나 가져오랑께."

그는 웃통을 벗고 문간에 앉아서야 딸에게 말을 걸었다.

"너 웬일이여?"

어머니가 가로막았다.

"들어 보시라요. 천하에 이렇게 분할 수가 어디 있구, 시상에 그런 죽
일 놈이 어디 있어라우?"

"왜 그려?"

"애 서방 말이여. 하늘은 벼락을 만들어 곳간에 차곡차곡 쌓기만 하
는 모양인디 무엇에 쓸 것이여? 그런 못된 물건들을 조지는 데 쓰는 것
이 아닌 기라요?"

"말이라면 다 하는 기여? 왕 장군은 인걸인디 벼락이구 어쩌구."

"그건 모르는 사람들의 소리구, 가까이서 보니 걸레더라 이거여. 애
가 겪은 기막힌 사연을 들어 보시라우. 책으로 엮으면 열 권두 더 된다
는 기여."

"밥부터 가져오라요. 시장해서 죽을 판인디."

"이게 글쎄 밥을 짓구 먹구 할 때여?"

"뭐여? 아직 밥두 안 하구 찧구 까불었구마."

아버지의 호통에 어머니는 부엌으로 내려가고, 오 씨는 한구석에 다
리를 뻗고 누우려고 했다.

"늙은 에미가 일을 하는디 새파란 것이 자뿔라져 자는 건 뭐여? 나가
거들랑께!"

오 씨는 대들었다.

"난 여태 종을 부렸지, 내 손으로 밥을 지은 일이 없어라우."

아버지는 두 눈을 부라리다가 마당으로 나갔다.

마당에서 몽둥이를 들고 들어온 아버지는 다짜고짜 오 씨의 어깨를 한 대 내려쳤다.

"왜 때리는 기라요?"

오 씨는 맞은 어깨를 비비며 아버지를 쳐다보았다.

"종을 시키구, 밥을 지은 일이 없다?"

"없어라우."

몽둥이를 또 내리쳤다.

"니, 몇 해 호강하더니 에미두 종으루 보이는 기여?"

"나주에서 예까지 먼 길을 온 건 생각두 않구 매질이 뭔 기라요?"

"엎어지면 코 닿을 데를 말을 타구 왔지? 내 바다에서 봤단 말이여."

"그래라우? 하여튼 나는 밥이나 짓는 부엌데기는 아니니께."

드러누우려는 것을 아버지는 또 한 대 쳤다.

부엌에서 일하던 어머니가 들어와 아버지의 손에서 몽둥이를 뺏으려고 했으나 듣지 않았다.

"먼 길을 온 아이에게 매질이 무슨 매질이여? 시상에."

어머니가 편드는 바람에 오 씨는 더욱 기승했다.

"그 무지막지한 왕건이란 물건두 매질을 안 했는디 아버지가 이럴 줄은 정말 몰랐어라우."

앉아서 끝까지 버티는 딸을 물끄러미 내려다보며 아버지는 몽둥이로 딸의 옆구리를 쑤셨다.

"이제 알겠다. 네 서방이 매질을 해서 길을 들였더라면 달라졌을 긴디, 매질을 안 해서 굴레 벗은 말처럼 날뛰구 이 애비한테까지 뻑뻑 대드는기라."

"내가 왜 그딴눔한테 맞아라우?"

"알았다. 잘 길을 들여 굴레까지 씌워 줄 테니 그리 알아. 우선 부엌에
안 나가면 다리 하나는 부러뜨려야겠다. 나는 네 서방하구는 다르당께."

어머니에게 끌려 나가면서도 오 씨는 쉬지 않고 투덜거리다가 마당
에 내려서자 들으라는 듯이 내뱉었다.

"오나가나 천덕꾸러기 인생이 살아서 무얼 할 것이여? 애기만 없다
면 지금 당장이라두 바다에 빠져 콱 죽구 말 기다."

이만저만한 고집이 아니었다. 다리 하나 부러진다는데도 부엌에는
안 들어가고 사립문을 나가 들판에서 동네 아이들과 어울려 노는 아들
을 찾아갔다.

해는 떨어지고 땅거미가 지기 시작했는데도 꼬마들은 흩어지지 않았
다. 낯선 아이를 둘러싸고 놀려대는 재미에 시장기도 잊은 모양이었다.

"니 이름은 뭐여?"

"무(武)다."

"배추는 아니구 무여?"

꼬마들이 지껄이고 와자지껄 웃어대는 것을 오 씨는 놓치지 않고 들
었다.

"그런디 무야, 너는 얼굴에 삿자리 찜질을 한 기 아니라여?"

열 살 남짓한 제일 큰 아이였다. 한바탕 웃음이 터지고, 신이 난 아이
는 또 물었다.

"니 몇 살이여?"

"일, 일곱 살이다."

무는 울먹이며 대답했다.

"칠 년 삿자리 찜질에 그 상판 볼 만하다. 안 그려?"

또 웃음이 터지고 삿자리 외에 돗자리, 멍석, 메주까지 나왔다. 그런데 칠칠치 못한 것이 이판사판 싸우든지 집으로 돌아올 것이지 멍청하니 서서 주먹으로 눈물을 이리저리 닦고 있었다.

오 씨는 돌아가면서 한 대씩 쥐어박고 두 손으로 허리를 짚고 서서 나주 장군의 위대함과 무서움을 대충 설명하고 엄숙히 선언했다.

"이 애로 말하자면 나주 장군의 외아들이다. 니 따위들이 어쩔 것이여? 털끝 하나 다쳐 봐라. 모가지를 쌍둥 벨 기라."

아이들은 흩어지고 오 씨는 아들을 데리고 집으로 돌아왔다. 아버지는 저녁을 드는 중이고 어머니는 자기를 기다리는 중이었다.

자기가 나간 사이에 무슨 일이 벌어진 것이 틀림없었다.

"니, 스물셋이여, 넷이여? 내 모든 게 삼삼해서."

따로 차린 겸상에 덮었던 삼베천을 벗기면서 어머니가 물었다. 머리에서 발끝까지 뒤틀린 오 씨는 상 위의 냉수부터 들이켜고 볼멘소리를 했다.

"그쯤 됐시여, 왜 묻는 기라우?"

"니 소리를 들으면 니가 다 옳은디, 니 아버지는 들어 보지두 않구 니가 돼먹지 않았으니 내일부터 길을 들여야 쓰겄다, 이런 말씀이라 내 기가 안 막힐 것이여?"

오 씨는 '흥' 하고 어머니의 냉수 그릇과 다 마신 자기의 빈 그릇을 바꿔 놓았다. 등잔불 밑에서 숟가락을 놀리며 노려보는 아버지의 눈초리를 모르지 않았으나 끄떡도 하지 않았다.

시장한 김에 깡보리밥이나마 냉수에 말아 다 먹고 트림을 했다. 아들 무는 이따위를 어떻게 먹느냐고 밥에는 숟가락도 대지 않고 오이를 몇 토막 장에 찍어 먹고 한구석에 누워 곧 잠이 들었다.

저녁 식사를 마친 오 씨는 마당에 나가 웃통을 벗고 찬물을 끼얹으면서 '아, 시원하다'를 연발하고 쌍심지가 돋은 아버지의 두 눈은 그의 거동을 쫓고 있었다.

오 씨는 다시 방에 들어와 모기가 달려든다고 굵은 삼베천으로 잠자는 아이를 덮어 주고, 아직도 식사중인 어머니 옆에 다가앉았다.

"어머니, 내일부터 우리두 음식을 고쳐야 쓰겠시오."

"어떻게?"

"깡보리밥에다 오이에 장을 찍어 먹구, 이게 사람이 사는 기여?"

"그람 우리 처지에 어쩔 것이여?"

" 바다에서 잡는 고기는 뭘 하는 기라요? 사람은 우선 푸짐하게 먹구 봐야 한당께로."

"곡식과 바꿔 먹는데 그것두 모자란다. 니두 배때기에 살찐 소리 작작해라마."

"으 – 흥."

문간에 앉아 밤하늘을 내다보던 아버지가 언짢은 소리를 남기고 마당에 나가더니 멍석을 깔고 모기를 쫓기 위해서 겻불로 연기를 피우기 시작했다.

어머니는 상을 한편에 밀어놓고 딸의 손목을 잡았다.

"나가자. 아버지한테 그 기막힌 사연을 말씀드려야 할 게 아니여?"

멍석에 모로 누운 아버지는 모녀가 다가와 앞에 앉자 다시 한 번 '으 – 흥' 하고 돌아누워 버렸다.

"얘가 옳은지 서방이 옳은지, 얘기는 들어 봐야 할 기 아니라요?"

"……."

"송사두 양쪽 말을 다 듣구 나서, 가부를 내린다는디, 이건 한쪽 말만 듣구, 말한 사람을 나쁘다구 하니 시상에 이런 송사두 있어라우?' '

"으 – 흥."

"하여튼 애 이야기라두 들어 보시라우."

아버지는 천천히 일어나 앉았다.

"이게 송사여?"

"집안 송사라면 송사지, 아니라요?"

"그라믄 애가 하는 소리를 듣구 서방을 불러다 그 소리두 들어야 할 긴디, 나주 장군은 나주의 임금이여. 나 같은 것이 오라면 오구 가라면 갈 것 같아라우?"

"……."

"또오 –, 설사 애가 옳다고 해요. 우리가 나주 장군을 어쩔 것이여 ? 이 헐수할수없는 뱃사공이 일가몰살을 당해두 도리 없는 시상에 분수를 모르구설랑."

"……."

"그란디 아까부터 가만 보아하니 애가 백 번 잘못했구 서방이 백 번 옳단 말이여."

"들어 보지두 않구 어떻게 알아라우? 응, 아버지는 귀신이여?"

오 씨가 팔뚝질을 하며 대들었다.

"으–홍."

아버지가 일어서려고 하자 어머니가 물었다.

"어디 가시지라우?"

"마실이나 다녀와야 쓰겠어."

어머니는 억지로 아버지를 붙잡아 앉혔다.

"딸이 불원천리 하구 왔는디, 억울한 하소연이라두 들을 것이지 마실 이라니, 그것두 말이라구 하요?"

"들으나마나다. 소위 아버지라는 나한테 저렇게 뻑뻑 대드는 인간이 서방에게 오죽히었겠어? 쫓겨나 싸지."

"내가 그따위 얼간이한테 쫓겨날 사람으로 보여라우? 걸어차구 내 발로 나와 버렸다, 이거여!"

"저 말하는 꼴을 봐. 니는 사람두 아니여."

어머니는 또 일어서려는 아버지를 붙잡고 딸을 타일렀다.

"니, 아버지한테 그란 말버릇이 없다. 조용조용 말씀을 드려야 한당께로."

"그람 조용조용 말씀드릴 테니께 들어 보시라우."

오 씨는 어머니에게 한 이야기를 되풀이했다. 날이면 날마다 집안에서 못나게 노는 사연부터 시작하여 입에 거품을 물고 살에 또 살을 붙여 왕건은 천하에 둘도 없는 맹충이가 되고 말았다.

한마디 응대도 없이 듣고만 있던 아버지가 팔베개를 하고 드러눕자 어머니가 툇마루에서 목침을 갖다 괴었다.

오 씨는 흥분의 여세로 사실과 거짓말이 혼동되어 자기 입에서 무엇이 쏟아져 나오는지도 분간이 서지 않았다.

"글쎄, 들어 보시라요. 하루에 한 번은 어김없이 뚜드려 패니 사람이 어떻게 산단 말이여⋯⋯."

아버지는 처음으로 물었다.

"가만, 아까 서방이 때린 일은 없다구 들었는디?"

"앗다, 말을 바꿔 했구만이라우. 죽일라구 했어라우."

"날마다?"

"머리가 삼삼해서 분명치는 않은디 하여튼 종더러 없애 버리라구 했지라우. 종놈이 날 죽여? 어림이나 있어라우?"

"장하다."

자질구레한 하소연이 끝나자 장작개비 사건의 자초지종이 시작되었다.

끝까지 잠자코 듣고 있던 아버지가 벌떡 일어나 앉았다.

"니, 지금 한 말에 틀림이 없겄다?"

"하늘에 맹세쿠 없어라우. 있으면 벼락을 맞을 것이여."

"으-흥."

아버지는 도로 누웠다.

"장작개비루 자빠라진 체면을 가까스루 일으켜 주었는니, 그 은혜는 모르고 이 돌대가리가……. 아 참, 그래라우 그때 좋더러 날 죽이라구 했구만."

다음에 재잘대는 여자들의 입을 문지르고 쥐어박고 눈부신 활약으로 견훤을 물리친 무용담에 이르러서는 팔뚝질만으로 될 일이 아니라 일어섰다 앉았다 손짓발짓을 섞어 가며 끝을 마쳤다.

그럼으로 해서 틀림없는 일등공신을 남편에게 양보하고 이등공신에 다홍치마를 요구했건만 이것마저 깔아뭉개 버린 남편 왕건은 사람일 수 없고 만약 사람이라면 등신, 돌대가리, 맹충이, 머저리, 멍텅구리……, 하여튼 그런 것을 다 합쳐도 모자랄 병신이라고 단언했다.

"이러구두 누가 나라에 충성을 다하겄어라우? 안 하지, 안 하구말구."

세상을 통탄하는 것도 잊지 않았다.

다 듣고 나서도 아버지는 길게 한숨을 내쉴 뿐 말이 없었다.

"뭐라구 말씀이 있어야 얘 직성이 풀릴 게 아니라우?"

"아침에 천천히 얘기하겠구만."

그 억울한 사연을 듣고도 아침이라니? 모녀는 야속했다.

더운 때면 항용 그렇듯이 마당의 멍석 위에서 자고 동이 트자 일어난 아버지는 그물을 손질하기 시작했다.

안방에서 어머니와 함께 잔 오 씨는 해돋이에 잠이 깨었어도 일어나기 싫었다. 어쨌든 어제 하루는 고달프기 이를 데 없었고 일찍이 이렇게 온몸이 노곤한 때도 없었다.

부엌에서 부스럭거리던 어머니의 목소리가 들렸다.

"이제 조반을 드셔야지라우?"

"응, 오늘 아침에는 좀 늦었구만."

어머니가 그릇 소리를 내며 조반상을 들고 마당으로 나가는 기척이 나고, 이어 아버지가 식사를 들기 시작한 모양이었다.

"저애는 어떻게 할 생각이시라우?"

"어떻게 하긴?"

"아니, 아침에 얘기한다구 하길래 밤새 아침을 기다렸는디 그게 무언 소리여? 또오, 그란 말이 없었다 치더라두 소박 맞구 온 딸을 어떻게 해야 할 기 아니라우?"

방에서 듣고 있던 오 씨는 어머니의 주책에 비위가 거슬렸다. 내가 소박을 맞았나? 또 맞을 사람이야? 소박으로 따지자면 나한테 걸어채인 왕건이 맞은 것이지. 비위가 상했으나 어머니는 허약한지라 못 들은 척 용서하기로 했다.

그런데 아버지의 대답은 고약하기 그지없었다.

"그 가시내는 짐승이지 사람이 아니여."

가슴에 불덩이 같은 것이 치밀어 삼베고쟁이 바람으로 뛰어나가 명석 한구석에 버티고 섰다.

"내가 으째 짐승이란 말이라요, 잉?"

분을 참지 못해 한 주먹으로 자기 가슴을 두드렸다.

"니는 짐승이 어김없다."

아버지는 쳐다보지도 않고 풋고추를 장에 찍어 먹으면서 상대도 하지 않았다.

오 씨는 와당탕 주저앉으면서 멍석을 후려쳤다.

"아버지가 뭔디, 덮어놓구 짐승이라면 짐승이 되는 기라요?"

"바로 그런 행실이 짐승이 아니고는 못할 일이란 말이다."

"나주성에서는 정숙하구 얌전하구 조용하기루 이름났는디, 그란 사람이 짐승이라면 이 시상에 사람은 하나두 없것네. 이런 복통이 터질 노릇이 또 있을까? 엄마!"

어머니는 큰 탈이라도 날까 싶어 안절부절 못하고 아버지는 한 번 힐끗 돌아보았을 뿐 잠자코 식사를 계속했다. 그동안 오 씨는 입이 비뚤어지는 대로 혼잣말같이 쏟아부었다.

"딸은 어김없는 짐승인디, 애비는 사람이라, 역사에 이런 일이 있을까 모르겠다."

"……"

"아니지, 있을 수 있당께. 애비가 짐승과 슬쩍해서 나왔는데 허울은 사람이구 속은 짐승이라, 이럴 수도 있는 게 아니여, 엄마?"

어머니는 입술을 떨고, 식사를 마친 아버지는 양치질을 하면서 흰눈으로 노려보다가 고개를 돌렸다. 그러나 오 씨는 거리끼는 것이 없었다.

"말과 당나귀 사이에 태어난 것이 노새가 아니여? 사람과 짐승 사이에 태어난 것은 뭐라구 부르지라우, 엄마?"

어머니가 끼어들 틈도 주지 않고 오 씨의 입은 부지런히 움직였다.

"오늘부터 나를 낳은 엄마를 찾아 산을 헤매게 생겼구만."

고개를 돌리고 말이 없던 아버지가 일어서 벽에 기대 세운 몽둥이를 들고 다가왔다.

"똑바루 앉아!"

"아무렇게 앉으면 어때서라우? 내 마음대루지."

말이 끝나기도 전에 몽둥이가 내리치고, 오 씨는 비명을 지르고 나동

그라졌다.

"에구매, 어깻죽지가 부러졌다아─."

"안 부러졌다. 일어섯!"

어머니가 몽둥이를 뺏으려고 덤볐으나 아버지가 밀치는 바람에 풀썩 주저앉아 다시는 일어설 엄두도 못 냈다.

"안 일어서겠단 말이제?"

아버지는 또 몽둥이를 쳐들었다. 오 씨가 비틀거리며 일어서자 크게 헛기침을 하고 이번에는 엉덩이를 후려쳤다.

"에구매, 사람 살리라요오─."

앞으로 고꾸라지면서 오 씨가 죽는다고 고함을 질렀으나, 어머니는 겁에 질려 앉아 뭉개기만 하고, 아버지는 몽둥이를 짚고 서서 한동안 내려다보았다.

"일어나 앉아!"

"뼈가 온통 으스러졌는디 으떻게 일어나 앉으란 말이라요?"

오 씨는 여전히 입이 살아 있었다. 아버지는 또 몽둥이를 쳐들었다.

"못 일어나겠단 말이제?"

오 씨는 오만상을 찌푸리고 일어나 두 다리를 쭉 뻗고 앉았다.

"무릎을 꿇어!"

오 씨는 무릎을 꿇었다.

"사람과 짐승이 어디가 다른지 말히여 봐!"

"보면 몰라라우?"

아버지를 빤히 쳐다보는 것이 겁도 없고 입을 놀리는 것은 여전했다.

"생김새는 달라도오 이 시상에 태어난 대로 그냥 있으면 다를 게 없단 말이여. 돼지두 짐승, 곰두 짐승, 사람두 짐승, 같은 짐승이랑께로."

"에구매, 사람이 돼지와 같다? 엄마 이런 해괴한 소리를 들어 봤어라우?"

참으로 끈질긴 입이었다. 아버지는 몽둥이를 허리춤에 끼고 오 씨의 머리채를 거머쥐었다.

주먹으로 번갈아 양쪽 뺨을 후려갈기고 나서 다시 몽둥이를 짚고 있다.

"왜 때렸는지 알겠니?"

"때린 사람이 알겠지, 맞은 사람이 어떻게 알겠어라우?"

"우선 일러두꾸마. 말로 길을 들이는 것이 사람이구, 매질로 길을 들이는 것이 짐승이다."

"그람 내가 짐승이라 이런 말씀이여?"

"부모두 아래위두 없이 날뛰니 짐승과 무엇이 다른지 말을 히여!"

"별꼴 다 보겠다. 길을 막구 물어보시라우, 내가 짐승인지 사람인지."

"별꼴 다 보겠다? 허어 - 아버지한테 그런 말버릇, 어디 있는기여?"

"왜 없는기라요?"

별안간 몽둥이가 꿇어앉은 두 무릎을 내리쳤다.

숨이 넘어가는 듯 외마디 비명을 지르다가 불쑥 일어서 삿대질을 했다.

"왜 때려, 왜!"

"왜 때렸는지 알게 될 때까지 때릴 작정이니 그쯤 알아 둬 . 한꺼번에 하면 돼질 테니께 오늘은 이만해 두는 기여."

아버지는 그물을 메고 사립문을 나서면서 중얼거렸다.

"집안에 괴물 중에서도 가장 요상한 괴물이 나타났구만."

아버지가 사라지자 오 씨는 더욱 기승을 부렸다.

"지가 아버지면 아버질 것이지 왜 사람을 치는 기여? 개 패듯 했겠다. 다음에 손을 대기만 히여, 뼈두 못 추린당께."

그렇게 얻어맞고도 활기 있게 세수를 하고 먹을 것을 다 먹고 드러누워 왕건과 아버지의 욕설을 번갈아 퍼부었다.

"왕건이 잘났다구? 그 볼기짝까지 아는 나를 웃겼구만. 아버지는 딸을 때려두 괜찮구 딸은 아버지를 때리면 못쓴다? 어떤 인간이 그런 법을 만들었을까? 필시 딸한테 얻어터진 병신일 기라……."

그의 욕설은 무궁무진했다.

다음 날도 그 다음 날도 매질은 같은 시간에 같은 방법으로 계속되었다.

때리기 전에 아버지 다련(多憐)은 묻는 것을 잊지 않았다.

"니가 무엇을 잘못했는지 깨달았는 기여?"

그러나 오 씨의 대답은 언제나 마찬가지였다.

"난 잘못한 게 없어라우."

"내가 왜 때리는지 모르겠다 이 말이여?"

"몰라라우."

이 대목에서 며칠에 한 번씩 한마디 설명이 없을 수 없었다.

"말이나 소를 길들일 때는 말로 해서 안 된다는 건 니두 알 것이여. 알아듣지 못하니께 몽둥이나 회초리루 이리 치구 저리 치구 해서 길을 들여 쓸 만하게 만드는 건 니두 보았지? 사람두 말로 해서 안 되면 매질밖에 없으니께. 니두 맞아야 사람 구실을 하지 안 그라문 짐승을 면치 못할 기라 할 수 없이 때린다."

설명이 끝나면 무조건 몽둥이찜질을 하고 고기잡이를 나갔다.

눈물을 짜거나 대답질만 없어도 덜 맞을 터인데, 눈물 한 방울 흘리는 일이 없고 아버지가 한 마디 하면 적어도 두 마디로 대들었다.

어머니는 법도라는 것을 내세워 아버지에게 잘못했으니 사과하라고 했으나 듣지 않았다. 잘못된 것은 그 법도라는 것이지, 자기는 아니라는 것이었다.

아버지까지 이렇게 나올 줄 알았던들, 나주를 떠나기 전에 법도를 주무르는 왕건인가 하는 시러베아들을 죽신하게 뚜드려 패고 오는 건데 후회막급이었다.

며칠을 두고 맞다 보니 어깨니 엉덩이니 멍이 들지 않은 곳이 별로 없었다. 뼈가 부러지시 않을 만큼, 죽지 않을 만큼 묘하게 잘 치기도 했다.

이대로 가면 맞아 죽을 수밖에 없으리라.

잘못은 법도에 있다. 이 원수놈의 법도를 뒤집어엎어야겠다. 며칠을 두고 맞을 대로 맞은 오 씨는 도끼와 낫을 들고 뒷산에 올라갔다.

미끈한 것으로 골라 아버지가 휘두르는 몽둥이의 두 배쯤 되는 박달나무 한 그루를 찍었다. 휘두르기 좋을 만한 길이로 자른 후 낫으로 가지를 치고 다듬어 가지고 돌아왔다.

"니 정신이 있는 기여? 하나루 맞는 것도 가슴 아픈디 두 개로 때려 달라구 갖다 바치는 기여? 니는 인제 죽었다, 죽구말구."

"흥."

"흥이라니?"

"내가 맞구만 있을 줄 알았어라우? 이제부터는 한 대 치면 두 대 친다 이거여."

어머니는 입을 벌리고 말문이 막혔다가 겨우 떠듬거렸다.

"니, 아버지를 두구 하는 말은 아니제?"

"아버지구 뭐구 없다, 치면 치구 때리면 때린다. 그것두 이자를 붙여 죽신하게 해 델 테니 두구 보라 이거여."

어머니는 가슴을 문지르며 떨리는 소리로 또 법도를 내세웠으나 그 법도라는 것을 뒤집어엎을 터이니 두고 보기만 하고, 두 번 다시 잔소리를 하지 말라고 했다.

"애, 나두 사실은 법도가 옳은지 니가 옳은지 모르겄다. 한 가지만 들어줄 것이여?"

오 씨는 지긋이 눈을 내리깔고 늙은 어머니를 내려다보았다.

"말해 보시라우. 딱 한 가지, 더두 덜두 안 될 것이니께."

"저기서 낮잠 자는 일곱 살싸리 니 애기가 말이다."

"그애가 어쨌어라우?"

"자라서 몽둥이루 니를 뚜드려 패면, 니 마음이 으떨 것이여? 그것두 니가 한 대 치면 이자를 붙여 두 대를 치면 말이다."

오 씨는 친정에 온 후 처음으로 생각하는 눈치였다.

"마음이 좋지 않지라우. 허지만 저애는 그럴 아이가 아니여. 두구 보랑께."

어머니는 집안이 망하게 되었다고 걱정했으나 오 씨는 픽 웃었다.

"내가 그래 자기를 뚜드려 팰 자식을 낳을 사람이여? 시시펑덩한 것들이 사람을 몰라보는 것은 그렇다 치구, 어머니의 눈에도 내가 그 정도루밖에 안 보인다 이거제?"

"나 같은 것이 뭐 알겄니? 허지만 아이들이란 용이 될지, 지렁이가 될지 자라 봐야 알지 그 전에는 부모두 모르는 기라, 장담할 것이 못 되제."

오 씨는 화를 냈다.

"그람 저 애가 자라서 지렁이가 된다, 이런 말씀이여?"

"얘가 생사람을 잡는구매, 아이들은 자라 봐야 안다구 했지."

"될성부른 나무는 떡잎부터 푸르다구 저 애는 용이 될 것이니께 걱정 놓으시라요."

"세상일은 모르는 기라. 니가 자랄 때는 곱상하구 얌전해서 착실한 사공한테 시집가 잘살 줄 알았는디, 굴레 벗은 말처럼 날뛰다 못해 금이야 옥이야 기르던 아버지를 때리겠다구 몽둥이를 깎아 놓구 을러대니 니가 이렇게 될 줄은 누가 알았을 것이여?"

오 씨는 안색이 달라지면서 소매를 걷어 올리다 말고 팔뚝질을 했다.

"굴레 벗은 말? 난 애초부터 굴레를 써 본 일이 없는 사람이라 이거여, 말이 아니구!"

"네 말이 맞다. 넌 아예 굴레라는 걸 모르구 날뛰어 온 말이니께."

오 씨는 붉으락푸르락했다.

"엄마까지 날 사람이 아닌 짐승으로 보는구만, 잉?"

"모르기는 해두 사람의 가죽을 쓰구 자기 부모를 치겠다구 몽둥이를 깎는 인간은 역사에 없을 것이여, 나부터 쳐라."

어머니는 어깨를 내밀었다. 허약해서 한 대만 쳐도 골로 갈 것 같고 몇 마디 귀에 거슬리는 말은 했어도 박달몽둥이에 맞을 만한 죄로는 부족한 느낌이 들었다. 오 씨는 눈알을 굴려 어머니의 전신을 훑어보고 나서 선언했다.

"엄마는 용서했다."

일찍이 화를 낸 일도 없고 남과 싸운 일도 없는 어머니는 안색이 하얗게 변하면서 다가앉았다.

"용서? 나는 시상에 태어나서 백 리 밖에 나가 본 일두 없구 이 포구에서 자라 여기서 시집 오구 깡보리나 씹다가 머지않아 여기서 죽을 기다. 미물이여, 버러지보다 나을 것도 없는 미물이지."

어머니는 눈물을 콱 쏟았다. 오 씨는 어머니가 이렇게 나오는 것을 본 일이 없었다. 잠자코 동정을 지켜보는데 어머니는 울 대로 울고 나서 치맛자락으로 두 눈을 훔쳤다.

"딸이 용서하면 살구 안 하면 그 몽둥이에 맞아 죽구, 여태까지 미물인 줄은 알았어두 그렇게까지 미물인 줄은 몰랐다. 산다는 것이 싸악 싫어졌으니께 정통으로 한 대 쳐라."

마주 앉은 어머니는 머리를 내밀었다.

어려서 어머니는 자기가 무슨 일을 저질러도 상대가 못 됐고 자기가 옳다고 했다. 왕건에게 간 후로는 만나는 사람마다 자기에게 굽신거리고 무슨 말을 하건 지당하고 무슨 일을 저지르건 지당이었다.

가끔 볼멘소리로 야단을 친 것은 어려서는 아버지였고 출가한 후에는 남편 왕건이었다. 그러나 그쯤은 문제 될 것도 없고 이 세상은 내 세상이요, 변변치 못한 왕건은 자기 없이는 장군 구실은커녕 사람 구실을 하기도 틀렸으니 며칠 안 가 가마를 앞세우고 나타나서 백 배 사죄하고 모셔 갈 줄 알고 있었다.

그런데 어머니까지 이렇게 나올 줄은 몰랐다. 이런 경우는 태어나서 처음 당하는지라 오 씨는 어떻게 해야 할지 엄두가 나지 않아 멍 하니 앉아 있는데 어머니는 내밀었던 머리를 쳐들고 띄엄띄엄 말을 이어 갔다.

"니 말만 듣구 난 니가 옳구 니 서방이 못된 줄 알았더니 그게 아니여. 니 서방은 성인이다. 부모를 때리겠다구 설치는 가시내한테 손 한 번 대지 않구 내쫓지도 않구……. 성인이제."

오 씨는 처음으로 외로움 같은 것을 느꼈다. 이 세상 인간들이 모두 자기를 나무란다 해도 어머니만 옳다면 자기가 옳은 것이고, 세상 인간들이 틀려먹었으니 뻗댈 자신이 있고도 남았다.

그런데 어머니마저 자기를 나쁘다고 하니 세상에 홀로 선 기분이었다.

그러나 아무리 생각해도 자기는 잘못이 없었다. 그 위대한 공을 몰라주는 왕건이 돼먹지 않은 것은 물론이고, 아버지라 해서 잘한 일뿐이고 잘못이라고는 눈꼽만큼도 없는 딸을 날마다 몽둥이질하라는 법이 어디 있느냐? 길을 들인다구? 근사한 일만 한 사람을 길들인다? 앞으로도 매질은 계속될 모양인데 이것이 법도라면 그놈의 법도를 그냥 둘 수 있느냐 말이다. 무골충 왕건보다 약간 낫다고 하면 할 수도 있으나 아버지 역시 돼먹지 않았다.

난 잘못이 없다. 해 볼 대로 해 보라, 이거다.

오 씨는 건넌방으로 들어가서 사지를 뻗고 낮잠을 잤다.

이튿날 아침, 아무리 찾아도 전날 깎아 다락에 넣어 둔 박달몽둥이가 보이지 않았다. 찾느라 수선을 떨다 매일 하듯이 불려 나가 마당에 깐 멍석 위에 무릎을 꿇고 앉은 오 씨에게 벼락이 떨어졌다.

"이년, 애비를 뚜드려 패겠다구 몽둥이를 깎았다제? 이건 인간은 고사하고 짐승도 아니여. 괴물이다. 우선 다리몽둥이부터 하나 부러뜨릴 터인즉 어금니를 지그시 깨물어!"

간밤에 어머니가 고자질했구나. 아버지는 두 손에 몽둥이를 들고 있는데 하나는 자기가 깎은 것이었다.

어머니가 괘씸하기 그지없었다. 오늘을 기해서 몽둥이에는 몽둥이, 주먹에는 주먹으로 맞서 되지 못한 세상 법도라는 것을 깔아뭉갤 작정이었는데 다 틀렸다.

그러나저러나 다리몽둥이가 부러지면 큰일이다. 앉은뱅이가 안 되면 쩔뚝발이가 될 터이니 신세는 망친 신세다.

그래도 어머니는 어머니였다. 허약한 몸을 비틀거리며 기를 쓰고 말렸다.

"당신 그 일은 모른 척하기루 하잖았어라우?"

"모른 척할 일이 따루 있지……."

아버지는 몽둥이를 쳐들었으나 어머니가 두 팔로 부둥켜안는 바람에 제대로 움직이지 못했다.

"이 가시내야, 잘못했다구 아버지에게 빌으랑께."

잘못한 것은 없다. 그러나 다리몽둥이는 구해야지, 그냥 있으면 아버지 성미로 보아 정말 다리 하나는 부러지고야 말 것이다.

그는 절묘한 생각이 머리를 스치면서 후닥닥 일어서 어머니와 함께 아버지를 감싸안았다.

"이제부터 다시는 몽둥이를 안 깎을 것잉께 안심하시라우."

오 씨는 굴욕이라고 할 만큼 내키지 않는 양보였다.

그럼에도 불구하고 아버지는 어머니를 밀치고 그의 멱살을 잡았다.

"몽둥이를 안 깎겠다? 그것도 말이라구 하는 기여? 다리몽둥이는 하나 아니구 둘 다 부러뜨려야 쓰겄다."

아버지는 그를 메어꽂았다. 허공을 한 바퀴 돌고 땅에 떨어졌던 오 씨는 기운이 빠질 대로 빠졌으나 그럭저럭 일어나 앉아 머리를 쳐들었다.

"잘못을 깨달았는 기여?"

"난 잘못한 게 없어라우."

아버지는 눈에 불을 번쩍이면서 몽둥이를 쳐들었다.

"잠깐만……."

턱에 찬 숨소리를 내뱉으며 오 씨가 일어섰다.

"뭐여?"

"잘못한 건 없지만서두우, 아버지 말씀대로 매질로 길을 들여 무엇에 쓸 작정이시라우?"

"나주 장군한테 돌아가야지."

"생각해 보시라우. 시상에서는 난리가 일어난 지 이십오 년이라구 하는디 내가 태어나기두 전 일이제? 여자두 많이 없어졌지만 전쟁하느라구 남자는 몇 배두 더 죽었어라우. 흔한 것이 여자인디 나주 장군이 미쳤다구 앉은뱅이 된 여자를 도로 실어갈 것이라요?"

"……."

"공연히 딸 하나 앉은뱅이로 만들어 놓구 늙어 죽두룩 치다꺼리를 하실 작정은 아니겠지예?"

미처 거기까지 생각하지 못한 아버지 다련은 얼른 대답이 안 나왔다.

"으-흥."

"난 도망두 안 가구 숨지두 않구 얼마든지 맞아 드릴 것이니께 앉은뱅이 만드는 건 잘 생각해서 하시라우."

"……."

"또 한 가지 있는디, 깨닫는다는 건 마음으루 과연 그렇다고 생각하는 게 아닌가베? 그란디 매질루……."

아버지가 가로막았다.

"니, 주둥이가 너무 까졌구나. 내가 말을 옳게 못했다. 깨닫는다는 건 니 말대루 사람이 하는 건디, 니는 사람이 아니구 짐승이라 깨닫지 못히여. 그러니 이제부터 깨달을 건 없구 짐승과 똑같이 매질로 길을 들여 줄 것이니께 그쯤 알아둬."

아버지는 여느 때와 마찬가지로 몽둥이로 몇 군데 찜질을 해서 멍을 들여 놓고 그물을 어깨에 걸쳤다.

그러나 사립문을 나서다가 다시 들어와, 어제 오 씨가 깎아 놓은 박달나무 몽둥이를 모탕에 놓고 한이 사무친 원수를 패듯 도끼로 가루가 되다시피 짓부숴 아궁이에 쑤셔 넣고 나가 버렸다.

멍석에 일어나 앉은 오 씨는 그때까지 한쪽에 멍하니 서 있는 어머니를 끌어당겨 앉혀 놓고 따졌다.

"왜 고자질했어라우?"

어머니는 어제와는 달리 서슴없이 맞섰다.

"저승에서는 몰라두 이승에서 자식이 부모를 때렸다는 소리는 못 들었다. 그러니께 그런 무도한 짓을 미리 막은 기여. 고자질이라구 했는디 고자질두 좋다, 마음대루 히여!"

앉으라면 앉고 서라면 서던 어머니라 잘못했다고 나올 줄 알았는데 이것은 의외였다. 예상치도 못한 반격에 오 씨는 어리둥절했으나 곧 용기를 냈다.

"목이 말라리우, 물을 떠 오란 말이여."

눈에 핏발이 선 어머니가 그를 노려보았다.

"내가 니 종이여? 목이 마르면 니 발루 가서 물을 떠 마시러마."

이것도 전에는 있을 수 없는 일이었다.

오 씨는 세상을 뒤집을 각오로 박달몽둥이부터 깎았는데 오히려 자기가 뒤집혀 크게 짓밟힌 셈이 되었다.

그러나 오 씨는 꺾이지 않았다.

"엄마까지 날 우습게 보구 이러기라우?"

"에미를 종으루 알구, 애비를 칠라구 덤비는 자식이 천지간에 어디 있어? 니는 사람두 아니여."

"모두들 작당해서 나를 구박했겄다. 두구 보시라우."

오 씨는 믿는 데가 있었다. 칠칠치 못한 왕건은 한 달이 못 가 자기를 모시러 올 것이고 그리 되면 전보다 더욱 당당하게 쥐고 흔들 것은 틀림없는 일이었다.

그러나 한 달이 지나도 나주에서는 쥐새끼 한 마리 얼씬하지 않았다.

어머니의 태도도 날이 갈수록 달라졌다. 물을 떠다 바치던 처음의 태도와는 달리 잔소리가 심해지고, 결국은 위치가 거꾸로 되고 말았다.

"스물이 넘어 자식까지 있는 년이 엉덩이에 해가 돋두룩 자는 법이 어디 있어?"

"동이에 물을 길어다 항아리에 채워라."

뚝배기에 물을 떠다 바치던 일을 생각하면 기가 막힐 정도가 아니었다. 그러나 순종할 수밖에 없었다. 안 하면 아버지에게 고자질할 것이고 그리되면 매 한 대라도 덤으로 더 맞았지 이로울 것은 없었다.

그뿐이 아니었다. 장작을 패라, 절구에 수수를 빻아라, 마당을 쓸어라, 배추밭의 벌레를 잡아라, 잔소리가 계속 나오더니 어머니는 아주 들어앉아 이래라 저래라, 부려먹기 시작했다.

"나두 이젠 기운이 쇠잔해서 밥을 못 짓겠다. 오늘부터 니가 모든 걸 도맡아 히여라."

결국 부엌데기가 되고 말았다. 가난한 살림일수록 힘든 일이 많았다. 나주에서 부리던 여종은 이에 비하면 양반놀음이었다.

이렇게 되면서부터 잠도 제대로 자게 안 되었다.

동이 트면 기침하는 아버지에게 끌려 마당에 나가 한 차례 얻어맞는 일로 하루가 시작되었다. 한참 아픈 것을 쓰다듬고 나면 이번에는 어머니가 나서 손가락 하나 까딱 않고 이래라 저래라 주장을 했다. 물을 긷고, 장작을 패고, 밥을 짓고, 절구질하고, 빨래하고, 다리미질에 이르기까지 혼자 하다 보니 밤이 깊어서야 자리에 들 수 있었다.

원래 몸이 건강한지라 아버지의 매질만 없으면 못할 것도 아니었으나 꼭두새벽에 한 차례 얻어맞고 나서 쉴 틈도 없이 하루 종일 고된 일을 하자니 정말이지 죽을 판이었다.

도망칠 생각도 해 보았다.

나주에 있을 때 떵떵거리고 희게만 놀았지 누구 하나 따뜻하게 대한 일이 없었다. 성내뿐만 아니라 나주 전체를 통틀어 그를 찾아온 아낙네들은 열에 아홉은 욕바가지를 뒤집어썼고 따귀 한 대쯤 맞지 않은 아낙네들이 없는 고장이 없을 것이다.

그 나주 장군 부인 아무개가 쫓겨나 거지가 되었다면 일자리는 고사하고 몰매를 맞아 죽을 것이다. 당장 이 목포에서도 긴가 민가 해서 여겨보는 눈초리들이 심상치 않다는 것은 피부로 느낄 수 있었다.

허약해도 친정은 생명의 울타리였다. 떠나면 짓밟혀 죽을 것이다.

그러나저러나 몽둥이찜질로 시작되는 고달픈 하루하루는 이제 한계에 이르렀다.

내기지는 않았으나 아버지가 고기잡이를 나간 틈에 어머니에게 의논해 보았다. 박달몽둥이 사건을 계기로 태도를 바꿔 아버지와 한통속이되어 자기를 들볶기는 해도 그전 생각을 하면 들어줄 듯도 했다. 안 들어줘도 밑져야 본전이라는 배짱으로 나갔다.

"엄마, 무슨 방도가 없을까 모르겠구만이라우."

"뭣 말이여?"

"아버지가 몽둥질을 아니하두룩 말씀 좀 해 주시라우."

"니 잘못을 깨달았단 말이제?"

"난 잘못한 게 없어라우."

"그라문 맞아야지."

어머니도 상종을 안 하려는 태도였다.

"엄마."

"뭐여?"

"맞기는 맞겠는디, 몽둥이 대신 회초리쯤으루 바꿀 수는 없겠어라우?"

어머니는 덩치 큰 딸을 빤히 쳐다보고 말이 없었다.

밤사이에 어머니와 아버지가 어떻게 타결을 보았는지 몰라도, 이튿날 동이 트면서 몽둥이 대신 싸리 회초리로 얻어맞았다.

아프기는 별로 다를 것이 없었으나 몽둥이찜질은 뼈까지 울려 때로는 정신이 아득하기도 했으나 회초리는 뼈까지 사무치지는 않았다. 그

대신 몽둥이와는 달리 때릴 때마다 몸에 칭칭 감아붙는 것이 질색이었다. 그러나 몽둥이에 비하면 한결 나은 편이었다.

한 달이 지나고부터 싹트기 시작한 초조하던 생각이 두 달을 넘기고 보니 더 이상 견딜 수가 없었다.

왕건은 그 못난 주제에 여자라면 가리는 깃이 없는 인간이다. 가끔 고을에 나가면 그 고장 관원들이 시침이랍시고 저녀를 바치는데 사양하는 법이 없다는 것도 알고 있다. 그러나 나주 성내에서는 자기 이외에 거들떠보는 여자는 한 사람도 없었다.

고을에 나갔을 때의 시침이니 뭐니 하는 것은 심심풀이요, 사실은 자기를 제일 좋아하고 자기 아니면 밤잠도 못 잘 위인이라고 자신만만했었다.

박차고 나올 때 말리지 않은 것이 마음에 걸리기는 했으나 며칠이 못 가 모시러 올 줄 알았었다. 그러나 한 달이 가고 두 달이 지나도 감감소식이니 이렇게 답답할 수 없었다.

그 사이에 다른 여자를 들인 것은 아닐까? 그러나 알려야 알 길이 없었다. 그 속에 있을 때는 몰랐으나 이렇게 떨어지고 보니 왕건은 임금이요, 자기는 시골의 하찮은 부엌데기에 불과했다.

숨겨 두었던 금붙이를 주어 마을의 건달을 나주성으로 보냈으나 동정을 알기는커녕 염탐꾼으로 몰려 즉사도록 얻어맞은 데다 며칠 옥살이까지 하고 와서 투덜거리는 바람에 금붙이 한 개를 더 날려 버렸다.

필시 여자가 생긴 것만 같고 한시도 그냥 있을 수 없었다. 그렇다고 제 발로 걸어 나주로 간다는 것은 생각할 수도 없는 체면문제였다.

그는 아침에 매를 맞으면서도 머리는 그런 생각으로 가득했다.

"시일이 너무 흐르면 안 되는디."

대개는 주먹밥을 싸 가지고 나가는 아버지였으나 가끔 집에 돌아와 점심을 들 때도 있었다. 이런 때면 옆에 앉아 시중을 드는 어머니에게 이런 말을 하곤 했다.

아버지가 나간 후에 어머니에게 물으면 한마디로 핀잔이었다.

"넌 알 것 없다."

단순하던 오 씨도 생각이 많아졌다.

자기가 모르는 사이에 나주에서 사람이 왔다 간 것은 아닐까. 보내 달라는 것을 버티고 시일을 끌었다는 뜻 같기도 했다. 그 반대로 저쪽에서는 감감소식이고, 이쪽에서는 산돼지처럼 요동치는 바람에 시일만 끌고, 그러는 사이에 일은 틀어졌다는 뜻으로도 해석되었다.

왕건에 대한 생각도 달라졌다. 여간해서는 큰소리치는 법이 없고 잔소리를 하는 법도 없고 마구 뒤흔들어도 따귀 한 대 때리지 않고 슬슬 피하던 왕건, 불출이라고 치부하고 마음대로 활개를 치고 살았었는데 지금 생각하면 그렇게 무던한 사람도 없는 것이 아닌가. 마음은 날이 갈수록 좋은 쪽으로 기울어 갔다.

마음을 크게 먹고 길을 바꾼다 해도 시중을 지낸 대장군의 아내가 누구와 재혼할 수 있단 말인가. 한다 해도 세도가 당당하던 그 시절을 생각하면 시시해서…… 공연히 걷어차고 나왔다는 후회가 날로 짙어졌다.

그는 마침내 어머니 앞에 허약한 소리를 하고 말았다.

"엄마, 난 어떻게 하면 좋겠어라우?"

"니 잘못을 깨달은 기여?"

"잘못한 건 없어도 이대루 어떻게 살긴지 생각할수록 캄캄해서 그리여."

"잘못한 게 없으면 이대루 살 수밖에 도리가 있는 기여?"

그러나 왕건의 이야기를 입 밖에 내기는 쑥스러웠다.

"들어 보시라우. 종은 그래두 일만 하면 그만이제? 그란디 날마다 어김없이 해가 뜨듯이, 새벽이면 어김없이 한 차례씩 죽신하게 두들겨 맞구설랑 궂은일은 다 해야 하니 정말이지 난 못살겠다, 이 말이여."

그는 동이에서 바가지로 물을 퍼 마셨다.

"니는 남자보다 더 드센 여자여. 고만 일을 가지구 우는 소리는 왜 하제? 말 같지두 않은 소리는 집어치워."

자기 말이라면 무엇이든지 들어주던 자상한 어머니가 이렇게 매정할 수가 있을까? 홧김에 바가지를 마당으로 냅다 던졌다.

어머니는 화도 안 내고 목소리도 조용했다.

"니는 더 맞아야 쓰겄다."

환장이라는 말을 흔히들 쓰지마는 알지도 못하면서 너무 헤프게 쓰는 것이 바로 환장이라는 말이다. 정말 환장할 사람은 나밖에 없다 이 말이다.

이를 악물고 참았으나 그로부터 이틀을 넘기지 못하고 어머니 앞에 항복했다.

"엄마, 내가 잘못했어라우."

어머니는 기쁘다기보다는 놀라는 표정이었다.

"정말이제?"

"거짓말이면 사람이 아니여."

"이제 짐승에서 사람으로 탈바꿈하는 기로구만."

"……."

"니, 내 말 들어 봐라. 니는 모를 기다마는 내 이름은 덕교(德交)다."

어머니는 귀에 들어오지도 않는 장황한 설교를 늘어놓았다. 자기의 아버지 즉 오 씨의 외조부 연위(連位)는 동네에서 이름난 싸움패였다. 바다에서 고기를 잡아 가지고 뭍에 올라오면 그 길로 주막으로 직행이라 술만 들어가면 시비를 걸어 누구든지 쥐어 패지 않고는 직성이 풀리지 않는 성미였다. 거기다 자기가 아무리 잘못했어도 잘못했다는 말을 해 본 일이 없었다.

"니는 한 치두 틀리지 않구 외조부를 닮았다. 생김새부터 말상이구."

말상이라는 바람에 오 씨는 울컥했으나 목구멍까지 올라오는 것을 내리눌렀다. 입을 잘못 놀렸다가는 내키지도 않는 사과를 한 보람이 없어질 것이다.

"그라니 집안 살림은 말이 아니제, 시상 인심은 다 잃었제, 연위라면 아예 사람으로 보지도 않았단 말이여."

그런 때에 어머니가 태어났다고 한다. 외조모가 생존해서 딸과 사위를 끌고 절간으로 스님을 찾아가 이름을 지어 달라고 했더니 잠시 생각하다가 종이에 글자를 적어 놓고 설명했다.

"이름은 덕교(德交)가 좋을 것이여. 덕으로 사람들과 사귀라. 즉 싸움을 하거나 뚜드려 패거나 욕설을 퍼붓는 건 덕이 아니라. 화가 나두 참구 부드러운 마음으로 사귀라. 날마다 술을 퍼마시는 것도 덕이 아니라. 이 애기를 볼 때마다 덕이라는 것을 생각하구 세상살이를 바꾸는 게 좋겠어."

들었는지 못 들었는지 응대가 없었고 행실도 달라지지 않았다. 여전히 술을 들이켜고 여전히 싸움질을 하더니, 어느 날 밤 곤드레가 되어 바닷가를 지나다가 발을 헛디뎌 바다에 빠져 죽었는데 시체도 찾지 못했다고 했다.

"니두 덕으로 사귀는 것을 배워라."

오 씨는 덮어놓고 머리를 숙였다.

"알겠어라우."

어머니는 경사라도 난 듯 고기잡이를 나간 아버지를 찾아 나섰다.

"니 잘못을 깨달았다는 기 사실이여?"

반나절 일을 포기하고 돌아온 아버지가 방에 들어서자 던진 첫마디였다.

"진심으로 깨달았어라우."

아버지가 앉자 오 씨는 무릎까지 꿇고 그 위에 두 손을 가지런히 얹었다.

"어떻게 잘못했는지 말을 히어 봐."

견딜 수 없어 말로 잘못했다고 했을 뿐이지 잘못했다고 생각한 역사가 없는지라 질문에 내답할 준비가 되어 있지 않았다.

"……."

아버지는 옆에 앉은 어머니를 돌아보았다.

"대답이 없는 걸 보니 말뿐이지 속은 여전히 짐승의 속이라요."

오 씨는 당황했다.

"아니지라우. 하나에서 열까지 통틀어 잘못했으니께 용서를 빕니다,잉."

"그건 대답두 아니여. 한 가지라두 좋다. 쳐들어 보란 말이여."

그러나 오 씨는 잘못한 생각이라고는 하나도 떠오르지 않았다.

"통틀어 모두 잘못했는디 할 말이 없어라우."

아버지는 딸의 마음을 꿰뚫어보고 있었다.

"그람 내가 하나 물어보지. 서방의 친구에게 장작개비를 들구 달려들었다는디 그것이 왜 잘못인지 말히어 봐."

"친구가 아니라 부하였으라우."

"부하라두 좋다. 그것이 왜 잘못이었제?"

"하여간 잘못했어라우."

오 씨는 이렇게밖에 대답이 나오지 않았다.

"니가 아직두 자기 잘못을 몰라. 더 맞아야 쓰겄다."

오 씨는 펄쩍 뛰었다.

"정말 잘못했어라우. 잘못을 다 알구 있으니께 안심하시랑께."

아버지는 기차다는 얼굴로 딸을 바라보다 침을 삼켰다.

"부처님두 니 성미는 못 고칠 기라. 고치겠다고 나선 내가 어리석지."

"아니라우. 다 고쳤으니 걱정 놓으시랑께."

아버지는 웃었다.

"니 서방은 몇백 년에 한 사람쯤 나는 인물이다. 그렇게 너그러운 사람이 아니었다면 니는 벌써 땅속에 들어간 지 옛날일 것이여."

"네네, 그것두 제 잘못이었으라우."

아귀가 맞지 않는 대답이었다.

"니는 잘못 생각하는 게 하나둘이 아니지만서두 내 한 가지만 일러두겠다. 니가 잘나서 니 서방이 딴 여자를 안 들이는 줄 알제? 그게 아니여. 임금께서두 중전마마 한 분만 두시구 후궁을 안 들이시는 판에 신하가 즐비하게 여자를 들일 수 있겠나 생각히어 봐. 그래서 나주에 있는 한 니 하나 있으니 고삐 풀린 말같이 설쳐두 참구 있는 기여."

"……."

오 씨는 자기 잘난 생각만 했지 이런 생각은 해 본 일조차 없었다.

"허나 남녀관계는 원래 남남이여. 같이 있으면 일심동체라구 허지마는 떨어지면 남으로 돌아가서 아무것도 아니란 걸 알아둬."

"……."

"더구나 오래 떨어지면 끝장이다."

"……."

"두 달이나 떨어졌어두 소식이 없는 것만 봐. 니를 탐탁하게 안 보는 게 분명허단 말이여."

오 씨는 풀이 죽었다. 아버지의 말이 맞다. 자기 아니면 안팎으로 사람구실을 못할 것으로 알았는데, 소식이 없는 걸 보니 없어져서 차라리 속 시원하다는 것이 아닌가. 그러나 아버지는 한 가지 귀가 트이는 소식을 전해 주었다.

"은근히 알아보았는디 아직 딴 여자를 들이지는 않았단다."

오 씨는 저절로 큰 숨이 나왔다.

"그러나 나주 장군은 나주에서는 임금이여. 니두 생사여탈의 권한을 가진 무서운 자리에 있다는 말을 들었제? 생사여탈이 무엇인지두 알 것이구."

"알구 있제."

"그런 사람이 오늘이라두 니는 제 발로 걸어 나갔으니 없는 것으로 치부하고 다른 여자를 들이면 니까짓게 어쩔 것이여? 그걸 나쁘달 사람은 없을 것이구 쇠둘레에 계신 임금께서도 당연하다구 생각하시면 했지 탓하시지는 않을 기라……."

오 씨는 가슴이 싸늘했다.

"니 서방은 지금 태봉국에서 으뜸가는 인물이구 임금의 신임두 제일이라는 걸 너두 모르지 않을 기다. 더구나 저번에 백제의 기병을 싸악 쓸어 버렸겠다, 온 나라의 칭송이 자자하단 말이여. 이런 때 아무개는 혼자 적적할 터이니 착한 여자를 한 사람 골라 보내라, 이런 영이 떨어지면 니는 끝장이다."

오 씨는 가슴이 꽉 막히는 느낌이었다. 그런 일이 없으란 법도 없었다.

왕건이 딴 여자를 들이기 전에, 또 임금이 미인을 골라 보내기 전에 무슨 수를 써야겠는데 통 생각이 나지 않았다.

갑갑한 가슴을 어루만지며 생각하니 한 가지 의심나는 것이 있었다. 왕건이 딴 여자를 들일 수 있다는 것은 알아듣겠는데, 천 리도 더 떨어졌다는 쇠둘레에 앉은 임금이 자기가 나갔는지 들어갔는지 어떻게 알까? 정말 임금까지 안다면 예삿일이 아니다. 혹시 아버지가 겁을 주기 위해서 꾸며낸 말은 아닐까?

그는 떨리는 목소리로 물었다.

"아버지 말씀, 구구절절이 다 옳았어라우. 그란디 임금께서 제가 무얼 하는지 으떻게 아실까……? 아버지 한번 해 보는 소리제?"

속은 어쨌든 태도에 약간의 변화가 있는 것은 아버지의 눈에도 보였다. 우선 누구를 대하건 '나'였지 '제'가 나온 것은 이것이 처음이었다.

"이거 아주 소식불통이구만. 알아듣게 얘기해 줄 것이니께 들어 봐. 작게는 백성을 괴롭히구 나라 재산을 가로채는 인간은 없나, 행실이 못 된 인간은 없나, 크게는 임금을 내쫓구 자기가 용상에 앉으려는 역적은 없나, 니가 임금이라면 그런 걱정 안 할 것이여?"

"그렇구마……."

"앉아서 걱정만 한다구 일이 돼? 그래서 나라 안 어디를 가나 밤낮으루 무슨 일이 없나 눈을 박아 보는 사람들이 있어 가지구, 크고 작은 일을 소상하게 임금에게 아뢴단다. 임금께서는 쇠둘레에 앉아서두 시상 돌아가는 걸 손바닥에 놓구 보듯이 훤히 알구 계시단 말이여."

오 씨는 처음 듣는 무시무시한 이야기였다.

"에구매, 그라문 제가 걷어차구 친정에 와 있는 것도 알구 계시겠네라우?"

"알구 말구. 나라 안 어디나 임금님의 눈이 깔려 있다구 생각하면 과히 틀리지 않을 기라."

오 씨는 눈앞이 캄캄했다.

"그란즉 높은 사람이나 그 가족일수록 언동에 조심해야 쓰는 기여. 더 눈을 박아 보거든."

"에구매, 전 어떻게 하면 쓰겠어라우?"

오 씨는 두 손으로 얼굴을 감쌌다.

"쓸데없이 나서지 말구, 입을 함부로 놀리지 말구, 남편이 너그럽다구 설치지 말구 얌전히 있으면 될 것이니께 조심하거라."

"이제라두 받아 줄까 모르겠어라우."

"십상팔구 안 받아 줄 기다."

오 씨는 낙심천만이었다.

생각할수록 죄는 이등공신과 다홍치마에 있었다. 그런 걸 안 받았다고 머리에 뿔이 날 것도 아닌데 잠자고 있을 길 공연히 설쳤단 말이다. 그는 처음으로 후회 비슷한 것을 했다.

그러나 억울한 생각이 사라진 것은 아니었다. 임금의 눈이 그렇게 죽 깔려 있다면 남편의 체면을 위해서 냅다끼리 해댄 장작개비 사건이며 질 뻔한 전쟁을 가시나들의 주둥이를 문질러 이기도록 한 공은 왜 몰라 주느냐 말이다.

그렇다고 지금 그런 것을 내세웠다가는 모든 것이 도루묵이 되고 처음부터 다시 매를 맞아야 될 판이다. 그것도 그것이지마는 지금 당장 왕건이 딴 여자를 맞아들이는 것 같고, 아니면 쇠둘레에서 미인이 내려오는 것만 같아 잠시도 가만히 앉아 있을 수 없었다.

몇 번이고 일어섰다 앉았다 헛기침을 하고 부엌에 나가 냉수를 한 바가지 다 들이켰으나 전후좌우 다 캄캄했다.

방에 들어와 아버지의 무릎에 얼굴을 파묻고 몸을 떨었다.

"무슨 방법이 없겠어라우?"

난생처음으로 눈물을 찔끔했다.

"없지."

아버지의 대답은 매정했다. 그렇다면 앞으로 어떻게 한다? 스무 살을 넘은 지 얼마 안 되었는데 그 기나긴 세월을 지금처럼 종보다도 못한 헌신짝처럼 보낼 생각을 하니 이건 도시 말이 되지 않았다.

지금 돌이켜보면 모진 매를 견디고 고달픈 일도 능히 감당한 것은 왕건을 믿고, 보라는 듯이 돌아갈 날이 있을 것을 의심치 않은 데서 나온 힘이 있었기 때문이다.

그는 아버지의 무릎에 얼굴을 파묻은 채 두 다리를 뻗고 요동치며 흐느꼈다.

"남녀 관계에 무엇이 중요한지 알아? 세월이여. 길어지면 멀어지는 것이 남녀관계라, 두 달은 너무 길었다."

"그럼 진작 말씀해 줄 것이제……."

"지금이니 그렇지, 니 콧대가 얼마나 높았느냐 말이여. 왕건두 불출이구 니 혼자만 잘났다구 이 애비 말 같은 건 귀에두 안 들어갔제?"

"바다에 빠져 죽어 버릴까 부다."

"그것두 괜찮은 생각 같다."

죽는다는데 아버지는 이웃집 고양이가 죽는 정도로 대답했다.

오 씨는 울컥해서 일어나 앉았다.

"딸이 죽는다 산다 야단인디 아버지는 그렇게 매정하기여?"

"그라문 죽지 말구 살아라."

웃지도 않고, 이죽거리는 것도 아니고, 도시 아버지의 뱃속을 알 수 없었다.

멍하니 쳐다보고 앉았는데 아버지가 천천히 말을 이어 갔다.

"니는 나쁜 아이는 아니다."

오 씨는 숨통이 트이는 기분이었다. 세상에서 제일 고약한 인간으로 보는 줄 알았는데 그렇지 않다니 온통 죽었던 생기가 희미하게 살아나는 기분이었다.

"무엇을 해야 하구 무엇을 하지 말아야 하는지, 그 구분이 서지 아니히여, 니는……."

"……."

"말하자면 철이 없다 이거여."

"……."

"니 서방은 너그럽고 총명한 사람이라 다 알구 있을 기라. 한 가지 길이 있다면 하루 빨리 나주에 가서 말이다, 여기서 있은 일을 곧이곧대로 얘기하구 무조건 사과하는 기다. 될지 안 될지는 몰라도오."

오 씨는 기운이 났다.

"그랄 기여. 아버지 같이 가 주시지라우?"

"난 안 간다. 네 발로 나왔으니 네 발로 들어가라. 가 봤자 모기만큼두 힘이 없는 내가 어쩔 것이여?"

"그람 아침에 떠나겠어라우."

이리하여 오 씨는 나주성으로 되돌아왔다.

목침을 베고 드러누운 왕건 옆에서 오 씨는 그동안 친정에 가서 꼭두새벽마다 매를 맞고 궂은일 치고 안 한 것이 없던 내력을 엮어 내려갔다.

금언의 일, 종희의 일, 거기다 눈앞에서 재잘거리는 오 씨의 일, 이것저것 심기가 상한 왕건은 한마디 응대도 없이 눈을 감고 움직이지도 않았다. 듣는 것인지 안 듣는 것인지, 또 무슨 생각을 하는 것인지 알아낼 재간이 없었다. 코를 골지 않는 것을 보니 자지 않는 것은 분명한지라 듣건 말건 엮을 대로 끝까지 다 엮었다. 귀가 멀지 않았으니 안 듣는다 해도 반타작은 될 것이다.

"눈을 좀 떠 보시라우."

할 말을 다한 오 씨는 왕건을 흔들었다. 왕건은 비스듬히 눈을 뜨고 흥미조차 없다는 얼굴로 보기는 보아 주었다.

오 씨는 일어서 큰절을 하고 앉아 무릎을 꿇었다.

"지나온 일을 곰곰 생각하니 하나에서 열까지 제가 잘못했어라우. 다

시는 안 그럴끼니께 너그러이 봐주시면 뼈가 으스러지두룩 그 은혜를
갚을 기올시다."

왕건은 응대가 없고 돌아누우려고 했다. 오 씨는 돌아눕는 그를 붙잡
고 되도록 부드럽고 되도록 정숙하게 말을 걸었다.

"잠깐이면 되지라우. 이 못된 것이 저지른 죗값을 톡톡히 하고 왔으
니께 보시구 부족한 데가 있으면 당신 손으루 보충하시면 고맙게 받겠
어라우."

오 씨는 일어나 입고 있던 옷을 훌훌 벗어던지고 알몸으로 이리 돌고
저리 돌면서 앞뒤와 양편을 한참씩 구경을 시켰다. 여자를 많이 다루기
로는 태봉국에서 열 손가락 안으로 들었으면 들었지 벗어날 왕건이 아
니었다. 그런 왕건도 이런 광경은 처음이었다.

어깨에서 무릎 아래까지 옷으로 가리는 데는 얼룩진 표범의 가죽처
럼 멍이 안 든 데가 거의 없고 성한 살은 넓어야 아기 손가락, 대체로 굵
은 실처럼 남아 있을 뿐이었다. 어쩌면 미리 무늬를 떠 놓고 얼룩 인간
을 만든 것 같기도 했다.

미끈하던 손도 농군 중에서도 상농군의 손에 진배없이 갈구리가 지
고 얼굴은 새까맣게 타서 껍질까지 벗겨졌다.

왕건은 일어나 앉았다. 옷을 주워 입는 것을 보면서 버릇을 고치느라
고 자식에 대한 정을 죽이고 매질한 다련의 모습을 떠올렸다. 나주성으
로 이사 오라고 해도 듣지 않고 도와주려고 해도 받지 않던 다련의 강직
한 성품이 얼룩무늬로 나타난 것이라고 생각했다.

"저를 내쫓지는 않겠지라우?"

"……."

왕건은 대답하지 않았다. 그 숱한 망신은 지나간 일로 치더라도 이 여
자가 집에 있으면 우선 요란해서 큰일이었다.

조용한 한마디로 될 일에도 고함을 지르고 종뿐 아니라 낮추보이는 사람은 윽박지르고 쥐어박고 명색 남편이라는 자기도 덜미를 잡고 휘둘러 온 여자다.

이번에 버릇이 얼마나 떨어졌는지는 몰라도 자기가 보기에는 속은 그대로 살아 있는 것 같다. 얼룩무늬와 갈구리 손에 동정이 안 가는 것이 아니나, 나가 주는 것이 좋겠고 안 나가면 두고 보다가 결판을 내리라.

오 씨는 다가앉았다.

"용서해 주시지라우?"

"으─음, 두구 봐야겠어."

"아이구 좋아라. 내 새사람이 돼 왔으니께 두구 보면 볼수록 당신의 마음에 들 것이 틀림 없어라우."

오 씨는 손뼉까지 쳤다.

왕건은 잠자코 돌아누웠다.

다음 날은 가일이었다. 공청에서는 태자를 맞을 준비로 금언 이하 관원들이 부산하게 돌아간다고 했다. 그러나 금언에게 일을 맡긴 이상 그것으로 족하고 하루쯤 쉬리라 마음먹고 건넌방에 드러누웠다.

오 씨가 와서 덮어놓고 안방을 차지한지라, 그는 건넌방에서 자고 먹고 안방은 들여다보지도 않았고, 못생긴 아들에게 정도 가지 않았다.

막 잠이 들었는데 안방에서 오 씨의 고함소리가 들렸다.

"이눔아, 종이가 얼마나 귀한디 찢구 야단이여?"

이어서 아이의 울음소리가 들렸다. 한 대 쥐어박은 모양이다.

"조용해요. 자야겠소."

왕건은 대청 너머로 한마디 했다.

"염려 놓으시라우."

오 씨의 대답이 돌아오고 이어 소동이 벌어졌다.

"아버지께서 주무시는디 조용할 것이지 울긴 왜 우는 기여?"

오 씨는 또 한 대 쥐어박고 아이의 울음소리는 더욱 요란했다.

"이 병신 같은 것이 나이 몇 살인디 말귀두 못 알아들어?"

오 씨는 고함을 질렀다. 울음소리는 한층 드높고 오 씨는 더욱 기승했다. 말 한 마디에 주먹 한 대 - 이것은 오 씨의 버릇이었다.

"이눔아가 맞아야 알겠구만."

우당탕 소리와 함께 미닫이를 열고 오 씨는 아이를 끌고 마당으로 내려갔다.

"아버지께서 주무시는디 울어 대는 맹충이 자식이 어디 있는 기여? 응? 다리를 걷어. 열 대다. 그래두 울면 스무 대."

아이의 자지러지는 울음소리가 온 집안에 울렸다. 회초리로 때리면서 큰 소리로 세고 있었다.

"하나, 둘……. 그래두 안 그쳐? 장작개비루 대갈통을 부숴야 조용할 기여?"

계속 때리고 아이는 숨이 넘어가는 소리를 질렀다.

왕건은 시중드는 병정을 불러 말에 안장을 얹으라 이르고 옷을 입었다.

마당에 내려서는데 오 씨가 쳐다보고 히죽 웃었다.

"집안이 이렇게 조용한디 그냥 주무실 것이지, 이 땡볕에 어디루 가시지라우?"

왕건은 말없이 대문을 나와 말에 올랐다.

나온 이상 그냥 지나칠 수 없어 공청에 들러 일하는 관원들과 몇 마디 주고받았다.

"쉬는 날 쉬지두 못하고 수고들 하누만."

공청을 나와 종희의 집에 들를까 하다 그만두었다. 심기가 편치 못한 사람끼리 어울리면 소용없는 불평이나 나왔지 머리를 식히기는 틀렸다. 바닷바람이나 쐬자.

서쪽으로 시오 리, 회진(會津)을 거쳐 서해로 나갔다. 앞서 종희와 함께 온 곳이었고 그 전에도 마음이 산란할 때에는 가끔 찾는 고장이었다.

왕건은 사람 없는 대목을 찾았다.

소나무 밑에 누웠으나 복더위로 이겨 낼 수 없이 땀이 흘렀다.

그는 모래사장에 내려가 옷을 벗고 바다에 들어가 헤엄을 쳤다. 역시 자기는 바다의 아들, 바다처럼 시원한 곳은 없었다.

한 번 헤엄치고 얕은 물속에 앉아 손으로 어깨에 물을 끼얹는데 인기척이 났다.

굵은 베적삼에 잠방이를 입은 사나이가 삿갓을 쓰고 모래밭으로 다가오고 있었다.

삿갓을 쓴 채 옷을 벗어던진 사나이는 물속에 뛰어들어 헤엄치기 시작했다.

그도 왕건을 보았을 터인데 아랑곳없이 헤엄을 치고 나서 얕은 곳으로 돌아와 물속에 앉았다. 왕건처럼 어깨니 잔등에 손으로 물을 끼얹으면서 모를 소리를 흥얼거렸다. 거리로 채 이십 보도 안 되었으나 돌아보지도 않고 말도 걸지 않았다.

삿갓을 벗고 머리를 반이나 물속에 박고 철렁거리다 다시 삿갓을 썼다. 박박 깎은 것이 중일까, 아니면 무슨 죄를 짓고 나온 사람일까?

중이라면 가사를 걸쳤을 터인데 삼베 적삼에 잠방이, 얼굴도 새까맣게 탄 것이 어김없는 농부 아니면 어부의 행색이었다.

남이야 보건 말건 한동안 제멋대로 물속에서 철렁이다 일어섰다. 삿갓에 벌거숭이. 보기 드문 모양새에 왕건은 호기심이 동해서 불렀다.

"여보시오, 형씨?"

"왜? 볼일이 있소?"

사나이는 그 모양새 그대로 이쪽을 향했다. 왕건은 호기심이 동했다 뿐이지 따로 할 말이 있는 것은 아니었다.

"형씨, 연세두 지긋해 보이는데 헤엄치는 솜씨를 보니 보통이 아니란 말이오."

"바닷가에서 자랐으니까. 할 말 다 했소?"

사람을 사람 비슷하게도 보지 않는 태도였다. 적어도 영안성을 떠나 칼을 잡은 후 자기에게 이처럼 대하는 인간은 처음이었다. 시건방진 것인가 아니면 목석과 사람의 구분이 서지 않는 맹물인가. 언짢은 일만 계속 일어나더니 오늘은 별 해괴한 물건을 다 보겠다.

"형씨는 누구요?"

묻는 왕건의 목소리는 유쾌할 수 없었다.

"알아야겠소?"

"모르는 것보다 아는 것이 좋겠소."

"저 산속에 사는 이름 없는 인간이오."

그는 파도가 절벽에 부딪는 산을 가리켰다.

"세상에 이름 없는 인간두 있소?"

"우리 피차 벌거벗구 보니 우스운 것이 이름이구만. 당신은 왕건, 나는 경유(慶猷), 바꿔도 그만, 팽개치구 딴것으루 해두 그만, 그런 것이 아니겠소?"

왕건은 경유라는 이름은 듣고 있었다.

처음 이 나주를 점령할 당시는 모든 것이 뒤죽박죽이 되어 몰랐으나, 질서가 잡히면서 이 근처에 괴상한 중이 혼자 살고 있다는 소문을 들었다.

전쟁에는 의심이 따르게 마련이라, 혹시 견훤의 세작은 아닐까? 속인 같으면 덮어놓고 끌어다 정체를 밝힐 것이었지마는 중이라는 바람에 관원들을 시켜 내밀히 조사를 해 보았다.

고향은 당성(唐城, 경기도 남양), 성은 장(張)씨, 나이는 사십, 당나라에 건너가 수도를 마치고 전해에 돌아왔다.

고향인 당성으로 간다는 것이 배가 풍랑을 만나 방향을 잃고 엎치락뒤치락하다가 뒤집히는 바람에 바다에 뛰어들어 허위적거린 끝에 올라온 것이 이 고장이었다.

처음에는 회진에 있다가 이리로 옮겨 제 손으로 암자를 짓고 조그만 밭을 일궈 농사를 지어 먹는다.

다른 중들처럼 돌아다니며 동냥을 하는 일도 없고, 주로 농사를 짓는 외에는 하루 종일 가부좌를 틀고 앉아 남이 무어라고 해도 응대조차 않는 버릇이 있다.

사람을 만나는 일도 없고, 중이라면 포교(布敎)를 할 터인데 그런 일도 하지 않았다. 이야기를 해 본즉 반쯤 미친 듯하니 이따위 인간은 없는 것으로 치부하는 것이 좋겠다.

조사 내용이 이런 것이어서 왕건은 그 후 잊어버리고 있었다.

세상에서는 이 중이 괴물로 통하고 있었다.

중이라면서 여름에는 삼베 적삼에 잠방이, 날이 추워지면 잡다한 털과 실을 섞어 손수 짠 옷 위에 아래위가 붙은 검은 개가죽 옷을 걸치고 다닌다는 소문이었다.

지난 사월 초 견훤이 쳐들어온다고 떠들썩할 때 역시 삿갓에 삼베옷으로 성내에 나타났다.

경계가 엄한 때라 관원들은 아무래도 수상쩍다고 붙들어다 족쳤다.

"이실직고하란 말이다. 너는 돌중이지?"

"맞다. 돌중이다."

"이눔의 자식, 관원이 묻는데 그런 말버릇이 어디 있어?"

관원이 화를 냈더니 같은 대답이 돌아왔다.

"이눔의 자식, 백성이 대답하는데 그런 말버릇이 어디 있어?"

기가 차서 볼기를 때리려다 명색이 중이라 함부로 칠 수는 없고 때릴 만한 구실을 찾느라고 시비를 걸었다.

"너 사실은 돌중도 아니지?"

"그럼 나무중일까?"

"너 사람을 어떻게 보구 하는 수작이야?"

"너는 사람을 어떻게 보구 하는 수작이야?"

도대체 말이 통하지 않았다.

화가 치민 관원이 크게 걸고 넘어졌다.

"너는 어느 편이냐?"

"편이라는 게 뭐야?"

"이눔아, 전쟁이 눈앞에 다가왔다. 니는 견훤의 백제편이냐, 아니면 우리 임금 선종 폐하의 편이냐?"

"편이라니 무언가 했더니 그런 시시콜콜한 소리로구나."

"딴소리 말구 분명히 말해. 어느 편이냐?"

"분명히 말해서 나는 내 편이다."

"이게 어느 때라구 이죽거리는 거야? 지금은 우리 편이 아니면 적이다."

"그건 네 생각이구 나는 내 편이다."

"하나만 더 묻자. 우리 태봉국이 이기기를 바라는 거야, 아니면 견훤의 백제가 이기기를 바라는 거야?"

"어느 쪽이 이기건 나하구는 상관없는 일이다."

"넌 이제 죽었다."

관원은 뒷마당에 끌고 나가 꿇어앉히고 칼을 빼어 들었다.

"이승을 하직하는데 할 말이 있으면 해 봐."

"없다."

그러고는 목을 내밀었다.

조사하던 관원은 하는 수없이 문서 끝에 미친 인간이라고 한 줄을 써 넣고 내보냈다고 했다.

전쟁이 끝나고도 한동안 분주히 지내다가 얼마 전에 장군들이 모인 자리에서 그 이야기가 나와 한바탕 웃은 일이 있었다. 진짜 괴물이라고.

왕건은 흥미가 동해서 관원에게 편지를 주어 불렀다.

— 응당 찾아 뵈옵는 것이 예(禮)인 줄 아오나, 일이 폭주하여 자리를 뜰 수 없어 사람을 보내오니 부디 왕림하여 주시기를 바랍니다. —

그러나 관원은 답장만 들고 돌아왔다.

— 농번기라 떠날 수 없으니 볼일이 있으면 와서 만나 주시기를 바랍니다. —

답장을 받은 왕건은 정말 괴물이 아니면 걸물(傑物)이라고 생각했다.

태자가 왔다 돌아가면 한번 찾아가리라 생각하던 터에 오늘 이처럼 벌거숭이로 우연히 만나게 되었다.

"저는 진작부터 스님을 알고 있습니다."

왕건은 정중하게 나갔으나 경유는 그렇지 않았다.

"그거 쓸데없는 걸 알았구만."

소문대로 괴물은 괴물인데 보통 괴물이 아닌 듯싶었다.

"스님의 성씨는 장씨지요?"

왕건은 다시 말을 걸었다.

"하하……."

그때까지 서 있던 중은 물속에 앉으면서 큰 소리로 웃었다. 이거 정말 안하무인으로 노는 인간이다.

"왜 웃소?"

정중하던 왕건의 말투가 처음으로 되돌아갔다.

"여보 형씨, 아까 이름이 우습다구 했지마는 더 우스운 것이 성씨란 말이오."

장군도 아니고 형씨로 나왔다.

"왜 우습소?"

"배는 부르고 할 일 없는 자들이 허세 밑천으로 꾸며낸 것이 성씨란 걸 모르오?"

"……."

"이름이라는 건 그래두 형씨 같은 사람이 세금이니 부역, 병정에 끌어내 가는 데 쓸모는 있을 거요. 성이 없어도 그 짓은 할 수 있지 않소?"

하기는 그렇다. 성이 없어도 돌쇠, 바위쇠 등 사람의 구분만 서면 되는 일이다.

"할 수 있소."

사리에는 맞지만 하는 소리마다 귀에 거슬리는지라 나오는 대답은 무뚝뚝할 수밖에 없었다.

"가난한 백성들이야 어디 성이 있소?"

이것도 사실이었다. 자기 휘하에 있는 장군들만 해도 금언, 종희, 능산 등등 지금도 성이 없다. 모두 하찮은 백성으로부터 올라온 사람들이다. 왕건은 차차 그의 소탈한 태도에 끌리기 시작했다.

"맞는 말이오."

"성씨라는 걸 어떻게 엮어 내는지 아시오?"

"모르오."

"장군쯤 되는 사람이 그것두 몰라서야 쓰겠소?"

"그렇게 됐구만."

왕건은 웃었다.

"우리 이웃에 장사하는 사람이 있었는데, 논냥이나 들어오니 우선 집을 큼직하게 짓구 떵떵거리기 시작했소. 한가한 사람들은 물론이구 바쁜 사람들까지 끌구 와서 집 자랑을 했소. 술이니 음식이니 대접하면서."

"……."

"돈이라는 것이 묘해서 들어오기 시작하니 자꾸 들어온단 말이오. 자랑은 해야겠는데 돈주머니를 메구 다니며 어떻게 할 수는 없구. 거기서 생각해 낸 것이 집안 내력을 치장해서 자랑하는 놀음이었소."

왕건은 듣기만 하는 것도 거북해서 물었다.

"어떻게 치장했소?"

"그게 바루 성을 꾸며대는 일이었소. 글줄이나 하는 사람을 불러다 놓구설랑 당나라에서 왔다는 책들을 뒤적거리며 이씨가 어떠냐 곽씨가 어떠냐에서부터 시작해서 듣지도 보지도 못하던 성씨까지 주욱 적어 놓고 어느 것을 택할 것이냐, 친척들이 모여 연일 토론했소. 아무개씨가 좋다, 아니다 다른 무슨 씨가 좋다, 의견이 백출한 끝에 멱살을 잡고 마당에서 뒹구는 패도 있고 몽둥이질로 피투성이가 된 패도 있고 박치기도 나오고 볼 만했소."

"……."

"돈 많은 친구가, 내게 맡기라, 이러는 바람에 공연히들 얻어터지고 흩어졌소."

"……."

"처음에는 주(周) 나라의 국성(國姓)이 희(姬) 씨라 희씨가 될 뻔했소.

그런데 하루는 중국에서 무역하러 온 사람이 그 집에 들렀는데 쓸 만하게 생겼단 말이오. 성씨를 물었더니 아무개라, 돈 많은 친구는 당장 아무개씨로 결정했소. 우스운 일이 아니오?"

"우습기는 우습소."

왕건은 사실 우습기도 했다.

중은 이야기를 계속했다.

"그 후가 더욱 희한했소. 무 밑둥같이 우리는 아무개씨다, 해 봐야 알아주는 사람이 있어야지. 또 글줄이나 하는 사람에게 돈냥 주구 아무개씨가 잘난 내력을 엮어 내는데 이번에는 조상을 누구로 하느냐, 이것이 문제가 됐소. 저마다 중들을 찾아 아무개씨 중에서 제일 잘난 인간을 알아 가지고 왔는데 고집불통이라 또 치고받고 난장판이 벌어졌소. 돈은 힘이요 권세가 아니겠소? 또 그 친구가, 자기에게 맡기라, 이렇게 됐소."

"그래, 어떤 사람을 조상으로 정했소?"

왕건도 흥미가 없을 수 없었다.

"역사상 제일 잘난 아무개씨가 누구냐, 돈을 아끼지 않고 글줄이나 하는 사람들을 모아다 의논한즉 우리나라에는 그 같은 아무개씨가 없고 중국 한나라 때의 대신 아무개씨가 제일 잘났다, 이런 해답이 나왔소. 그래서 그 한나라의 아무개씨 대신을 조상으로 정해 놓고 거슬러 올라가면서 엮어 내는 거요. 가장 어려운 것이 언제 누가 바다를 건너왔느냐 하는 대목이라오. 시대도 그럴싸해야 하구 건너와도 희한하게 건너와야지 예사로 건너와서는 안 되구."

"……."

"듣구 있소?"

"듣구 있소."

"형씨 희한하지 않소?"

중은 다시 깊은 데로 헤엄쳐 들어갔다 나왔다.

"형씨의 성씨를 불었다가 엉뚱한 아무개씨의 내력을 들었구만."

그러나 중은 딴전을 부렸다.

"어―, 시원하다. 여름에는 역시 바다가 제일이라…….."

"출가는 언제 했소?"

"중이 된 것 말이오?"

"그렇소."

"열다섯에 했소."

철이 들기 전이니 자기의 뜻일 수 없었겠고 어떤 가슴 아픈 사정이 있었을지도 모른다는 생각이 들었다.

남의 아픈 데를 건드리는 법이 아니라고 생각한 왕건은 잠자코 넓은 바다를 바라보고 있으니 저절로 가슴이 트이는 기분이었다.

가정, 나라, 그 속에서 일어나는 잡다한 일들―이 중처럼 대자연 속에서 자연 그대로 사는 것이 인간의 참모습 같기도 했다.

"당나라에는 오래 있었소?"

"열일곱(888년)에 가서 서른일곱(908년)에 돌아왔으니 만 이십 년 있은 셈이오."

"……."

중은 고개를 돌려 왕건을 바라보았다.

"왜 그러시오?"

"당신, 다 알면서 왜 묻소?"

"알다니?"

"당신은 못된 것들 중에서는 괜찮은 축에 드는 줄 알았더니 영 못쓰겠군."

"못된 것들이라?"

"모르겠소?"

"모르겠소."

"관원들 말이오. 다 같은 중생인데 무어가 어쨌다구 남의 행적이나 캐구 생사람을 끌어다 뚜드려 패구, 그런 것들을 가만히 보니 축생(畜生)이지 인간이 아니란 말이오."

"참, 얘기는 들었소. 지난번에 우리 관원들이 실례를 했다는데 내가 대신 사과하리다."

중은 흰눈으로 왕건을 보았다.

"나를 두구 하는 말만은 아니오. 당신은 잘하는 척하지마는 관원들 중에도 축생이 적지 않습디다."

왕건은 비위에 거슬렸으나 참았다.

"그런 축생들이 인간이 되도록 가끔 나와 가르쳐 주시오. 설법(說法)을 해 달란 말이오."

"그거 누구에게 하는 소리요?"

왕건은 사양하지 않고 내밀었다.

"정신이 오락가락하지 않소? 여기 형씨밖에 더 있소?"

"그거 말 한번 잘했소. 오락두 하구 가락두 하오. 그런 사람에게 설법으로 축생을 인간으로 만들라. 당신두 나처럼 오락가락하는 건 아니오?"

"여보시오 형씨, 농담은 그만둡시다."

"누가 농담했소?"

"당나라에 가서 이십 년이나 도를 닦구 돌아왔으면 이 중생들을 위해서 일해야 할 게 아니오?"

"……."

중은 대답하지 않았다.

"손바닥만 한 땅을 갈구 채소의 벌레나 잡구, 그게 당나라에 갔다 온

소득이오?"

"……."

"배웠으면 가르쳐야지, 혼자 알구 채소나 가꾸다가 저승에 가면 무슨 소용이오?"

"말 다 했소?"

중이 물었다.

"앞으로 두구두구 할 테니 오늘은 이만하겠소."

"앞으로도 당신 같은 사람은 만날 생각이 없으니 하겠으면 지금 하시오."

"지금은 더 생각나는 것이 없소."

"그러면 내가 말하지. 나더러 도를 닦았다구 했는데 어떻게나 딱딱한지 끝내 못 닦구 왔소."

"나는 못 알아듣겠소."

"당나라에 갔다 온 사람은 다 학자 아니면 도승(道僧)으로 생각하는데 적어도 나는 그렇지 못하단 말이오."

"그럼 형씨는 뭐요?"

"아무것두 아니오."

"점점 모를 소리만 나오는구만."

"들어 보시오. 나는 선종(禪宗)에 들어가지 않았겠소? 좌선(坐禪)이라는 건 그럭저럭 해 내겠는데 선문답(禪問答)이라는 수수께끼두 아닌 두루뭉수리는 못 참겠더란 말이오. 무어라고 물으면 즉시 대답해야 하는데 열에 아홉 번은 틀렸다구 몽둥이가 날아온단 말이오."

"……."

"이십 년을 얻어맞다가 왔소. 그러니 도가 무슨 도요?"

왕건은 온몸에 멍이 들어 돌아온 오 씨를 생각했다.

"많이 맞았소?"

"많이 맞았소. 선악, 시비, 유무, 생사를 초월한 확고하고 깨끗한 마음을 가지는 것이 선이다, 그런 마음가짐만 되면 묻는 말에 즉각 옳게 대답할 수 있고, 그렇지 못한 것은 잡념이 있기 때문이다. 이러고는 몽둥이질이라, 나 같은 범인이 그런 경지에 들어갈 수 있겠소?"

왕건은 칼을 빼 든 관원에게 스스로 목을 내밀었다는 이야기를 알고 있었다. 그쯤 되면 도승이 아니냐고 물었다.

"몽둥이보다 채소가 나은 모양이지요. 채소 덕에 잠시 그런 배짱이 생겼을 거요."

중은 빙그레 웃었다.

"폐일언하고 우리 관원들을 가르쳐서 사람을 만들어 주시오."

"하, 여태까지 내 말을 안 들었군. 나는 지금 배우는 사람이오. 배우는 사람이 알지두 못하면서 누구를 가르친단 말이오?"

"배운다? 누구한테 배우는 거요?"

"천지만물이 다 내 스승이오."

묘한 소리를 했다.

"어, 이제 가 봐야겠군."

해가 너울거리는 바다를 바라보던 중이 일어섰다.

"또 만납시다."

왕건이 한마디 했으나 중은 돌아보지도 않고 대답했다.

"만나지 맙시다."

그는 모래사장에 나가 옷을 주워 입고 산 너머로 사라졌다.

경유라……. 어린애같이 순박하고 잡념도 없고 거칠 것도 없는 인물이었다.

오 씨와 비교를 해 보았다. 하늘과 땅의 차가 아닐까?

그러나 다음 순간 이런 생각도 했다.

오 씨의 아버지는 딸더러 철이 없다고 타일렀다고 했다.

철이 없다는 것은 나무로 치면 땅에 솟은 후 비바람에 시달린 일 없이 곧바로 자랐다는 말과 통하지 않을까.

구부러지지도 않고 꺾어지지도 않고.

조용히 하라면서 아이를 두드려 더욱 소란을 피우는 그 수선, 그것이 아마 그의 천성일 것이다. 선과 악으로 구분할 수 있는 일이 아니다.

경유라는 이 중은 풀을 뽑고 가지를 치고 만질 대로 만진 나무 같다. 틈이 나면 다시 만나 들을 얘기가 있음 직했다.

그는 어두워지는 바닷가에서 말에 올라 집으로 돌아왔다.

식사를 차려 놓고 기다리던 오 씨가 맨발로 대문까지 달려 나와 맞았다.

친정으로 가기 전에는 대청에 버티고 서서 맞는 것이 상례였으나 어제 돌아오면서부터 달려 나오기 시작했다.

아버지가 휘두른 몽둥이의 효능일까, 아니면 쫓겨나지 않으려는 여인의 애절한 소원의 표시일까.

"오늘은 잉어 요리를 맛있게 했으니께 많이 잡수시라우."

어깨에 손까지 얹었다.

"잉어?"

"점심때 종희 장군이 한 마리 들구 왔어라우. 아침 일찍 강에 나가 낚았다구."

"그래……."

"한잔 같이 하려구 했는데 틀렸다면서 그냥 놓구 갔지라우."

갑갑해서 해뜨기 전에 강에 나갔던 모양이다.

경유를 만난 것도 해롭지 않았으나, 속이 상할 대로 상한 그가 되돌아간 것이 안되었다.

종을 보냈더니 자신도 식사 전이라면서 자기 집같이 서슴없이 들어왔다. 그러나 술을 들면서도 종희는 별로 말이 없었다.

"네 말마따나 세상은 될 대로밖에 안 되는 것을 공연한 짓을 한 것 같다."

그는 취기가 돌자 처음으로 입을 열었다.

"기왕지사는 할 수 없고, 앞으로는 우리 세상일은 하늘의 뜻에 맡기고 물이 흐르는 듯이 살아가자."

왕건이 위로하자 그도 고개를 끄덕였다.

"그래……. 물 흐르는 듯이……, 좋은 얘기다."

오 씨가 잉어요리를 접시에 담아 가지고 들어왔다.

"장군, 전에는 정말 미안했어라우."

머리를 숙였다.

"제가 쇠둘레루 떠난 후에두 애기랑 잘 지내시오."

"웬걸요. 지가 지은 죄가 많아서 아직 두구 보신다는구만. 마음에 안 들면 내쫓기게 돼 있어라우."

"그건 될 말이 아니지. 왕건, 우리 흐르는 물같이 살기루 하지 않았어?"

"그래, 안 내쫓을게. 안심해."

"에구매, 정말이여?"

오 씨는 춤이라두 추듯이 한 번 일어섰다 앉았다.

인간의 길

왕건은 객관(客館)으로 이사하고, 태자가 유숙할 수 있도록 집 단장을 새로 했다.

서해 바닷가, 한적하고 아름다운 곳에 서둘러 정자도 하나 지었다. 목포와 나주의 거리도 깨끗이 청소하고 보기 흉한 대목은 수리도 했다. 농사철이라 백성들을 동원하지 않고 모든 것은 병정들의 힘을 빌어야 했다.

관에서는 태자가 오는 자체가 영광스러운 경사라 떠들썩하고, 백성들은 태자라는 소리만 들어도 가슴에 약간의 고동이 없을 수 없었다. 어떻게 생겼는지 보통 사람과 같을 수 없을 터이니 그 용모와 행동거지를 한번 구경하는 것이 일생일대의 낙이기도 했다.

그러나 누구보다도 왕건은 심사가 편할 수 없었다. 임금의 친서에 '잠시'라고 했다. 며칠도 잠시일 수 있고 어쩌면 한 달도 잠시일 수 있다. 그러나 몇 달 더구나 일 년을 넘기는 잠시는 있을 수 없다.

그 잠시를 위해서 허물어진 성을 보수하고 부서진 무기들을 다시 만드는 데 병정들을 들볶아야 했다. 그들도 거룩한 분을 구경할 호기심이 없을 수 없었으나 고역의 연속이라 죽을 지경이라고 은근히 불평이라는 것이다.

더욱 안된 것은 종회였다. 산으로 가는 것인지 바다로 가는 것인지 결과는 보아야 알겠지마는 크게 헛짚은 것만은 틀림없었다. 내군장군은 틀렸고, 그 밖에도 힘 있는 자리가 없는 것은 아니나, 자리를 지키는 데 혈안이 된 쇠둘레의 고관들이 꽉 짜고 있을 터이니 들어갈 틈이 있을 것 같지 않았다.

신하 된 자로 앉아서 태자를 맞는다는 것은 있을 수 없는 일이었다. 능산이 연락함선들을 이끌고 정주로 떠나가고 때를 기다렸다가 왕건 이하 나주의 고관들은 영접차 목포로 내려갔다.

태자는 예정된 날짜에 목포로 들어왔다. 인근 주민들은 물론, 수십 리, 개중에는 백여 리를 걸어 이 귀한 분을 보려고 모여든 사람들로 포구는 법석이었다.

수십 척의 함선, 그중에서도 어마어마한 배들에서 꼬리를 물고 내리는 군마(軍馬)들을 보고 백성들은 입이 벌어졌다. 더구나 배에서 내리는 군마들을 차례로 타고 연도에 늘어서는 기병들의 행동거지는 장관이었다.

백성들은 감격했다. 숫자에 빠르지 못한 그들은 몇천 필, 심지어 배 속에도 우글거리고 있으니 만 필에서 하나도 빠지지 않을 것이라고 장담하는 축도 있었다.

마지막으로 제일 크고 제일 근사하게 단장한 배에서 태자가 내렸다. 배에까지 영접을 올라간 왕건 이하 고관들과 함께 쪽배에 옮겨 타고 뭍으로 오르는 모습은 그렇게 보아서 그런지 여느 사람들과는 댈 것도 아니었다.

묻에 올라온 태자는 훤칠한 키에 남자와 여자를 섞어 만든 듯한 빼어난 얼굴, 두 눈은 광채를 발하고 있었다.

기다리고 있던 말에 올라탄 태자가 기병들이 도열한 속을 능숙한 솜씨로 말을 모는 모습은 더욱 근사했다. 기병들의 뒤에 몰려선 백성들은 저절로 머리를 숙이고 탄성을 발하고 아이들은 손뼉을 쳤다.

이 어마어마한 군사력과 이렇게 근사한 청년 태자 – 태봉국은 막강하고 앞날은 찬란할 것이다.

태자를 인도하면서 군중의 동향을 눈여겨보던 왕건은 이것은 헛일만은 아니었다고 만족했다. 항상 견훤의 위협이 머리를 떠나지 않던 나주의 백성들은 자신을 가지게 되었고, 백성들이 자신을 가지는 한 나주는 끄떡없을 것이었다.

장군들과 함께 점심을 들면서 태자는 아주 기분이 좋은 얼굴이었다.

"나는 바다가 그렇게 넓고 상쾌한 줄은 몰랐습니다. 이번에 여러분의 덕택으로 난생처음 바다를 알게 되었으니 이렇게 고마울 데가 어디 있겠습니까?"

전쟁의 노고를 치하한 후 이런 말을 했다. 몸가짐도 가볍지 않고 말씨도 정중한지라 모두들 호감이 가는 눈치들이었다. 어떻게 알고 있는지 장군 한 사람 한 사람의 이름도 알고 전쟁 중의 역할도 어김없이 지적하면서 치하했다.

모르는 줄 알았더니 사람의 수고를 알아주는구나. 장군들도 범연할 수 없고 감격이 스쳐 갔다.

그러는 가운데서도 머리가 빠른 축은 한자리에 앉은 왕건을 다시 보았다. 멀리 있는 태자가 알 까닭이 없고 공을 독차지하는 인간들과는 달리 일일이 부하들의 공을 조정에 알린 왕건의 보고 덕일 것이다. 역시 왕건은 인물이다.

점심을 끝낸 일행은 곧바로 나주성을 향해 말을 달렸다. 천여 기의 말이 질서정연하게 달리는 모습은 일찍이 보지 못한 광경이었다. 연도의 동네마다 어귀마다 몰려나온 백성들은 가슴이 뛰고 태봉국의 막강한 힘을 실감하지 않을 수 없었다.

나주성에 사는 백성들의 감회도 다를 리 없었다. 해지기 전에 나주에 당도한 일행은 성 밖까지 쏟아져 나온 백성들의 환영을 받으며 나주 장군의 공청에 들어갔다.

태자는 선물도 많이 가지고 왔다. 모두 비단이었다. 등급에 따라 크고 작은 차이는 있었으나 포장마다 임금의 친필로 받는 사람의 이름과 보내는 자기의 이름 선종이 적혀 있었다.

"부왕께서 보여 주시는 문서를 보니 이번 전쟁에서 장군이 아니었더라면 성을 지탱 못했으리라고 했습니다. 특히 치하를 드리라는 말씀이 계셨습니다."

금언의 손을 잡고 극구찬양이었다. 찬양뿐만 아니라 가지고 온 선물도 왕건에게 보내는 것과 조금도 틀리지 않은 부피였다.

치하를 받고 난 금언은 왕건에게 속삭였다.

"모든 게 장군의 덕택이올시다. 앞서 소견머리 없이 실례를 해서 미안합니다."

토라졌던 그도 풀린 모양이었다.

성찬을 마련한 연회에 태자는 오래 있지 않았다.

"저는 술도 못하니 상관 마시고 장군들께서 유쾌히 놀다 가십시오."

그는 식사만 하고 숙소로 직행했다.

왕건은 직책상 그를 숙소까지 인도하고, 임시로 쓰고 있는 객관으로 돌아왔다.

"에구매, 정말 다홍치마 감이 왔어라우."

대문간에 달려 나온 오 씨가 소리를 지르며 그의 어깨에 매달렸다.

"그래, 소원성취를 했소?"

"아까 병정들이 가져온 걸 재 보니께 스무 벌은 넉넉히 될 것이로구만. 지가 두 벌쯤은 아래위를 해 입어도 괜찮겠으라우?"

"그럼, 몇 벌이라두 괜찮지."

"친정에두 한 벌 보냈으면 하는디…….."

"한 벌 가지고 될까. 보낼 수 있는 대로 보내 드리는 게 좋겠소."

"에구매, 정말이여? 엄마가 좋아하실 생각을 하니 가슴이 떤당께로."

방에 들어와서도 오 씨는 비단을 요리할 계획을 세웠다 지웠다, 좋아서 어쩔 줄을 몰랐다.

왕건은 하늘이 만든 그대로 덩치만 자랐다고 생각해 왔으나 여자의 세계라는 것을 처음으로 보는 느낌이었다.

남자들의 세계와는 다른 세계, 계절로 치면 봄이다. 그로 해서 인간세상에는 인정미라는 것도 있을 것이다.

나주는 넓은 고장이 아니니 열흘이면 족할 것이다. 오래 있으면 있을수록 폐가 될 터이니 기일을 어기지 말고 돌아오라.

이것이 태자가 떠날 때 선종으로부터 받은 명령이라고 했다.

그는 부지런히 움직였고 왕건은 그를 인도하여 그림자처럼 따라다녔다. 부상자들을 찾아 위문하고 전사자들의 무덤을 찾아 절을 했다.

성내는 물론 각처에 배치된 군영을 찾아 병사들과도 터놓고 이야기하고 접경지대에까지 가서, 초소의 병정들과도 만났다.

젊기도 하지마는 지칠 줄 모르는 성품이었다. 가는 곳마다 좋은 인상을 주고 떠났다. 왕건은 그가 총명한 것은 전에도 알았지마는 자기가 없는 동안 정신과 육체, 양면으로 이처럼 성장한 줄은 몰랐다.

어쩌면 자기나 종희가 쓸데없는 걱정을 하는 것은 아닌가 하는 생각도 들었다. 이런 후계자가 있는 한 무슨 일이 터져도 감당할 수 있지 않을까?

나주가 넓지는 않아도 선종이 이야기했다는 열흘은 충분한 시일이 못 되었다.

떠나는 전날에야 틈을 내어 바닷가에 만든 정자를 찾아 점심을 들었다.

"참 좋구만요. 될 수만 있으면 바다가 있는 이 고장에서 이대로 살고 싶습니다."

바다를 바라보면서 이런 말도 했다.

"저는 바다에서 자라 그런지는 몰라도 바다가 없다면 인간세상은 그만큼 삭막할 것 같습니다."

왕건이 응대했다.

"그렇지요. 바다가 있는 세계는 넓고 사람의 마음도 활짝 트이는 것 같습니다. 산속에 있는 쇠둘레는 너무 좁아요."

태자가 찾아온 후 눈에 띄게 말수가 적어진 종희가 끼어들었다.

"이 고장이 마음에 드시면 폐하께 말씀드려 오래 머무시지요."

그러나 태자는 웃었다.

"아저씨는 아버지의 성미를 잘 아시면서……. 한번 이렇다 하면 그만 아니에요. 이번에도 열흘이라고 지정하셨으니 하루라도 어기면 무사할 수 없을 것입니다."

종희는 더 말하지 않았다.

무엇이나 외곬으로 나가는 종희는 지금 심정이 어떨까. 외곬으로 생각해 온 계획이 물거품처럼 사라졌으니 장차 그는 어떻게 처신할까. 왕건은 그것이 걱정이었다.

내일이면 떠나갈 종희의 얼굴을 바라보다가 왕건은 짚이는 데가 있었다.

원회는 벼슬에 연연할 사람이 아니다. 그런데 내군장군을 못 내놓겠다고 한 데는 이유가 있을 것이다. 전에 종희는 터놓고 그에게 태자를 세우자고 했다가 쫓겨난 일이 있었다.

선종은 이 충신에게 왕건의 편지 내용을 이야기했을 것이고, 종희의 뱃속을 아는 원회는 입이 무거워 발설은 하지 않았으나 자리는 못 내놓겠다고 고집했을 것이다.

왜 진작 그 생각을 못 했을까. 종희는 단순했고 자기는 미처 머리가 돌지 않았다. 왕건은 모두가 자기의 실책으로 생각되었고 종희에게 미안하기 그지없었다. 친구로서, 또 상관으로서, 도리를 다하지 못했다는 자책감이 가슴을 쳤다.

그러나 이제 와서 방도는 없었다.

다음 날 목포까지 태자를 전송하고 돌아오면서 머리는 그 생각뿐이었다.

태자를 따라간 종희. 충신 원회는 그를 경계할 것이고, 그는 따돌림을 받을 것이다. 참다 못해 무슨 일을 저지르지는 않을까?

어찌 되었건 태자는 어중간하던 나주를 군인이고 백성이고 한덩이로 묶어세우고 갔다.

나주에는 평화가 찾아들고 사람들은 마음 놓고 농사를 지었다. 백성들의 마음에서 불안이 사라진다는 것은 첫째가는 중요한 일이었다. 어디를 가나 전에 보던 불안의 그림자는 사라졌다.

평온한 가운데 비도 알맞게 오고 햇볕도 때를 맞춰 풍년이 들었다.

왕건은 나주에 온 이래로 이렇게 마음의 평화를 가져 본 일이 없었다. 적으나마 이쪽에는 기병도 천 기가 있다. 핵심세력을 잃은 견훤의 기병집단이 농사를 망치려고 쳐들어온다면 곱절로 보복할 자신이 있었다.

그것을 모를 견훤이 아니다. 적어도 몇 해는 나주를 넘보지 못할 것이고, 평화는 계속될 것이다. 그는 전에 송악에서 한 것처럼 기병을 훈련시키는 한편으로 증식하여 수를 늘리는 일에도 힘쓰고, 나주를 누구도 침범하지 못할 요새로 꾸미는 데 주력했다.

하루하루의 일과에 열중하면서 틈만 나면 병서를 읽고 특히 역사에는 흥미가 있어 밤늦도록 책을 보았다. 인간집단의 흥망성쇠를 기록한 역사처럼 재미있는 것도 없었다.

흥할 만해서 흥하고 망할 만해서 망하는 것이 인간집단이요, 이것은 다른 나라나 우리나라나 다를 것이 없었다.

태자가 돌아가고 얼마 안 되어서부터 가끔 연락함선 편에 임금 선종이 쓴 책이 왔다.

전에 쇠둘레에 들렀을 때도 한 권 받았으나 전쟁을 비롯해서 괴로운 일의 연속이라 제대로 보지 못했다.

그런데 이번에 책자를 보내면서 선종은 편지도 동봉해 왔다. 전에 쓴 것은 미숙한 점이 많으니 없던 것으로 치부하고 이것부터 읽으라. 자기가 이 책을 쓰기 시작한 것은, 불경이 하도 많아 일생을 두고 읽어도 모자랄 것이요 복잡다기해서 서로 모순된 것도 많은지라, 쉬운 말로 간명하게 정리하여 후세에 남기려는 데 뜻이 있으니 이것으로 백성들을 교화하라는 내용이었다.

실지로 부처님의 말씀을 누구나 알 수 있도록 쉽고 명쾌하게 쓴 글이었다. 그는 흥미 있게 읽고 글을 아는 장군들에게도 돌려 보게 했다.

책은 한 권으로 끝나지 않았다. 얄팍한 책자였으나 심심치 않게 속편

(續篇)이 왔다. 다 사리에 맞는 이야기로 왕건은 그를 종교에도 천재라고 생각했다.

추석에 경유를 초청했으나 오지 않았다. 심부름을 간 군관이 바빠서 그러느냐고 물었더니, 바쁠 것은 없고 갈 마음이 없으니 안 간다고 전해라, 이러더라는 것이다.

군관은 자기 혼자 사는 세상인 양 멋대로 노는 그따위는 붙들어다 혼을 내는 것이 어떠냐고 분개했다. 왕건은 앉아서 부른 것은 자기의 실수였다고 생각했다. 전에 보았지마는 경유는 누구에게 머리를 숙일 사람이 아니고, 더구나 오라면 오고 가라면 갈 사람이 아니다.

칼이 행세하고 사람의 목숨이 파리 목숨보다 나을 것도 없는 세상에 이런 인물이 있다는 자체가 기적이었다.

선종과 마찬가지로 금년에 마흔다섯, 자기보다 육 년 연상이었다.

부처님이 보낸 스승일지 모른다는 생각도 해 보았다.

구월에 들어 군관이 아닌 화개(華介)라는 관원에게 편지를 주어 보냈다. 그도 자기 앞가림은 하고 태도가 정중한 인물이었다. 한번 찾아뵙고 가르침을 받았으면 좋겠는데 언제가 좋으시겠느냐고 예를 갖출 대로 갖춘 편지였다.

찾아와야 가르칠 것은 없고, 뜨락에 국화를 심어 놓았으니 오겠으면 중양절에 와서 국화 구경이나 하라는 회답이었다.

종희가 태자를 따라 떠난 지 두 달 가까이 되어도 소식이 없었다. 별일이야 없겠지마는 궁금하고 마음에 걸렸다.

쇠둘레에서 공문서가 올 때마다 종희의 이름을 찾았으나 크고 작은 관원들의 이동은 매번 있건만 그의 이름은 나타나지 않았다.

중양절 전날에 온 공문에 비로소 그의 이름이 나타났다. 비룡성령(飛

龍省令)으로 발령이 나 있었다.

평화로운 때 같으면 궁중에서 소용되는 마필을 돌보고 임금 이하 왕족들이 쓰는 탈것(乘)을 관장하는 한가로운 직책이었다. 그러나 지금은 전시다.

화려하게 노는 것을 좋아하지 않는 선종은 궁중에서 쓰는 탈것과 마필을 최소한으로 제한하고 내군부에 관장케 했다. 그리하여 비룡성은 군마(軍馬)를 양성하는 것이 주 임무가 되었다. 견훤의 기병집단에 대항하기 위해서 선종은 많은 힘을 기울여 왔다. 강토 안에 알맞은 곳에는 마거(馬阹)가 없는 곳이 없었다.

도성, 그것도 대궐 안에서 뜻을 펴 보려던 종희. 만일의 경우에는 임금을 상대로 결판을 내려던 종희가 산야에서 말들을 상대로 이러니저러니 하게 되었다.

말과 임금. 운명의 굴곡을 생각하니 묘하기도 하고 서글프기도 한 착잡한 심정이었다.

종희의 편지도 있었다.

  - 이번에는 크게 출세했소. 어려서는 물고기를 상대하고, 철이 들어서는 비단이니 소금을 상대하고, 장성해서는 칼을 들고 적을 상대하다가, 마침내 인간이 타고 다니는 말들을 극진히 모시게 되었으니 얼마나 고맙고 재미있는 세상이오? 앞으로 고양이를 모시게 될지, 쥐를 모시게 될지 적지 않게 기대를 걸고 있소. -
자조(自嘲)로 찬 글이었다.

중양절 아침에는 국화의 향기가 풍기는 국화무늬의 떡이 나왔다.

안방은 버린 셈 치고 오 씨에게 내맡기고 계속 건넌방에서 기거하고 식사도 거기서 들었다. 그렇다고 구박을 하는 것도 아니고 평범하게 지내 왔다.

오 씨는 가끔 본성이 드러나 손짓 발짓을 섞어 가며 떠들썩했으나 한마디 하면 두 마디로 대들던 버릇이 없어지고, 무엇이라고 하면 군말 없이 순종했다.

　"이 국화떡, 능산 장군의 여편네한테서 배웠어라우. 너즐하게 보았더니 그 여편네 떡 만드는 솜씨가 있더구만, 잉."

　"여편네는 좋은 말이 아니야. 부인이라구 해요."

　전 같으면 여편네면 어떻구 부인이면 어떠냐구 말이 많았을 터인데 그렇지 않았다.

　"그렇지라우. 부인……, 부인……."

　부인의 연습으로 떠들썩했다.

　"목소리두 좀 낮추구."

　"낮추겠어라우. 염려 놓구 이 떡 많이 잡수시면 좋겠구만, 잉."

　한층 목청을 돋구다가 움찔했다.

　"아이를 뚜드려 패는 버릇은 고칠 수 없을까?"

　"패지 않구는……. 아니, 고칠 끼니께 걱정 놓으시라우. 또 패면 저는 사람두 아니여."

　속은 어떻든 겉으로 나타나는 것으로 보아서는 어지간히 길이 들었다.

　왕건은 보자기에 떡을 싸 가지고 밖에 나와 말에 올랐다. 따라오려는 병정을 뒤에 두고 혼자 말을 달리면서 구름 한 점 없는 가을 하늘을 바라보았다. 티 없이 파란 기운이 마음속으로 스며드는 기분이었다.

　추수가 끝난 밭을 가로질러 산길에 들어서니 아름다운 단풍이 바람에 산들거리는 산과 산 사이에 맑은 물이 소리를 내며 흐르고 있었다.

　그대로 한 폭의 그림 같다고 생각하면서 암자에 당도한 것은 오정 때였다.

좌우에 산이 병풍처럼 둘러치고 눈앞에 바다가 내려다보이는, 아늑하고도 가슴이 확 트이는 듯한 고장에 암자가 있고, 암자는 노랑색 국화 일색으로 둘러싸여 바닷바람과 더불어 파도처럼 넘실거렸다.

경유는 문을 열어젖힌 채 방안에서 짚세기를 삼다가 일어서 두 손으로 문설주를 짚고 말에서 내리는 그를 맞았다.

"어서 오시오."

왕건은 들어가 절을 하려고 했으나 경유가 손을 내저었다.

"형씨, 절이라는 건 묘해서 하거나 받으면 그 뒤가 단순치 않소."

왕건은 할 수 없이 그대로 앉았다.

"잠깐만 기다리시오. 곧 끝날 테니까."

경유는 삼던 짚세기를 끈으로 조여 마무리 짓고 돌아앉았다.

"좋은 고장에 자리를 잡으셨습니다."

경유는 대답하지 않고 한참 바라보기만 했다. 왕건은 근사하고 깨끗한 얼굴이라고 생각했다. 시름, 분노, 탐욕 같은 띠끌 세상의 때가 묻지 않은 어린이 같은 얼굴이었다.

"형씨, 얘기가 그렇게 나오면 이거 말이 안 통하겠소."

경유는 웃지도 않고, 그에게서 눈을 돌리지도 않았다.

"실례했습니다."

"하, 또 그러네. 저번 때처럼 벌거숭이로 대하고 벌거숭이로 얘기한다면 몰라도 군더더기가 붙는 건 나는 질색이오."

"알아들었소, 그렇게 합시다."

"역시 내 눈이 틀림이 없군."

"무엇 말이오?"

"지난여름 바다에서 만났을 때 얘기가 통할 사람으로 보았단 말이오."

"이 고장에 와 보니 스님, 아니 형씨가 부럽소."

"내가 부럽다? 이서 해괴한 소리를 들었구만. 내가 부러운 것이 아니라 여기 경치가 괜찮아서 마음에 들었겠지."

왕건은 생각해 보니 맞는 말이었다.

"맞았소."

"손님이 왔으니 점심을 대접해야지."

경유가 일어서려는 것을 말리고 왕건은 떡 보따리를 풀었다. 경유는 권하지 않아도 제 손으로 집어 먹을 대로 먹고 뚝배기 두 개에 물을 떠 가지고 와서 왕건 앞에 하나 놓고 자기도 마셨다.

"국화 철에 국화 향기를 곁들인 떡은 몇십 년 만인가? 어머니가 살아 계실 때니까 이십 년두 더 되누만."

"나두 그렇게 되는 것 같소."

왕건도 어머니가 돌아간 후에 이런 떡은 오늘이 처음이었다.

"난세에 이런 떡이 어디요? 하여튼 고맙소."

"난세라는 말이 나왔으니 말이지만, 스님, 아니 형씨 생각에는 어떻게 될 것 같소?"

"모르지요. 비는 올 대로 오고야 그치는 법이 아니오? 서로 머리가 터지도록 싸우다가 터질 머리가 다 터진 연후에 남은 머리가 집어 삼키겠지요."

"서로 의좋게 살면 될 터인데 왜 이렇게 됐는지 모르겠소."

"난리두 다른 것과 마찬가지로 일어날 만해서 일어나구 때가 오면 그치구 그런 게 아니겠소?"

"형씨는 걱정두 안 되시오?"

"나 같은 돌중이 걱정한다구 난리가 가라앉을 것 같소?"

경유는 웃지도 않았다.

"형씨는 이 고장이 마음에 드는 모양이지요?"

왕건은 화제를 바꿨다.

"마음에 들었소. 시끄러운 세상과 떨어져 있구, 특히 산과 바다가 좋소."

"그렇게 산수를 좋아하시오?"

"사철 옷을 갈아입고 소리 없는 말로 속삭이는 아름다운 여인 같소. 많은 것을 배우지요."

"가령 어떤 것이오?"

"아, 이거 얘기가 쓸데없는 데로 빗나가는군. 국화 구경을 왔으니 나가지 않겠소?"

경유는 대답을 기다리지 않고 일어섰다.

만발한 국화는 작은 암자를 온통 뒤덮다시피 빽빽이 들어섰는데 자연 그대로 자랐다. 가위질을 한 흔적도 보이지 않았다.

"국화를 이렇게 좋아하시오?"

그와 함께 암자를 한 바퀴 돌면서 왕건이 물었다. 어디든지 있는 꽃이지마는 이렇게 숲을 이루듯 찬란하게 핀 것은 처음이었다.

"좋아하오."

"국화도 속삭이는가요?"

"속삭이지요."

경유는 한 바퀴 다 돌고 나서 발을 멈추고 바다를 바라보았다.

뒷짐을 지고 한정 없이 바다를 보는 것이 옆에 사람이 있다는 생각조차 없는 모양이었다.

속세를 떠났다는 것을 실감케 하는 자세였다.

"바다에 뭐가 보이는가요?"

왕건은 지칠 정도로 기다리다가 물었다.

"바다가 보이지요."

돌아보지도 않았다.

"바다가 그렇게 좋소?"

"좋소."

그뿐이었다.

또 한참 기다리다 말을 걸었다.

"형씨, 무슨 재미루 세상을 살아가지요?"

"……."

대답이 없었다.

"네?"

"지금 뭐라고 했소?"

"무슨 재미루 세상을 사느냐구 물었소."

"재미루 사는 게 세상이오?"

경유는 비로소 돌아보았다. 왕건은 말문이 막혔다. 흔히 하는 말을 한번 해 본 것인데 이런 반문을 받고 보니 자기도 왜 세상을 살아가는지 아리송했다.

"그러면 아닌가요?"

경유는 대답하지 않았다. 도대체 속을 알 수 없는 인물이었다.

평범한 이야기에는 소탈하면서도 조금 깊은 이야기에는 상대도 안 하려는 눈치였다.

"형씨는 왜 가사를 안 입소?"

어린애 같은 질문을 했다.

"없어서 안 입소."

"한 벌 해 드릴까요?"

"그만두시오."

"왜요?"

"가사라는 건 빌어먹을 때 입는 것인데 자작해서 먹는 처지라 무슨 필요가 있겠소?"

"불상을 보면 옛날 부처님두 가사를 입었던데."

"부처님은 부처님이구 경유는 경유요."

그러고 보니 암자에는 불단도 없었다. 사람뿐만 아니라 부처님도 안중에 없는 인물 같았다. 선승(禪僧)이란 이런 것일까?

"형씨."

"말해 보시오."

"나를 제자로 삼을 생각은 없소?"

"내가 남의 스승이 된다? 이건 저 바다도 웃을 얘기요."

"그래도 돼야겠소."

"나도 당신 부하가 안 될 터이니 형씨도 제자 소리를 다시는 꺼내지 마시오."

그는 집 안으로 들어가 버렸다.

드문 인물이다. 무슨 일이 있든 스승으로 모시고 거울로 삼아야겠다. 왕건은 돌아오면서 생각했다.

불안, 공포, 굶주림, 그리고 죽음이 도처에 깔린 속에 조바심으로 보내는 난세의 일 년은 평화로운 시절의 십 년과 맞먹으면 맞먹었지 덜 되지는 않았다. 그러나 난세에도 해와 달은 어김없이 뜨고 지고, 세월은 흘러 아이들은 커 가고 어른들은 늙어 갔다.

세 나라의 중간지대에 위치해서 어느 쪽에도 속하지 않은 건달 장군들 사이에 크고 작은 충돌이 없는 것은 아니었으나 평화는 생각보다 오래 계속되었다.

견훤의 침공을 물리치고 이 년, 그동안 왕건은 나주를 다지는 데 전력을 다하고 쇠둘레에도 몇 번 다녀왔다. 그때마다 임금 선종은 반기고 청이라면 무엇이든지 들어주었다.

"될 수 있는 대로 싸움을 피하고 전란에 시달린 백성들을 쉬게 하자는 것이 내 생각이오."

이런 말도 했다.

의원들이 잘못 짚었고 병은 이제 완전히 나은 것이 아닐까? 자기나 종희가 쓸데없는 걱정을 했다는 생각이 갈수록 짙어 갔다.

갈 때마다 종희는 고을에 내려가서 만나지 못했으나 별다른 소리도 들리지 않는지라 걱정할 것도 없었다.

몇 번 찾아간 끝에 경유와도 가까워졌고, 그도 마음에 들었던지 무엇이든지 터놓고 이야기하게 되었다.

한번은 나주의 공청에 모셔다가 융숭한 대접을 했더니 그도 유쾌하게 놀다 갔다. 마음이 울적한 때면 산이나 바다를 찾고 그래도 풀리지 않으면 경유를 찾았다. 그는 보기만 해도 근심걱정이 사라지는 탈속(脫俗)한 얼굴이었다.

그동안에도 선종은 쉬지 않고 새로운 경서를 써서는 책자로 엮어 고을마다 보내 왔다. 작은 책자이긴 해도 이십 권을 넘었다. 경유에게 보였더니 잘 쓴 글이라고 했다.

그러나 처음에는 쉽던 것이 갈수록 어려워지고 나중에는, 공관(空觀)이니 중관(中觀)이니 하는 어려운 문자가 나오고 그 풀이도 알 수 없는 대목이 많았다. 경유에게 보였더니 가타부타 말이 없었다.

견훤을 물리친 이주년 기념으로 왕건은 나주 전역에 임시 가일을 선포했다. 병사들도 쉬고 백성들은 음식을 장만해 가지고 산이며 바다로 나갔다.

공청에서 간단한 식전을 마친 왕건은 자기 방에 잠깐 들렀다. 탁자 위에는 쇠둘레에서 온 공문도 있었으나 내일 보리라 생각하다가 무심코

첫 장을 넘긴 그는 가슴이 철렁했다.

원회의 내군장군을 면하고 은부가 다시 그 자리에 들어앉은 것이다.

건국공신 원회는 오랜 전란 중에 산야에서 노숙하고 굶주리는 일도 많았으나 그와 같은 고초 속에서도 적과 부딪치면 용감히 싸워 큰 공을 세운 나라의 원훈(元勳)이다. 이제 나이 오십이 되니 지난날에 겪은 모진 풍상(風霜)이 병으로 되어 편히 쉬어야 할 지경에 이르러 부득이 그 직을 면하되 국가의 원로로 특별히 대접한다는 칙명(勅命)도 붙어 있었다.

원회는 젊어서 기훤의 졸병으로 들어간 이래 삼십 년의 세월을 갖은 비바람 속에서 살아왔다. 삶과 죽음이 엇갈리는 전투 중에 칼 하나로 목숨을 부지한 아슬아슬한 순간도 무수히 경험하였고 비바람 속에 산이나 들에서 굶주린 배를 안고 자는 경우도 허다했다.

그와 같은 고달픈 과거 때문인지 나이 오십에 완전한 백발이었다. 임금 선종의 칙명에 그의 공적을 적은 부분은 사실 그대로였다.

그러나 얼마 전 쇠둘레를 찾았을 때 만난 원회는 비록 백발일망정 쇠잔한 기색이 보이지 않았다. 결국 쓰다듬어 올려 그의 손에서 칼을 뺏고 기운을 빼자는 것이 아닐까.

왕건은 곰곰이 생각했다.

일이 근본으로부터 틀어지기 시작한 것이다.

말짱한 것 같던 선종의 병이 다시 도진 것은 보지 않아도 뻔한 일이다. 도지더라도 어지간히 도지지 않았다면 은부를 다시 내군장군으로 임명했을 까닭이 없다.

일은 마지막 국면에 온 것 같다.

충직한 원회가 그 자리에 남아 있다면 임금의 탈선은 적어도 외부에는 알리지 않을 것이고, 머리가 빨리 돌지 않는다 하더라도 안 되겠다

싶으면 동료인 건국공신들과 의논해서 태자를 세울 수도 있을 것이다.

만일의 경우를 생각해서 그것을 은근히 기대한 것도 사실이었다. 그러나 이제 그것은 틀렸다.

은부는 남의 불행을 기뻐하고 이용하는 데 남다른 재주를 타고난 특수한 체질의 소유자였다. 어떤 경위로 다시 그 자리에 앉았는지는 몰라도, 겉으로 모나지 않고 생글생글 웃는 얼굴로 사람을 잡는 그 독특한 놀음이 어떻게 전개될지 짐작이 가지 않았다.

짐작은 가지 않으나 전개될 것은 확실했다. 그는 일을 꾸미고 사람을 잡지 않고는 배기지 못하는 기묘한 성격이니 말이다. 더구나 임금의 권위를 등에 업고 부리는 재주를 막을 사람은 아무도 없다. 전과는 달리 정신이 혼미해진 임금인지라 십상팔구 임금 자신이 그의 손에 놀아나지 않을까.

왕건은 서류를 덮어 놓고 밖으로 나왔다.

해 보아야 쓸데없는 걱정. 쇠둘레에 있어도 재간이 없는데 천 리도 더 떨어진 나주에서 걱정한다고 달라질 것은 병아리 눈물만큼도 없었다.

바람이나 쏘이고 오자. 말에 올라 바다로 달리는데 짚세기를 몇 켤레 어깨에 걸치고 오는 경유와 마주쳤다.

왕건은 말을 내려 가볍게 머리를 숙였다.

"어디 가시오?"

"불린 호미를 찾으러 가는 길이오."

"짚세기는 뭐요?"

"호미 불린 값이오."

"쉬는 날이라 야장도 놀러 갔을 텐데."

"남의 호미를 들고 놀러 갔겠소? 어느 구석에 놔두고 갔을 거요."

경유는 돌아서 가려다 말고 왕건의 얼굴을 유심히 바라보았다.

"형씨, 안색이 좋지 않은데 무슨 걱정이라도 있소?"

왕건은 솔직히 털어놓았다.

"성상의 측근에 간신이 들어앉았소."

그러나 경유는 아무렇지도 않은 얼굴이었다.

"그래서 어떻게 됐소?"

"아직은 모르겠소마는 희한한 일이 벌어질 것 같소."

"구경거리가 생겨 좋겠소."

"비틀지 마시오. 많은 사람의 생사가 어떻게 될지 모를 일이오."

"죽게 되면 죽으면 그만 아니오?"

"?"

왕건은 못마땅한 얼굴로 그를 바라보았다.

"죽구 사는 게 종이 한 장 차이가 아니오? 개천에도 빠져 죽구 바다에도 빠져 죽구……. 난 또 하늘 어느 한구석이 큼직하게 무너진 줄 알았구만."

경유는 돌아서서 가 버렸다.

왕건은 말을 달려 바닷가에 나갔다.

시원한 바람, 넓은 바다, 인간사가 녹두알만큼이나 작아 보였다.

삶과 죽음은 종이 한 장 차이라……. 가령 그다지 큰 돌도 아니라고 하자. 누가 그것으로 이 왕건의 머리를 정통으로 한 대 치면 그대로 끝나는 것이다. 삶과 죽음이란 그런 것, 별것도 아니다.

칼잡이가 칼에 죽는 것은 더구나 별것이 못 된다. 난세를 어째 본다던 꿈이 무너질 듯한데, 그것도 경유의 말마따나 한 토막 구경거리로 생각할 수밖에 없지 않을까?

나주의 장군들은 은부가 다시 임금의 측근으로 들어갔다는 소식에 저마다 한마디씩 하고 저마다 그 곱절쯤은 걱정하고 투덜거렸으나, 왕건은 입을 다물고 도시 이에 대해서는 말이 없었다.

한동안 잠잠하더니 두 달이 지나자 또 하나 불길한 소식이 왔다. 환선길이 마군장군이 되어 쇠둘레의 도성은 물론 주변 고을의 경비를 총책임 맡게 됐다고 했다.

별명이 소도둑이었다. 덩치가 큰 데다 부리부리한 눈에 햇볕에 그을린 얼굴, 누가 보아도 그럴싸한 별명이었다.

동해 산속에서 부하 사오십 명을 거느리고 가까운 고을을 털다가 선종이 진격하자 그 휘하에 들어온 사람으로 은부와 가깝다는 것은 알 만한 사람은 다 알고 있었다.

그는 야심만만한 인물이었다. 여러 해 전 순군부 낭중(郎中, 과장)으로 있을 때 당시 내군장군으로 있던 은부와 짜고 분수에도 맞지 않는 큰 고을의 장군으로 나가려다 선종의 노여움을 사서 쫓겨난 인물이었다.

적지 않은 비리도 드러나 묶여 들어간다던 것이 은부가 어떻게 재주를 부렸는지 들어가지는 않고 소리를 죽이고 살아온 인물이었다.

이것이 그런 요직에 앉았으니 시골 장군과는 비할 것이 아니었다. 궁성은 은부, 도성과 그 주변은 환선길. 쇠둘레는 완전히 그들의 손아귀에 들어갔다. 특히 환선길의 휘하에는 전에 나주에도 와 있던 백옥삼을 비롯하여 홍술(弘述), 사귀(沙貴) 등 우수한 장군들도 들어 있었다.

더욱 묘한 것은 그들의 비밀주의였다. 전에는 공문 외에도 전관예우로 쇠둘레에서 돌아가는 일을 소상히 알리는 글이 왔으나, 그런 일은 일체 끊어지고 부득이한 공문 외에는 오는 것이 없고, 이쪽에서 연락군관이 가도 모두 입을 다무는 바람에 돌아가는 물세를 알 길이 없었다.

여름이 가고 가을이 저물어 겨울이 시작될 무렵이었다.

고을에 남아 있던 선종의 건국공신 사오 명도 원회와 같은 이유로 장군직을 면하고 나라의 원로로 극진한 대접을 한다는 공문이 왔다.

강병들을 거느린 그들이야말로 선종의 힘이요, 그를 보호하는 울타리였다. 그들로부터 병력을 뺏었으니 이제 선종은 은부와 환선길의 포로나 다름없는 신세가 되었다.

백전노장인 그들이 한꺼번에 이렇게 된 것을 보면 반드시 어떤 속임수가 있었을 것이고 그 뒤에는 음모가 도사리고 있는 것쯤은 짐작이 가고도 남았으나, 멀리 떨어진 고장에서 도무지 그 정체를 알아낼 도리가 없었다.

왕건은 다음 차례는 자기라고 생각했다.

남의 눈에는 건국공신들 못지않게, 경우에 따라서는 그들 이상으로 선종에게 충성되고 또 친근한 것이 왕건이었다. 그것은 사실이기도 했다. 왕건은 누구보다도 선종과 사귄 지 오래되었고, 그를 높이 보고, 충성을 다하고, 그의 왕조가 영원무궁하기를 바라면서 최선을 다해 왔다. 선종의 충신들을 무골충으로 만드는 마당에 그라고 가만둘 리 없었다.

해가 바뀌어 918년 봄.

초창기에 왕건의 부장의 한 사람으로 한때 나주 정벌에 참가한 일도 있는 검식(黔式)이 이천 병력을 싣고 예고도 없이 목포에 들어와 곧 상륙했다. 왕건은 드디어 올 것이 왔다는 생각이 들었다.

검식은 은부와 가까운 사람이라는 지목도 받은지라 나주의 장군들 중에는 그를 감옥에 집어넣고 보자는 주장도 있었으나 왕건은 별다른 의견을 말하지 않고 그를 만났다.

검식은 임금의 친서부터 내놓았다.

다시 시중에 임명하는 터인즉 모든 일은 검식에게 맡길 것이며 기병 일천을 제외한 보졸들은 일률로 검식이 인솔한 병력과 교대하여 정주로 돌아오라는 내용이었다.

선종의 친필에는 틀림없었으나 예전의 활달하던 필치는 볼 수 없고,

술에 취한 사람이 손이 가는 대로 붓을 움직인 듯 글씨라고 할 수 없고, 틀린 자와 빠진 자가 몇 군데 있었다. 더구나 해괴한 것은 말미에 미륵대왕이라고 서명한 일이었다.

왕건은 검식의 본심을 몰라 말 한마디 한마디에 조심하면서 서두를 뗐다.

"이 어필(御筆)을 보시오. 성상께서는 편찮으신 게 아닌가요?"

"아직 모르십니까? 저는 글을 모르지마는 이만큼이라두 어떻게 쓰셨는지 모르겠습니다."

검식은 의외로 솔직하게 나왔다.

"무슨 일이 있었는가요?"

"소인배들이 둘러싸고 무엇이나 비밀이라 쉬쉬 한다더니 장군께도 알리지 않았군요. 안된 말씀입니다마는 은부가 복직할 때 이미 이상했다나 봐요."

"스스로 미륵대왕이라고 적으셨는데 항용 그러시는가요?"

"저야 뵐 기회가 있습니까마는, 누가 귀띔해 주는 것을 들으니 지난 겨울부터는 완전히 제정신이 아니랍니다. 미륵대왕이라구두 쓰시구 미륵대불(彌勒大佛)이라구두 쓰신답니다. 거기다 종뢰와 은부가 더욱 부채질하구."

"그러시다면 대신들이 무슨 방도를 강구해야지……."

"성상에 대해서 무어라구 입 밖에 내는 자는 즉결루 처단한다는 바람에 가족에게두 말을 못한답니다."

"왜들 그런대요?"

"저 같은 것이 어떻게 알겠습니까? 세상이 어떻게 돼 가는지 저도 캄캄합니다."

"그럼 여기는 어떻게 왔소?"

"가라면 가구 오라면 오구, 저야 별수 있습니까?"

왕건은 검식을 객관에서 쉬게 하고 장군들을 소집했다. 검식에 대한 반감이 대단한지라 자칫하면 나주에서 자중지란이 일어날 염려가 있고 나라 전체로 보아서도 중대한 전기인 만큼, 그는 우선 검식에 대한 오해를 풀고 그로부터 들은 대로 쇠둘레의 사정을 알렸다.

모두들 이것은 원회 이하 건국공신들과 마찬가지로 왕건을 무력한 존재로 만들려는 흉계에 틀림없다는 데 의견의 일치를 보았다.

그들도 쇠둘레의 사정이 이렇게까지 돌아가는 줄은 몰랐고, 갖은 고난을 겪으면서 쌓아 올린 태봉국을 사기건달들의 손아귀의 넘겨줄 수 없다고 분개하는 사람도 있었고, 말없이 탄식하는 사람도 있었다.

그러나 대책에 대해서는 의견이 갈라졌다.

어떻든 어명이니 어쩔 수 없지 않느냐고 체념하는 사람들도 없는 것은 아니었다. 그러나 대개는 어명을 빙자한 간신배들의 농간이니 순종할 필요가 없다는 주장을 들고 나왔다. 그러니 사람을 잡으려는 흉계가 뻔한데 제 발로 함정에 걸어 들어갈 것이 무엇이냐고 했다.

검식을 쫓아 보내고 이대로 나주에서 형세를 관망하자는 축도 있고, 왕건의 말대로 검식이 그런 사람이 아니라면 그의 병력까지 합치면 오천 명의 막강한 힘이 될 터이니 그렇게 해 가지고 나주에 그대로 앉아 간신배들에게 위압을 주자는 축도 있었다.

왕건도 판단이 서지 않았다.

가장 이해할 수 없는 것이, 시중으로 임명했으면 부장으로 대신 일을 보게 하라면 그만일 터인데 자기를 믿고 자기에게 충실한 이천 명을 고스란히 거느리고 오라는 것은 무슨 뜻일까?

그는 이 점에 대해서도 터놓고 장군들의 의견을 물었다.

장군들의 의견은 같지 않았다.

행여 의심할까 염려하여 병력을 거느리게 한 것이 틀림없고, 이것이 바로 함정이라는 것이 태반의 의견이었다. 간지(奸智)에 능한 자들이라 이에 대한 대책도 서 있으리라는 것이 그들의 의견이었다.

개중에는 색다른 의견을 가진 사람도 있었다. 환선길의 병력은 삼천, 휘하에는 유능한 상수들도 많고 강병들이다. 간신들이 가장 두려워하는 왕건의 병력이 아무리 강력하다 해도 이들에게 대항할 힘은 없으니 유인해다가 일거에 없애자는 흉계라고 했다.

있을 수 있는 일이고 불가능한 일도 아니었다.

중대한 갈림길이었다. 의견을 다 들은 왕건은 생각하고 또 생각하지 않을 수 없었다.

어명을 거역하고 나주에 주저앉는다면 역적의 낙인이 찍히고, 본국에 남아 있는 부인 유 씨를 비롯하여 영안성의 일가친척들은 몰살을 당할 것이다.

설사 그것을 참는다 하더라도 자기는 좁은 나주의 장군, 각처의 건달 장군들과 다를 바 없는 처지로 전락하여 종당에는 견훤에게 무릎을 꿇거나 짓밟히는 신세가 될 것이다. 나주에서 생산되는 물자로는 더 이상 버틸 힘이 없으니 달리 도리가 없었다.

부처님이 도와 버틴다 하더라도 건달 장군이 되려고 나선 왕건이 아니다. 삶과 죽음은 종이 한 장의 차이라고 했다. 억울하게 죽더라도 선종의 칼에 맞아 죽는 것이 떳떳하지 않을까? 세상이 우습게 되면 차라리 죽어 없어지는 것이 얼마나 편한 일인가.

속된 인간들과 일 대 일로 맞서는 일은 그만두리라.

그는 마지막으로 시종 말이 없는 능산의 의견을 물었다.

"어명에 순종하는 것이 좋겠습니다."

그의 대답은 한마디뿐이었고 설명도 없었다.

다른 장군들이 들끓고 설명을 요구했으나 그는 말하려 들지 않고 부득이한 경우에는 '인간의 길'이라고 짤막하게 대답할 뿐이었다.

왕건은 단을 내렸다.

"어명대로 교체하여 정주로 갑시다."

다음 날부터 왕건은 성실히 검식에게 사무를 인계했다. 나주의 사정, 견훤의 내막 등 아는 한도 내에서 자세히 설명하고, 지도와 일지, 전투 경과를 적은 문서에 이르기까지 빠짐없이 넘겨주었다.

문서만 넘겨준 것이 아니라 접경을 비롯한 각처를 함께 돌면서 자기의 경험담을 들려주고 견훤의 전법, 습성에 이르기까지 설명했다. 검식도 성의 있게 귀를 기울이고, 따라붙은 군관에게 한마디도 빠지지 않게 적으라 이르고, 자기가 요구할 때는 언제든지 읽어 줄 수 있도록 정리해 두라고 했다.

"까막눈이라 답답한 때가 한두 번이 아닙니다."

왕건에게 이런 말도 했다.

"글이라는 게 별것인가요? 때로는 술 한 잔만도 못한 것이 글이 아니겠소?"

왕건은 이렇게 위로 겸 대답을 했다.

나주가 넓은 고장은 아니라 하더라도 각처에 배치된 부대들을 교대하는 데는 시일이 걸렸다. 칙명에는 기병은 그대로 두라고 했으나 능산은 적어도 백 기는 주어야겠다고 나섰고 검식은 두말없이 응했다.

영문을 모르는 병사들은 고국에 돌아간다고 경사라도 난 듯이 가벼운 걸음으로 목포에 집결했다.

왕건이 이천 병력을 거느리고 서해를 북상하여 정주에 상륙한 것은 사월 초였다.

임금은 병들고

　태자를 따라 가족과 함께 쇠둘레로 올라온 종희는 며칠을 두고 환대의 연속이었다. 얼마 전에 전승보고차 잠시 다녀가기도 했으나 여러 해를 멀리 떨어진 전지(戰地)에서 보내다가 쇠둘레로 돌아왔으니 잘되었다고 축하를 해 주었다.

　궁중에 불려 가 설리도 동석한 자리에서 임금 선종과 식사도 같이 했다. 선종은 이상한 대목은 보이지 않고 옛날 그대로 현명하고 관대한 선종이었다. 진심으로 반기는 눈치였고, 설리도 극진했다.

　"오라버니, 그동안 흰머리가 섞이기 시작하셨네요."

　종희가 대답하기 전에 선종이 가로막았다.

　"말이 쉽지, 전쟁이란 죽고 사는 살얼음판이야. 그런 데서 육칠 년을 보냈으니 그 심로가 오죽했겠는가. 내가 불민해서 진작 교대를 시켜 주지 못해 미안하네."

왕후의 사촌으로 지친(至親)이라도 임금을 만나는 것은 쉬운 일이 아닌지라, 만난 김에 오면서 생각한 바를 털어놓았다.

"궁벽한 고장이라도 좋으니 시골의 태수나 장군으로 보내 주실 수 없을까요?"

"난 쇠둘레에 있고 싶어 하는 줄로 알았는데……."

"아닙니다. 정작 와 보니 신에게는 시골이 알맞습니다."

"그래……."

선종은 알 수 없다는 표정이었다.

"기왕 오셨으니 쇠둘레에 계시지요."

왕후 설리도 끼어들었으나 종희는 시골이 좋다고 되풀이했다.

태자도 잘 대해 주었다. 나주에서부터 배로 오는 동안에도 깍듯이 아저씨로 대접했고, 일부러 동궁에 불러 새로 장가 든 태자비도 소개하고 함께 식사도 했다. 사람됨이 진중해서 믿음직하다는 생각도 들었다.

궁중의 대우가 이런지라 대신들도 범연할 수 없었다. 돌아가면서 저녁마다 대접이 있었다. 그러나 종희는 무탈한 이야기로 시종하고 무용담도 정치담도 입 밖에 내지 않았다.

원회의 초청도 받았다.

단둘이 마주 앉아 술부터 나누면서 원회는 웃었다.

"그동안 내 자리를 팠다지요?"

종희도 웃었다.

"아무리 파도 안 되더군요."

"내군장군이 별것이오? 대궐의 수문장이지요. 수문장이 탐나서 버티는 것은 아니오."

"……."

"장군의 뱃속을 알기 때문이오."

원회는 빙긋이 웃으면서 그를 건너다보았다.

"그렇다구 장군을 달리 보는 것은 아니니 오해는 마시오. 다만 이 원회를 뜻대로 움직일 사람은 없고, 원회가 그 자리에 있는 한 왕실은 걱정하지 않아도 되오."

원회는 자신만만했다.

그러나 종희는 생각이 달랐다. 전쟁에서 늙은 영감, 싸움터에서는 귀신같다고 하지마는 관료들의 세계를 헤엄치기에는 너무 우직해서 그들의 술수에 말려 자기가 쫓겨날 수도 있다는 것을 모르는 사람이다.

관료들의 생리를 이야기해서 알아들을 머리가 못 되고, 넌지시 말머리를 돌렸다.

"의술이 능통한 스님에게 물었더니 그런 병은 언제든지 재발할 수 있다고 하는데 폐하께서는 완쾌하셨나요?"

"완쾌하시다마다. 걱정두 마시오."

"안심했습니다. 저는 먼 데두 좋으니 고을로 보내 주시오."

그러나 원회는 바람벽이었다.

"나는 수문장이오. 서울이구 시골이구 수문장이 그런 데 나서는 법이 아니오."

종희는 더 말하지 않고 식사를 마치는 대로 나와 버렸다.

한 달도 더 기다렸다.

멀리 떨어진 고장의 장군, 하다못해 패서도(浿西道)의 어느 고을 진장(鎭將)쯤으로는 될 줄 알았다.

그러나 비룡성령(飛龍省令)으로 발령이 났다. 비룡성은 다른 나라의 태복시(太僕寺)에 해당되는 관청이었으나 선종은 비룡성이라고 멋있는 이름을 붙였다.

선종 치하의 비룡성의 주요한 임무는 군마(軍馬)를 기르는 일이었다. 선종은 적어도 이만 마리의 우수한 군마를 길러 대기병 집단으로 일거에 견훤의 백제를 짓밟을 꿈을 가지고 있었다.

본영은 쇠둘레에 있었으나 국내 처처에 있는 마거(馬阹)를 관장하고, 말들이 새끼를 낳으면 기르고, 알맞게 성장하면 군대에 넘기는 것이 일이었다.

종희는 입맛이 썼다. 죽마고우 왕건이 두둔해 주는 나주에 그냥 있을 것을, 공연한 객기를 부려 체신만 우습게 되었다. 헛디디더라도 분수가 있지 장군이라는 자가 목동의 우두머리가 되고 말았다.

그러나 이제 와서 후회한다고 달라질 것도 아니기에 한마디 군소리도 하지 않았다. 말 많은 세상에 당장 그만두는 것도 이상하게 보일 것 같고 하여튼 하는 데까지 해 보자.

궁중에서 임금이 직첩을 주는 자리에는 시중 겸 병부령 구진(具鎭) 이하 대신들이 참석했고, 식전이 끝난 후에는 임금이 단독으로 불러 자기의 설계를 이야기하고 이렇게 끝을 맺었다.

"천하통일이 군마에 달렸다고 생각하면 틀림이 없소. 그런 꿈을 안고 전력을 다해 줘요. 자네가 원하던 궁벽한 고장의 장군과 비할 바가 안 되는 큰 일이 아닌가?"

선종은 열성이 대단했다.

"그렇습니다."

이렇게 대답하는 수밖에 없었다.

추석이 지나고 가을도 저물었다.

명색만 장군이지 쇠둘레 본청에서 거느리는 병정은 얼마 되지 않았다. 거기다 도시생활에 젖은 것들이어서 굼뜨기 이를 데 없고, 명령을 내리면 듣기도 하고 못 들은 척도 했다.

관료사회의 물이 들어 약아빠질 대로 약아 아무리 잘못해도 빠져나갈 구멍을 만들어 놓고 말대꾸하기가 일쑤였다. 도시 나주에서 추위와 더위를 견디며 적과 싸우던 병사들과는 종자가 달랐다.

어디서 어떻게 긁어 먹었는지 배가 나오고 게슴츠레한 눈은 나주 병사들의 살기를 띤 눈과는 천양지판이었다.

한마디로 비룡성의 군인관료들은 모두 세으름뱅이들이고 십중팔구 배때기가 나와 뚱기적거리는 인간들이었다.

생각 같아서는 몽둥이찜을 해서 모조리 내쫓고 싶었으나 관료사회의 묘한 생리를 재빨리 파악한 종희는 우선 참고 실정부터 파악하기로 했다.

말을 달려 백 리 떨어진 마거를 하나 둘러보았다. 말이 살찐다는 가을이건만 살찐 말은 보기 드물고 태반이 뼈와 가죽뿐이었다.

"왜 말들이 이 모양이냐?"

"말들이 어때서요?"

말들을 돌보는 병정들은 세상만사 귀찮다는 대꾸였다.

"병정이 상사에게 그런 말버릇이 어디 있느냐?"

그러나 병정은 느릿느릿 묘한 대꾸를 했다.

"장군께서는 배고픈 사람의 눈에는 보이는 게 없다는 것을 아십니까?"

"응?"

"저는 일개 졸병이지만요, 장군도 장군으로 보이지 않는다 이 말씀입니다."

"무얼루 보이느냐?"

"글쎄요. 배고픈 생각뿐이지 귀찮기만 하구 빨리 가 줬으면 좋겠습니다."

세상에 이런 군인도 있을까?

말도 방목하는 줄 알았더니 고삐를 달아 나무나 말뚝에 처매고 있었다. 뜯어 먹을 풀이 있거나 말거나 도시 병정들은 관심이 없었다.

말대꾸를 하던 병정은 어깨를 늘어뜨리고 나무 그늘에 가서 돌을 베고 누워 버렸다. 햇볕에 까맣게 탄 얼굴은 광대뼈가 튀어나온 것이 온몸을 뒤져도 살점 하나 있을 것 같지 않았다.

말이나 사람이나 생명을 부지하고 있을 뿐 선종의 천하통일을 비웃기라도 하듯 도시 기운이라고는 하나도 없었다.

다른 병정에게 물으니 책임을 맡은 군관은 낮잠을 자는 중이라고 했다. 보통 같으면 시키지 않아도 달려가서 책임자를 불러올 터인데, 이들은 비실비실 피해서 제각기 나무그늘을 찾아 흩어졌다. 흩어져서는 머리를 떨어뜨리고 앉아 있거나 아무렇게나 땅 위에 몸을 내던졌다.

시원한 가을바람 이외에는 만사만물이 귀찮은 그들, 말 거지와 사람 거지의 집단이라고 할밖에 없었다.

종희는 책임군관을 부르러다 말고 돌아섰다. 물으나 마나 눈앞에 보이는 광경으로 적어도 이 마거의 형편은 뻔한 것이고, 물어보았자 거짓말을 몇 마디 듣는 것이 고작일 것이다.

선종이 병들기 전에는 상상조차 할 수 없는 일이었다. 그의 병과 더불어 전부인지 일부인지는 몰라도 태봉국에는 눈에 보이지 않는 병이 퍼져 가고 있는 것이 확실했다.

종희는 한마디도, 심지어 자기가 누구라는 말조차 하지 않고 마거를 떠났다. 얼마 오지 않아 도중에서 길가에 앉아 주먹밥에 된장을 찍어 먹는 병정을 만났다.

힐끗 쳐다볼 뿐 인사할 생각조차 않고 콩과 보리가 반반씩 섞인 밥덩이 하나를 조금씩 이빨로 뜯어서는 씹고 또 씹었다. 세상없이 귀하고 세상없이 맛있는 음식이라는 표정이었다.

"너, 어디 소속이냐?"

"요 위 마거에 있는 병정인데요."

"너, 군례(軍禮)라는 것을 아느냐?"

"군인들이 하는 인사법 말이지요? 언젠가 한번 배운 일이 있는데 하도 오래돼서 잊었습니다."

"너, 내가 장군이라는 걸 알지?"

"알기는 알지요."

"그럼 틀리더라도 군례를 올려야 할 게 아냐?"

"군례요? 올려 봐야 허기진 판에 기운이나 빠졌지 별수 있나요?"

병정은 크지도 않은 밥덩이를 다 먹고 손바닥을 핥고, 된장을 쌌던 나뭇잎을 이리 핥고 저리 핥고 쳐다보지도 않았다.

종희는 바라보다가 잠자코 말 머리를 돌렸다.

오다가 쇠둘레에서 제일 가까운 마거에 들렀다.

초병부터 눈빛이 달랐다. 법식대로 격식을 갖추고 책임군관도 달려 나와 보고를 했다.

"풀밭이 많지 않아 십여 마리밖에 기르지 못합니다……. 성상께서도 어쩌다 찾으시면 칭송이 자자하신 전국 제일가는 마거올시다."

길게 계속되는 설명을 듣지 않아도 마음대로 풀을 뜯는 말들은 군마의 모범이라고 할 만큼 살이 쪘다.

종희는 듣기만 하고 성내로 돌아왔다.

전국 제일간다는 마거, 말이라야 겨우 십여 마리, 이것은 선종에게 보이기 위한 조작품이 아닐까? 선종은 병든 이후 멀리 나가기를 싫어하는 버릇이 들었다고 한다.

종희는 돌아오는 길로 비룡성에 들렀다. 눈치로 살기는 군인관료들이라고 다를 것이 없었다. 높은 관원들이 달려 나와 그를 맞았고 방에까지 따라 들어와 아첨을 떨었다.

"출타하셨다는 말씀을 들었습니다. 혹시 북쪽 십 리에 있는 마거도 보셨는지요?"

"보았소. 잘들 하구 있더구만."

"비룡성의 관원들은 중앙이고 고을이고 폐하의 뜻을 받들어 좋은 군마를 양성하는 데 불철주야루 노력하구 있습니다. 어른께서는 안심하시구 수결이나 해 주시고 좋은 경계를 찾아 오래된 전진(戰塵)을 털고 피곤을 푸시면 됩니다."

"고맙소."

"저희들을 믿으시면 걱정하실 일은 하나도 없습니다."

거듭 자기들의 유능함을 강조했다.

"여부 있겠소."

흡족해서 돌아서는 그들 중 한 사람을 불러 몇 가지 문서를 요구했다.

"보시나 마나 깨끗합니다. 수고스럽게 보시지 않아두 될 터인데요."

"명색이 여기 장(長)인데 성상께서 물으셔두 그렇구, 대강은 알아야 하지 않겠소?"

관원은 나가 문서를 들고 왔다. 종희는 몇 장 뒤적이다가 보자기에 싸 가지고 집으로 돌아왔다.

저녁식사를 마치고 등잔불 밑에서 훑어보았으나 관원의 말대로 깨끗했다. 병정들에게는 쌀과 보리를 섞어 충분히 지급하고, 말에도 콩의 공급이 생각 이상으로 많았다.

보낸 날짜와 받은 날짜, 액수, 발송자와 영수자, 흠잡을 데 없는 문서들이었다.

그러나 종희는 이 깨끗한 문서의 깨끗지 못한 이면이 곧 눈에 보였다.

쌀은 아예 도중에서 새고, 말이 먹어야 할 콩을 병정들이 먹고 말은 헛돌고 있다. 콩과 보리도 얼마나 가고 안 가는지는 몰라도 제대로 안

간다는 것만은 낮에 눈으로 보았다.

이리하여 고을의 병정들과 말들은 말라 가고 관원들만 배가 나오고 있는 것이다.

낮에는 하는 거동들이 눈에 거슬려 몽둥이찜질을 생각했으나 이것은 아예 도둑의 소굴이요, 비룡성은 없는 것만 같지 못한 관청이었다.

그러나 이튿날, 비룡성에 나간 종희는 관원을 불러 문서를 돌려주면서 별소리를 하지 않았다.

"어제 얘기대루 깨끗한 문서더군."

"그러문입쇼. 비룡성에는 유능하고 깨끗한 관원들만 모여 있기로 정평이 나 있습니다."

"그렇겠지."

종희는 길게 말하지 않았다.

"기회를 보서서 이렇게 수고하는 비룡성의 관원들에게 상을 내리도록 성상께 말씀드려 주실 수는 없을까요?"

"생각해 보지."

돌아서 나오던 관원은 문을 닫고 방 밖에 나서자 혀를 내밀었다.

"창이나 휘두르던 것이 뭘 안다구 문서를 가져오너라 어쩌구? 제까 짓 것이 보면 아나? 몰라도 아는 척 한번 재 보는 네 심정두 가련하다. 이따금 먹다 남은 것을 배가 나올 만큼은 갖다 줄 테니 낮잠이나 자구 배에 비계가 끼면 네가 할 일은 다 하는 거다. 설쳐야 돌아갈 것은 콧방구밖에 없다는 것을 알아 두는 것도 해롭지 않을 것이다."

그러나 방에 홀로 앉은 종희는 생각 중이었다. 좀 두고 보자. 다음 날부터 종희는 평복으로 갈아입고 홀로 말을 달려 마거를 찾아다녔다. 어디나 마찬가지였다.

지나가는 나그네 같은데 혹시 잡숫다 남은 것이 있으면 줄 수 없겠느냐고 구걸하는 병정들도 있었다.

때로는 며칠씩 걸려 몇백 리 떨어진 고장에도 다녀왔다.

누가 물으면 오래간만에 고국에 돌아온지라 쉬기도 할 겸 경치 좋은 고장을 찾노라고 했다.

비룡성의 관원은 우직한 물건이 자기들 말대로 움직인다고 웃을 뿐 의심하지 않았다.

예측대로 비룡성의 부정은 일부에 국한된 것이 아니고 전국에 걸친 뿌리 깊은 것이었다. 이 군인 관료들의 부패병, 교활병은 인삼 녹용도 소용없고 편작(扁鵲) 같은 명의가 한 사람씩 맡는다 해도 도리 없는 중병이었다. 남은 길은 무덤밖에 없다.

임금 선종에게 직접 고할 수도 있었으나 종희는 우선 시중 겸 병부령 구진을 찾아 넌지시 말을 걸어 보았다.

"그래요?"

그도 실정을 모르고 있는 모양이었다. 그러나 한참 생각하더니 도리어 충고를 했다.

"설사 그것이 사실이라 하더라도 조심하시오. 말단 관원이라도 뒤를 봐주는 대신이나 장군이 없는 사람이 없소."

"설사가 아니라 어김없는 사실입니다."

"마찬가지지요. 오늘 얘기는 아예 들은 일이 없는 것으로 해 두겠소."

원래 그런 위인이라 종희는 그대로 물러나왔다. 그러나 선종에게 직접 알리는 데는 생각할 문제가 있었다. 그렇게도 엄청난 기대에 부풀었는데 그것이 이 지경이라면 충격이 없을 수 없고, 충격을 받으면 병이 도질 염려가 있었다.

그는 생각 끝에 원회의 처소로 찾아갔다.

"새 자리가 마음에 안 들어서 그러는가요? 매일 혼자 나다닌다는 소문인데 처신에 좋지 않을 것이오."

원회는 차를 권하면서 이런 소리를 했다. 종희는 웃으면서 찻잔을 들었다.

"금후에는 조심하겠습니다"

"그래, 오늘은 무슨 바람이 불어 찾아왔지요?"

"부탁을 드리러 왔습니다."

"부탁이라? 수문장이 들을 수 있는 부탁이라면 문지기 한 사람쯤 채용하는 정도나 될까……."

원회는 시름없이 웃었다.

"그 반대올시다. 사람이 많이 필요해서요."

"말씀해 보시오."

"전에 주천 장군으로 계실 때의 부하들은 강병일뿐더러 거짓이 없구 믿을 만한 청년들이었다는데……."

"그런 청년들이 많았지요. 군관이 돼서 아직 군대에 남아 있는 사람두 있구 나이 들어 귀농(歸農)한 사람두 있구……."

"그런 사람을 백 명쯤 추천해 주실 수 없을까요?"

"백 명이나! ……도대체 무엇에 쓸라구 그러시오?"

"비룡성을 뜯어고쳐야겠습니다. 폐하께 직접 아뢰려다 만약의 경우가 염려돼서 장군께 말씀드리는 것이니 이번에는 수문장이라구 피하지 말아 주시지요."

"시중께 말씀드리지 그랬소?"

"말씀드렸으나 안 돼서 이렇게 찾아온 것입니다. 피하지 않으시겠지요?"

"수문장은 그런 인사에 관계하는 법이 아닌데……."

"안 하시면 나중에 폐하께서 크게 마음 상하실 일입니다."

"그래요? 그렇다면 말씀해 보시오."

원회는 긴장하고 귀를 기울였다.

종희는 각처의 마거를 돌아다니면서 보고 들은 대로 이야기했다.

강직한 원회의 분개는 대단했다.

"우리가 죽느냐 사느냐, 그 고생을 하면서 싸우고, 비바람과 추위에 시달릴 때 이 쥐새끼 같은 놈들, 붓대로 나라의 큰 계획을 망치고 갉아 먹기 놀음을 했구만."

"그렇습니다."

"그냥 둘 수 없지요."

"추천해 주시겠습니까?"

"하지요. 어떤 데 쓸 작정인가요?"

"중앙의 인원은 모두 갈고, 고을의 마거마다 한 사람씩 책임자로 보낼 작정입니다."

"그러려면 글을 알아야 할 터인데 글을 아는 사람은 드물구……. 그 문제는 어떻게 하지요?"

"알면 좋고 몰라두 무방합니다. 가령 말 몇 마리 하면 말 머리를 간단히 그리구, 머릿수대루 작대기를 그으면 됩니다. 또 콩 몇 말, 몇 되 하면 콩알과 함께 말과 되를 그리구, 그 밑에 수량대루 작대기를 그으면 되니까요."

"그거 참 묘한 생각이오."

원회는 감탄했다.

"차츰 겨울이 다가오는데 서둘지 않으면 제대로 추위를 넘길 마필이 얼마나 될지 걱정입니다."

"서둘러야지요."

일단 승낙한 원회의 행동은 빨랐다. 열흘 이내에 백 명의 인원이 모였다. 개중에는 낫살 먹은 농부도 있고 군복을 입은 채로 나타난 군관도 있었다.

비룡성의 관원들은 일시에 몰려드는 백 명의 인원들을 보고 무슨 영문인지 몰라 입을 헤벌렸다. 종희는 그들을 전원 앞마당에 모아 놓고 선언했다.

"너희들은 지금 이 시각으로 비룡성의 벼슬을 면한다. 무엇 때문인지 나보다도 너희들 자신이 더 잘 알 것이다. 관을 면했으니 이 길로 집으로 돌아가라. 행여 집에 문서가 있는 자는 돌아가는 즉시로 가져올 것이며, 숨기거나 찢어 없애는 행위는 엄중히 다스릴 터이니 그리 알아라. 돌아서 나가!"

그들은 혼이 빠진 사람들같이 어깨를 늘어뜨린 채 시키는 대로 돌아서 정문으로 몰려나갔다.

종희는 청사에 들어가 원회가 중앙에서 일할 간부로 추천한 사람들을 모아 놓고 의논했다. 기본문서가 이미 있기에 긴 시간이 걸리지 않았다.

전국의 마거 수와 각 마거에 배정된 인원, 마필의 수, 매달 지급되는 양곡의 수량을 알리고, 각 마거에 새로 책임자로 부임할 사람들을 선정했다.

인원의 선정이 끝나자 종희는 그들 중에서 글을 아는 사람에게 분담하여 고을로 흩어질 사람들의 직첩을 쓰게 했다.

직첩의 필사가 끝나자 그는 떠날 사람들을 한자리에 모아 놓고 일일이 직첩을 준 다음 자기가 보고 들은 실정을 이야기하고 이렇게 덧붙였다.

"각자 부임하는 마거의 인원과 마필의 수는 너희들의 직첩 끝에 쓰인 대로 문서에 올라 있다. 그러나 실지는 그것과 다르다는 것이 내 판단이니 현지에 당도하는 즉시로 현재 있는 숫자 그대로 어김없이 보고해라."

전원이 큰 방에서 미리 마련된 점심을 함께 들고, 갈 사람들을 보내고 나서 종희는 의형대령 박질영을 찾았다. 자초지종을 듣고 난 박질영은 두말없이 그의 요청대로 즉시 관원들을 불러 비룡성의 문서를 압수해서 세밀히 조사하라고 지시하고 필요하면 전직자들의 가택 수색도 하라고 일렀다.

"조그만 혁명을 하셨구만. 하기는 다람쥐 같은 것들이어서 그렇게 하지 않고는 뿌리를 못 뺄 것이오."

좀체로 웃는 일이 없는 박질영은 빙긋이 웃고 말을 계속했다.

"비룡성에 그런 혐의가 있다는 소리를 듣고 손을 대려고 했으나, 어디서 기밀이 새어 나갔는지 손을 대기도 전에 대신들 중에 말하는 사람이 하나 둘이 아닌데다 시중까지 두둔하고 나서니 어쩔 수 있어야지요. 관원들이란 원래 그런 족속들인데 백여 명을 한꺼번에 쓸어 냈으니 무슨 농간이 있을 것이오. 조심하시오."

"뒷일은 어떻게 되건 철저히 조사해 주시지요."

종희는 물러나와 이번에는 시중 겸 병부령을 찾았다. 이래도 그만, 저래도 그만인 인간이었으나 중앙에서 일할 비룡성의 간부들은 그를 통해서 임금의 직첩을 받아야 했다.

이야기를 듣고 난 구진은 입술을 떨었다.

"전쟁하듯이 했구만. 그런 무모한 짓이 어디 있소?"

"잘 보셨습니다. 이 종희는 무엇이나 전쟁하듯 합니다."

"그래두 사실을 규명한 연후에……."

말끝을 흐렸다.

"사실은 제가 직접 마거마다 돌아다니면서 규명했습니다."

"그래도 법도가 있어 규명할 관원이 따로 있는데."

"법을 다루는 말단 관원은 믿고, 제 말은 못 믿겠다는 말씀입니까?"

"그런 건 아니지만······."

"법을 내세우면 뇌물이 오가구, 있는 사실도 없는 것으로 돼 버리구, 성상께서 생각하시는 나라의 큰 계책은 지금 이 시각에도 무너져 가는데, 시중께서는 이 일을 전혀 모르셨습니까?"

"난 금시초문이오."

"아무래도 좋습니다. 직첩이 나오도록 이 문서에 수결을 해 주시지요."

종희는 보자기에 싸 가지고 온 문서를 펼쳐 놓았다.

구진은 말이 없고 문서를 보려고도 하지 않았다. 종희는 기다릴 대로 기다리다 물었다.

"못해 주시겠단 말씀입니까?"

"······."

역시 대답이 없었다. 선종이 처음 일어나 동해안을 휩쓸고 방향을 서쪽으로 돌렸을 때 우연히 눈에 뜨인 서당 훈장 구진, 겁이 많아 싸움이 터지면 바위틈에 숨고, 행군하면 꽁무니도 제대로 쫓아오지 못해 건장한 병정들의 신세께나 졌다는 구진, 나라가 서고 글이 필요해지자 별것도 아닌 것을 가지고 시중까지 올라온 구진─종희는 속이 부글거렸다.

"역시 안 되겠습니까?"

종희는 마지막으로 물었다.

"내가 수결하면 나도 공모한 것이 되지 않겠소?"

순간, 종희의 눈이 빛나고 품에서 천천히 단도를 빼어 힘껏 책상 위에 내리 꽂았다.

교의에 앉은 구진은 뒷걸음질치는 시늉을 하면서 말도 제대로 못했다.

"왜, 후─, 왜 이러시오?"

"당신도 단도를 빼시오. 칼로 결판을 냅시다."

"이, 이런다구 일, 일이 되겠소?"

"당신같이 앉아 뭉갠다고 일이 돼요?"

"후-, 아직 젊어서……. 나를 죽이구 목숨을 부지할 것 같소?"

"당신, 생각했던 것보다도 몇 배 못났구만. 알아 두시오. 종희는 목숨을 내던진 지 희미한 옛날이오."

구진은 고개를 떨어뜨리고 종희는 일어섰다.

"수결을 할 것이오, 아니면 죽을 것이오?"

구진은 서류마다 떨리는 손으로 수결을 하고 크게 한숨을 내쉬었다.

경위야 어떻건 비룡성은 일신됐다. 전국의 마거는 매달 소정대로 공급을 받는 데다 여태까지 관원들이 빼돌렸던 것도 몰수하여 덤으로 나눠 주었다.

굶주림이 졸지에 포식으로 바뀌어 사람도 말도 살쪄 갔다. 속임수로 늘려 공급을 타 먹던 숫자도 제대로 정비되어 비룡성의 기강은 어느 관청보다 엄정하다는 평이 돌았다.

종희는 먹은 것만 토하면 용서할 작정이었으나 박질영이 듣지 않았다.

"먹은 것만 토하면 그만이라? 그럼 누구나 자꾸 먹고 볼 것이오. 그래 가지고 되겠소?"

종희는 죽일 놈이 되었다. 있는 말 없는 말 보태서 죽일 놈에다 더럽기 이를 데 없는 놈이라는 소문까지 돌았으나 쫓겨난 다람쥐들의 수작이라 치부하고 발바닥의 때만큼도 대수롭게 여기지 않았다.

쫓겨난 관료들은 자기들을 감싸 주던 대신들을 찾아 애걸했으나 구진이 당한 소문을 전해들은 대신들은 감히 움직일 용기를 내지 못했다. 생각다 못한 관료들은 다리를 놓아 내원당의 주지 종회를 구워삶았다는 소문이었다.

종희는 속으로 은근히 기대조차 했다. 종뢰, 너 여태까지 우습게 놀았겠다. 왕건은 생각이 헤퍼서 너를 눈감아 주었는지 몰라도 이 종희는 다르다. 다시 한 번 못나게 놀아 봐. 너는 죽는다.

구진과 칼로 결판을 낸 종희의 소문은 종뢰라고 모를 리 없었다. 그러나 겁을 먹고 선종에게 고해바치지 못했는지 겨우내 선종으로부터는 아무 소식이 없었다.

병서 대신 말에 대한 역사, 말의 습성 등을 적은 책을 구할 수 있는 대로 구해서 읽다가 봄이 오자 길을 떠났다.

시들어 가던 전국의 마거에는 생기가 돌고 사람들은 활기 있고 말들도 몰라보게 기운을 되찾고 있었다. 마거마다 책임자로 들어앉은 원회의 옛 부하들은 모두가 부처님을 믿고, 젊어서 선종을 따라나설 때와 다름없이 예토(穢土)를 정토(淨土)로 바꾼다는 사명감에 불타 있었다.

그들은 위에서 전하는 말을 그대로 믿고 지시라면 곧이곧대로 실천하는 습성이 몸에 배어 있었다.

군마를 대량으로 양성해서 대기병집단으로 일거에 견훤의 백제를 짓밟아 천하를 통일하고 평화를 가져오려는 선종의 구상도 책임자들에게는 전해 두었다. 그들은 선종이 생각하는 일이라면 반드시 성공하리라고 희망에 부풀어 말을 보물 다루듯 돌보았다.

굼벵이 같던 병정들도 달라졌다. 선종의 부하들은 나무에 못을 박듯이 자기들의 정신을 그들의 머리에 박아 넣었고, 도저히 못쓸 것들은 내쫓았다고 했다.

도시 이 사회에는 에누리라는 것이 없었다. 사람에게 배정된 쌀과 보리는 사람이 먹어야 하고, 말에 배정된 콩은 말이 먹어야 했다. 한 톨이라도 바꿔치거나 빼돌린다는 것은 생각조차 못할 일이었다.

종희는 면목을 일신한 마거의 모습에 만족하면서 새삼 선종의 위대함을 실감했다. 말단 병사들과 똑같이 먹고 자면서 그들과 고락을 같이 했다는 선종, 그러는 가운데 이런 정신을 주입하여 크게 일어선 그는 확실히 당대의 영웅이었다.

불치의 병이라는 의원의 말이 과연 옳을까? 그것이 옳다면 별도리가 없고, 아니라면 그는 천하를 통일할 것이다.

그는 이런 생각을 하면서 고향에 가까운 진서(鎭瑞, 황해도 곡산)의 마거에 들러 책임자의 인도로 안팎을 돌아보기 시작했다.

마거의 봄은 거세(去勢)의 계절이었다. 여기저기서 병정들이 세 살짜리 수놈들을 자빠뜨려 놓고 거세하고 있었다.

지난겨울 틈틈이 책에서 보아 모르지 않았으나 실지로 보는 것은 처음이었다. 여럿이 달려들어 앞다리는 묶고 뒷다리는 벌린 채 알맞은 통나무를 대고 밧줄로 움직이지 못하게 한 다음 경험 있는 병정이 예리한 칼로 두 개의 알을 도려내고 있었다.

"이 거세라는 건 말입니다."

책임자는 열심히 설명했다.

"질서를 위해서 어쩔 수 없이 하는 것입니다. 인간 세상에 상하의 질서가 필요하듯이 짐승도 여럿을 모아 놓고 보니 질서를 세우지 않고는 감당할 수 없습니다."

거세와 질서……, 종희는 책에서 본 대로라고 생각하면서 물었다.

"거세를 안 하면 어떻게 되지?"

"수놈들이 서로 암놈들을 차지하려고 그야말로 피투성이 싸움이 벌어집니다. 목숨을 건 싸움이지요. 머리가 터지고 다리 하나쯤 부러지는 것은 예사구요, 죽는 경우도 있습니다. 그대로 두면 이런 마거의 시설 같은 건 순식간에 날아갈 겁니다."

종희가 물었다.

"암컷도 많은데 싸우지 말구 마음에 맞는 것들끼리 짝을 지으면 될 터인데."

"그러면 좋을 터인데 그렇게는 안 되는 모양입니다. 암놈 한 마리를 가지구는 안 되구 마음에 맞는 것이면 다 차지하려고 드니 싸움이 안 벌어지겠습니까?"

"그렇겠군."

"그런 싸움을 미리 막기 위해서 거세를 합니다. 쓸 만한 종마(種馬) 몇 마리만 남기고 나머지는 춘기가 발동하기 전인 세 살이 되면 거세를 합니다. 거세를 해 버리면 암컷을 차지해야 별수 없으니 무리의 질서에 순종합니다."

"종마끼리는 싸우지 않구?"

책임군관은 웃었다.

"사람두 그렇지 않습니까? 아무리 여자를 좋아하는 남자두 한도가 있듯이 한 마리가 암컷을 열 마리, 많으면 열댓 마리까지 차지합니다. 각각 그 정도 차지할 암컷은 있으니까요. 이것을 거느리구 한 무리(一群)가 되는데 이 무리에 거세를 당한 말들이 몇 마리씩 붙지요. 말하자면 종마가 대장이 되어 질서정연한 것이 군대 같기도 하고 가정 같기도 합니다."

"거세를 당한 말을 무어라 부르더라?"

"선마(騸馬)라고 합니다."

"보채는 일은 없구?"

"일단 거세되면 그렇게 유순할 수 없습니다. 대장인 종마의 충실한 부하가 되지요."

"어떤 말은 열 마리, 어떤 것은 열댓 마리, 그건 싸움의 불씨가 안 되는가?"

"그게 참 오묘합니다. 사람과는 달리 암컷이 마음에 드는 수컷을 찾아 따라붙습니다. 마음에 들어도 말을 안 듣고 딴 수컷을 찾아 붙어 버리는 데야 재간이 있습니까? 그래서 다소의 차가 지지요."

"하기야 사람두 그렇지, 밤잠을 못 자구 애간장을 대워두 싫다고 딴 남자에게 가 버리면 어쩔 도리가 없으니까."

이야기를 듣는 사이에 구경하고 있던 말의 거세가 끝났다. 도려낸 자리에 재(灰)를 듬뿍 메우고 천으로 꽁꽁 동여매기 시작했다.

"저건 얼마쯤 가면 아물지?"

"빠르면 한 달, 잘못돼서 몇 달 가는 수두 있지요."

종희는 하직하고 나오다 돌아보았다. 책임자의 말대로 십여 마리씩 한 무리가 되어 풀을 뜯고 있었다.

종희도 대기병집단을 양성하려는 선종의 구상은 그럴듯하다고 생각했다. 충성을 맹세한 남쪽 접경지대와 동해안의 장군들도 나름대로 군마를 기르고 있으니 이만을 양성하면 삼만 기의 대기병 집단을 편성할 수 있을 것이고, 거기다 보졸들은 그 몇 배라도 모을 수 있으니 보기(步騎) 십만이면 천하를 통일할 수 있지 않을까? 그것은 꿈만도 아니었다.

그러나 말을 증식한다는 것은 무진한 노력이 들 뿐 아니라 시일도 많이 걸리는 사업이었다.

말은 다섯 살이 돼야 임신하고 수컷들도 그 나이에 비로소 이성(異姓)을 찾는다고 한다. 임신하면 해산까지 팔 개월, 낳은 새끼라고 다 쓸 만한 것도 아니다. 하루 이틀에 될 일이 아니었다.

그러나 지금같이 충실한 관리자들이 마거를 관리하는 한 불가능한 일도 아닐 것이다. 마음 한구석에 불안이 남아 있기는 했으나 일 년이

지나도 선종은 별다른 이상이 없고, 각지를 돌아다니며 독려하는 자기를 위로하는 편지도 보내 왔다.

예상과는 달리 이 년을 평온한 가운데 보내고 다시 봄을 맞아 지방 순시 끝에 오래간만에 고향 영안성에 들렀다.

사월 하순이라 더위가 시작되는 철이었다.

요즘 좌상으로 있는 꽈배기의 주최로 그의 집에서 옛 친구들이 모여 큰 잔치를 베풀어 환영했다.

생각했던 것보다 장사는 잘 되는 모양이었다. 꽈배기의 집은 으리으리하고 넓은 마루에 모인 친구들도 다 기름이 흘렀다.

모두들 출세한 친구를 진심으로 반겨 주었고 나주에서 견훤을 무찌른 무용담도 물었다.

"그건 왕거미의 공이지 내 공이 아니다. 난 그의 부하가 아니냐?"

종희는 말을 피하려고 했으나 친구들도 알 것은 다 알고 있었다.

"공연히 겸손을 떨지 마라. 성 밖에서두 적에게 가장 가까이 포진한 네가 한가락 했다는 걸 모르는 사람이 있는 줄 알아?"

괄괄이였다.

"한가락은 지나치구 반가락 쯤으로 해 두자."

모두들 웃는 가운데 종희가 물었다.

"너희들 굶어 죽은 줄 알았는데 개기름이 흐르는 걸 보니 돈냥 번 모양이구나."

괄괄이의 설명은 그럴듯했다.

이쪽은 평온하고 당나라가 망한 후 중국은 더욱 난장판이라 장사가 더욱 잘 되더라는 것이다. 이쪽도 경험이 있는지라 죽느냐 사느냐 판에 필요한 물건을 싣고 가면, 저쪽은 우선 살아야겠고, 때로는 도망쳐야 할

판이라 값진 물건도 헐값으로 바꿔 주지 않을 수 없는지라 장사가 안 되려야 안 될 수 없다는 이야기였다.

"그게 아니라 밑질라구 그렇게 애를 써두 밑질 길이 없더라 이런 얘기다."

꽈배기가 끼어드는 바람에 또 웃음이 터졌다.

"해적한테는 당하지 않았어?"

종희가 물었다.

"정주의 수군은 낮잠이나 자라는 건 아니잖아? 형세를 보아 좀 보호를 해 달라구 했더니 선선히 응하더라. 단련이 잘 돼서 해적 따위는 꼼짝도 못하구."

종희는 우리 수군이 무역선을 보호한다는 소리는 처음 들었다. 군대가 마음대로 움직였을 리는 없고……. 선종이 제정신을 찾더니 좋은 일을 한다고 생각했다.

"지난 이 년에 영안성 장사꾼 치구 돈방석에 앉지 않은 사람이 없을걸."

괄괄이가 큰소리를 쳤다.

그러나 땅거미 질 무렵 쇠둘레에 갔던 친구가 새로운 소식을 가지고 왔다. 원회가 늙어서 물러가고 은부가 다시 내군장군으로 임명되었다는 것이다.

"누가 무엇이 되든 우리는 장사나 하면 그만이란 말이야."

한쪽에서 혀 꼬부랑 소리가 들렸다.

아무도 색달리 받아들이는 사람은 없고, 계속 먹고 마시며 떠들썩했다.

종희는 그런 대로 희망을 걸고 지나간 이 년 동안 성의를 다한 일이 송두리째 무너지는 기분이었다.

그러나 무어라고 할 계제도 아니고 그럴 자리도 아니었다.

친구들의 말도 귀에 들어오지 않고 아무런 생각도 떠오르지 않았다. 남이 웃으면 웃는 시늉을 하면서 분위기를 맞추고 권하는 대로 술을 마셔도 취하지 않았다.

밤이 깊어 친구들이 헤어지자 그도 일어섰다. 조카가 돌봐주는 옛집으로 돌아가는데 꾀배기와 괄괄이가 따라붙었다.

"장군의 술을 한잔 얻어 마시자."

"좋다. 가자."

세 사람 중에 아무도 취한 사람이 없었다. 종희는 두 사람이 곡절이 있어 따라온다는 것을 직감했다.

조카 내외는 상을 차려 놓고 그때까지 기다리고 있었다. 종희는 집에 들어서자 조카에게 일렀다.

"내, 너한테 말해 둘 게 있다. 무슨 일이 있어두 벼슬은 하는 게 아니다. 장사를 해라. 너뿐만 아니라 자손대대루 말이다."

"무슨 일이 있었습니까?"

"이유는 묻지 마라. 밖에 손님이 있으니 방에 모셔라."

세 사람은 건넌방으로 들어가고 조카 내외는 마루에 차렸던 상을 맞들고 들어와 한가운데 놓고 안방으로 물러갔다.

"얘들아, 나 오늘이야말로 취하지 않고는 못 배기겠다."

종희는 술을 권하면서 이런 소리를 했다.

세 사람은 무관한 처지인지라 자작으로 마시면서 못할 소리가 없었다.

"종희야, 애꾸가 완전히 돌아버린 게 아냐?"

괄괄이가 운을 떼자 종희가 받았다.

"옳게 봤다."

"그럼 앞으루 어떻게 되는 거야?"

"캄캄하다."

그러나 꽈배기의 이야기는 조리가 정연했다.

"은부가 그 자리를 뺏은 이상 다시는 뺏기지 않을 만반의 태세를 갖출 것이다. 그래 놓구 미친 애꾸의 한 귀는 은부가 잡구 나머지는 종회가 잡구, 장단을 맞춰 피리를 불면 희한한 일이 벌어질 것이다."

"네 말이 맞다. 장사꾼이 나보다 더 잘 아는구나."

종회가 맞장구를 쳤다.

"그쯤도 모르구 무슨 장사냐? 은부는 구렁이는 못 돼도 능청맞은 뱀 정도는 되는 인물이다. 이번에 쫓겨나면 살아남지 못할 걸 알구 있을 테니 자기 마음대로 될 천하를 만들려고 들 것이고, 그러자니 많은 사람들이 피를 흘려야 할 것이다."

"……"

"제일 큰 적은 왕거미임에 틀림없다. 그를 쫓아낸 것도 왕거미요, 가장 무서운 것도 왕거미니까. 너두 왕거미와 친하니 그 일당으로 몰려 무사하지 못할 것이구."

"과히 틀리지 않는 것 같다."

"내 눈에는 앞이 훤히 내다보이는데 조심해라."

"……"

"왕거미가 여기 안 있구 나주에 있는 게 다행이구나."

괄괄이가 끼어들었으나 꽈배기의 대답은 냉정했다.

"왕거미가 여기 있었으면 일이 이렇게 되지두 않았을 거다."

"하긴 그래."

"은부는 무슨 수를 쓰든지 왕거미를 유인해 오려구 들 터인데 그게 걱정이다."

꽈배기는 진정으로 걱정하는 눈치였다.

"왕거미 말이지? 나 같으면 나주에서 아주 독립해 버리겠다. 땅두 그만하면 됐겠다. 병력두 삼천이나 있겠다, 왜 못해?"

괄괄이는 가슴을 폈다.

"글쎄, 모르지. 종희의 의견은 어때?"

꽈배기는 종희를 건너다보았다.

"지금은 정말 아무 생각도 안 난다. 허지만 왕기미는 알아서 잘할 거다."

세 사람은 더 할 말도 없고 우울한 침묵 속에 술잔만 비웠다.

"우리가 모두 금년에 마흔한 살이지……, 생각하면 허무하게 보낸 사십일 년이었구나."

종희는 한마디 하고 크게 한숨을 내쉬었다.

"허무하다?"

꽈배기는 분위기를 바꾸려는 속셈인지 본성을 드러내기 시작했다.

"너희들이야 허무할 게 없지. 거부가 되구 자식들두 잘되구. 내가 허무하단 말이다."

"네가 왜 허무해? 요즘 들자 하니 애꿎은 말의 불알을 빼구 다닌다면 서? 그게 어디야."

"그게 어디라니?"

"태봉국 전역에서 그 짓을 벌이고 있다니 전부 합치면 몇 말이나 될까?"

"명색이 장군이라는 자가 짐승의 불알이나 빼구 다니다가 나중에는 쥐새끼 같은 것들한테 나가떨어진다……. 이게 허무하지 않으면 어떤 게 허무하단 말이야?"

"쥐새끼 말이 나왔으니 말이지. 세상에 태어나서 쥐새끼의 불알이라 두 한번 빼구 죽은 사람이 몇이나 돼? 너는 봄마다 그 위대한 사업을 크 게 벌이니, 이렇게 희한한 일이 또 어디 있어?"

과음한 탓으로 제자리에 쓰러져 잠든 종희는 다음 날 잠이 깨니 오정에 가까웠다. 숙취로 머리가 무겁기는 했으나 서둘러 식사를 마치고 쇠둘레로 말을 달렸다.

속히 결말을 내야 할 것 같고 결말을 내려면 쇠둘레로 가는 수밖에 없었다.

그러나 떠날 때 꽈배기가 귓속말을 하던 것이 머리를 떠나지 않았다.

"너는 직(直)하구 용감하구 정말 장수감이다. 그러나 정치가루는 모르겠다. 다만 장사의 경험으로 한 가지만 일러 주고 싶구나. 인간사는 꼬불꼬불 가지 곧바루 가는 일은 별루 없더라. 기복(起伏)이 있게 마련이니 직하게만 생각 마라."

다가올 풍파를 예상하고 진정으로 친구를 걱정해 주는 말이었다. 직하다는 것은 정직하다는 말도 되지마는 외곬이라는 말도 된다.

결국 외곬으로 가지 말라는 충고인데 자기가 그렇게 외곬일까?

내군장군이 갈렸다고 비룡성령이 부랴부랴 쇠둘레로 달리는 것은 무엇이냐?

뒤집어엎을 힘이 있는 것도 아니다. 결말을 짓는다고 했지마는 지을 결말이 당장 있을 수 없고…… 마음속 깊이 간직했다가 한동안 잠자던 원회에 대한 증오심이 폭발할 것만 같았다.

비룡성령이 된 후로 원회는 잘해 주었고 그로 해서 마음도 누그러졌다.

그러나 나랏일을 생각하면 그것은 아무 것도 아니다.

늦기 전에 태자를 세우라고 했을 때 그 미련하게 놀던 꼴은 생각만 해도 죽이고 싶었다. 그때 자기 말만 들었어도 이런 일이 있을 수 있느냐?

왕건도 그렇다. 인물이라고는 하지만 생각이 너무 많아 틀렸다. 나주를 버리고 그 병력을 끌고 올라와서 한바탕 했다면 죽든 살든 이런 일은 없었을 것이 아니냐?

초여름의 해는 길어 쇠둘레에 당도해도 어둡기까지는 시간이 있었다.

쇠둘레는 변함없이 조용하고 자기만 혼자 씨름하는 듯한 기분이 들었다.

그러나 말이다. 장차 떡이 될 쌀은 누구의 눈에도 쌀이지 달리 보일 까닭이 없다. 방아에 넣고 가루로 빻고 송편으로 빚을 계책을 꾸미는 사람의 마음도 눈에 보일 까닭이 없다. 태봉국을 요리하려고 드는 자들의 뱃속도 마찬가지로 눈에 보이지 않아 이렇게 평온할 뿐이다.

어쨌든 원회를 만나 진상부터 알아야 직성이 풀릴 것 같아 그의 집으로 직행했다.

전과 달리 초병이 문간에 서 있다가 가로막았다.

"명령이올시다. 못 들어가십니다."

"너는 누구냐?"

"내군부 소속이올시다."

"내군부 병정이라면서 나를 몰라?"

"새로 들어와서요."

"비룡성령 종희다."

들어가려는데 또 막았다.

"나라의 대신이 나라의 원로를 만나는 것을 안 된다고 명령한 건 어떤 자냐?"

"내군장군의 명령이올시다."

종희는 가로막는 것을 뿌리치고 들어갔다.

원회는 실신한 양 홀로 대청에 앉아 먼산을 바라보다가 일어서 그를 맞아들였다.

"용케 들어왔구만."

반색을 했다.

"밀치구 들어왔습니다."

"장군답구만. 내 어리석어서 그때 장군의 말씀대로 하는 건데…….
하여튼 장군을 볼 면목이 없소."

"지나간 일은 지나간 일이구 어떻게 된 사연입니까?"

"성상은 이제 가망이 없소."

"……."

"완전히 제정신이 아니길래 의원들을 불러 놓구 사실대로 말하라고
했더니 이구동성으로 마지막이다, 다시 되돌아올 가망은 없다, 이러지
않겠소? 캄캄하더구만."

"대신들과 의논하시지 그랬어요."

"했지요. 시중 이하 중요한 대신들과 은밀히 의논했더니, 글쎄 글쎄
로 말끝을 흐리구 책임을 안 지려구 해요. 의형대령 한 사람만이 바른말
을 하더군요. 한 사람의 찬동만으로 됩니까? 장군은 고을에 나가 안 계
시구."

"……."

"믿을 사람이 있으면 이러저러한 사연이라구 고을에 있는 옛 동지들
에게 알려서 어떻게든 하겠는데, 딴 일도 아니구 대위(大位)를 바꾸는
일이라 입 밖에 낼 수 있겠소? 글로 써서 밀봉해 보내자니 글을 알아야
지. 그때처럼 까막눈을 한탄한 일은 없소."

"……."

"장군이 돌아오면 의논해서 나주와 옛 동지들에게 편지루 알리고 조
용한 가운데 일을 처리하려고 했는데, 느닷없이 밤중에 칙사가 와서 내
일부터 나오지 말라니 그것으로 끝난 것이지요. 은부와 종뢰가 무시로

연락이 있다는 건 알았지만 이렇게 될 줄은 몰랐소."

"그런 대로 잘되겠지요."

"잘될 까닭이 없지요. 그 소인배들이 반드시 일을 저질러 나라를 그르칠 것이오."

"꾸며 봐야 별수 있겠습니까?"

경우에 따라서는 영감태기한테 분풀이라도 하려고 찾아간 종회가 도리어 위로하는 쪽으로 돌았다.

"그렇게 볼 건 아니오. 일단 권력의 맛을 본 소인배들이라 죽자 사자 일을 꾸밀 것이오."

"가령 어떤 일을 꾸밀까요?"

원회는 제 손으로 차를 따라 한 모금 마시고 묘한 이야기를 털어놓았다.

"성상께서 다시 도신 후의 일이지요. 내원당에 납시더니 그 있지 않소? 마이트 무어라더라? 하여튼 묘한 소리가 우렁찬 풍악에 맞춰 나오구, 그전보다 곱절이나 야단법석이 납디다."

이렇게 서두를 뗀 원회는 그동안의 경과를 그림같이 설명했다.

장엄한 풍악이 끝나자 종뢰가 어전에 엎드려 아뢰었다.

"미륵대불께옵서 강림하사 중생을 제도하시구 지상에 무궁한 평화가 오게 되었으니 이보다 더한 경사가 어디 있겠사옵니까?"

교의에 앉은 선종은 고개를 끄덕였다.

종뢰는 한층 납죽하게 엎드렸다.

"미륵대불께옵서 교의에 앉으신다는 것은 황공하기 그지없는 일이오니 불단에 올라앉으심이 옳을까 하나이다."

"옳은 말이로다. 오, 마이트레야."

종뢰는 일어서 불단에 안치된 몇 개의 불상을 모두 들어내고 선종이 불단에 올라앉았다.

"이제 진실로 미륵 세상이 온 것을 알겠사옵고 소승은 감격의 눈물을 금할 길이 없는가 하옵니다."

종뢰는 정말 눈물을 몇 방울 떨어뜨렸다. 선종은 넓은 가슴을 펴고 한두 마디 했다.

"가상하도다. 오, 마이트레야."

종뢰는 더욱 울먹이는 소리로 아뢰었다.

"미륵대불께옵서는 이미 현세의 대왕이옵시니 중생들은 존호를 어떻게 부르는 것이 가하오리까?"

선종은 엄숙히 선언했다.

"미륵대불이니 미륵대불로 부르는 것은 당연한 일이고 또한 현세의 대왕이니 미륵대왕이라 불러도 무방하리로다."

"실로 영특하신 결단이신가 하옵니다."

"오, 마이트레야."

종뢰의 꾀는 그에 그치지 않았다.

"미륵대왕이옵시니 궁중의 옥좌도 속세의 왕자들이 앉는 자리와는 달라야 할까 하옵는데 어찌 함이 가하오리까?"

"그거 옳은 생각이로다. 어떻게 함이 좋을고?"

"부처님이 앉으시는 자리오니 불단을 꾸미고 연꽃으로 장식하심이 어떠하오리까?"

"그대로 할지어다. 오, 마이트레야."

그리하여 부리나케 궁중의 옥좌도 불단으로 개조되었다.

개조된 불단 겸 용상 앞에 엎드린 종뢰는 또 아뢰었다.

"미륵대왕의 정토를 더럽히는 자들은 쓸어내야 하지 않겠소이까?"

"암, 쓸어내야 하구 말구, 지당한 말이로다."

이야기를 마친 원회는 탄식했다.
"이러니 일은 다 된 일이 아니겠소?"
"그럼 중전께서 앉으시던 자리는 어떻게 꾸몄습니까?"
"없어졌지요. 불단에 부인 자리가 있나요?"
종희는 왕창 할 줄은 예측했어도 이 지경으로 미쳐 돌아갈 줄은 몰랐다. 그는 입을 다물고 물끄러미 원회를 바라보았다. 원회는 후회하는 빛이 역력했다.
"장군이 내군장군을 희망할 때 생각이 있어 그러는 것을 이 멍텅구리가 오해를 했단 말이오. 모든 것이 내 죄요."
"지나간 얘기는 그만두시지요. 제가 나가서 비밀리에 장군의 옛 동지들에게 알리면 어떻겠습니까?"
"병력을 끌구 올라오라구?"
"그렇지요."
"말두 마시오."
원회의 입에서는 또 기막힌 사연이 나왔다.
"장군은 이 집에서 나가는 순간부터 저들의 포로라고 생각하면 틀림이 없소."
"네?"
"지금 시중 이하 대신들은 물론, 저들이 지목하는 사람들에게는 모두 감시가 붙어 있소."
"……."
"더구나 비룡성의 직원들은 모두 내가 추천한 사람들이니 말단직원까지 자유롭지 못할 것이오."

"며칠 안 되었는데 그렇게 빨리 손을 쓸 수 있을까요?"

"나두 그렇게 생각했소. 그런데 바로 어저께요. 갑갑해서 바람이나 쏘이려구 문을 나서는데 초병이 어디 가느냐구 묻더군. 내가 어디 가든 상관할 것 없다고 했더니 나라의 어른을 보호하기 위해서 그런다나요. 더 말하지 않고 슬슬 걷기 시작했더니 골목에서 평복을 입은 사나이가 슬그머니 나오더니 뒤를 따르더구만. 어쩌나 보려고 시중 처소를 찾았더니 거기두 마찬가집디다. 구석에는 전에 못 보던 사나이가 앉아 있는데 시중두 곁눈질만 슬슬 하고 말을 안 한단 말이오. 일부러 은부의 욕을 했더니 회의가 있다구 일어서길래 나왔지요."

"⋯⋯."

"돌아오면서 눈여겨보니 어느 관서에나 다 깔려 있더구만."

"내군부가 친위군이라고 하지마는 은부가 그렇게 노는 것을 가만 보구 있는 군대두 이상합니다."

"필시 군대에두 내통이 있었겠지요."

"⋯⋯."

"은부가 쫓겨난 지 만 오 년 아니오? 못된 쪽이라서 그렇지, 머리는 치밀해서 그동안 갈고 닦았을 터이니 빈틈이 없겠지요."

종희는 더 할 말도 없어 하직하고 나왔다.

나오자마자 정말 골목에서 낯선 사나이가 나타나 뒤를 밟기 시작했다. 집에 오니 초병은 없었으나 정체를 알 수 없는 사나이 두 명이 대문 밖에서 서성거리고 있었다.

두 달 가까이 집을 비웠던지라 부인과 아이들은 맨발로 달려나와 맞아 주었다. 하는 말이나 행동으로 보아 세상 돌아가는 형편을 모르는 모양이었다.

종희는 여느 때나 다름없이 아이들을 만져 주고 함께 저녁식사도 들었다.

"고향에 들렀다면서 아이들에게 송어 한 마리라두 갖다 주실 것이지……."

식사 중에 부인은 이런 푸념도 했다.

"길이 바빠서 깜빡 잊었구만. 얘들아, 요 다음에는 한 마리 아니라 열 마리를 가져올게."

오누이는 손뼉을 치며 좋아했으나 부인은 유심히 그의 얼굴을 뜯어 보았다.

"당신, 무슨 걱정이 있는 게 아니에요?"

"걱정은 무슨 걱정……."

종희는 억지로 웃었으나 부인은 알 수 없다는 표정이었다. 하기는 재상도 아닌 대궐 안의 관원이 한 사람 바뀌었다고 큰 변이 날 것도 아니고 일반의 화제가 될 수 있는 일도 아니었다. 더구나 자기가 집에 없었으니 세상 공기를 모르는 것도 할 수 없는 일이었다.

부인이 부엌에서 설거지를 하는 동안 등잔불을 켜 놓고 아이들과 시름없는 이야기를 하면서도 생각은 딴 데로 흘렀다.

이것들이 무엇을 꾸미고 어디까지 끌고 갈 작정일까?

도무지 종잡을 수 없었다.

왕후 설리

　생각하면 엉터리 중 한 사람과 미꾸라지 같은 사나이 한 사람의 장난인데 그런 것들에게 꼼짝을 못하는 대신들의 행색도 이해가 가지 않았다. 원회의 말대로 그들과 내통한 군대가 은연중에 압력을 가한다면 누구일까?

　심부름하는 아이가 손님이 왔다길래 들어오라고 했더니 아까 뒤를 밟던 사나이였다.

　삼십 전후의 젊은 사나이는 무릎을 꿇고 정중히 인사를 했다. 흰 얼굴에 날씬한 손길, 남의 등을 쳐서 공짜로 먹고 사는 건달이라고 판단했다.

　"성내로 들어오시자 곧 원회 장군을 찾으셨는데 그렇게 긴급히 만나실 일이라도 있으셨습니까?"

공손히 물었다.

"너는 누구냐?"

"내군부의 관원인데 저를 몰라보시겠습니까?"

"모르겠다."

"비룡성에 있다가 장군에게 쫓겨난 말단 관원이올시다."

"그래? 내군부의 뭐냐?"

"새로 들어와서 아직 직책은 못 받았습니다."

비룡성에서 지나치는 길에 본 듯도 했으나 들어가자마자 쫓겨난 말단이라니 기억에 남았을 리 없었다.

"……."

"무슨 말씀을 하셨는지?"

"내군부의 관원이면 자기 일이나 할 것이지 무슨 얘기를 했건 왜 참견이냐?"

"저야 압니까? 알아 오라는 명령이라서."

"누구의 명령이냐?"

"내군장군의 명령이올시다."

"은부 말이지? 고얀 놈, 돌아가거든 쓸데없이 날치지 말라구 일러라!"

관원은 또 정중히 머리를 숙이고 나갔다.

그가 돌아서자 아차 하는 생각이 들었다. 저들이 이렇게까지 나올 때는 상당한 힘의 배경을 가지고 있을 터인데 그 점은 생각도 안 했다.

꽈배기는 나더러 직하다 했고 인간사는 꼬불꼬불하다고 했겠다. 꼬불꼬불에 맞춰 꼬불꼬불하게 다뤄 나가라는 뜻이었을 터인데 그런 재주가 없단 말이다.

부인이 수건으로 손을 닦으면서 들어왔다.

"부엌에서 다 들었어요. 세상이 묘하게 돌아가는 건 아니에요?"

종희는 아이들을 자라고 건넌방으로 보내고 사실대로 이야기했다.

집에서는 공사에 대해서 말이 없는 종희였으나 내일을 예측할 수 없는 세상이라 부인도 알고 있는 것이 좋을 듯싶었다.

"그럼 명색은 내군장군이라두 나라의 칼자루를 거머쥔 무서운 사람이군요."

"말하자면 그렇지."

"적당히 쓰다듬어 보내실 일이지 당신은 너무 직해서 탈이에요."

부인은 후환을 걱정했다.

"그 생쥐 같은 것이 어쩔 것이야?"

큰소리를 쳤으나 마음은 개운치 않았다.

"그런 게 아니에요."

"내가 권세의 덕을 보았나, 돈을 모았나, 소위 장군의 처라는 당신은 지금두 부엌데기를 면치 못하구. 털어야 먼지 하나 안 날 터이니 안심해요."

"생사람을 잡는다는 말두 있는데……."

부인은 밤잠을 이루지 못했다.

이튿날 비룡성에 나가니 활기는 찾을 길이 없고 도시 말이 없는 죽은 관청이었다. 서로가 서로를 믿지 못하고 서류만 이따금 오갈 뿐이었다.

일이 있어 다른 관청을 찾아도 분위기는 다를 것이 없었다.

날이 갈수록 관청의 공기는 성내 전역으로 퍼져 백성들은 웃음을 잃고 입을 다물고 서로 경계했다. 생기가 넘치던 쇠둘레는 죽음의 도시로 변해 가고, 막후에서 칼자루를 잡은 자들은 모습을 나타내는 법이 없고 무슨 일이 어떻게 진행되는지 아무도 아는 사람이 없었다.

종희는 급한 서류이기에 이야기도 할 겸 시중부(侍中府)로 시중 구진을 찾았다.

시중의 집무처인 시중부는 정식명칭이 광평성(廣評省)이었으나 시중이 계신 곳이라 하여 알기 쉽게 시중부라 부르는 것이 관례였다.

"급해도 서류를 놓구 가시오."

구진의 대답은 간단했다.

"함께 성상을 찾아뵙고 즉결을 받았으면 합니다."

"아직 모르시오? 성상께서는 요긴한 일이 계셔서 시중인 나도 뵈온 지 아득한 옛날이오."

말하는 구진은 한쪽 눈을 껌뻑 했다.

종희는 서류를 놓고 나왔다. 의논할 상대도 못 되고 감히 말할 용기를 가진 위인도 못 되었다.

그 길로 의형대령 박질영을 찾았다.

"아, 나를 찾아주는 사람도 있구만. 어서 앉으시오."

박질영은 묘한 소리를 계속했다.

"장차의 사형수 제일호가 이 박질영이라는 건 천하가 다 아는데 간이 큼직하지 않구서야 찾을 수 있겠습니까?"

종희는 박질영이 일찍이 은부의 일당 아지태 사건을 다룬 당사자라는 생각이 머리에 떠올랐다. 그러나저러나 쇠둘레 천지에서 제대로 말하는 사람은 박질영뿐인 듯한 느낌이 들었다.

"그래 무슨 일루 오셨지요?"

종희는 특별하게 볼일이 있는 것은 아니었다. 시중을 찾아갔다가 이러저러하게 돼서 돌아오는 길에 들렀다고 대답했다.

"생각해 보시오. 그동안 대신들이 한 번이나 모인 일이 있나, 성상을 뵌 대신이 있나, 문서만 돌아가고 사람은 허깨비가 돼 버린 조정이오."

사실이었다. 국사를 맡은 대신들이 모여 국사를 논한 일이 없고 서류만 예전 순서대로 올라갔다 내려왔다 했다. 묘한 것은 궁중에 들어간 서류도 별로 지체 없이 임금의 수결을 받아 내려오는 일이었다.

종희는 의형대를 나오는 길로 대궐을 찾았다. 시중도 만나지 못한다는 임금을 자기가 만나겠다고 나서는 것은 생트집에 불과한 것을 알면서도 돌아가는 물세라도 알아볼 생각이었다.

"성상께서는 당분간 아무도 안 만나신다는 말씀이십니다."

정문의 초장(哨長)은 아마 수백 번은 되풀이했을 대답을 뇌까렸다.

"그럼 내군장군을 만나야겠다."

"장군께서는 바쁘실 텐데요."

"내군장군이 위야, 나라의 대신이 위야? 일부러 찾아온 대신을 만나 주지 않는 내군장군이 어느 천하에 있단 말이냐?"

초장은 못마땅한 얼굴로 초병 한 사람을 안으로 들여보냈다.

"들어오시랍니다."

초장은 돌아온 병정의 말을 되받아 했다.

종희는 관례대로 옆에 찬 칼을 풀어 초소에 맡겼으나 병정들이 달려들어 샅샅이 몸수색을 하고서야 들여보냈다.

"찾아뵙구 인사를 드린다는 것이 일에 밀려 차일피일하다 보니 이렇게 늦어 죄송합니다."

문간까지 마중 나온 은부는 남자보다 여자에 가까운 얼굴에 생글생글 웃음을 띠고 깍듯이 머리를 숙였다. 종희는 마땅한 대답이 생각나지 않아 묵묵히 그가 인도하는 대로 그의 방에 들어가 앉았다.

"대신도 성상을 못 뵌다는 것이 사실이오?"

종희는 단도직입으로 물었다.

"큰일을 구상하시는 중이라서요. 당분간이겠지요."

여전히 생글생글 웃었다.

"그럼 중전을 뵙게 해 주시오."

"마마께서는 환후가 게서서 아무도 들여보내지 말라구 하셨습니다."

"그럼 더구나 뵈어야겠군. 아플수록 혈육이 그리운 법인데 나를 만나시면 차도가 계실 것이요."

"미안합니다. 의원의 의견두 있고 해서."

"무슨 병이시오?"

"그게 글쎄 묘한 일입니다. 용하다는 의원들이 모여 의논해두 통 알수 없다고 하니 이렇게 답답할 수 있어야지요."

은부는 정말 답답하고 슬픈 얼굴로 변했다.

미꾸라지로 알았더니 너구리로구나.

종희는 물러나왔다.

그동안에도 전 비룡성 말단관원은 끈덕지게 따라다녔다. 세 사람이 한패가 되어 밤이나 낮이나 따라붙고 문간에 지켜 섰다. 다 같이 전에 비룡성에 근무하다가 의형대에 끌려가 먹은 것을 토해 내고, 단단히 혼난 작자들이라고 했다.

"너희들 나한테 원한이 있지?"

하루는 종희가 세 사람이 다 모인 기회에 물었다. 두 사람은 말이 없고 씨름꾼같이 생긴 사나이가 대답했다.

"장군, 정직하게 말씀드려야겠지요?"

"그럼 정직해야지."

"제가 보기에는 물으시는 장군께서 어리석은 것 같습니다. 원한이 없다면 사람두 아니게요?"

"너희들의 죄는 생각도 않느냐?"

"볼기를 죽신하게 맞았으니 죗값은 했구, 가슴에 사무친 원한은 주야로 복수를 바라고 있습니다."

대답하게 나왔다. 이것은 은부의 권력이 굳어 가는 증거라고 생각했다. 도대체 이 권력을 뒷받침하는 힘은 무엇일까?

나주로 도망쳐야겠다. 예성강까지만 가면 배를 다루는 친구들이 있으니 도와줄 것이다. 부인은 찬성이었다. 자기는 남아 있다가 어떤 고초를 당해도 좋고, 아이들이 불쌍하지마는 설마 아이들에게까지 손을 대겠느냐는 의견이었다.

그러나 마음에 걸리지 않을 수 없었다. 벼슬을 그만두고 고향으로 이사한다면 누가 무어라고 할 것인가?

그는 사장(辭狀, 사직원)을 써서 시중에게 냈다. 시중 구진은 보기만 하고 서랍에 넣었다. 그리고는 말이 없었다.

"오늘 아니면 내일 안으로 처리를 끝내 주십시오."

그러나 구진은 억양 없이 대답했다.

"내군장군께 말씀드려 보시지요."

백관지장(百官之長)이라는 시중이 임금의 경호대장, 원회의 문자로 수문장에 불과한 자를 이쯤 존대하고, 그의 손아귀에 들어갔으니 세상은 크게 소용돌이치고 있음이 분명했다.

여러 날을 기다려도 가부간의 대답이 없었다. 시중을 몇 번 찾았으나 여전히 내군장군을 내세우기에 굴욕을 참고 대궐을 찾았으나 문간에서 쫓겨났다.

다 고스란히 잡아 두었다가 자기들이 정한 때가 오면 일거에 쓸어버리자는 속셈이라고 해석했다.

부인은 더 생각할 것 없이 오늘 밤 당장 떠나라고 이른 저녁밥을 지어 주고 짐까지 쌌다.

자정이 넘어 온 쇠둘레가 잠든 시각이었다.

종희는 짐은 방해된다고 칼만 차고 살그머니 뒷담을 뛰어넘었다.

그러나 앞문에 있는 줄 알았던 감시원이 앞을 가로막아 섰다.

"어디 가십니까?"

종희는 칼을 빼어 그의 어깨를 내리쳤다. 외마디 비명과 함께 다시는 움직이지 못했다.

칼집에 칼을 꽂고 돌아서는데 창을 든 병정들이 에워쌌다. 그 너구리가 이렇게까지 치밀한 줄은 몰랐다. 이를 갈았으나 말 한마디 못하고 뒷짐을 묶여 의형대의 감옥으로 끌려갔다.

볏짚이 풀썩거리는 독방, 결박을 풀어 주었으나 문간에는 창을 든 오륙 명의 병정들이 파수를 서고 가끔 촛불로 안을 들여다보았다.

종희는 볏짚 위에 큰대자(大)로 드러누웠다. 내던진 인생이라고 해 왔지만 값지게 내던질 생각이었지 이런 꼴로 내던질 생각은 없었다.

지금쯤 은부란 놈은 계집의 엉덩이를 두드리다 잠에 곯아 떨어졌을 것이다.

아침에 등청하는 대로 보고를 들을 것이고 들으면 호령하리라.

"당장 목을 쳐라!"

죽어도 더럽게 죽게 되었다. 밤새 볏짚 위에 뒹굴면서 생각했다.

꽈배기의 말마따나 인생은 정말 꼬불꼬불이다. 더러운 꼴을 보기 전에 죽는다고, 나주에서 견훤 군과 싸울 때 죽음을 찾아 그렇게도 기를 썼건만 손가락 하나 다치지 않았다.

이번에는 살려고 갖은 생각 끝에 담을 뛰어넘다가 뒷짐을 묶여 내일은 목을 잘리게 되었다. 도둑으로 몰지, 역적으로 몰지, 그것은 칼자루를 잡은 너구리의 마음대로다. 마흔두 살, 하여튼 우습게 죽게 되었다.

지나간 일, 처와 아이들을 생각하고, 이승의 마지막 밤이라 생각하니 감상(感傷)도 없을 수 없었으나 별도리가 없었다.

꼬불꼬불 인생. 그 꼬불꼬불은 이 밤을 마지막으로 끝이다. 죽기 전에 실컷 잠이나 자자.

그는 코를 골기 시작했다.

이튿날 아침 병정들의 발길질에 잠을 깬 종희는 눈을 비비며 끌려 나왔다. 하늘을 쳐다보니 관리들의 등청 시간이었다. 죽여도 이렇게 성급하게 죽이나.

꽤 넓은 방에 교의가 여러 개 놓여 있었다. 인기척이 나고 다시 오랏줄에 뒷짐을 묶여 교의 앞에 무릎을 꿇었다.

의형대령 박질영을 선두로 오류 명의 관원들이 들어와 교의에 앉고 한쪽에는 의형대의 병졸들, 맞은편에는 간밤에 자기를 붙잡아 온 병졸들이 서 있었다.

중앙에 앉은 박질영은 간밤의 병정들을 보고 물었다.

"너희들은 어쩌된 병정들이냐?"

"내군부의 병정들이올시다."

"무슨 연고로 비룡성령으로 계시는 대신을 붙잡았느냐?"

"한밤중에 담을 넘어 자신을 호위하는 관원을 살해하고 도망치려고 했기 때문입니다."

"그때 달이 있었느냐?"

"캄캄했습니다."

"호위하는 사람은 앞문에 있었느냐?"

"뒷담 언저리를 서성거리고 있었습니다."

"그거 이상하다. 호위한다는 사람이 왜 뒷담 언저리를 서성거렸을까?"

"……."

병정들은 대답을 못했다.

"캄캄했다구 했지?"

"그렇습니다."

박질영은 비로소 종희를 향했다.

"캄캄해서 분간은 안 서구……, 그래서 혹시 도둑으로 오인한 것은 아니오?"

병정들에게 묻는 태도를 보고 그의 속셈을 알아차린 종희는 서슴없이 대답했다.

"도둑으로 알았습니다."

내군부 병정의 우두머리가 반박하고 나섰다.

"하필 담은 왜 뛰어넘으셨지요?"

"도둑의 기척을 듣구 뛰어넘었다."

종희는 눈을 부라리고 대답했다.

병정은 말문이 막히자 딴것을 들고 나왔다.

"그럼 왜 도망치려고 하셨지요?"

박질영이 재빨리 끼어들었다.

"도망치려고 했다? 그럼 얘기가 달라지는데……, 도망치려고 했다는 증거가 있느냐? 가령 봇짐이라든지."

"증거는 없습니다마는 분명합니다."

종희는 괴나리봇짐을 팽개친 것이 사람을 살렸다고 한숨이 나왔다.

"내 오랜 경험으로 보아 도망치는 사람은 반드시 짐이 있는 법이다. 짐이 없었다면 도망이란 말도 안 되는 소리다."

"그래도 분명합니다."

박질영과 배석한 관원들이 일어섰다.

"비룡성령 종희는 캄캄한 밤에 비록 오인했다 할지라도 사람을 죽였으니 무사할 수 없고, 삼 개월간의 근신에 처하는 터인즉 집에서 나가지 말고 근신할지어다."

박질영이 선고를 내리고 관원들과 함께 나가자 내군부의 병정들은 아우성이었다.

"내군장군께 보고두 하지 않고, 이따위 재판이 어디 있느냐? 우린 못 참겠다."

내군부 병정들은 기세등등했다. 의형대의 병정들이 종희의 결박을 풀려는 것도 못 푼다고 대들어 싸움이 벌어졌다.

"너희들이 도대체 뭐냐?"

의형대의 병정이 고함을 질렀다.

"내군부의 군인들을 몰라보구 무사할 줄 알아? 못 푼다면 못 풀어! 내군부로 끌구 가겠다."

지켜보고 섰던 의형대 군관이 내뱉었다.

"내 의형대 십 년에 별꼴 다 보겠다. 느으들 썩 물러가지 않으면 감옥에 처박을 테니 그리 알아!"

내군부 병정들은 물러갔다.

"저놈들이 도중에서 무슨 짓을 할지 모르니 너희들, 댁까지 모셔 드려라."

의형대 병정들의 호위를 받으며 집으로 향한 종희는 속으로 중얼거렸다.

꼬불꼬불이 끝나는 줄 알았더니 또 한 번 꼬불 했구나.

그러나저러나 박질영이 고맙기 그지없었다. 밤사이에 진상을 파악하고 빠질 구멍을 만들어 가지고 나온 것은 틀림없는 일이었다. 의형대의 관원들도 그를 중심으로 잘 단결되어 있는 듯싶었다.

은부가 자는 사이에 일어난 일을, 잠든 사이에 조사하고 판정까지 내려 틈을 주지 않았다. 박질영도 내던진 목숨으로 생각하는 사람인 줄은 알았으나 이렇게까지 배짱이 두둑한 줄은 몰랐다.

그러나 무사할까?

대문을 들어서는데 부인이 놀라는 얼굴로 무어라 하려다 병정들을 보고 입을 다물어 버렸다.

병정들은 그가 집으로 들어가는 것을 보고 물러갔다.

종희는 세수를 하고 옷을 갈아입은 다음, 대청에 앉아 부채를 놀렸다.

손수 조반 겸 점심상을 들고 들어온 부인이 물었다.

"도대체 어떻게 된 영문이에요?"

간밤에 일어난 일을 모르고 있었다. 은부도 이렇게 모르고 있다가 지금쯤 화가 나서 붉으락푸르락 하겠지.

종희는 자초지종을 설명해 주었다.

부인은 크게 한숨을 내쉬고 걱정을 시작했다.

"당신은 걸음이 빠르니 지금쯤 적어도 백 리는 더 갔으리라구 생각했는데 앞으로 어떻게 시달리지요?"

"석 달 쉬라니 좀 좋소?"

"쉬는 것도 마음이 편해야지요."

"인생은 꼬불꼬불이야. 두구 봐야지."

"그건 또 무슨 소리에요?"

"살려고 도망치다가 붙들려 죽을 뻔했다가 또 살아났으니 몇 번 꼬불꼬불거렸지? 앞으로도 꼬불거릴 테니 그렇구 그렇거니 하고 사는 거지."

밖에서 떠들썩했다. 대문으로 목을 내밀었던 심부름하는 아이가 달려 들어왔다.

"병정들이 이십 명은 넘는 것 같아요. 집을 둘러싸는데요."

그의 말이 끝나기도 전에 군관 한 명이 들어와 마당 한복판에서 머리를 숙였다.

"식사 중에 죄송합니다. 문안드리러 찾아뵈었습니다."

"누구더라?"

"내군부의 군관이올시다."

"집을 지켜 줘서 고맙다."

"하루에 한 번씩 문안을 드리겠습니다."

종희는 대답하지 않았다. 군관이 돌아서 나가려는데 낯선 관원이 대문으로 들어섰다.

군관은 다시 돌아서 그의 거동을 지켜보고 있었다.

종희는 식사를 마치고 양치질을 하면서 물었다.

"너는 누구냐?"

"의형대의 관원이올시다."

근신도 벌은 벌이다. 판정대로 하고 안 하는 것을 감시하는 것은 원래 의형대의 소관이니 그 관원이 나타났다고 이상할 것은 없었다.

"너두 감시하러 왔느냐?"

"그렇습니다."

"들어오다 봤겠지마는 내군부에서 수십 명이 교대로 보호해 줄 모양이니 도둑 걱정은 없겠다. 마음 놓고 근신할 작정이니 따로 감시할 것도 없을 것 같다."

"더욱 마음을 놓으십시오. 오래 전에 순군부(徇軍部)에 계시던 환선길 장군께서 다시 군에 복귀하셨습니다. 쇠둘레와 주변 고을의 삼천 병력을 통합하여 오늘부터 총지휘를 맡으셨으니 댁뿐만 아니라 쇠둘레 전체가 도둑 걱정이 없어졌습니다. 다시 담을 넘어야 하실 일도 없을 터이니 안심하시고 근신에 전념하시기를 바랍니다."

뒤에서 지켜보던 군관이 히죽이 웃었다. 감시는 명목이고 박질영이 세상 돌아가는 형편을 알려 주려고 보낸 것이 분명했다.

"안심했다."

"틈나는 대로 감시차 찾아뵐 터이니 과히 나무라지 마십시오."

관원이 돌아서 나가자 군관도 따라나섰다.

환선길이라……. 쫓겨난 군인이라는 것은 알고 있었지마는 얼굴도 본 일이 없었다.

그가 어떤 인물이건 문제는 삼천 병력이었다. 수도 주변에 배치된 것은 선종의 심복들이 지휘하는 막강한 부대들이다. 누구든 이들을 손아귀에 넣는다면 태봉국 전체를 좌지우지할 수 있을 것이다.

선종은 요지에 분산 배치하였을 뿐 통합하지 않고 필요한 때에는 부대마다 자기가 직접 명령을 내렸다. 어느 한 사람에게 총지휘를 맡기면 힘은 그에게 있고 자기는 허공에 뜬 존재가 되는 것을 염려했을 것이다.

환선길의 천하가 되는 것은 아닐까?

더운 여름철에 집에만 있는 것은 참으로 견디기 어려운 일이었다.

한번은 문안드리러 온 군관에게 물었다.

"채소밭에 나가 풀을 뽑는 것도 근신에 위배되는 일이냐?"

군관의 대답은 의외로 느긋했다.

"근신하시고 안 하시는 것은 의형대에서 관장하는 일이고, 저희들은 장군께서 도성을 벗어나지 않느냐, 그것만 지켜보면 됩니다."

의형대의 관원은 다시는 나타나지 않았다. 박질영은 가끔 보내서 소식을 전하려고 했을 터인데……. 은부가 막은 모양이다.

종희는 그날부터 심심하면 호미를 들고 채소밭에 나가 풀을 뽑고 벌레를 잡았다. 주위에는 언제나 사오 명의 병정이 창을 겨누고 서 있었다.

도망치다 실패한 후 감시는 더욱 심해서 부인이 어디 나가도 병정들이 따라붙고 아이들이 놀러 나가도 따라다니는 병정이 있었다.

누구나 만나는 것을 꺼리는 눈치이기에 부인도 출입을 억제하고 채소 가꾸기는 대개 부부의 공동작업이 되었다. 얼마 안 되는 땅이라 며칠 가꾸고 보니 더 가꿀 것도 없고, 있더라도 같은 일의 되풀이는 따분해서 참을 수 없었다.

"이거 어디 사람이 살겠소? 바람을 쏘여서는 안 될까?"

점심을 마치고 부인과 의논했으나 부인이라고 신통한 대답이 나올 리 없었다.

둘이 다 한숨을 쉬고 있는데 바깥이 떠들썩하면서 실로 생각지도 않던 사람이 나타났다.

왕후 설리가 두 사람의 시녀를 거느리고 대문으로 들어온 것이다.

종희는 부인과 함께 맨발로 달려 내려가 마당에서 큰절을 했다. 사촌 누이동생. 그러나 지금은 왕후와 신하의 처지였다.

부부가 왕후를 모시고 대청에 올라 방석을 권하는데, 대문이 활짝 열리면서 내군부의 제감(弟監, 차관)이 들이닥치고 뒤이어 이 집을 감시하는 군관이 들어섰다.

제감은 문간에서 군관을 나무랐다.

"어디 갔다 지금 나타났어, 응?"

"죄송합니다."

"부하의 감독을 어떻게 하는 거야?"

"어디 잘못됐습니까?"

"이 돌대가리야. 이 집에는 아무도 출입을 못하기로 돼 있는데 이게 어떻게 된 일이야?"

"그렇다구 저희들 같은 것이 마마께서 들어오시는 것을 어떻게 막겠습니까?"

"국법인데 왜 못 막아?"

군관은 고개를 떨어뜨리고 대답을 못했다.

대청에 방석을 깔고 앉은 왕후는 지켜볼 뿐 말이 없었다.

제감은 섬돌 밑까지 와서 읍하고 두 손을 모아 쥐었다.

"마마, 이 집에는 누구를 막론하고 출입이 금지되어 있습니다."

왕후 설리는 대답을 궁리하는 것인지 한동안 말이 없다가 천천히 물었다.

"사람의 집에 사람이 출입을 못한다, 세상에 그런 법도 있소?"

"종희 장군께서는 나라에 죄를 짓고 근신 중이올시다."

"근신?"

"그렇습니다."

"내 지친에게 그런 일이 있었으면 내게 알리는 것이 도리가 아니겠소? 알리지 않은 이유가 무엇이오?"

"죄송합니다. 되다 보니……."

서슬이 푸르던 제감은 약간 기가 죽은 눈치였으나 다시 눌어붙었다.

"마마께서는 바람을 쏘이신다구 나오셨는데 여기까지 오시면 어떻게 합니까?"

"여기 와서 바람을 쏘이면 안 되오?"

제감은 말이 막혀 끙끙거리다가 대답했다.

"그런 건 아닙니다마는 하필이면 근신하는 분의 집에 왕림하시다니 걱정입니다."

"그것이 왜 걱정이오?"

왕후는 목소리를 높이는 일도 없고 흥분하지도 않았다.

"국법에 위배돼서 그럽니다."

"근신하는 사람을 찾는 것이 국법에 위배된단 말이오?"

"그렇습니다."

"감옥에 갇힌 죄인도 찾아보는데 집에서 근신하는 사람을 찾아서 안 된다는 국법이 어느 조목에 있소?"

제감은 대답을 못하고 고개를 떨어뜨렸다.

"항차 쇠둘레에는 단 한 사람밖에 없는 혈육인데 그런 불행이 있을수록 찾아보는 것이 사람의 도리가 아니겠소?"

"……."

제감은 고개를 떨어뜨린 채 움직이지 않았다. 아무리 궁리해도 마땅한 생각이 떠오르지 않는 모양이었다.

그는 결심한 듯 머리를 쳐들었다.

"시비는 여하간에……. 황공하오나 이 길로 환궁하여 주시기를 바랍니다."

"오래간만에 혈육을 찾았으니 저녁식사라도 하구 가야겠소."

"정 그러시다면 신도 그 자리에 끼어 주시지요."

"제감!"

왕후 설리의 목소리에는 무게가 있었다.

"네."

"제감이나 되는 사람의 입에서 이런 말이 나올 줄은 몰랐소, 제감은 도대체 세 살이오, 네 살이오?"

"황공하오이다."

"폐일언하구 물러가시오!"

제감은 하는 수없이 돌아서 나가다가 대문에 서 있는 군관의 귀에 대고 속삭였다. 군관은 들으라는 듯이 큰 소리로 대답했다.

"네, 한마디도 놓치지 않고 샅샅이 엿들어 보고하겠습니다."

화가 난 제감은 그의 가슴팍을 쥐어박고 나가 버렸다.

대청에 앉은 왕후는 표정이 없었으나 긴장했던 종희 부부는 식은땀이 흘렀다.

요긴한 이야기가 있어 어려운 길을 찾아온 것을 짐작하고 종희는 방으로 들어가자고 했다.

"아니오. 방은 더울 테니 여기가 시원해서 좋겠소."

왕후도 들으라는 듯이 어지간히 큰 소리였다. 그리고 목소리를 낮췄다.

"저 군관의 처지두 생각해 줘야지요."

부인이 물었다.

"뭐 시원한 걸 드릴까요?"

"냉수나 한 그릇 주시오."

부인이 일어서면서 한구석에 서 있던 아이들에게 일렀다.

"너희들은 나가 놀려무나."

문간에 서 있던 군관이 손짓으로 그들을 불렀다. 자주 드나드는지라 아이들은 그와 가까워졌고 가끔 고누도 놀았었다.

아이들이 내려오는 것을 보고 군관은 한구석에 앉아 땅바닥에 줄을 그었다.

"어저께는 내가 졌지. 오늘은 이겨야겠는데 어떻게 하면 될까?"

그는 아이들과 이마를 맞대고 고누를 두기 시작했다.

냉수 한 그릇을 다 마신 왕후는 목소리를 낮췄다.

"은부가 무슨 재주를 부릴지 모르니 용건부터 얘기해야지."

종희의 부인이 자리를 비키려고 했으나 붙들어 앉히고 계속했다.

"함께 들으시오. 성상은 지금 제정신이 아니시고, 서량정(西凉亭)에 갇혀 있어요. 어명두 가짜, 수결두 은부가 흉내를 낸 것이오. 태자도 동궁 뜨락 밖으로는 못 나가도록 갇혀 있으니 무엇인가 꾸미고 있는 건 틀림없는데 그 속셈을 알 수 없구만."

"누가 주동인가요?"

종희가 물었다.

"그야 은부와 종뢰지요. 환선길은 군권을 잡았는데 어쩐 일인지 표면에 나타나는 일은 별로 없구."

"……."

"태자를 저렇게 하는 것을 보면 심상한 일이 아닌데 그냥 두면 적어도 무리죽음이 날 것 같아요. 쓸 만한 사람을 다 없애 버릴까 걱정이에요."

"……."

"나두 갇힌 몸이라 다시 만나기 어려울 터이니 오라버니께 부탁이에요. 이 일을 해결할 사람은 나주의 왕 장군밖에 없는데 연락할 방법이 없을까요?"

종희는 자신도 갇힌 몸인데 방법이 있을 리 없었으나 왕후라기보다 누이동생의 애절한 심정을 생각해서 박절하게 대답할 수 없었다.

"어떻게든 해 보지요."

왕후의 수척한 얼굴에 생기가 도는 듯했다.

왕후에 태자까지 연금했다면 그들의 속셈은 알 만했다.

"도대체 어쩌다 그런 걸레 같은 것들한테 걸려들었지요?"

종희가 묻자 설리는 속이 타는지 물 한 그릇을 더 마시고 도리어 그를 원망했다.

"모든 것이 오라버니가 자리에 안 계신 때문이에요."

종희가 마거를 순시하러 지방에 나다니고 서울에 없었기 때문에 일이 이렇게 되었다고 하였다.

"무조건 태자를 세우구 보시지 그랬어요."

"원회 장군과 의논해서 그럴려구 했지요. 그런데 원회 장군의 말씀을 들으니 그럴듯하단 말이에요. 수문장이 대위를 교체하는 선례를 남겨서는 안 된다, 이러지 않겠어요?"

"그건 그렇군요. 그럼 마마의 분부로라도 바꾸지 그러셨어요."

"이런 사석에서까지 마마라구 마세요. 누이동생을 보구."

"그럼 누이동생두 좋아요. 해 버렸으면 그만인걸 그랬어요."

"지금 와서 생각하니 그렇지, 이렇게 될 줄 누가 알았겠어요. 원회 장군은 그것두 안 된다는 거지요. 황공한 말씀이지마는 비록 병드셨다 하더라두 나라의 어른은 성상이지 내가 아니라는 거요. 어른이 생존해 계시는데 왕후가 어른을 갈아치우는 선례를 남기는 것도 좋지 않다구 하니 그럴싸하게 들리더구만요. 국초(國初)의 선례는 매우 중요하다면서."

"……."

"이런 중요한 일을 위해서 있는 것이 대신이 아니냐. 대신들의 공론대로 하자는 바람에 그때까지 나와 원회 장군밖에 모르던 성상의 용태가 밖으로 새어나가서 일을 그르친 거예요."

"대신들은 왜 그렇게 못나게 놀았어요?"

"그건 성상의 탓이지요. 여러 번 정신이 들었다 나갔다 하잖았어요? 또 제정신으로 돌아오면 벼락이 떨어질까 무서워서 몸을 사린 거겠지요."

"은부는 어떻게 해서 내군장군이 됐지요?"

"성상께서 막 헛소리를 지르구 의원들이 쩔쩔매구 하는데 종뢰가 종이를 들구 들어와 그 괴상한 천축 말 있잖아요? 거기다 몇 가지 더 보태서 쇼알라 쇼알라 하더니 먹과 붓을 가져오라는 영이 떨어지구, 종뢰가 손가락질하는 자리에 수결을 하시더구만. 언뜻 보니 내군장군은 은부 어쩌구 하는 글자가 보이기에 무어냐구 물었더니 아무것도 아니라면서 서둘러 나가 버리겠지요. 이튿날 아침에는 은부가 버젓이 자리를 차지하구, 내 기가 막혀서."

"……."

"부뚜막에 고양이가 올라앉을 줄도 모르고 제상을 차리는 격이었지요. 이렇게 놓느냐, 저렇게 놓느냐 법석을 치다가 고양이에게 먹힌 꼴이 됐어요."

"말씀을 듣고 보니 제가 있었어두 별수 없었겠구만요."

"그렇지 않아요. 원회 장군은 무슨 영문인지 몰라도 오라버니만 계시면 즉각 태자를 세운다고 했어요. 오라버니는 뒷일을 능히 감당하실 분이라면서."

밖에서 사람들의 말소리와 여러 마리의 말굽소리가 들리자 귀를 기울이던 군관은 발로 땅의 금을 지워 버리고 긴장한 모습으로 똑바로 서 있었다.

이어 은부가 병정들이 열어 주는 대문을 두 손을 모아 쥐고 들어섰다.

"지나던 길에 중전마마께서 여기 계시다는 말씀을 듣고 모시러 들렀습니다."

그는 섬돌 밑에서 허리를 굽힐 대로 굽히고 종희를 향했다.

"의형대령두 너무하는구만요. 석 달 근신이 말이나 됩니까? 그래 갑갑해서 어떻게 지내시지요?"

"갑갑한 걸 알면 풀어 주면 되지 않소?"

"농담두. 내군장군이 무슨 힘이 있습니까? 의형대령에게 말씀해 보시지요."

너구리라도 상너구리였다.

은부는 다시 왕후 설리를 향했다.

"그런데 마마, 성상께서 긴급한 일이 있다구 아까부터 찾으신다는데 급해도 매우 급한 일인 모양입니다."

"그래요?"

왕후는 뻔한 거짓말을 눈 하나 까딱하지 않고 내리 엮는 은부를 찬 눈으로 내려다보았다.

"지나던 길이라면서?"

"그렇습니다. 그러하오나 여기 계신 것을 안 이상 직책상 그냥 지나칠 수 없습니다."

"혈육을 찾는 것을 방해하는 직책두 있소?"

"방해라니 그런 황송한 말씀을……."

"그럼 이게 방해가 아니구 뭐요?"

냉정하던 왕후가 흥분하고 은부는 갈수록 침착했다.

"그럼 모처럼 뵙구 모시러 온 신이 물러가야 방해가 안 되겠습니까?"

"그렇소."

"마마께서두 농담이 느셨습니다. 그럼 신의 직책은 어떻게 되겠습니까?"

"직책, 직책 하는데 궁성을 지키는 것이 내군장군의 직책이 아니오?"

"아주 잘 아십니다."

"그러면서 왜 생주정이오?"

"그런데 마마, 궁성을 지킨다지만 전각이나 담벼락을 돌보는 목수나 미장이 같은 것이 신의 직책이 아니라 그 안에 계시는 거룩한 분들을 지켜 드리는 것이 신의 직책이 아니겠습니까?"

"……."

틀린 말이 아니었다.

"그중 어느 분을 막론하고, 어디 계신지두 모르고 폐하께서 찾으시는데 모셔오지두 못한다면 이런 민망스러운 일이 또 어디 있겠습니까?"

"……."

역시 옳은 말이었다.

"특히 마마께서는 폐하 다음으로 거룩하신 분이옵는데 오늘 신의 실책이 여간 큰 것이 아니었습니다. 어서 일어서시지요."

칭칭 감아붙는 말솜씨에 설리도 꼼짝 못하고 일어섰다. 종희가 보아도 거짓말은 어김없는데 틀린 말은 하나도 없었다. 그렇다고 폐하는 미쳤는데 무슨 소리냐, 다 거짓말이라고 역정을 내지 않는 설리는 역시 현명했다. 아무리 왕후라도 임금에게는 신하인지라 허황한 말을 퍼뜨렸다가 대역죄인으로 몰릴 염려가 있었다.

그들을 대문 밖까지 전송하고 들어온 종희는 대청에 걸터앉아 은부라는 인간을 다시 생각했다. 칼이라면 몰라도 입으로는 자기 같은 것은 열 사람이 달려들어도 못 당할 위인이었다.

쫓겨난 지 오 년, 저 입을 은근히 또 줄기차게 놀려, 보이지 않는 그물을 엮어 두었다가 때를 놓치지 않고 펼쳐 놓았다고 할까.

"은부, 은부라구 소문만 들었는데 직접 보니 여간내기가 아니네요."

"그래……."

종희는 어설프게 대답하고 지나간 일을 생각했다.

자기와 마찬가지로 은부는 오늘을 예견하고 그물을 엮어 왔다. 자기는 예견하면서도 엮는 재간이 없었다.

엮었거나 말았거나 기회가 문제였다. 자기는 그때 그 장소에 없어 일이 안 되었고, 은부는 그때 그 장소에 있어 일이 되었다.

때와 장소, 그리고 사람, 이 세 가지가 맞아떨어져야 일이 되는 모양인데 이런 것을 운명이라고 하는 것일까?

멀리까지 배웅 나갔던 군관이 돌아와 머리를 숙였다.

"마마와 두 분께서 무슨 말씀을 하셨다구 보고할까요?"

종희는 군관이 이렇게 나올 줄은 몰랐고 졸지에 아무 생각도 나지 않았다.

"글쎄……, 북새통에 무슨 얘기를 했는지 생각이 나야지."

군관은 난처한 얼굴로 그냥 서 있었다.

이런 때는 부인이 머리가 빨리 돌았다.

"자네가 본 대루 방에 들어간 것도 아니구 대청에 잠시 앉았다가 돌아가시지 않았소?"

"그렇습지요."

"이렇게 보고하세요……."

"잠깐만."

군관은 옆에 찬 주머니에서 지필(紙筆)과 먹통을 꺼내 가지고 땅바닥에 앉았다. 장군도 글을 아는 사람이 열에 하나도 안 되는 세상에 군관이 글을 안다는 것은 희귀한 일이었다.

종회 부부는 의외라는 표정으로 잠시 마주보다가 부인이 일러 주기 시작했다.

"우선 서로 안부를 묻구."

군관은 몇 자 적고 쳐다보았다.

"네, 썼습니다."

"다음은 엉뚱한 사람을 도둑으로 오인하구 칼질한 것도 팔자소관이라 근신은 액땜으로 생각하라. 이런 말씀이 계셨구."

부인은 군관이 써내려 가는 것을 보면서 이야기를 끊었다 다시 계속하곤 했다.

"이 양반은 염려를 끼쳐드려 황공하다구 말씀드렸구."

"……."

"나는 근신이 하루 속히 풀리도록 말씀해 주십사 하구 간청을 드렸구……."

"그 대목은 그만둬요."

잠자코 있던 종희가 끼어들었다. 부인은 그를 돌아보고 물었다.

"왜요?"

"사내답지 못하게. 근신을 받았으면 받았지 풀어 달라구 간청은 뭐야?"

부인은 입을 다물고, 부부를 쳐다보고 기다리던 군관은 다음을 독촉했다.

"그 대목은 빼기루 하고 다음은 무슨 말씀을 하셨지요?"

"다음은, 에에 ……, 다음은 내가 마마께서 수척해 보이신다구 말씀드렸더니 요즘 며칠 소화가 안 되었으나 약을 쓰고 다 나았다구 말씀하셨지요, 아마."

군관은 붓을 멈추고 물었다.

"분명히 약을 쓰셨다구 말씀하셨습니까?"

부인은 알아차렸다. 궁중에서 약을 썼다면 전의시(典醫寺)의 일지에 오를 것이었다.

"아니 내 머리가 혼동해서. 소화가 아니구 덥구 차게 주무셨더니 감기 기운이 있었으나 며칠 참았더니 어제부터 괜찮다구 말씀하셨구."

군관은 붓을 멈춘 채 답답하다는 표정으로 반응이 없었다.

"왜 그래요, 군관?"

왕과 왕후, 태자에게는 매일 병문안이 있다는 궁중의 관습을 알 까닭이 없는 부부는 이해가 가지 않았다.

"제가 엿듣기로는 그런 말씀은 없었고 아이들이 잘 크는 것을 보니 기쁘다는 말씀이 계신 것 같은데요."

부인은 눈치가 빨랐다. 그렇게 써서는 안 될 곡절이 있는 모양이다.

"옳아, 그렇게 말씀하셨소."

군관은 한 줄 적고 물었다.

"마지막으로 어떤 분이든 하신 말씀이 없었던가요?"

부인이 대답했다.

"그렇지, 한 가지 생각나는구만. 혈육이 그리우니 가끔 궁중에 놀러 오라, 그렇지요 여보?"

"그렇지."

군관은 그대로 쓰고 더 묻지 않았다.

그러나 훗날 이 마지막 한마디가 생명에 관계되는 중대한 죄목이 될 줄은 아무도 생각을 못했다.

흔들리는 왕국

은부의 정중하고 부드럽던 응대와는 달리 다음 날 종희는 삼 개월의 근신으로부터 따로 기별이 있을 때까지 무기한 근신하라는 어명을 받았다.

그것도 대문 밖에는 한 발자국도 나가서는 안 된다는 조목까지 붙어 있었다. 어명이 아니라 은부의 조작이라는 것을 모르지 않았으나 어쩔 도리가 없었다.

집을 둘러싼 병정의 수도 배는 늘어난 듯 밤낮으로 와글거렸다.

문서를 가지고 온 군관도 몇 번이나 망설이다가 전했는데 그의 탓으로 돌릴 일이 못 되었다.

벼슬은 떨어지지 않아 녹을 꼬박꼬박 타서 먹는 데는 지장이 없었으나, 세상과 격리된 생활은 인간 생활이 아니라 동물과 마찬가지로 목숨의 연장에 지나지 않았다.

감옥보다도 더했다. 감옥에는 죄수라도 사람이 있고, 대화가 있고, 사람도 무시로 들어가고 나가니 화제가 새로워질 수도 있었다.

그러나 여기는 더 볼 사람도 없고, 더 할 말도 없는 좁은 공간, 소화도 안 되고, 잠도 안 오고, 마음도 몸도 시들 정도가 아니라 마구 구겨지는 심정이었다.

군관은 어전히 매일 한 번씩 들어왔으나 원래 말수가 적던 사람이 더욱 적어졌다. 정체를 알 수 없는 감시원, 그래도 그가 나타나는 것이 그렇게 반가울 수 없었다.

오뇌 속에서도 여름은 가고 가을도 깊어 낙엽이 뒹구는 계절, 종희는 갑갑증에 못 이겨 마당에 뒹구는 가랑잎을 쓸어 불을 붙였다.

기침을 하면서 대문을 들어선 군관은 불 옆에 멍하니 섰다가, 허리춤에서 종이를 꺼내 코를 풀고는 비벼 불 속에 던지고 곧바로 돌아서 나갔다. 종이는 불에 들어가지 않고 옆에 떨어졌다.

비단 다음으로 귀한 종이.

왕후장상을 제외하고는 만인이 손가락으로 코를 푸는 세상에 일개 군관이 종이를 코에 댄다는 것부터 이상했다.

종희는 종이를 펼쳤다.

고을에 남아 있던 선종의 건국공신들이 임금이 친히 베푸는 연회에 참석하라는 공문에 속아 쇠둘레에 올라왔다가 일률로 원회 같은 허수아비가 되었다는 내용이었다.

종희는 얼른 보고 얼른 불 속에 집어넣었다. 선종의 왕조는 이것으로 끝장이구나!

남은 것은 왕건이다. 진상을 알까? 그보다 가까이 있던 장군들도 모르고 속아 넘어갔는데 멀리 나주에서 알 까닭이 없으리라.

알아야 소용없는 일이다. 환선길의 군대는 수도 많고 강병으로 이름난 부대들이니 상대가 안 될 것이었다.

　겨울이 가고 새해가 왔다.

　군관은 날마다 나타나 머리를 숙이고 판에 박은 인사를 드릴 뿐 다른 말은 한마디도 없었다.

　종희는 몇 번이나 죽어 버릴까 생각하다 마음을 고쳐먹었다.

　"인생은 꼬불꼬불이라면서요?"

　이런 경우에는 여자들이 더 강인한 모양이었다.

　마당의 수양버들에 물이 오르고 신록이 갈수록 짙어 갔다.

　종희는 나무를 쳐다보면서 저도 모르게 눈에 눈물이 고였다. 이것은 사는 것이 아니다. 죽은 송장보다 못한 것이 산송장이다.

　무기를 다 빼앗겼으니 무사답게 죽을 수도 없고, 이 나무에 목을 매어 버릴까.

　잠가서는 안 되는 대문을 바라보았다. 오늘 밤 저것을 잠그고 일을 끝내면 아이들이라도 풀려나겠지.

　군관이 대문으로 들어와 고개를 숙이고는 다가와 나란히 서서 나무는 보지 않고 고개를 돌려 지붕을 둘러보며 이상한 소리를 중얼거렸다.

　"나주에 그냥 처박아 둘 것이지 왕건이라는 그 너절한 건달을 또 시중에 임명하셨으니 성상께서두 망녕이시지."

　중얼거리듯이, 그러나 옆에 있는 종희는 알아듣게 여고는 나가 버렸다. 종희는 가슴이 뛰었다.

　왕건이 온다. 문이 없는 숨 막히는 집의 사방 벽이 무너지고 광명천지가 오는 기분이었다. 그러나 다음 순간 가슴이 싸늘했다.

　이것은 기뻐할 일이 아니라 다가오는 죽음의 발자국 소리에 지나지 않는 것이었다.

태봉국의 광치내(匡治奈), 신라의 본을 따서 속칭 시중이라고 부르는 벼슬은 신하로서 제일 높은 영광된 자리에 틀림없다.

그러나 따지고 보면 이것은 임금 선종이 임명한 시중이 아니라 은부의 농간이다. 무력을 가진 선종의 건국공신들을 임금의 연회라는 이름으로 불러 올려다 허울 좋은 이름으로 힘을 빼어 버린 은부는 마지막 남은 강력한 존재, 왕건을 시중이라는 벼슬로 유인하려는 것이 틀림없었다.

그는 방에 들어가 목침을 베고 누웠다. 아무리 생각해도 은부는 음모의 마무리를 짓기 시작한 것 같다.

시중은 벼슬은 높아도 병권(兵權)은 없으니 전에도 그랬듯이 종사관(從事官, 보좌관) 몇 명 거느리고 쇠둘레에 올라오면 일은 끝나는 것이다.

지금 쇠둘레에서 꼼짝 못하고 있는 건국공신들이나 자기 같은 것을 처치하려면 말 한마디로 족하다. 그러나 섣불리 일부를 건드렸다가 나머지 사람들이 들고일어날 염려가 있다는 것을 모를 은부가 아니다. 최후 최강의 강적 왕건을 유인해다 목을 조르면 거칠 것이 없고, 다음에는 인물이라는 인물은 모조리 처단하여 자기 천하로 굳힐 것이다.

피는 강물처럼 흐르게 되었다.

그것으로 끝날까? 병권을 잡은 환선길이 그에게 머리를 숙일 리 없다.

전국 고을에 흩어져 있는 장군과 진장(鎭將)들, 은부나 환선길을 우습게 보는 그들이 머리를 숙일 리도 없다.

태봉국은 내부 상전(相戰)으로 무너지고 견훤이 희색이 만면해서 쇠둘레로 입성하는 광경이 눈에 보이는 듯했다.

세상이 평온하고 별다른 일이 없으니 천하 백성들은 선종이 건재한 줄 알고, 대신들조차 이상한 기미를 느끼기는 하면서도 진상은 모르고 해가 뜨면 등청하고 해가 지면 퇴청하고 있을 것이다.

폭풍, 그것도 피의 폭풍을 앞두고······.

확실한 진상을 아는 것은 왕후와 자기, 그리고 원회가 일부를 알 뿐이다. 그러나 모두 갇힌 몸이라 어쩔 도리가 없었다.

친구 왕건을 위해서, 그리고 수많은 사람들의 목숨을 위해서 진실로 그냥 있을 수 없는 일이다. 왕건에게 알려야 한다.

그러나 뛰어야 벼룩보다 나을 것도 없는 신세, 그는 벽에 머리를 부딪쳤다.

이튿날도 또 이튿날도 군관은 매일 같은 시간에 들러 인사를 드렸다.

"안녕하십니까?"

물세를 알리고 가끔 은근히 떠보았으나 들었는지 못 들었는지 육 척 장신의 군관은 천천히 돌아서서 천천히 대문을 나가곤 했다.

잘살아야 별수 없는 것이 인생이지마는 억울해도 너무 억울한 마흔두 해였다.

생각이 많다 보니 왕건은 나주를 떠나지 않을지도 모른다는 생각도 들었다.

그는 총명하고 신중한 사람이다. 연속부절로 쇠둘레에 연락관이 내왕하니 진상은 몰라도 분위기는 알지 않을까?

종희는 왕건이 나주에 버티고 있기를 부처님께 빌었다. 그것이 적어도 자신과 많은 사람들의 목숨을 구하는 길이었다.

그러나 부처님에게도 그의 소원을 들어줄 귀는 없었다.

부처님은 말이 없고 세월은 멈추지 않고 흘렀다.

부처님도, 세월도, 마당의 버드나무도 종희의 가슴이 터지는 듯한 심정에는 무심(無心), 그것이었다.

화를 내는 법이 없던 그도 걸핏하면 화를 내고, 웃음으로 대하고 위로

하여 주는 아내가 고마웠지마는 때로는 그 얼굴조차 자기와는 무관하고 침착한 태도가 얄미운 경우도 한두 번이 아니었다.

때로는 여자란 이상한 동물이라는 생각도 들었다. 갇힌 속에서도 부엌일에, 바느질에 쉴 틈이 없고, 불평이나 걱정하는 일도 없었다.

얼마 안 되는 녹을 받아서는 자기는 보리만 먹으면서도 남편에게는 흰밥에 고기를 마련하느라 애쓰고, 궁한 속에서도 술은 언제나 장만해 두었다.

삼월도 거의 갈 무렵이었다. 갇힌 지 일 년이 가까워오고 앞날은 캄캄하고, 마루에 앉은 종희는 죽을 궁리를 하고 있었다.

"울적하신 모양이구만요. 한잔 드시구 마음을 푸세요."

아내가 손수 병과 잔을 들고 와서 술을 권했다. 안주가 신통치 않은 것도 자기 탓으로 돌렸다.

"오늘은 무밖에 없어 미안해요."

아내가 자기보다 몇 배나 훌륭하다고 우러러보였다.

그는 한 잔 들이켜고 물었다.

"당신은 걱정도 안 되오?"

"모든 것이 부처님의 뜻인데 저 같은 것이 걱정한다고 달라지겠어요?"

종희는 자신도 부처님을 믿노라 했지마는 아내의 말을 듣고 태도를 보면 자기는 헛믿었다. 여자의 외곬이라면 할 말이 없겠지만 자기도 그렇게 되고 싶었다.

"당신은 어쩌면 그렇게 될 수 있소? 나두 그렇게 됐으면 하지마는 속에서 불만 난단 말이오."

"저는 아무것도 모르는 여자구, 당신은 천하 걱정을 하시는 분이니까 당연하지요."

"머지않아 무리죽음이 날 텐데 당신은 죽는 것이 무섭지 않소?"

"죽게 되면 죽지요, 뭐. 언젠가는 죽는 것이 사람 아니에요?"

"저승에 가두 당신과 부부가 됐으면 좋겠소."

"저두 그렇게 생각해요."

부인의 눈에 이슬이 맺혔다.

"어쩐지 오래지 않을 것만 같소. 이생에서는 당신에게 미안한 일뿐이었소."

부인의 눈에서 눈물이 한 방울 떨어졌다. 그는 고개를 돌리고 살그머니 눈물을 닦고 돌아앉았다.

"아직도 연세가 있는데 그렇게까지 생각 마세요. 세상은 꼬불꼬불한 것이라구 하시구선."

종희는 억지로 웃었다.

"그래, 내가 그런 말을 했지."

그는 또 부인이 따라 주는 술을 들면서 생각했다. 자기는 죽는 것이 두려워서 속을 태우고 술이 아니면 밤잠을 못 자는 것일까? 그것은 아니다.

지금 이 순간이라도 죽을 수 있다. 다만 무사가 무사답게 죽지 못하고 인간백정에 불과한 자들에게 개돼지처럼 맞아 죽게 된 것이 억울할 뿐이다.

이 종희는 지금도 변함없는 용사다.

왜 개돼지처럼 가뒀느냐!

인생길이 한 번만 더 꼬부라져라. 못된 인간들에게 용사의 맛을 보여줄 것이다.

그는 이를 갈았다.

지켜보고 앉았던 부인이 그의 손을 잡았다.

"당신은 역시 기개 있는 분이에요."

종희는 대답할 말이 없었다.

대문이 열리면서 군관이 들어섰다.

"안녕하십니까?"

매일 하는 그대로 마당 한복판에 와서 머리를 숙였다. 종희는 대답도 않고 인사도 받지 않았다.

곧 돌아서 나갈 줄 알았는데 오늘은 전에 없이 망설이다가 말을 걸었다.

"더워서 참을 수 있어야지요. 부인, 미안하지마는 물 한그릇 주실 수 없을까요?"

눈치 빠른 부인은 할 말이 있는 것이라고 판단했다.

"그럼요. 어서 저리 걸터라두 앉으세요."

부인은 마당에 내려서면서 군관의 등을 가볍게 밀고 부엌으로 들어가 물을 떠 가지고 나왔다.

군관은 마루 끝에 걸터앉아 냉수를 한 모금 마시고 중얼거렸다.

"왕건이라는 시러베아들이 사월 초에 정주에 당도한다는데 그따위를 정주 포구에서 개선장군으루 맞는다구 법석이니 세상은 말세지, 말세야."

종희는 술이 확 깨는 기분이었다.

왕건은 그래도 신중한 인간이라 기대를 걸었는데 그마저 제 발로 걸어와서 은부의 함정으로 빠져 들어가는구나. 그는 가슴이 내려앉았다.

삼월은 거의 갔으니 사월 초라면 며칠 남지 않았다. 어떻게든 그가 쇠둘레에 오지 않도록 막아야 할 터인데 진실로 방법이 없었다.

"그 주제에 교대병력 이천과 함께 온다니 속을 모르는 사람들은 그 위용을 보구 정말 인물인 줄 알겠지? 나 더러워서……. 부인, 미안하지만 물 한 그릇 더 주실 수 없을까요?"

"몹시 더우신 모양이구만요."

부인은 얼른 부엌에 내려가 물 대신 술을 떠 가지고 왔다. 자기더러 자리를 피해 달라는 것 같기도 해서 주춤거리는데, 군관은 일어서기 전에 앉았던 자리를 곁눈질하는 품이 함께 들으라는 눈치였다.

부인은 제자리에 와 앉으면서 들으라는 듯이 일렀다.

"이열치열이라구 물이 아니구 술이에요."

"좋지요."

군관은 죽 들이키고 또 중얼거렸다.

"날씨가 더운 데다 그 걸레 같은 인간을 정주까지 가서 경호해 오라니 목이 탈 수밖에 있나, 아이구 내 팔자야."

이것은 분명한 신호였다. 종희는 속삭였다.

"말을 전해 줄 수 없을까?"

그러나 군관은 대답은 않고 딴전을 부렸다.

"지저분한 인간 때문에 재수 없더니 동네에서 말썽까지 듣구. 말이라는 건 당사자끼리 직접 하는 것이라, 나 참 기가 막혀서."

종희는 어떻게 해석해야 할지 알 수 없었다. 거절 같기도 하고 어쩌면 무슨 방도가 있다는 뜻 같기도 하고.

부인은 큰 그릇에 술을 부어 권했다. 군관은 반쯤 들이키고 또 중얼거렸다.

"춘삼월 중에도 모레는 일진이 제일 좋아 친구가 장가를 드는데 내일 저녁에 떠나라니 한잔하려던 것도 다 틀렸구, 사사건건 그 너즐한 인간 때문이라, 나 더러워서."

군관은 일어서 머리를 숙이고 약간 비틀거리며 나가 버렸다.

"이눔의 집두 마지막이다. 주는 술이라 한잔했구나."

취하게 마신 것도 아닌데 대문 밖에서 그의 혀 꼬부랑 소리가 들렸다.

짐작할 수 있는 것은 그도 감시를 받고 있다는 사실이었다. 울타리 틈으로라도 들여다볼 수는 얼마든지 있는 일이다.

부인은 그가 이쪽에 호의를 가지고 있는 것은 의심할 여지가 없다고 했다.

그러나 종희는 그런 것 같기는 했으나 간교하기로 이름난 은부의 부하에 틀림없고, 따라서 은부의 술책이라고 생각하면 그쪽이 더 그럴싸했다.

그날 밤 부부는 생각하고 의논하고 동이 터서야 눈을 붙였다.

"내일 저녁에 떠난다는 것은 함께 가자는 신호예요."

부인은 단정했다.

"그도 감시를 받는 것이 확실하다면서 나를 어떻게 끌구 가겠소?"

"그야 생각이 있겠지요."

"이 종희의 생명을 정체도 알 수 없는 일개 군관에게 맡겨?"

"사람을 그렇게 보지 마세요. 부처님 앞에서는 모두 같은 중생이에요."

"그렇다 치구, 내가 떠나면 당신이나 아이들은 무사할 것 같소?"

"왕 장군을 붙잡기 전에는 손을 못 댈 거예요. 여태까지를 보세요. 힘없는 여자들을 음란하다구 끌어갔지, 큰 분들은 한 사람이나 다쳤나요?"

"청주 사람두 팔십여 명이나 가뒀잖았소?"

"그 사람들두 보통 백성들 아니면 하급군인이나 관원들이 아니에요?"

은부는 전에 아지태 사건 때 앙심을 품은 청주 사람들은 친척들까지 무조건 잡아넣었다.

"내가 혼자 살려구 아내와 아이들을 버리구 간다?"

"왜 갑자기 심약한 소리를 하세요? 스님은 스님의 길이 있구, 무사는 무사의 길이 있잖아요?"

"……."

"죽으면 어때요? 사람이 산다는 것이 의미가 있다면 제 길을 가느냐 못 가느냐에 있지 않아요? 당신은 용사예요. 가서 용사의 길을 똑바로 걸으세요."

"살아서 다시 만나게 될지 모르겠지만 당신은 아내일뿐더러 스승이요 은인이었소. 생전에 당신에게 다하지 못한 것을 저승에서 다하리다."

그는 결심한 듯 부인을 안은 팔에 힘을 주고 눈물을 삼켰다.

이튿날 군관은 하루 종일 나타나지 않았다. 적 같기도 하고 동지 같기도 한 사나이. 정말 동지라면 무슨 기미라도 있을 법한데 아무 기척도 없었다.

그럴듯한 허튼 소리로 이쪽 속마음을 떠보고 한 바람 일으키는 것이 아닐까? 종희는 전언(傳言)을 부탁해서 본심을 드러낸 것이 후회되었다.

그러나 부인은 새 옷을 꺼내 다리미질을 하고 부엌에서 하루 종일 부스럭거렸다.

들어오라고 해도 말을 듣지 않았다.

"길을 떠나시는데 밤참이라두 마련해야지요."

"밤참 필요없다니까."

"녹이 올 때가 열흘이나 지났는데두 소식이 없구, 뭐가 있어야지요."

"필요 없다니까."

부인은 이마의 땀방울을 훔치며 마루에 올라와 옆에 앉았다.

"우리가 속은 것은 아닐까?"

"저녁때까지 기다려 봐야지요."

부인은 걱정하는 기색도 없었다.

"하기는 속아 봐야 죽는 것밖에 더 있겠소? 이미 내던진 목숨인데."

종희는 팔베개를 하고 드러누웠다.

"무사는 죽는 순간까지 희망을 가지고 천하를 생각한다는데 낙심 마세요."

부인은 두 손을 내밀어 남편의 머리를 자기 무릎에 얹고 뺨을 어루만졌다.

"왕건에게 알리지 못하는 것이 유한이지, 딴것은 없소."

종희는 눈을 감았다.

"……."

부인은 대답이 없었다. 눈을 뜨고 쳐다보니 얼굴을 가린 것이 울고 있는 모양이었다.

"미안해요, 눈물을 보여서. 사람이란 원래 태어나지 말았어야 하는 건데……. 저는 그런 생각을 할 때가 있어요."

종희는 목이 메어 아무 말도 나오지 않았다.

목에 넘어가지 않는 밥상을 일찍 물리고 마루에 앉은 부부는 약속 아닌 약속, 그것도 죽음인지 삶인지 도시 분간이 서지 않는 그 무엇을 기다리며 어둠 속에서 아무도 입을 열지 않았다.

무심한 오누이가 건넌방에서 세상모르고 자다가 가끔 잠꼬대를 하는 외에는 물을 끼얹은 듯 고요한 밤이었다.

여러 마리의 말굽소리가 밖에서 울리고, 초장(哨長)과 말을 주고받는 것은 군관의 목소리에 틀림없었으나 내용은 알아들을 수 없었다.

이어서 대문이 활짝 열리면서 벌어진 광경은 도시 부부로서는 상상조차 하지 못한 일이었다.

십여 명의 병정들을 거느린 군관은 횃불을 든 두 명의 병정을 앞세우고 마당에 들어서자, 어제까지와는 달리 인사도 없이 버티고 서서 마루에 일어선 부부를 쳐다보았다.

"내려와 어명을 받드시오."

감정이 없는 목석의 소리같이 울렸다.

종희는 섬돌의 짚세기를 끌고 마당에 내려가 무릎을 꿇었다. 군관은 품에서 문서를 꺼내 이마까지 쳐들었다가 횃불에 비쳐 읽어 내려갔다.

"비룡성령 겸 마군 장군 종희는 그 죄가 막중하되 전공을 감안하여 근신을 명하였음에도 불구하고 조금도 뉘우치는 빛이 없으니 이에 모든 관작을 삭탈하고 참수형(斬首刑)에 처하노라."

부인은 마루에 풀썩 주저앉아 가슴이 막혀 숨도 제대로 나오지 않았다.

"묶어!"

군관은 노기 띤 소리로 명령하고 마루에 걸터앉았다.

종희는 오랏줄에 묶이면서 횃불에 비친 얼굴들을 둘러보았다. 비룡성에서 쫓겨난 자들, 나주에서 왕건의 직속부대에 있다가 쫓겨난 자들이 태반이고, 개중에는 자기 휘하에 있다가 못된 짓을 하고 쫓겨난 자들도 있었다.

용케도 긁어모았다. 각오가 서고 보니 종희는 마음이 편했다. 왕건과 자기에게 원한이 사무친 자들……. 원한의 앙갚음은 오랏줄에서부터 시작되었다. 두 손을 뒤로 돌려 어떻게 조여 매는지 손목이 끊어질 듯했다.

"아이구!"

종희는 이를 악물었으나 저절로 신음소리가 나왔다. 손목을 뒤로 묶은 병정들은 다시 어깨에서 허리까지 조일대로 조여 칭칭 감고 그중 비룡성에 있던 놈이 발길로 찼다.

"이 새끼, 너 때문에 마누라는 자살하구 나는 옥살이를 하구, 집안은 풍비박산이 됐다. 네 놈의 뼈를 갈아 마시려구 이를 갈아 온 지가 얼만 줄 알아?"

나동그라진 것을 또 한 대 찼다.

"일어섯!"

종희는 휘청거리며 일어섰다.

"다 묶었으면 가야지."

마루에 걸터앉은 군관이었다. 종희를 앞세우고 횃불을 선두로 병정들이 돌아서자, 군관은 어둠속을 더듬어 부인의 손에 얼른 무엇인가 쥐어 주고 일어섰다.

그때까지도 부인은 가슴이 떨려 말이 안 나오고 일어서려고 했으나 오금이 펴지지 않았다.

대문이 닫히면서 군관이 외치는 소리가 울렸다.

"계집은 요물이라 무슨 조화를 부릴지 모르니 계속 감시해라."

그제서야 부인은 한숨이 나가고 제정신으로 돌아왔다. 부엌으로 내려가 아궁이에 불을 피우고 비로소 주먹을 폈다.

"평상심(平常心)."

남편이 죽는 것을 보고도 흔들리지 말라? 너희들도 사람이냐?

군관의 부하는 도합 열 명, 모두 기병이었다.

발길로 차던 병정의 안장에 오랏줄 끝을 처매인 종희는 처음에는 달려도 보았으나, 일 년 가까이 갇혔던 터에 쇠잔한 몸으로 도저히 따라갈 수 없었다.

서소문에 이르자 횃불을 든 병정과 수문장이 앞을 막아섰으나 군관이 문서를 내보이자 아무 말 없이 대문을 열어 주었다. 그러나 문루 위에서는 욕설이 날아왔다.

"개새끼, 나대더니만 꼴좋다. 너 때문에 거지 이 년에 신세를 족쳤다. 지옥에 떨어져 묵사발이 돼라."

서소문 밖에는 사형장이 있었다. 한숨 돌린 종희는 성문으로 끌려 나오면서 하늘을 쳐다보았다.

그믐밤의 총총한 별이 유난히 아름답게 보였다. 괴로움과 즐거움, 부인과 아이들, 친구들과 그 많던 부하들 그리고 지나온 산천과 춘하추동의 변화……. 한 폭의 그림, 한 밤의 꿈으로 넘겨 버리고 마음의 평정을 되찾았다.

왕건에게 알리고 못 알리는 것을 세상에 없는 중대한 일로 생각했으나 광대무변한 하늘을 바라보니 실로 별것도 아니었다.

삶과 죽음의 경계선도 사라졌다.

영원한 정적(靜寂)의 세계. 피곤한 하루를 마치고 잠을 자듯이, 슬픔도, 괴로움도, 사랑도, 미움도 없는 그 세계가 그리웠다.

성문을 나서자 선두의 군관도 말을 천천히 몰면서 하늘을 쳐다보았다. 갈수록 보도(步度)는 느려지고 종희는 어슬렁어슬렁 걸어도 될 지경이었다.

"빨리 가야 되지 않겠습니까?"

독촉하는 병정이 있었으나 군관은 서두르지 않았다.

"별이 아름다워서 그런다. 너희들두 봐 둬라."

작은 행렬은 여전히 어둠 속을 느릿느릿 전진했다.

"이거 뭐 굼벵이들인가?"

뒤에 붙은 병정이 투덜거리는 소리가 들렸으나 군관은 들었는지 못 들었는지 하늘에서 눈을 떼지 않았다.

불평은 종희에 대한 욕설로 번져 갔다.

"혼자 깨끗한 체, 강직한 체……, 말이 먹을 걸 사람이 좀 먹었으면 어때?"

"사람의 새끼가 아니구 말 새긴 모양이지. 사람을 내쫓구 말을 두둔하구.”

“전생에 말이었다, 이 말씀인가?”

별의별 소리가 다 나왔다.

갈림길에서 군관은 행렬을 멈췄다. 북으로 가면 사형장, 서쪽으로 가면 그대로 송악까지 이어지는 대목이었다.

“너희들에게 일러두거니와 이 죄인은 쥐도 새도 모르게 처단하라는 어명이시다. 죄인이라도 중전마마의 지친인 데다 그 일당이 아직 남아 있다. 일당이 모두 소탕되면 천하에 그 죄상이 공포되겠지마는 그때까지는 비밀이니 너희들 중에서도 발설하는 자가 있으면 무사하지 못할 것이다. 형장에는 관원들이 있으니 안 되겠고 너희들 중에 알맞은 장소를 아는 사람은 없느냐?”

병정 한 명이 대답했다.

“서쪽으로 조금만 더 가면 숲 속에 어지간히 넓은 공간이 있구, 그 저쪽은 절벽이니 목을 딴 연후에 절벽으로 내던지든지 파묻어 버리면 어떻겠습니까?”

“기왕 서쪽으로 가는 길이니 그게 좋겠군.”

일행은 또 움직이기 시작했다.

광장에 도착하자 말을 내리고 우둥불을 피웠다. 불을 중심으로 둘러앉자 군관은 안장에서 오리병을 내려 표주박으로 한 잔 마시고 옆에 앉은 종희를 돌아보았다.

“죽기 전에 한잔 생각 없어?”

종희는 고개를 끄덕였으나 묶인 몸을 움직일 도리가 없었다.

지켜보던 군관이 가슴에 비스듬히 꽂은 단도를 빼어 오랏줄을 끊었다.

“이승의 마지막 술 한 잔, 유언이 있으면 말해 봐.”

종희는 마비된 손목과 팔을 주무르면서 대답하지 않았다.

"너희들두 생각이 있으면 한잔씩 해라. 많이는 안 되구. 죽을 인간과 술을 나눠 보는 것도 장차 얘깃거리가 될 것이다."

군관은 옆에 찬 칼을 풀어 땅바닥에 내려놓았다. 내군부는 특별한 공급을 받는지라 저마다 안장에서 오리병을 내려 표주박으로 마시면서 종희를 빗대고 입을 놀리기 시작했다.

"은하수 밑에서 목을 잘린다. 이거 근사하잖아?"

"잘릴 때는 목을 주욱 빼드는 거다. 알았지?"

종희는 못 들은 척했다. 어지간히 피가 통하자 그는 표주박을 들어 입으로 가져갔다.

순간 '악' 소리와 함께 병정들이 튀어 일어나고 난장판이 벌어졌다. 종희는 술잔을 떨어뜨리고 땅에 놓인 군관의 칼을 빼어 들고 일어섰다. 자기도 의식하지 못한 동작이었다.

군관은 일어서지도 않고 쳐다보았다.

"일이 끝났으니 앉으시지요."

종희는 선 채로 둘러보았다. 병정 두 명이 가슴에 칼을 맞고 고꾸라져 버둥거리고 있었다.

군관의 무게 있는 목소리가 울렸다.

"모두들 앉아!"

병정들은 앉았으나 피 묻은 단도를 든 두 명은 선 채로 있었다. 다 낯선 얼굴이었다.

"은부가 붙여 놓은 감시원 두 놈을 처치한 겁니다. 나머지들은 별것두 아니구."

이렇게 속삭인 군관은 천천히 일어섰다.

"너희들, 개과천선해서 따라올 사람은 따라오구, 고향에 갈 사람은 가도 좋다. 또 이 길로 은부에게 달려가서 고해바칠 생각이 있는 자는 그래두 무방하다."

아무도 대답이 없었다.

"어느 쪽이냐?"

마당에서 종희를 묶으며 집이 풍비박산이 됐다고 하던 자가 나섰다.

"집으로 가게 해 주시오. 이대로 가면 원수를 갚으려고 이를 갈아 오던 사람의 밑으로 다시 들어가야 할 터인데 저는 그토록 개과천선할 자신이 없습니다."

"네 말도 일리가 있다. 다들 마찬가지냐?"

"그렇습니다."

군관이 안장에서 창을 빼자 서 있던 두 병정도 재빨리 창을 빼어 들고 제자리로 돌아왔다. 그들은 종희가 탈 말만 남겨 놓고 가겠다는 병정들을 휘몰아 그들의 말을 벼랑으로 떨어뜨리고 돌아왔다.

군관과 병정의 복장으로 갈아입은 종희, 그리고 두 병정은 말에 올랐다. 군관은 선두에서 말고삐를 틀며 한마디 남겼다.

"한마디 일러둔다. 이 길로 가서 은부에게 고해바치는 자는 훗날 무사하지 못할 것이다. 고해바치더라도 천천히 해라."

네 사람은 어둠 속을 되도록 빨리 말을 달렸다. 종희는 달리면서도 자기 때문에 부인이 죽고 집이 망했다는 병정을 생각했다.

비룡성의 썩은 것들 백 명을 한꺼번에 쓸어낸 것을 여태 잘못했다고 생각한 일은 없었고, 주위에서도 남은 감히 못할 일이다, 종희 장군은 드물게 보는 직한 인물이라고 칭송만 들었지 무어라고 하는 사람은 없었다.

오늘 처음으로 그 사람의 한이 맺힌 소리를 듣고 가슴이 쩡해 왔다.

직하다는 것은 도대체 무엇인가?

직하다는 이름으로 한 생명을 뺏고 그 집안을 망쳐도 좋은 것일까? 그럴 수는 없을 것이다.

그렇다. 자기는 그들을 사람으로 생각할 여유를 갖지 못했고, 비뚤어졌다고, 나무라도 베듯이 일률로 잘라 버렸다. 사람마다 사정이 있게 마련인데 그들도 사람인 이상 다를 까닭이 없었다. 그 사정을 감안하고 지나침이 없도록 처리할 것을⋯⋯.

부처님은 잘하는 자를 보면 사랑하고(慈) 잘못하는 자를 보면 슬퍼하고(悲) 다 같이 구제하려고 애쓴다고 한다. 자기는 슬퍼하지도 않았고 구제는커녕 짓밟아 놓고 직하다는 이름 아래 자기만족으로 오늘에 이르렀다.

정도의 고하 간에 자기 때문에 그렇게 된 사람이 그뿐일까? 종희는 나이 사십이 넘어서야, 그것도 가슴 아픈 희생을 치르고서야 인생의 뒷골목을 처음 들여다보듯 무거운 심정이었다.

"시장하실 텐데 요기를 하구 가실까요?"

군관의 목소리에 종희는 시장기가 한꺼번에 몰리는 기분이었다. 캄캄한 밤하늘을 배경으로 높이 솟은 세모진 봉우리, 종희는 수없이 내왕하면서 본 이 산이 이정표이기도 했다. 쇠둘레에서 오십 리는 벗어난 것이다.

두 병정이 우둥불을 피우고 나란히 앉아 주먹밥을 씹었다. 종희는 비로소 군관에게 머리를 숙였다.

"고마운 말씀, 무어라구 해야 할지 모르겠습니다."

"뭘요. 가족 걱정은 안 하셔두 될 겁니다."

걱정이 안 될 리 없었으나 좀스러운 듯해서 화제를 돌렸다.

"형씨는 은부를 어떻게 아시오?"

삼십 전후의 군관은 웃었다.

"제일가는 심복인걸요."

"제일가는 심복두 감시를 하는가요?"

"그것이 은부의 습성이니까."

전에 은부가 쫓겨나서 붙들리면 죽는다고 소문이 파다하게 퍼졌을 때 처음부터 끝까지 감춰 준 것이 인연이 되었다고 했다.

"아는 사이였던가요?"

"알기는요. 그저 인생이 가련해서 감싸줬답니다. 이번에 득세하더니 곧 장군을 시켜 준다, 잠깐만 참으라고 입혀 준 것이 이 군관복이구만. 엉터리지요."

그는 기랑(騎郎, 기병 장교)이었다.

"은혜는 잊지 않는 사람인가 부지요."

"그렇다구 볼 수 있지요."

"그런데 왜 그에게 등을 돌리구 나를 구하느라구 그렇게까지 애썼지요?"

"얘기하면 구구해지니까 그만둡시다."

"형씨의 존함은 뭐지요?"

"존함이란 말 오래간만에 듣는구만. 날이 밝으면 헤어질 터인데 하찮은 이름은 덮어 두기루 합시다."

"헤어지다니?"

"잘난 사람들이 안 보이는 산속에 숨어 살구 싶어서요."

"……."

"장군, 아니 형씨는 꼭 정주까지 가야 하나요?"

"가야지요."

갑자기 십여 명의 병정들이 숲 속에서 나타나 그들을 에워싸고 창을 겨눴다.

"이 배신자 놈들, 오늘은 느으들 제삿날인 줄 알아라."

지휘군관인 듯싶었다. 종희는 정주에서 쇠둘레까지 이미 복병(伏兵)이 배치되어 있다는 것을 직감하면서 기회를 엿보는데 한 병정이 다가섰다.

"가만있자. 이거 비룡성령 종희 어른 아닌가? 너 때문에 신세를 망친 인생이다."

그는 창을 내질렀다.

그러나 어느 틈에 일어서고 칼을 뺐는지 병정의 두 팔목이 떨어져나가고 병정은 죽는다고 아우성이었다.

혼전이 벌어졌다.

엉터리라던 군관도, 또 두 병정도 여간한 솜씨들이 아니었다,

네 사람이 휘두르는 칼과 창에 반쯤은 쓰러지고 나머지는 어둠 속으로 도망쳐 사라졌다.

"떠야겠구만."

서둘러 보자기를 도로 싼 그들은 말에 올라 달리기 시작했다.

그다지 멀지 않은 산기슭에서 피리 소리가 울렸다. 전방 어디쯤인지는 몰라도 숨어 있는 복병들에게 보내는 신호였다.

일행 네 사람은 말을 멈춰 세웠다.

"형씨, 나는 이 한 길밖에 모르는데 딴 길을 가야 할 것 같구만."

왕건과 함께 선종 휘하에 들어온 지 햇수로 이십이 년, 종희는 여기서 서해까지 큰길에서 오솔길에 이르기까지 모르는 데가 없었다.

"많이 돌아야 하게 생겼소."

종희는 앞장서 옆을 흐르는 개울을 건넜다. 도는 것은 좋으나 정주까지 제때에 닿을지 걱정이었다.

오솔길을 따라 산을 몇 개 넘자 일행은 긴장이 풀렸다. 졸리고 시장기

가 몰려 쉬어 가자는 것을 종희가 우겨 마상에서 주먹밥을 씹으면서 전진을 계속했다.

이런 때 잠을 털어 버리려면 쉬지 않고 말을 주고받는 길밖에 없었다.

이것저것 궁중의 사정을 물었으나 군관은 선종이 갇혀 있고, 왕후와 태자도 행동의 자유가 없다는 것조차 몰랐다. 아는 것이라고는 은부가 앉아서 시중을 부를 정도로 세다는 정도였다. 이야깃거리도 떨어져 잠자코 가다가 군관이 물었다.

"형씨, 내 모를 것이 하나 있는데 장군들은 제각기 항상 거느리고 다니는 군관과 병정들이 있지 않소?"

"그렇소."

"그런데 이번에는 일체 그런 사람들을 거느리지 말구 장군마다 성상께서 보내시는 경호대의 경호를 받으라는 성지가 내렸다니 전에도 그런 일이 있었소?"

"없었소."

이것은 중대한 정보였다. 이름이 경호대지, 사실은 암살대다. 그것도 안심이 안 되어 처처에 복병을 매복하고. 은부는 어명을 가장하여 왕건 이하 그의 심복 장수들을 몰살하려고 드는 것이 분명했다. 왕건의 암살 지령은 누가 받았을까?

이 군관이 받지 않은 것은 분명하고 조금 전에 칼을 맞고 죽은 두 명의 병정이 아닐까.

"형씨는 사람 죽이는 직업이 신나 보이는데 정말 신나오?"

"신이 아니라 신물이 나오."

"나하구 같구만. 나는 잘난 인간들이 하는 일에 신물이 났소. 정주구 뭐구 이쯤해서 서남 바닷가에 가서 파묻히는 게 어떻겠소?"

"정주에는 가야 하오. 다음에 생각합시다."

날이 밝고 해가 중천에 떠도 종희는 멈추지 않고 달렸다.

"여보 형씨, 이거 사람 살겠소? 좀 눈이라두 붙였다 갑시다."

군관은 불평이었다.

"나보다 십 년은 젊어 보이는데 왜 그 모양이오? 나는 사십이 넘어서 두 끄떡없는데. 급할 때는 급하게 서둘러야지요."

"그렇게 급하오?"

"급하오."

"우리는 여기서 헤어지면 안 되겠소?"

"안 되겠소."

"기왕 시작했으니 정주까지는 같이 가되, 그 후에는 산으로 가든 바다로 가든 상관 마시오."

"나두 그럴 생각이오."

말에게 풀을 뜯기고 물을 마시게 하는 외에는 쉬는 일이 없었다. 두 밤을 말 잔등에서 새며 달린 종희 일행은 그날도 어두워서야 정주에 당도했다.

개선장군

이천 병력을 거느리고 정주에 상륙한 왕건은 개선장군으로 환영을 받았다.

포구에는 오색찬란한 깃발들이 수없이 나부끼고, 깃발마다 왕건을 칭송하는 글귀가 적히고, 그중에는 나라의 영웅이라고 쓴 것도 있었다.

굵은 삼베옷을 군복으로 입은 일반병사들과는 달리 채색군복으로 단장한 임금의 친위대, 내군부 병사들 이백 여명이 도열한 가운데, 임금을 대신하여 내려온 구진은 뱃머리까지 나와 영접했다.

전례 없는 광경에 정주의 백성들은 이 고을이 생긴 이래 처음 보는 성사(盛事)라 했고, 예성강에서 고기잡이를 하던 장사치 왕륭의 아들 왕건이 잘나 보아야 별것이 있겠느냐고 여태까지 공연히 삐딱하게 보던 몇몇 노인들도 혼이 나갔다. 인물은 인물인 모양이다.

겉으로 호화로울 뿐만 아니라 실속도 대단한 환영이었다. 장군들에게는 임금이 친히 하사하시는 금덩이와 옥이 내려지고, 병사들에게는 수백 마리의 돼지와 합치면 이백 석은 되리라는 술통들이 쌓여 있었다.

어둡기 전부터 병정들은 임금이 내린 술에 고기를 포식하며 인자하신 폐하의 덕을 칭송하고, 밤에는 장군들을 위한 성대한 연회가 있었다. 누구의 눈에도 태봉국에서 갖출 수 있는 산해진미는 빠진 것이 없는 융숭한 대접이었다.

임금의 대리로 상좌에 앉은 구진은 성상의 뜻이라고 하면서 나주의 대승을 극구 찬양하고, 수고한 장군들은 모두 쇠둘레에 모셔다 대신으로 임명한다고 했다.

그래서 친히 명령하사 내군부의 병사들로 하여금 영웅들을 직접 경호하여 만에 하나라도 소홀함이 있거나 예에 어긋나는 일이 없도록 하라고 했다는 것이다.

끝으로 이런 말도 했다.

"폐하께서는 장군들이 쇠둘레에 당도하시는 날을 경사로운 축일로 선포하사, 전국의 모든 관가는 쉬고, 폐하께서 친히 임석하신 가운데 온 쇠둘레 백성들이 나와 환영하여 드리는 개선행사도 마련 중에 있습니다."

장군들은 흡족하여 먹고 마시며 밤이 깊어 가는 줄을 몰랐다.

그러나 왕건은 다른 사람들과 마찬가지로 먹고 마시며 성은(聖恩)을 쳐들었으나 마음 한구석에는 지울 수 없는 의문이 생겼다.

태자가 어리다면 그럴 수 있다. 그러나 스물세 살이나 된 태자가 있는데도 신하가 임금의 대리로 나온다는 것은 위험한 전지(戰地)라면 몰라도 있을 수 없는 일이었다.

설사 태자가 감기라도 들렸다 하더라도 둘째 왕자 신광(神光)도 열아홉 살이니 넉넉히 임금을 대신하고도 남을 것이다.

무슨 곡절이 있는 것은 짐작이 가는데 입 밖에 내는 것은 현명한 일

같지 않았다.

그러나 다음 순간 생각을 달리했다. 임금이 정신이 오락가락하리라는 것은 은부가 다시 내군장군이 되면서부터 짐작한 일이다. 오락가락해서 구진을 보냈을 수도 있을 것이다.

오락가락할 정도를 지나 아주 혼미하다면 은부의 농간일시 어김없다. 그러나 이 같은 사리를 모를 은부가 아니다. 도무지 이해할 수 없는 일이었다.

"두 분 폐하를 비롯해서 왕실 어른들은 모두 강녕하시겠지요?"

지나가는 말로 물었다.

구진은 천하의 비밀이라도 되는 듯이 그의 귀에 대고 속삭였다.

"원래는 태자께서 오시려구 했지요. 그런데 공교롭게도 며칠 전에 마마에 걸리시더니 작은 분두 잇따라 같은 병으루 누우시지 않겠어요. 어떡합니까? 제가 분수없는 걸음을 하게 된 거지요."

왕건은 달리 할 말이 없었다.

"그거 안되셨습니다."

이렇게 응대하는 수밖에 없었다.

의심하려면 한이 없지마는 그럴 수도 있는 일이었다.

"두 분 폐하께서는 아주 건강하신데 걱정이라면 아드님들의 병이지요."

"허지만 마마야 큰 병두 아니니까 곧 나으시겠지요."

"의원들도 그렇게 얘기합니다마는 특히 중전마마께서는 걱정이 태산 같으시답니다."

"큰 병도 아닌데?"

"큰 병이라서가 아니라 나으신 다음에 얼굴이 얽으실까 봐요. 곰보가 되시면 어떡합니까?"

"그것두 그렇구만."

모두 앞뒤가 맞는 이야기였다.

"대단한 일은 아니지마는 입 밖에 내면 모처럼 경사스러운 잔치에 금이 갈까 걱정돼서 발설하지 않았습니다. 어른께서만 알구 계십시오."

왕건은 의심이 풀어지고 시름없이 다른 장수들과 어울리다가 잠자리에 들었다.

이튿날은 구진이 쇠둘레로 떠나는 날이었다. 간밤에 늦게까지 연회가 계속된지라 조반 겸 점심으로 식사가 마련되었다.

구진은 식사가 시작되기 전에 정색을 하고 왕건에게 일렀다.

"식사 전에 맑은 정신으로 조서를 전달하는 것이 성상에 대한 예의가 아닌가 합니다."

조서라면 어제 전하는 것이 옳지 하룻밤을 자고도 떠나면서 전한다는 것이 마음에 걸렸다. 그러나 그러지 말라는 법도 없었다.

왕건은 장수들과 함께 한 무릎을 꿇고 머리를 숙였다.

"짐은 경들의 대공(大功)을 생각하여 일률로 대신에 임명할 터인즉 즉시 쇠둘레로 올지니라. 나주에서 공을 세운 병사들은 그 공을 생각하여 모두 휴가를 주어 고향에 돌려보내고 휴가가 끝나는 대로 다시 경들의 소견을 들어 조치가 있으리로다."

읽고 난 구진은 조서를 왕건에게 넘겼다. 왕건은 일어서 조서를 눈언저리까지 쳐들고 '어명대로 준행하겠습니다' 하고 격식을 차렸다.

절차가 끝나고 다 같이 식사를 시작했다.

낮이라 술은 별로 들지 않고 식사를 했으나 전례 없는 융숭한 대우라고 감격하는 장수도 있었다.

모두 대신으로 임명되고, 병사들은 휴가를 얻고, 더 바랄 것이 없었다.

다만 한 가지 모를 것은 휴가가 끝난 후에 돌아오는 병사들은 '경들의 소견을 들어' 조치한다는 대목이었다.

"소견을 들어 조치하신다고 하셨는데 그 대목은 어떻게 되는 것입니까?"

금언이 물었다.

"성상께서는 떠날 때 명백하게 말씀이 계셨소. 다시 그대로 거느리고자 하는 분들은 거느릴 것이구, 뜻이 없는 분은 다른 장수에게 넘겨도 무방하구, 하여튼 여러분의 소견대로 하시겠다고 하셨습니다."

불평의 여지라고는 털끝만치도 없는 대답이었다. 모두들 만족했다.

그러나 왕건은 식사를 들면서도 생각이 없을 수 없었다. 조서의 내용이 한 자도 틀림없는 사실이라 할지라도 한때나마 완전히 무장해제를 당하는 것이다.

"언제쯤 쇠둘레로 오시지요? 빨리 와서 시중의 자리에 앉아 주시면 저도 어깨가 홀가분하겠습니다."

구진이 말을 걸었으나 왕건은 마주 앉은 그를 바라보면서 대답을 궁리하였다.

"언제라구 분명히 말씀해 주십시오. 환영준비 관계도 있고, 또 전국에 축일을 선포해야 하니까."

구진이 다그쳐 물었다. 왕건은 사이를 두고 천천히 대답했다.

"이천 명의 병사들을 한꺼번에 보내려면 시일이 걸리지요. 공을 세우고 고향에 다니러 가는 병사들이니 노자두 섭섭지 않게 줘야 하구."

"고향에 보내 준다구만 해도 감지덕지할 것입니다. 조정에서는 오늘이라도 떠날 줄 알구 마련하지 않았으니 군량미도 걱정이 아닙니까?"

"옳은 말씀입니다. 하여튼 서둘러 보내고, 저희들도 그들이 떠나는 대로 쇠둘레에 가 뵙겠습니다. 정확한 날짜는 일이 진행되는 것을 보아 곧 알려 드리겠습니다."

왕건은 언제나 그렇듯이 여유를 두고 대답했다.

식사가 끝나자 왕건은 장수 전원과 함께 떠나가는 구진을 전송했다.

"이번에는 여러 가지로 고맙기 이를 데 없고, 하해 같은 성은은 가슴 깊이 아로새기겠습니다."

임금의 대리인지라 왕건은 깊숙이 머리를 숙였고, 구진은 군말 없이 십여 기의 호위하에 동북으로 멀어져 갔다.

그가 떠나자 왕건은 장수들을 그대로 자기 장막에 모이게 했다.

"우선 일러둬야겠소. 그분이 입으로 하신 말이나 조서 내용은 엄격히 비밀에 붙이고 입 밖에 내지 말아 주시오."

"무슨 일이 있습니까?"

묻는 장수도 있었다.

"아직은 모르겠소. 터놓고 얘기해서 우리 모두가 무장해제를 당하는 것인데 이 점을 좀 더 생각해 봐야 하지 않겠소?"

"듣구 보니 그렇기두 하구만요."

격식에 밝은 식렴이 물었다.

"칙사두 아니구 성상의 대리라면 태자께서 오시는 것이 법도에 맞을 터인데 아무리 중신이라도 신하가 왔다는 것은 이해가 가지 않습니다."

"태자께서는 마마를 앓구 계시다오."

"그럼 둘째 분도 계시지 않아요?"

"마마는 역질(疫疾, 전염병)이라 태자께서 옮아 그분도 같은 병이라는 구만."

모두들 고개를 끄덕이는 품이 그럴 수도 있겠다는 표정이었다. 더구나 대개가 격식이라는 것을 모르는 사람들이라 대수롭게 생각하는 것 같지도 않았다.

그러나 한구석에 앉은 능산은 말은 하지 않았으나 시종 눈을 감고 있는 것이 무엇인가 생각하는 눈치였다.

"능산 장군, 무슨 소견이 있는 것 같은데…….."

"소견이라기보다도 모를 일이 있어서요."

"무엇인데?"

"하찮은 일이라 이런 자리에서 꺼낼 것이 못 됩니다."

"괜찮소. 생사고락을 같이해 온 친구들인데."

"마마라는 건 한 번만 앓으면 그만인 줄 알았는데 두 번, 세 번 앓는 수도 있는지 모르겠습니다."

도시 이 자리에 어울리지 않는 이야기에 단순한 장군들 중에는 그에게 농담을 거는 사람도 있었다.

"세상에는 묘한 일도 많으니 그럴 수도 있지 않겠소? 부하들 중에 그런 병정이 있소?"

"그런 건 아니지마는…….."

그러나 왕건은 그의 말을 흘려듣지 않았다.

"능산 장군, 그 마마 얘기, 무슨 내력이 있는 것 같구만."

능산은 침을 삼키고 한참 있다가 입을 열었다.

"십 몇 년 전이더라? 하여튼 태자께서 어릴 때였습니다. 그때 저는 하급군관이었는데 하루는 전의시의 고관이 의원 몇 사람을 데리구 나오더니 저를 부르더군요. 병정 몇 명 거느리고 의원들을 호위해 갔다 오라지 않겠어요. 따라가니 깊은 산속으로 들어갑디다."

"…….."

"의원들이 흩어져 알 수 없는 풀뿌리를 캐면서 병정들에게도 이걸 캐라, 저걸 캐라 하더군요. 약초를 캐는 거지요. 혼자 서 있기도 민망해서 젊은 의원 옆에 앉아 저두 캐자구 했더니 손가락으로 가리켜 줍디다. 저것이다, 이것이다 하고. 캐면서 물었지요. 궁중에는 없는 약재가 없을 터인데 왜 갑자기 이러느냐구요. 태자께서 마마를 앓으시는데 마른 것보다 싱싱한 약재가 더 효험이 있길래 일부러 나왔다는 대답이었습니다."

"하……."

장수들은 눈을 껌벅이며 입을 벌렸다.

"오랜 세월이 흘러두 잊지 않게 된 것은 그 다음에 일어난 일 때문이지요. 언제 뒤에 와 서 있었는지 제일 낫살 먹은 의원이 어깨를 치더니 두 사람을 멀찌감치 데리구 가서 젊은 의원부터 호되게 나무라더군요. 궁중에서 일어난 일은 대소사를 막론하고 외부에 발설하지 못하는 법인데, 항차 태자께서 마마를 앓으신다는 걸 발설했으니 너는 무사하지 못할 것이다, 이러는데 서슬이 대단해요. 저보구 입 밖에 냈다가는 그냥 넘어가지 않을 것이라구 눈을 부라리구……."

"……."

"의원이 무사하지 못하면 저라구 무사하겠어요? 입을 봉할라구 들 것이 아니겠습니까? 그래서 부처님께 맹세코 발설하지 않을 테니 눈감아 달라구 했더니 몇 번이나 다짐을 받구 용서한다고 하더구만요. 여태까지 정말 발설하지 않았는데."

"……."

"모르기는 하겠습니다. 임금이 될 사람은 하늘이 낸 분이라 우리네와는 달리 마마도 여러 번 하실지도 모르지요."

장내는 기침소리 하나 없이 조용했다.

왕건은 이처럼 중대한 정보도 없다고 생각했다. 모든 것이 은부의 조작이요, 임금도 태자도 신변에 이상이 있다는 것은 의심할 여지가 없었다.

"능산 장군, 참으로 좋은 말씀을 해 주셨소. 여러분, 이 일도 일체 입 밖에 내지 말기로 합시다."

머리가 빨리 돌아가지 않는 장군들도 일이 심상치 않다는 것은 짐작이 갔다.

"무슨 대책이 있어야 하지 않겠습니까?"

금언이었다.

"두구 봅시다."

왕건은 이렇게 대답했으나 그로서도 졸지에 대책이 있을 까닭이 없었다. 무엇보다도 쇠둘레의 자세한 진상을 알아야 대책도 서겠는데 알 도리가 없었다. 감정으로 말하면 밀고 올라가 은부를 단칼에 치고 싶었으나, 이쪽은 이천, 쇠둘레에는 환선길의 휘하에 백전노장들이 삼천 병력으로 버티고 있으니 상대가 될 수 없었다.

밖에서 와자지껄하길래 내다보니 쇠둘레에서 장수들을 모시러 왔다는 내군부의 병사들과 이쪽 병사들 사이에 난투극이 벌어지고 있었다.

채색군복으로 단장한 내군부 병사들이 땀 냄새를 풍기는 삼베군복의 이쪽 병사들과는 종자가 다르다는 듯이 턱을 쳐들고 깔보는 것은 알고 있었다.

실전으로 단련된 병사들과 옷단장으로 세월을 보낸 병사들은 상대가 될 수 없었다. 팔다리며 갈빗대가 부러지고, 바다에 던져 버리는 바람에 영영 물귀신이 되어 가는 병사들도 여기저기서 눈에 들어왔다.

왕건은 말리라고 했으나 능산이 끼어들었다.

"모른 척하시지요."

능산이 이렇게 나올 때에는 생각하는 바가 있는 듯해서 더 이상 말하지 않았다.

숫자로나 힘으로나 댈 것이 못 되는 채색 옷들은 바닷가 모래사장에 즐비하게 엎어지고 자빠져서 죽는다 아우성이고, 일부는 도망치는 것을 쫓아가 창으로 찌르기도 하고 몽둥이로 후려치기도 했다.

도망친 자도 있겠지마는 몇 명 될 것 같지도 않았다.

이 통에 으스대며 정주의 거리를 활보하던 채색 옷들은 자취를 감추고, 맞아서 운신을 못하는 자들은 임시로 친 장막에 수용되어 의원들의 치료를 받았다.

명색이 군대라 그냥 있을 수는 없었다.

왕건의 장막에 모였던 장수들이 의논한 결과 사리에 밝은 식렴이 조사 겸 재판을 맡게 되었다.

장막을 나온 장군들은 뿔뿔이 흩어지고, 식렴은 어둠이 차츰 짙어 가는 바다를 바라보면서 어디서부터 손을 댈 것인지 생각 중이었다.

"저것들을 잡아라!"

아우성 속에 말굽소리가 다가오고 그 뒤에 수십 명의 병정들이 창이며 몽둥이를 들고 쫓아왔다. 말 탄 채색 옷 군인 네 명이 황급히 달려오고 있었다.

그들은 달려오면서 외쳤다.

"왕 시중의 장막이 어디냐?"

병정들은 더욱 기를 쓰고 쫓아왔다. 반응이 없자 또 외쳤다.

"나 종희다. 왕 시중의 장막으로 인도해라."

얼른 알아듣지 못한 병정들은 계속 쫓아오고 식렴은 달려갔다.

"종희 장군이란 말이오?"

"그렇소."

종희 일행은 말에서 내렸다.

식렴은 병정들에게 고함을 쳤다.

"종희 장군이시다. 모두 흩어져!"

그래도 병정들은 듣지 않았다.

"정말인지 봐야겠습니다."

병정 몇 명이 달려가 횃불을 들고 와서 그들을 비췄다. 병정들 중에는 예전 종희의 부하들도 있었다.

"하필 그런 복장을 하셔서. 미안합니다."

그들은 물러갔다.

"이 세 분은 내 생명의 은인이니 식사부터 대접하구 푹 주무시게 해 주시오."

종희가 식렴에게 부탁하고 왕건의 장막으로 들어갔다.

등잔불을 켜놓고 멍하니 앉아 있던 왕건은 달려 나와 그를 얼싸안 았다.

"어떻게 된 일이야?"

"말 마라."

종희는 쓰러지듯 왕건이 자는 침상에 몸을 내던졌다. 그렇게도 강건 하던 종희는 뼈에 가죽만 남고 기진맥진해서 한동안 꼼짝 않고 있다가 맥없이 물었다.

"아무도 움직이지 않았지?"

"움직이지 않았다."

"됐다. 먹을 걸 좀 다우."

왕건은 병정들을 시켜 식사를 가져오게 했다. 종희는 한 그릇을 다 먹 고 또 쓰러졌다.

"자야겠다."

"그래."

왕건은 손수 삼베 홑이불을 덮어 주었다.

"왕거미야. 내 말 듣기 전에는 아무 결정두 내리지 마라."

"그럼. 안심하구 자라."

종희는 죽은 사람같이 잠들고 지켜 앉은 왕건은 눈물이 글썽거렸다.

종희는 다음 날도 오정이 지나도록 잠에서 헤어나지 못했다. 바닥에 멍석을 깔고 잔 왕건은 아무도 들이지 않고 옆에 지켜 앉았다.

골병이 든 사람 같았다.

감옥에 갇혔다 탈출한 것일까?

부인과 아이들은 어떻게 됐을까?

무슨 수를 써서라도 쇠둘레에는 안 보내는 건데. 내막은 알 수 없으나 잘못된 것은 어김없고, 모든 것이 자기 잘못으로만 생각되었다.

오정이 훨씬 지나 잠을 깬 종희는 침상 위에 일어나 앉았다.

"이제 정신이 드는 것 같다. 냉수 한그릇 주려무나."

병정들이 들고 온 물그릇을 문간에서 받아 병자에게 약을 먹이듯 마시게 했다.

종희는 왕건이 특별히 조리를 부탁한 생선요리를 먹으면서 그동안에 겪은 일, 궁중의 사정, 쇠둘레의 공기, 오다가 복병을 만난 이야기까지 있는 대로 남김없이 털어놓았다.

"고맙다. 너는 내 친구인 동시에 은인이다."

"자슥, 너 같은 친구가 있기 때문에 군대에 들어가서 이 모양이 됐으니 너는 내 원수다."

"그래, 원수지. 미안하다."

왕건도 웃고 종희도 웃었다.

"이것으로 너하구의 계산은 끝났다. 오늘부터 나는 내 길을 가겠다."

"무슨 소리야?"

"장사를 할지 고기를 잡을지 아직 모르겠다마는 벼슬과는 하직이다."

"으-응."

"두 가지만 부탁하자."

"뭐야?"

"하나는 쇠둘레에 있는 가족을 데려다 주는 일이구, 하나는 나를 살려 여기까지 데려다 준 세 사람에게 잘해 달라는 것이다."

"식렴에게서 들었다. 어떤 사람들이야?"

"나두 모른다."

"있는 성의를 다하지."

"돌아가는 판세가 이런데 자신이 있어?"

"자신?"

왕건은 한참 생각하다가 말을 이었다.

"없다."

"있다면 거짓말이지."

"네 말이 맞다."

"그러나 은부, 그 요물이 없어지기 전에는 난 죽어두 눈을 못 감을 것 같다."

왕건은 이 말에는 응대를 않고 딴소리를 꺼냈다.

"나두 하나 부탁하자."

"뭐야?"

"장군들을 모을 테니 지금 나한테 한 얘기를 그대루 해 줄 수 없을까?"

"할 생각두 없지마는, 너만 아는 것이 좋지 않을까?"

"그렇지 않다. 별난 것두 아니지마는 왕건이 이쯤 된 것이 나 혼자 잘 나서 된 건 아니다. 내게 모자라는 것을 장군들이 보충해 줘서 여기까지 왔다."

"할 말 다 했으니 네가 하려무나."

"그런 게 아니다. 사람에게는 감(感)이라는 것이 있잖아? 직접 경험한 사람의 얘기하구 전해들은 사람의 얘기는 남에게 주는 감이 다르다."

"그건 그렇지."

"네가 직접 얘기해 주면 무슨 방책이 나올 것두 같다."

"왜 그럴까?"

"나두 모르겠다. 하여튼 그런 생각이 든다."

"해 주지."

왕건은 장막 안을 정돈하고 병정들을 보내 장군들을 소집했다.

그동안에도 종희는 장막의 천장을 바라보면서 침상에서 일어나지 않았다.

장군들이 모이자 종희는 그동안에 겪고 들은 일을 보태지도 깎지도 않고, 또 언성도 높이지 않고 담담하게 이야기했다.

흥분한 장군들은 당장 쳐 올라가서 은부란 놈의 사지를 찢자고 들고 일어났다.

그러나 왕건은 지금 형편으로는 백에 하나도 승산이 없다는 것을 조리 있게 설명했다.

쇠둘레의 삼천 군은 태봉국 제일가는 정예부대인 데다 보급도 충분한 반면, 이쪽도 강병이라지마는 이천으로 수에서 열세일 뿐 아니라 보급은 거의 없는 상태이니 계란으로 바위를 치자는 것과 진배없다고 설명했다.

장군같이 신망이 높은 분이 은부란 요물을 친다면 여러 고을의 장수들도 합세하리라고 주장하는 사람도 있었다. 그러나 왕건은 자기도취를 모르는 냉정한 인물이었다.

"그렇지 않소. 그들이 이 왕건에게 충성할 이유가 무엇이오? 은부가 이기건, 왕건이 이기건 자기들만 안전하면 그만이라고 생각하는 사람들이오. 결코 움직이지 않고 있다가 이기는 쪽에 붙을 것이오. 이 점만은 우리 냉정합시다."

실망의 공기가 돌고 한숨소리마서 들렸다.

"그렇다구 이대루 앉아 있다가는 말라죽는 도리밖에 더 있겠습니까?"

"그렇지요. 그러니 모두들 방책을 생각해 주시오."

금언이 식렴에게 물었다.

"군량미는 얼마나 있지요?"

"내일부터 계산해서 꼭 사흘분 남아 있습니다."

좌중에는 절망의 빛이 역력했다.

아무리 강병이라도 하루의 식량밖에 없으면 하루의 군대에 불과하고 사흘 식량밖에 없으면 사흘 동안밖에 군대구실을 못한다는 것은 병법의 초보에 나오는 상식이다.

구태여 병법이 아니더라도 인간은 먹어야 사는 동물이요, 성인군자라도 사흘을 먹지 못하면 도둑질도 서슴지 않는 슬픈 운명을 타고난 것이 인간이다. 은부는 이것도 계산에 넣었을 것이다.

자기가 할 이야기를 끝내고는 이제부터는 나하구는 상관없는 일이라는 듯이 한쪽에 입을 다물고 앉았던 종희가 조용히 운을 떼었다.

"군량미는 내가 어떻게 해 보지요."

장내에는 금시 생기가 도는 듯했다.

예성강에서 자란 종희, 강가의 포구와 서해의 상인들을 생각한다고 짐작했으나 왕건은 자신이 없었다. 이 난세에 장사가 되었을까?

종희와는 달리 그는 멀리 나주에 떨어져 있어 근년의 실정은 모르고 있었다.

"종희 장군, 고맙소."

되건 안 되건 조금 전까지도 이 세계에서 손을 털고 나갈 결심이던 종희가 이렇게 나와 주는 것이 고마웠다. 더구나 그는 손꼽히는 용사요 명장이다.

왕건은 장군들 한 사람 한 사람에게 물었다.

"군량미는 해결될 전망이 섰으니 다음은 은부를 칠 계책을 말씀해 보시오."

장군마다 생각할 여유를 달라고 할 뿐, 이렇다 할 계책은 내놓지 못했다.

마지막으로 능산에게 물었다.

"저라고 묘안이 있겠습니까마는 옛날 성상께서 이런 경우에 대처하시는 걸 보구 감탄한 일이 있습니다."

"어떻게 하셨는데?"

금언이 묻고 다른 장수들도 정신을 차리고 능산을 주시했다.

"적이 강하고 우리가 약하면, 적을 약하게 만들고 우리를 강하게 만드는 방법을 짜내시더군요. 모두들 그런 방향으로 생각해 보시면 어떨까요?"

구름 잡는 것과 다를 것 없는 이야기였다.

말도 안 된다는 얼굴을 하는 사람, 심지어 소리를 내어 웃는 사람도 있었다.

다음 날 종희는 아침 일찍 말을 타고 길을 떠났다. 왕건이 병정을 붙여 준다고 해도 싫다고 했다.

종희가 떠나자 병정들을 시켜 그의 장막을 따로 마련하게 하였다.

사선을 넘어온 친구인지라 불편이 없도록 직접 나가 지켜보고 있는데 다른 장막 사이로 능산이 지나가는 모습이 보였다.

어제는 자기도 다른 장군들과 마찬가지로 그의 구름 잡는 듯한 이야기를 들으나마나 한 것으로 치부했으나 어쩐지 마음에 걸렸다.

그는 능산을 불러 자기 장막으로 들어가 단둘이 마주 앉았다.

"어제 그 얘기, 알아듣게 말씀해 줄 수 없겠소?"

"말씀드린 그대루올시다."

"그대루라……."

"앉아만 있지 말구 적을 약하게 만들도록 움직여야 하지 않겠습니까?"

"어떻게 말이오?"

"저로서는 식렴 장군이 맡은 채색 병정들의 조사가 끝나야 방도가 서 겠습니다. 그 다음에 말씀드리지요."

왕건은 더 묻지 않고 식렴에게 조사를 독려했다. 이상한 것은 장군이 열 명도 안 되는데 호위한다고 온 채색들이 이백 명이 넘는 일이었다. 이 점도 밝히라고 일러두었다.

식렴은 유능한 행정가인 동시에 유능한 수사관이요, 재판관이기도 했다.

싸움의 발단은 말도 안 되는 사소한 일이었다.

이쪽 병정들은 휴식중이라 사오 명이 하오 늦게 주막에 들어가 술을 마시고 있는데 채색병정 십여 명이 몰려들어와 옆자리에서 술을 마시다 가 시비가 붙었다.

"야─ 이거, 구린내 나서 술맛이 싸악 떨어지는구나."

채색 병정 한 명이 들으라는 듯이 큰 소리로 한마디 했다. 임금을 모 시는 병정들이다. 이쪽 병정들은 우러러보는 터이라 못 들은 척했다.

그런데 또 다른 병정이 입을 놀렸다.

"그만하면 알아들어야 할 텐데 통 바람벽이로구나."

역시 참았다.

"이 똥뚝간에서 나온 돼지들아, 어른들이 그쯤 말씀했으면 알아 모셔 야 할 게 아냐?"

또 못 들은 것으로 했다.

이번에는 십여 명이 일제히 일어서면서 사발을 던지는 바람에 이쪽 병정들은 머리, 잔등 어디고 맞지 않은 사람이 없었다.

마침내 폭발한 병정들은 달려들어 치고, 차고, 박치기를 하며 돌아갔다.

배가 넘는 인원이건만 정작 맞붙으니 채색들은 턱도 없었다. 짓밟히고, 얻어터지고, 나머지는 해변의 자기들 장막으로 도망치면서 아우성을 쳤다.

"나주 돼지들이 사람을 죽인다!"

장막에 있던 채색들이 쏟아져 나오고 이쪽 병정들도 나주 돼지들이라는 바람에 흥분해서 뛰쳐나갔다.

우러러보면서도 아니꼽던 터이라 마구 짓이기도록 사정없이 뚜드려패는데, 채색들은 거드름을 피우는 데는 일등 가도 싸움에는 도무지 맥을 추지 못했다.

몇 명 도망친 외에는 모두 머리가 터졌거나, 팔다리가 부러졌거나, 하여튼 갈빗대 하나라도 부러지지 않은 자가 없고, 눈을 찔려 애꾸가 된 자도 있다고 했다.

식렴은 계속 설명했다.

"종희 장군은 한 명에 열 명씩 붙는다고 했는데, 그것도 사람 나름이어서 열 명, 스무 명, 시중에게는 오십 명이 붙기로 돼 있었습니다. 열 명씩 짝을 지었으나 마지막 순간에 가서 그렇게 배치를 바꾸기로 돼 있었는데 그건 대두(隊頭, 책임장교)밖에 모른답니다."

"대두는 누군데?"

왕건이 물었다.

"은부의 사촌동생인데 다리가 부러져 뼈를 맞추고 판대기를 처매고 있습니다."

"도중에서 해치우라는 것두 사실이구?"

"사실입니다."

"서둘러 자세한 경위를 적은 문서를 만들어요. 병부에두 알려야 할 테니까. 병정들의 싸움뿐만 아니라 다른 일들, 예컨대 장군들을 없애려고 했다는 음모 같은 사항은 각각 따로 문서를 만들구."

돌아서려는 식렴에게 물었다.

"종희 장군을 모시구 온 사람들은 어디 있지?"

"제 장막에 칸을 막구 같이 있습니다."

"병정들을 시켜 자그마한 장막을 따로 만들도록 하구, 세 사람을 이리 들여보내요."

식렴이 나가고 얼마 안 되어 병정의 인도로 삼베 군복으로 갈아입은 세 사람이 들어섰다.

"부르신 세 분입니다."

한 사람은 키가 훤칠하게 큰 것이 언뜻 보기에는 능산 비슷했다. 다만 능산은 얼굴이 울퉁불퉁한데 미끈한 것이 다를 뿐이었다.

"그리들 앉지."

세 사람은 나무걸상에 나란히 앉았다. 식렴이 만일을 염려해서 옷을 갈아입힌 것은 짐작이 갔으나 다 같은 졸병의 옷이어서 누가 누군지 분간이 서지 않았다.

"어느 쪽이 군관이더라?"

"제가 군관이올시다."

키 큰 사나이가 대답했다.

왕건은 깍듯이 대했다.

"종희 장군으로부터 자세한 얘기를 들었소. 이 은혜를 어떻게 갚아야 할지 모르겠소이다."

"……."

"소원이 무엇이오?"

"저희들이 갈 길을 가도록 보내 주시면 고맙겠습니다."

"그건 천천히 의논하기루 하고, 그렇게 어려운 일을 해 주시구두 이름조차 말하지 않는다면서?"

"인간 세상에 싫증이 나서 산수간에 파묻힐 사람이니 피차 잊어버리고, 여태까지 일은 없던 것으로 생각해 주시지요."

왕건은 더욱 호기심이 동했다.

"사실은 나두 같은 심정이오."

이것은 공치사만도 아니었다. 근래에 겪은 일들을 생각하면 모든 것을 버리고 심심산천이나 외진 바닷가에 숨어 버리고 싶은 생각이 문득 일어나곤 했다.

"그러나 젊은 친구."

왕건은 잘생긴 얼굴이라고 생각하면서 군관을 똑바로 보았다.

"우리 다 같이 소원이 성취될 때까지 서로 알구 지내는 것두 해로울 건 없지 않겠소?"

군관은 웃었다.

"이로울 것도 없을 듯합니다."

이번에는 왕건이 웃었다.

"하긴 그렇지요. 이 세상 이해란 뜬구름 같은 것이니까."

"말이 통하는 사람을 처음 만났구만."

군관은 잔잔한 미소를 띠었다. 오만이라기보다 체념했거나 도통한 사람 같은 말투였다.

"이거 말이 통하는 사람끼리 만나 반갑소. 이름은 뭐지요?"

"천한 인생이라 이름은 알아두 소용없을 겁니다."

"천하기로 말하면 나는 원래 뱃놈에 장사꾼이었소."

"정 알아야 쓰겠다는 말씀인가요?"

간이 큰 청년이었다. 적어도 자기가 장군이 된 후로 이렇게 나오는 사람은 처음이었다.

"그런 것두 아니오마는 기왕 말이 나왔으니 아는 편이 모르는 것보다 나을 것 같구만."

"그럼 좋은 쪽으로 해 드리지요 저는 이갑(以甲), 옆에 앉은 애는 아우 의갑(義甲), 그 옆은 같은 동네에 살던 돌쇠올시다."

"어쩐지 비슷하다 했더니 형제로구만."

"한 살 터울이올시다."

"종회 장군의 말씀으로는 글도 잘한다구 하던데 어디서 배웠소?"

"아버지한테 배웠지요."

"누구신데?"

"망국지민이올시다. 이름 없는 백성이지요."

청년은 말하고 싶지 않은 눈치였다.

"망국지민이라면 나두 망국지민이오. 우리 조상은 고구려 사람이었소. 나라가 망한 후 당나라 군사들이 짐승 사냥을 하듯 사람을 학살하는 바람에 맞서 싸우기두 하구 숨기두 하면서 생명을 부지했다오. 가족이 흩어지구 죽구, 말해서 무얼 하겠소. 그 후 대대루 사냥을 업으로 삼구 각처를 유랑했다지요. 오대조 호경(虎景) 할아버지 때까지도 멀리 북쪽에 계셨는데 짐승을 찾아 사냥을 하면서 남으로 내려오다가 송악 고을의 영안촌에서 좋은 배필을 만나 눌러앉았다는 거요. 지금은 성을 쌓아 영안성이라구두 부르지만 하여튼 그런 경위루 영안촌이 내 고향이 돼 버렸소. 그런 처지에 별수 있겠소? 대대루 장사나 하구, 배나 젓구, 생계를 이어오다가 세상이 뒤흔들리는 바람에 나 같은 것이 장군이다, 시중이다……, 생각하면 기구한 게 인간세상이 아니겠소?"

청년은 인물이었다. 놓치고 싶지 않다는 심정이 동하니 과묵한 왕건으로서는 전에 없이 자기 집안의 내력까지 길게 이야기했다.

"장군께서도 그런 사연이 있는 줄은 몰랐습니다."

청년은 옆에 앉은 아우와 속삭이고 나서 계속했다.

"어른의 말씀을 들었으니 안 하는 것두 예의가 아니구……. 저의 조상은 백제 사람으로 나라가 망할 때 장군의 조상들과 비슷한 고초를 겪었답니다. 금년으로 백제가 망한 지 꼭 이백오십 년 아닙니까? 후손들이 유랑민으루 흘러다니다가 신라의 서울까지 들어간 거지요."

"……."

"골품이니 뭐니 해서 자기들끼리두 핏줄을 따지는 신라 천지에서 망국민의 후예가 끼어들 틈이 없는 건 장군께서두 아시겠지요. 글을 해서 벼슬을 해보았자 사(史, 말단서기), 군대에 들어가야 항(項, 하사관) 이상으로 올라가는 법이 없으니까요."

"……."

"대개 땅을 파구, 그것이 싫은 사람은 하루 세 끼의 걱정은 없으니 졸병으로 들어가 세월이나 보내구."

"……."

"제일 편한 것이 의원이나 훈장이지마는 그것두 사람마다 됩니까?"

"춘부장께서는 글루 행세하신 것 같은데."

청년은 씩 웃었다.

"뭐가 행센지는 몰라두 서당 훈장을 했습니다. 남보다 좀 나은 데가 있었던가 부지요? 나중에는 나라를 주름잡는 자들의 애들을 모아 놓구 가르쳤으니까. 이래서 저의 형제들두 이름자나 쓰게 됐지요."

"그런 인연이라면 보답두 컸을 터인데."

"보답이오? 큼지막한 도장이 찍힌 종이 한 장 받았지요."

"벼슬을 했군."

"칠 년 전에 죽은 효공왕(孝恭王)이 칠부지루 등극했을 때 하루는 세
노가의 부인이 가마를 타구 와서, 마당에 자리를 깔고 어명을 받들 차비
를 하라더군요."

"……."

"우리 형제가 나가 삿자리를 깔구 찌그러진 밥상을 놓았습니다. 그때
는 열 살두 안 됐으니까 가슴이 떨리구 영문을 몰랐는데, 지금 생각하면
온 동네를 웃기는 얘기지요."

청년은 아우를 돌아보았다.

"목이 말라서……. 다음은 네가 해라."

"내가 무심했군."

왕건은 장막 밖에 서 있는 병정을 불러 냉수를 떠다 한 그릇씩 주고
자기도 한 모금 마셨다.

아우는 형과는 달리 얌전한 편이어서 조용조용 엮어 나갔다.

"지금보다두 더운 때였습지요. 양친께서는 부랴부랴 새 옷, 새 옷이
라야 빨래해 두었던 삼베옷이었습니다마는, 하여튼 새 옷으로 갈아입
고 나와 상자 앞에 무릎을 꿇었습니다. 부인을 따라온 시녀가 비단 보자
기를 풀고 상자를 열자 부인은 안에 있는 종이를 두 손으로 머리 위까지
받들었다가 읽었습지요. 우상(禹相)에게 서서감 통문박사(瑞書監通文博
士)를 제수하노라, 우상은 선친의 이름입니다, 하구 아버지에게 넘기니
떨리는 손으로 받아 쳐들었다 상 위에 놓았습니다. 그러구는 부인이 시
키는 대루 대궐 쪽을 향해서 네 번 절하구요. 부인은 이 망극한 성은을

잊지 말구 뼈가 가루가 되도록 충성을 다하라는 말을 남기구 엄숙한 걸음걸이로 대문을 나갔습지요……. 그뿐입니다."

"그뿐이라……."

"부인이 간 다음에 무겁지두 않은 상자를 넷이 맞들구 올라와 방에 들어갔지요. 서서감이란 궁중의 서적을 관리하는 관서로, 통문박사는 일명 광문박사(廣文博士)라고도 하는데 높은 벼슬은 못 되지마는 글을 잘하는 사람이 아니구는 못하는 벼슬이다. 잘해야 그 많은 책들을 다룰 것이 아니냐? 임금이 이러저러한 책을 가져오란다구 사람이 달려오면 지체 없이 척척 골라낼 수 있는 정도는 돼야 하거든. 또 행여 친히 물으시면 가르쳐 드려야 하구. 이러시면서 기뻐했습지요."

형이 끼어들었다.

"기뻐하시기는 어머니가 더 하셨지. 이제 나라에서 녹이 내리게 됐으니 가난을 면했다. 너희들 아버지께 술을 받아다 드려라……. 그런데 술값이 있어야지요. 무작정 오리병을 들구 형제가 달려 나가 외상술을 받아다 드렸구만요. 아버지는 술이 들어갈수록 기고만장하구. 어머니는 녹을 올렸다 내렸다 계산이구, 저희들은 남처럼 비단옷을 입어볼 날이 왔다구 가슴이 부풀구……. 지금 생각하면 웃겨두 대단히 웃겼지요."

"……."

"소문은 잔뜩 퍼뜨려 놓았는데 나오라는 말이 있나, 녹이 오나, 목이 빠지게 기다렸으나 한 달이 가구 두 달이 가두 종무소식이라, 제가 용기를 내서 그 집으루 찾아갔지요. 이러저러한 사람의 아들인데 만나자구 했더니 문지기란 놈이 다짜고짜 주먹으로 양미간을 쥐어박는 바람에 땅바닥에 나동그라졌다가 그냥 도망쳐 왔습니다."

"……."

"알구 보니 세도가들이 선심을 쓸 생각이 나면 하는 수작이라, 밤에 마누라가 여사여사한 사람에게 이만저만 했으면 좋겠다 하구 베개송사를 하면 다음 날루 되는 거지요. 남편이 궁중에 들어가서 몇 마디 하면 어린애가 무엇을 알겠습니까? 시키는 대로 도장을 누르는 거지요. 그래서 금성은 박사 천지라, 박사라면 웃기부터 했다니까요."

"……."

"낙심천만한 양친은 얼마 안 가 역질루 돌아가시구 어린 저희 형제는 이 집 저 집 돌아다니며 심부름을 하다 머리가 크니 참을 수 있어야지요. 여기저기 건달 장군들을 따라다녔는데 그 꼴두 못 보겠습디다. 흐르고 흘러 정선(旌善) 땅에서 농사를 짓다가 피해 다니는 은부를 숨겨 준 것이 인연이 돼서 결국 여기까지 흘러왔구만요."

"더 흐르지 말구 여기 머물러 보지."

"글쎄올시다."

이갑은 탐탁한 얼굴이 아니었다.

왕건은 세 사람과 점심을 같이 하고 돌려보낸 후 침상에 드러누웠다. 요즘 며칠 동안의 심로에 온몸이 노근해서 세상모르고 깊은 잠에 빠져들었다.

눈을 뜨니 해가 바다의 수평선에서 너울거리고 있었다.

하품을 하면서 일어나 앉는데 식렴이 문서를 들고 들어왔다. 나무랄 데 없는 글이었다.

"잘됐군. 능산 장군을 부르지."

식렴은 연락군관을 불러 능산의 처소로 보내고 물었다.

"저는 물러갈까요?"

"그냥 기다려."

키 큰 능산이 허리를 구부리고 장막 문을 들어서자 왕건은 식렴에게 일렀다.

"그 문서를 설명해 드리지."

식렴의 설명을 듣고 난 능산은 그것이면 됐다고 했다.

"무엇에 쓸 것이오?"

"가지구 다닐 것입니다. 이쪽 비밀문서라는 것두 주시구요."

"가지구 다니다니?"

"쇠둘레에 다녀와야 하겠습니다."

"지금이 어떤 때라구, 제 발루 호랑이 굴에 들어갈 셈이오?"

"말이 앞서는 건 싫구, 갔다 와서 말씀드리지요."

"가면 못 와요."

"장군, 은부를 그렇게 미련하게 보지 마십시오. 섣불리 장군을 건드리지 않을 터이니까 안심하시지요."

"내가 아니라 능산 장군 말이오."

"저를 건드리는 건 장군을 건드리는 게 아니겠습니까? 저를 해친다면, 저뿐이 아니지요, 장군 휘하의 어느 장수를 막론하구 장군을 해치기 전에는 손을 안 댈 것입니다. 한꺼번에 몰살할 수 있다면 몰라두."

"그럴까?"

"목표는 장군인데 저 같은 걸 건드리는 것은 호랑이 꼬리를 밟는 격이 아니겠어요?"

그럴싸한 이야기였다.

"저 휘뚜루 팔다리가 부러진 채색들은 어떻게 하실 작정이지요?"

"글쎄, 죽이지두 못하구 살리지두 못하구, 없는 군량에 밥만 축을 내니 그것두 골치구만."

"제가 쇠둘레에 데려다주면 어떨까요?"

"아-니, 일어서지두 못하는 병신들을 어떻게 데리구 간단 말이오?"

"길이 넓으면 마차나 하다못해 달구지에 줏어 싣구 갈 텐데 길은 좁구, 말에 태워 가지구 가는 수밖에 없지요. 다행히 저들은 모두 기병이라 제각기 말이 있지 않습니까."

"그것들이 어떻게 말을 탄단 말이오?"

"못 타지요. 하니까 우리 병정들이 한 필에 한 사람씩 안고 타는 수밖에 없지요. 제 호위병은 열 명 가량이면 족하구요."

왕건은 알아들었다. 자기들의 부상병을 하나 하나 안고 탔으니 복병이라도 함부로 공격을 못 할 것이고, 이백 명의 병력을 표도 안 나게 쇠둘레 성내로 넣을 수 있을 것이다.

무엇을 생각하는지 몰라도 능산은 결국 이백 명의 호위병을 거느리고 쇠둘레 성내를 휩쓸고 돌아다닐 수 있다는 계산이 나왔다. 건드리지 않는다면 대접은 안 하더라도 부상자들을 데리고 갔으니 괄시는 안 할 것이고, 필요하다고 내밀면 말도 그냥 타고 다니라고 할 수도 있으리라.

왕건은 이백 기를 거느리고 쇠둘레 성내를 보라는 듯이 시위하고 다닐 능산의 모습을 머리에 그리면서 역시 대담하면서도 생각이 깊은 인물이라고 생각했다.

"어떻게 하시렵니까?"

능산이 대답을 독촉했다.

"이 일은 일체 장군에게 맡기겠소. 소신대로 해 보시오."

"청이 하나 있습니다."

"무언데?"

"은부에게 보내는 글을 한 장 써 주십시오."

"내가 은부에게?"

"그렇습니다."

"능산 장군, 망녕이 아니오? 내가 그래 은부에게 보고하게 됐소?"

"보고가 아니라 편지 한 장이면 됩니다. 편지라는 거야 윗사람이 아랫사람에게 쓸 수도 있구, 경우에 따라서는 적에게도 쓸 수 있는 게 아닌가요?"

맞는 말이었다.

"무어라고 쓰면 좋겠소?"

"어느 쪽이 옳고 그르건 간에 많은 부상자를 내고 열 명이나 죽게 했으니 미안하다, 더구나 적도 아닌 우군끼리 이런 불상사가 났으니 성상을 뵐 낯이 없다, 황공하기 그지없으니 잘 말씀드려 달라, 이쯤 하면 어떨까요?"

"그건 사과문이 아니오?"

"그렇게두 볼 수 있습지요."

"그건 못하겠구만."

"이 일은 저에게 맡긴 줄로 알았는데 장군께서도…….

"아, 알았소. 써 드리지."

능산이다. 생각이 있을 것이다.

"식렴 장군, 지금 들은 대루 한 장 쓰시오."

식렴에게 이르는데 능산이 가로막았다.

"친필이라야 되겠는데요."

"왜?"

"의심이 많은 세상이라서요."

"친필이면 의심이 없어질 것 같소?"

"안 없어지지요."

"그럼 왜 하필 친필이오?"

"은부를 좀 만나야 쓰겠는데, 아래 있는 자들이 의심하면 초장부터 일이 안 될 것 같아서요."

"맡겼으니 만나서 어쩌자는 것인지 묻지는 않겠소. 친필이면 될 것 같소?"

"장군은 아직 자리에는 앉지 않았지마는 시중이시지요?"

"……."

"시중의 친필을 가지고 와서 친히 전하겠다는데 내용이야 어떻든 직함은 내군장군밖에 안 되는 자가 거설한다면 짓밟혀두 할 말이 없지 않겠습니까."

"그렇다면 할 수 없구만."

왕건은 등잔불을 켜고 내키지 않는 글을 써내려 갔다.

침상에 걸터앉은 능산은 훨씬 연하인 식렴을 쳐다보았다.

"자네한테두 부탁이 있네."

같은 장군이라도 왕건보다도 연배인 능산은 대선배였다.

"식량은 보름치는 싣구 가야 할 테니 오늘 밤 안으로 마련해 주게."

사흘치밖에 안 남았던 식량이 오늘도 다 갔으니 이틀분밖에 없다. 종희가 어떻게 해 본다지마는 믿을 수 없고……, 이런 판국에 부상한 채색들은 도외시하더라도 그들을 데리고 갈 이백 명의 보름치는 여기 있는 이천 명 전 병력의 하루분을 훨씬 넘는 분량이다. 식렴은 대답을 못하고 망설이는데 왕건의 목소리가 울렸다.

"말씀대루 해 드려."

"그럼 저는 지금부터 나가 서둘러야겠습니다."

식렴은 물러갔다.

왕건은 편지를 봉하면서 침통한 얼굴이었다.

"장군을 사지에 보내는 것만 같아 마음이 언짢구만."

"과히 걱정 마시구, 제가 돌아올 때까지 성묘두 하시구 고향 친구들과 어울리기두 하시면서 마음을 느긋하게 가지시지요."

이별주라도 나누자고 했으나 능산은 일찍 자야겠다고 나가 버렸다.

다음 날 동이 틀 무렵 능산이 거느린 기마행렬은 정주를 떠나 느릿느
릿 움직이기 시작했다.

기묘한 행렬이었다. 선두의 능산 직속 호위대 십여 기를 제외하고는
한 필에 두 명씩 타고, 때 묻은 삼베군복의 병정이 제각기 채색 옷의 부
상자를 한 팔에 안고 한 손으로는 말고삐를 잡고 있었다.

두 줄로 달릴 수 있는 길은 곧 끝나고 좁은 길에 들어서자 한 줄로 굼
벵이같이 움직였다. 채색들은 걸핏하면 아우성이라 그들의 아우성에
맞춰 가자니 세월이 없었다.

떠나기 전에 능산이 단단히 조심을 시킨지라 병정들은 흡사 채색들
의 종이었다. 안장 위에서도 되도록 아프지 않게 되도록 편하게 모시고,
물을 마시겠다면 표주박으로 대령하고, 개중에는 대소변까지 받아 내는
축도 있었다.

전송 나온 왕건은 멀어져 가는 행렬 중에서도 선두의 능산만 주시했
다. 사나이 중의 사나이, 그는 결코 살아서 돌아올 생각은 없을 것이다.
그러면서도 그런 내색은 하나 없고.

이래야 하는가? 왕건은 가슴이 싸늘했다.

그를 보내고 돌아와 장막으로 들어가려는데 뒤에서 다가오는 말굽
소리가 들렸다. 아래위 모두 하얀 모시를 입은 종희였다.

"군인이 군영으로 들어오는데 모시적삼에 모시잠뱅이가 뭐야?"

장막에 들어서자 왕건이 한마디 했다.

"자슥아, 군인 폐업했다. 이젠 네 부하두 아무것두 아니니 그리 알구
대접해라."

그는 침상에 벌렁 드러누웠다. 먼발치로 보았는지 식렴이 숨을 허덕

이며 들어와 물었다.

"식량은 어떻게 됐습니까? 오늘치밖에 없는데."

"됐다. 오늘 오정이면 배가 들어온다."

식렴은 살았다는 듯이 한숨을 쉬고 나갔다.

"수고했다. 어디서 구했는지는 몰라두 값은 꼭 갚는다."

종희가 침상 위에 일어나 앉았다.

"뭐? 공짜루 먹어 버릴 생각두 없지 않았단 말이야?"

"아니다."

"그럼 쓸데없는 소리는 왜 해?"

"그건 그렇구, 너를 구해 온 군관이라는 청년, 인물이더라."

"인물이지."

"어떡하면 좋을까?"

"전원으로 돌아가겠다는데 소원성취를 시켜 주면 되잖아?"

"땅을 마련해 달라는 것두 아니구 제 갈 길을 갈 테니 놓아만 달라는
데 방법이 있어야지."

"놓아주면 될 거 아냐?"

"너두 사람이야? 그렇게 신세를 지구두 보답할 생각조차 안 하니 짐
승이지 분명히 사람은 아니다."

"이 종희는 이제부터 산절로 수절로다. 게다가 생각해 봐. 내게 돈이
있나, 권세가 있나, 도리 없다 이거다."

"머리를 빌려 달라구 했지 돈을 달랬나, 권세를 빌자고 했나, 인간이
왜 그래?"

"그런 데 쓸 머리는 싸악 없어졌다."

"네가 마음을 돌리면 그 청년두 따라온다."

"꼬시는구나."

"꼬신다."

"너는 훌륭한 부하들이 많은 데다 성품이 좋아서 장지장(將之將)이라 성공하게 생겼다."

"마음을 돌렸단 말이지?"

"아니다."

종희는 또 벌렁 드러누웠다.

다음 날은 쾌청한 날씨였다. 능산이 떠나기 전 날에 하던 말대로 머리도 쉴 겸 장막을 나섰다. 부장 금언에게는 며칠 걸리겠다고 일러두었다.

생사의 갈림길에 와 있다. 옛날 자라던 산천과 친근한 벗도 찾고 부모의 산소를 찾아 하직인사를 해 두는 것도 마음을 정리하는 방편일 것이다. 저승에 가도 깨끗한 머리로 가고 싶었다.

일행은 종희, 이갑 형제와 돌쇠.

가까운 세달사부터 찾아 허공 스님의 사리탑에 절하고 뒷산으로 올라갔다. 선종의 어머니 묘소는 시키지 않아도 중들이 깨끗이 관리하고, 그가 죽으면 들어가겠다고 세운 사리탑도 제자리에 있었다.

왕건은 절했으나 종희는 절하지 않았다. 왜 안 하느냐고 물었더니 선종에게 신세를 졌는지 피를 보았는지 판단이 안 선다는 대답이었다.

산을 내려와 다시 말을 타고 비탈을 돌아 부모의 산소를 찾았다. 이번에는 종희도 절했다.

왕건은 생전에 아버지가 앉아 한없이 서해를 바라보던 잔디밭에 앉았다. 아름다운 산과 바다, 아버지는 여기서 무엇을 생각했을까?

같은 자연에서 태어났건만 산수는 평화롭고 인간은 쓸데없이 분주하고 소란을 피우고 피를 흘리고 있다. 자신도 그 소용돌이 속에서 춤추고…….

"가자. 괄괄이가 점심을 차려 놓구 기다릴 게다."

종희가 독촉했다.

그들은 예성강 남안을 따라 말을 달려 영안성으로 들어갔다. 괄괄이, 꽈배기 등 옛 친구들이 다 모여 있었다.

종희는 이번에 자기를 살려 낸 은인들이라고 세 사람을 두루 돌아가면서 소개했다.

그러나 그들은 한자리에 앉는 것을 극구 사양하고 옆방에서 점심을 들고는 강가에 나갔다.

"왕거미는 사람을 꼬시는 데는 남다른 재간이 있다니까. 이갑이구, 의갑이구 또 뭐더라? 돌쇠구, 나한테는 이름조차 안 대더니 왕거미에게는 조상의 내력까지 불었다잖아?"

종희가 한마디 하자 괄괄이가 받았다.

"그러니 인걸이지."

"사람을 잘 꼬시는 게 인걸이야?"

"그럼. 꼬셔서 끝까지 잘 부리면 그게 인걸이지, 딴게 인걸인가?"

"내사 모르겠다. 하여튼 그 인걸이 굶어서 숨이 팔딱팔딱하게 생겼으니, 어제 얘기한 대루 너희들, 좀 먹여 줘야겠다."

꽈배기가 불쑥 왕건의 배를 만졌다.

"이 친구 왜 이래? 만지려면 미인의 배를 만져야지."

왕건은 뒤로 물러앉았으나 꽈배기는 그대로 늘어붙어 배에다 대고 손을 빙빙 돌렸다.

"내가 이래 봬두 배 관상을 좀 보는 터수라, 보아한즉 굶을 뻔하다가 계속 포식할 상이로다."

좌중은 허리를 꺾고 웃었다.

"왕거미야, 이제 막판 아니야?"

괄괄이였다.

"그런가 부다."

"장사두 막판이 중요하더라. 끝까지 내밀어야지 도중에서 머뭇거리거나 물러서면 모든 게 허사라, 냅다 밀어. 식량은 걱정 말구. 필요하면 금덩이두 가져가라. 우리 모두 합의를 보았다."

"고맙다."

왕건은 진정으로 고마워 어린아이처럼 머리를 숙였다.

"바람이냐? 아니로다. 비냐? 아니로다. 쾌청한 날씨냐? 그렇도다."

꽈배기의 익살에 또 한 번 웃음이 터졌다.

왕건은 권하는 식사를 들면서도 생각은 쇠둘레로 간 능산을 떠나지 않았다. 그의 이번 걸음으로, 좋든 궂든 결판이 날 것만 같았다.

구출작전

종희는 이갑 형제와 돌쇠를 조카가 관리하고 있는 옛집에 묵게 했다. 담 하나 사이를 둔 조카는 임시로 그들의 시중을 들 중년 부인을 구해 오고 음식에서 빨래에 이르기까지 극진히 돌봐주었다.

처음에는 이 고장 구경도 시키고 대접도 할 겸 함께 다닐 생각이었으나 이갑이 반대하고 나섰다.

"형씨, 구경은 하겠는데 우리 멋대로 하게 내버려둘 수 없겠소?"

"왜 그러시오?"

"남의 꽁무니만 따라다니자니 힘들구만. 형씨네두 우리 눈치를 봐야 할 때가 있을 것이구, 피차 멋대로 합시다."

"멋대로라, 내 마음에 들었소."

이리하여 그들 세 사람은 종희의 옛집을 근거로 자고 싶으면 자고 나가고 싶으면 나가고, 마음대로 행동했다.

결국 왕건은 종희와 단둘이 돌아다니게 되었다. 그는 이승을 하직하는 심정이고, 종희는 멀리 떠나 다시는 돌아오지 않을 심정인지라 공동의 고향을 마지막으로 두루 살피는 마음은 통하는 데가 있었다.

예성강가, 어려서 친구들과 놀던 바위를 보면 누가 먼저라고 할 것도 없이 시간 가는 줄 모르고 앉아 흐르는 강물을 바라보았다.

말도 없었다.

봄이면 설리랑 함께 올라가 꽃을 꺾고 서해를 바라보던 산에 올라서니 한숨도 나왔다. 인생이란 결국 이렇게 끝나는 수밖에 달리 뾰족한 도리가 있을 것도 아니었다.

종희는 한숨짓는 왕건을 한번 힐끗 돌아보았을 뿐 나무 그늘에 앉아 바다를 바라보고 있었다.

그러면서도 왕건은 현실을 털어버리지 못했다. 옛 친구 괄괄이의 말마따나 막판이다. 저승과 이승에 두 다리를 걸치고 있는 형국이었다.

저승을 생각하면서도 이승을 골똘히 생각하고 계획하고 있었다.

모순이었다.

알면서도 어쩔 수 없는 일이었다.

은부는 자기의 음모가 드러난 것을 알고 분주히 대책을 세우고 있을 것이다. 환선길 휘하의 쇠둘레 군만도 대적하기 어려운데 고을에 있는 군대까지 합세하면 도시 말이 안 된다.

그들의 대장들은 허울 좋은 이름 아래 쇠둘레에 연금되고 딴 사람이 대신으로 내려가 있다. 은부가 어명을 사칭하여 출동을 명령하면 얼마든지 움직일 수 있을 것이다. 이들은 지금도 선종의 건국정신에 투철한 강병들이요, 선종은 그들의 우상이며 무조건 충성이다.

그들을 양성한 공신들이 진상을 폭로하면 돌아서겠지만, 연금되어 있으니 은부는 협박해서 입을 못 열게 할 수 있을 것이다.

정면대결은 가망이 없다.

임금의 친위군을 저 모양으로 만들어 놓았으니 은부는 이것을 거꾸로 이용해서 이 왕건을 역적으로 몰고 토벌할 준비를 하고 있을 것이다.

이런 속에 능산이 부상한 자들을 싣고 간다면 어떻게 될까? 초창기부터 선종을 따라나선 만큼 유력한 장수들과 친분이 있는지라, 그 친분을 믿고 떠난 것은 짐작이 가지마는 과연 믿어 줄까?

그들은 한결같이 선종의 충신들이다.

나주에 가도 본국의 지원 없이는 얼마 못 가 견훤에게 짓밟힐 것이고 ……. 만약의 경우에는 함선으로 서해를 북상하여 평양 일대를 점령하고 기회를 보는 것이 어떨까?

억만 가지 생각을 다 했다.

조금 떨어져 바다를 바라보던 종희가 돌아보았다.

"고물고물 생각하는 모양인데 세상은 될 대로밖에 안 된다구 하잖았어? 내일은 내일이구, 우리가 자라난 저 바다를 봐라. 가슴이 트일 게다."

왕건은 말없이 그의 옆으로 가서 나란히 앉았다.

건강한 사람이 말로 달리면 하루에 갈 길을 사흘 반 걸렸다.

부상한 채색들 때문에 늦은 것도 사실이지마는 어두운 길을 가다가는 은부가 매복했다는 복병들에게 오인을 받아 습격을 받을 염려가 있었다.

해만 떨어지면 야영을 하고 다음 날도 밝아서야 길을 떠났다.

수없이 다닌 길, 종희보다도 군대생활이 오랜 그는 종희 못지않게 이 일대의 지리에 밝았다. 어디쯤이면 비탈이 있고 어디는 좁은 계곡이라 복병이 있으리라고 예측한 고장에서는 어김없이 창을 든 병정들이 나타나 길을 가로막았다.

그가 짐작한 대로 지형에 따라 눈에 보이는 것만도 수십 명에서 수백 명, 협격(挾擊)에 알맞은 고장에는 숲 속에 감춘 기병들도 간혹 눈에 들어 왔다.

외지생활이 오랜지라 군관들 중에도 그를 알아보는 사람은 드물고 대개는 누구냐는 질문부터 나왔다. 그때마다 따라붙은 군관이 나섰다.

"능산 장군이시다."

얼굴은 몰라도 태봉국의 군인 치고 그의 이름을 모르는 사람은 없었다. 대개는 군관들끼리 사연을 묻고 대답하면 그대로 통과시켰으나 위험한 고비도 있었다.

한 계곡에서는 능산이라는 이름을 듣고 군관이 피리를 부는 바람에 수백 명이 창을 들고 에워싼 일도 있었다.

"역적 왕건의 앞잡이다. 어떻게 죽여 줄까?"

능산은 길을 떠난 후 처음으로 입을 열었다.

"너는 누구의 부하냐?"

"홍술 장군의 부하다. 어쩔 테야?"

"왕건 장군은 역적도 아니지마는 우선 행렬부터 훑어봐. 나를 죽이구 무사할까?"

성급한 군관은 그제서야 이 기묘한 행렬을 눈여겨보고 사연을 물었으나 능산은 대답을 하지 않았다.

바로 뒤 마상에 병정의 품에 안긴 채색 군관이 겁에 질린 소리로 울부짖듯 했다.

"나, 내군장군의 사촌동생이다. 여기서 건드리면 우린 다 죽는다."

그를 안은 병정은 단도로 그의 목을 겨누고 있었다.

병정마다 단도를 빼어 자기가 안고 있는 채색을 겨누는 바람에 사태를 알아차린 채색들은 저마다 비명을 지르고 비명은 산울림으로 퍼져

갔다.

덮어놓고 사람 살리라는 자도 있고, 이러지 말라고 애원하는 자도 있고, 각양각색이었다.

군관은 할 수 없이 통과시키면서도 홧김에 한마디 내뱉었다.

"새끼들, 돌아올 때 보자."

능산은 속도를 조절해서 대낮에 쇠둘레성으로 들어갔다. 성문에서도 초병들이 가로막았으나 다른 사람이 무어라기 전에 은부의 사촌동생이 큰소리를 치는 바람에 간단히 통과되었다.

채색들도 그동안 언제 어떻게 죽을지 모르는지라 성안에 들어오자 사지에서 벗어난 듯 길게 한숨을 내쉬었다.

길 가던 쇠둘레의 백성들은 발을 멈추고 이 기묘한 행렬을 바라보고 입을 헤벌렸다. 도무지 듣지도 보지도 못하던 광경이었다.

쇠둘레에서는 하늘 높은 줄 모르고 활개를 치는 채색들, 그것들이 수백 명이나 머리가 깨지고, 팔다리와 갈빗대가 부러졌으니 일어나도 큰일이 일어난 모양이다.

소문이 퍼지고 불안의 바람이 일기 시작했다.

능산은 그들을 이끌고 곧바로 내군부를 찾았다.

대궐의 초장(哨長)은 내막을 알고 있는 눈치였다.

도망쳐 온 병정들로부터 이야기를 들었으리라.

그는 능산에게 깍듯이 인사하고 시키는 대로 휘하의 채색들을 동원하여 들것으로 부상자들을 어디론지 옮겨 갔다.

부상자들이 사라지자 초장은 능산에게 요구했다.

"수고 많으셨습니다. 부상자들을 인계해 주셨으니 마필두 돌려주시지요."

"네 눈으로 보다시피 사흘 반 동안 밤낮 자지도 못하구 부상자들의 시중을 들고 온 사람들이다. 걸을 기운조차 없으니 며칠 빌려줄 수 없겠느냐?"

"그럼 푹 쉬게 하시지, 마필은 무엇에 쓰겠습니까?"

"모두 나주에서 공을 세운 군사들인 데다 쇠둘레는 처음이다. 좀 쉬고 구경도 해야 할 게 아니냐?"

"내군장군의 승낙을 받아야 합니다."

"그러잖아두 내군장군을 만날 일이 있다."

"무슨 일인데요?"

"왕 시중의 편지를 가지구 왔다."

초장은 군말 없이 안으로 들어갔다.

내군부는 대궐 정문을 들어서면 바로 우측이기에 곧 나올 줄 알았으나 한낮에 들어간 초장은 해가 기울기 시작해서야 돌아왔다.

병정들은 말고삐를 잡고 길가에 앉아 주먹밥을 씹으면서 투덜거렸으나 능산은 잠자코 궐문 밖을 왔다 갔다 거닐었다.

쥐도 새도 모르게 처치하려던 종희가 탈출해서 정주에 갔다는 것은 도중에서 쫓겨 온 병정들과 도망쳐 온 채색들로부터 소문을 들었을 것이요, 도중에 복병을 매복한 자기들의 음모가 탄로 난 것도 모를 까닭이 없었다.

담 하나 사이에 두고 이백 명 가까운 부상자들을 인계하는 소동도 누군가 알렸을 것이니 알고 있을 것이다.

일당이 누구누구인지는 몰라도 우선 이 능산을 처치하느냐 안 하느냐, 아마 그 문제로 의견이 구구해서 시간을 끈다는 것은 짐작이 가는 일이었다.

능산은 은부와는 면식이 없었다. 쇠둘레에 있는 일은 드물고 외지를 돌아다녔기 때문에 소문만 들었지 직접 만나 이야기한 일은 없었다. 돌아온 군관은 정중했다.

"들어오시랍니다."

능산은 관례대로 옆에 찬 칼을 초소에 맡기고 안으로 들어가면서 부하들에게 큰 소리로 일렀다.

"내가 나올 때까지 한 명도 이 자리를 움직여서는 안 된다."

그는 기다리는 동안 가지고 온 문서를 심복 군관에게 맡기고 은밀히 지시도 내려 두었다. 해가 떨어지기 전에 나오지 않으면 내게 변고가 난 것이니 시비를 걸어 들이치라고.

종희로부터 들어 궁중 사정을 알고 있었다. 내군부의 현유(現有) 병력은 삼백 명, 하루씩 교대니 백오십 명일 것이요, 이쪽은 이백 명이다. 정예만 고른 이백 명이라 채색들은 상대도 안 되고 설사 응원병이 와서 전멸한다 해도 한두 명은 살아 도망칠 수 있을 것이다.

그리하여 은부란 놈이 맨몸으로 들어간 능산을 해쳤다고 소문이 퍼질 것이고 왕건은 세상의 동정을 받고 들고일어날 명분도 생길 것이다.

천하 사람들이 자기가 살 도리만 생각한다는 것이 왕건의 생각이지마는 그런 것만도 아니다. 우선 지금은 은부에게 붙었지마는 자기와 가까운 장수들만 생각해도 그런 사람들이라고 할 수는 없었다.

궁중이라 능산은 정중한 자세로 걸어 들어갔다.

은부는 왕자(王者)나 다름없었다.

그의 방에 이르기까지 두 번이나 정지를 당했다.

"왕 시중의 친서라는 것을 좀 봅시다."

능산은 아무 소리 않고 내보였다.

봉서(封書)인지라 뜯지는 않았으나 여럿이 이마를 맞대고 앞뒤를 이리 훑고 저리 훑고 속삭이다가 통과시켰다. 친필에 틀림없다는 판정이 내린 모양이었다.

문전에서는 몸수색을 당했다. 머리에서 발끝까지, 심지어 신발까지 벗길 정도로 엄격했다.

능산은 임금 선종과 같은 또래로 공으로나 연배로나 또 품계(品階)로나 은부와 댈 바가 아니었다. 그러나 그는 이 굴욕을 참으면서 시중도 앉아서 부른다는 은부의 위치를 피부로 느꼈다.

그러나 막상 방안에 들어서니 공기가 달랐다.

큰 방 끝에 앉았던 은부는 달려 나와 깊숙이 머리를 숙이고 자리를 권했다.

"대선배를 기다리시게 해서 죄송하기 그지없습니다. 긴한 회의가 있어 아무도 들이지 말라구 했더니 저 우둔한 것들이 장군마저 홀대해서 뵐 낯이 없습니다."

"괜찮습니다."

능산도 정중하게 나가면서 그를 뜯어보았다. 삼십 대 중반, 작달막한 키에 웃음을 잃지 않는 얼굴, 그러나 광채가 나는 두 눈에 재기(才氣)가 넘쳐흘렀다.

"전에 제가 억울한 누명을 쓰구 관작을 삭탈당한데 그치지 않구 죽을 뻔한 것을 살려 주신 건 왕 장군이십니다. 짐승이 아니구서야 그 은혜를 잊겠습니까? 이번에 시중으로 임명하신다는 어명을 듣구 어떻게 반가웠던지 그날 밤은 친한 친구들을 모아 놓구 한자리 베풀었지요."

"고마우신 일입니다. 두 분 폐하께서는 강녕하신지요?"

고을의 주장도 아닌 부장이 임금을 직접 뵙자고 할 수도 없어 이렇게 운을 떼었다. 종희가 전한 것은 일 년 전 일이다. 그 후 궁중 사정에도 변동이 있을 수 있으리라. 그러나 은부는 거침없이 대답했다.

"강녕하시지요. 다만 두 분 아드님의 마마가 아직 낫지 않아 지금 두 분께서는 불전에 기도 중이십니다."

여전하구나, 능산은 생각하면서 왕건의 편지를 꺼내 그에게 건넸다.

은부는 편지를 두세 번 읽고 탁자 위에 놓으면서 극구 칭송이었다.

"왕 시중은 역시 인물이올시다. 익은 이삭이 고개를 숙인다구 아무리 높이 되셔두……, 아니 높이 되실수록 겸손하시니 나라에 이런 분이 계신 것만 해두 마음 든든한 일이지요."

능산은 말머리를 돌렸다.

"이번에 불상사를 일으킨 병정들 중에는 제 부하도 있는데 죄송합니다."

"아니올시다. 도망처 온 병정들로부터 들었는데 잘못은 이쪽에 있습니다. 제가 사과드리지요. 또 먼 길을 그 못된 것들을 데려다주시니 무어라 감사해야 할지 모르겠습니다."

말도 잘하는 인물이었다.

"그렇게 생각해 주시니 감사합니다."

"그런데 장군, 성지를 받들어 정주에서 오시는 어른들을 잘 모시라구 순군부에 부탁해서 도중 몇 군데 병정들을 보냈더니 개중에는 실례 막심한 자들도 있었다고 들었습니다. 제가 사과하는 동시에 곧 조처하겠습니다."

복병 얘기를 이렇게 돌리는구나. 이쪽은 걸음이 느렸으니 반나절 안으로 보고가 왔을 것이다.

"병정들이란 원래 그런 게 아닙니까. 몰라서 그랬겠지요."

"아니지요. 그 소리를 듣고 모두 당장 철수하는 것이 좋겠다구 했으니 오늘 내일 안에 다 철수할 것입니다."

"그런 거야 대수로울 것두 없는 일이구 한 가지 모를 일이 있습니다."

"무슨 일인데요?"

"이천 명을 한꺼번에 휴가를 보내라는 성지신데, 한때나마 태봉국의 병력은 이천이 줄어드는 것이 아니겠습니까?"

"저두 그게 걱정이 돼서 여러 번 말씀드렸습니다마는 또 한 번 말씀드려 보지요."

"그럼 하회를 기다릴까요?"

능산은 그를 똑바로 보았다. 그러나 은부는 여전히 웃는 얼굴로 태연히 대답했다.

"오늘이라도 기도만 끝나시면 성상께 아뢰지요. 허지만 원체 바쁘셔서⋯⋯. 참, 또 사과드릴 일이 있는 걸 잊었군요. 아까 초장이 그렇게까지 수고한 병정들더러 말을 내놓으라고 했다니 얼마나 심기가 불편하셨겠습니까? 이것은 내군부의 말들이니 제 뜻대로 할 수 있습니다. 돌아가실 때에도 모두 타고 가도록 하시지요."

"고맙습니다."

능산이 일어서려고 하는데 은부가 정색을 하고 아주 억울한 표정을 지었다.

"장군, 기르던 개한테 물린다는 속담대루 저는 요즘 그런 꼴을 당하구 있습니다."

"⋯⋯."

"지금 정주에 도망가 있는 이갑이란 놈 말입니다. 이게 저의 신임을 저버린 것까지는 모른 척할 수두 있습니다마는 어명을 조작해 가지구 종희 장군을 참수형 어쩌구⋯⋯. 참 기가 막혀서. 그런 어명이 내린 일 두 없구, 근신두 풀려서 종희 장군은 지금두 비룡성령이십니다."

"그렇습니까?"

능산은 이런 말까지 서슴없이 나올 줄은 몰랐다.

"정주에서는 그 협잡꾼의 말을 그대루 믿겠지요?"

"믿습니다."

"그렇겠지요. 그거 협잡꾼입니다. 이 세상일에 뜻두 없구 욕심두 없는 척은 안 합디까?"

"글쎄요. 얘기를 나눈 일이 없어서 모르겠습니다."

"다른 건 차치하구 어명을 사칭한 걸 아시면 왕 시중께서두 가만 안 두실 겁니다."

"……."

무슨 뜻일까? 왕건을 걸고 넘어갈 조목을 하나 만들자는 것일까? 능산은 판단이 서지 않았다.

"그 증거루, 근신 중에 어명으로 배치됐던 병정들두 철수하구 녹두 꼬박꼬박 나가구 있습니다. 성상께서도 그렇구, 중전께서는 더구나 지친이신지라 여간 걱정이 아니십니다."

"고마우신 일이지요."

능산은 이렇게밖에 응대할 길이 없었다.

"종희 장군이라면 태봉국에서는 큰 공신인데 이렇게 되구 보니 참 난감합니다. 저로서는 하느라구 했는데 결국 저만 죽일 놈이 되구, 종희 장군 자신은 물론, 그 소리를 들은 왕 장군 이하 여러분께서도 저를 좋게 안 보실 줄로 알구 있습니다."

"……."

능산은 대답을 하지 않았다.

"여간해서 믿겠습니까? 저도 안 믿을 터인데. 그러니 기왕 오신 김에 종희 장군의 가족을 찾아보시구 돌아가실 때에는 모시구 가도록 하시지요."

이것은 생각지도 못한 일이었다.

"종희 장군의 가족을요?"

"그렇습니다. 지금 자리가 싫어서 딴 자리를 희망하시면 그것도 좋고, 그냥 고향에 눌러 사시겠다면 그것도 무방하다는 것이 성상의 뜻이올시다."

말대로라면 정주에서는 쓸데없는 풍파가 일어났고 천하는 태평이었다.

"모처럼 오셨으니 저녁식사라도 같이 하십시다."

"고맙습니다마는 부하들이 밖에서 기다려서요."

"그렇군요. 또 보십시다."

은부는 궐문 밖까지 나와 공손히 전송했다.

능산은 가족을 나주에 두고 왔기 때문에 쇠둘레의 집은 나이 들어 갈데 없는 옛 부하 부부가 지키고 있었다.

친지를 찾을 병정들은 자유로이 가고, 갈데없는 부하들은 집 밖 채소밭에 장막을 치고 침식을 하게 했다.

인구가 희박한 때라 성안에도 빈터는 얼마든지 있고 농토도 적지 않았다.

그는 식사를 마치고 생각했다.

은부는 소문보다 몇 배나 머리가 비상하고, 음모가 탄로 났건만 그럴 듯하게 꾸며대는 것이 보통이 아니었다. 마마 얘기가 아니었던들 자기도 곧이들을 뻔한, 탓할 여지 없는 대답이었다.

통도 컸다. 세상풍파를 겪을 대로 겪은 사람이 아니라면 자기도 속아 넘어갔을 것이다.

들통이 났으니 전략을 크게 바꾸고 쳤던 그물의 위치를 바꾸는 데 불과하다는 것은 뻔한 일이다. 어떻게 나올 것인가? 그것은 자기도 짐작이 가지 않았다.

여간내기가 아니니 어떻게든 일은 칠 것이다. 그러나 재주도 어지간해야지 지나친 감이 있다. 있는지 없는지, 혹은 재주에 가렸는지, 덕(德)

이 보이지 않고 무게가 부족한 듯했다. 그러나 자기를 해쳐야 돌아올 것은 손해뿐이라는 정도는 알 만한 인물이었다.

내던졌던 목숨을 다시 주운 셈 치고 일찍 잠자리에 들려는데 바깥이 와자지껄하면서 세 사람이 술병과 안주 꾸러미를 들고 들어 왔다.

홍술, 백옥삼, 사귀 모두 선종의 초창기부터 그를 따라 일개 병졸로부터 올라온 장군들이었다.

특히 이들과는 친해서 생사를 같이하자고 맹세한 일까지 있었다.

모두 같은 나이 또래, 군대 안의 위치도 비슷하고 한결같이 선종에게는 다시없는 충신들이었다.

그런 그들이 은부의 수족으로 놀고, 은부와 손을 잡은 환선길의 핵심이라니 도무지 이해가 가지 않았다. 이들이 돌아선다면 은부고 환선길이고 도끼 없는 도끼 자루에 불과하리라.

아무에게도 이야기하지 않았지마는 이번 길을 자청해서 나선 것은 이들을 만나서 마음을 돌려보자는 데 목적이 있었다.

"너 어쩌자구 역적놈의 심복이 됐느냐, 마음을 돌리라구 이렇게 몰려 왔다."

노병 부부가 그들이 가져온 것으로 술상을 차려오자, 그중에서도 연배요 좌상격인 홍술이 터놓고 나왔다.

"역적이라니 누구를 두구 하는 말이냐?"

"왕건이란 놈 말이다."

"왕건이 왜 역적이지?"

"세상공론이 다 그렇게 돌아가는데 너만 모른단 말이냐?"

"밑두 끝두 없이 무슨 소리야?"

다른 두 사람도 끼어들었다.

"세상공론이라는 것이 밑이 있구 끝이 있는 거야? 공론이 그러면 그런 거지."

"그래, 너희들두 그걸 믿는단 말이지?"

"믿는다."

세 사람은 합창이라도 하듯 대답했다.

똑 찍어 말할 수는 없으나 은부, 종뢰 일당이 은근히, 특히 군대 안에 퍼뜨린 소문일 것이다.

"나주에 독립왕국을 세우려는 것을 못 본 체 용서하고 다시 시중으로 불렀는데, 정주에서 또 수작을 부린다지? 대갈통을 부숴야지. 얌전한 줄 알았더니 뒷구멍에서 호박씨를 까구."

사귀는 이런 말도 했다.

이들의 머리에까지 이쯤 박혔으면 다른 군인들이 어떠리라는 것은 짐작이 갔다. 몇 마디로 될 일이 아니었다.

"그런 얘기는 차차 하구 이렇게 다 모인 것은 십 년두 더 되는 것 같다. 여기서 하룻밤 같이 자면 어때?"

능산의 제의에 모두 찬성이었다.

세 사람은 밤을 새워서라도 능산을 설복할 기세였다. 누가 시킨 것일까? 능산은 생각하다가 혼잣소리같이 뇌까렸다.

"이눔의 세상 더러워서 못살겠다."

"왜?"

사귀가 묻고 모두 그를 바라보았다.

"이 나라가 설 때까지 얼마나 많은 사람들이 죽구 병신이 됐지? 우린 다행히 살아남아서 장군입네 하지마는 사방 둘러봐. 더럽잖아?"

"뭐가?"

백옥삼이었다.

"그렇게 해서 나라를 세워 놓고 보니, 붓대를 들구 살살 피해 다니던

쥐새끼 같은 것들이 대신이다 뭐다 해서 위에 올라앉아 호령하구 떵떵
거리구, 나 더러워서."

"그런 사람 누가 있어?"

"시중이라는 구진부터 그렇잖아? 그 서당훈장 나부라기가 꿍무나
뺐지 언제 싸운 일이 있어?"

"그건 그래."

"그런 자가 위에 올라앉구 싸운 우리는 밑에서 굽신거리구……. 더
럽잖아?"

"배우지 못한 죄지. 우리를 그 자리에 앉혀두 까막눈이 어쩔 것이야?"

홍술이었다.

"하긴 그렇다마는 요즘은 은부란 애가 설친다지? 그애가 언제 전쟁
구경이나 했어? 붓대나 놀리구 입이 까져 어찌어찌하다 내군장군이라,
요새는 시중두 기를 못 편다면서?"

"다른 사람은 몰라두 그 새끼는 없어져야 해."

홍술의 한마디에 다른 사람들도 동조했다.

"그런데 너희들 어쩌다 소도둑 같은 환선길의 휘하에 들어갔지? 특
히 너 홍술이는 그 부장이라면서?"

"부장이다. 좋아서 들어간 줄 알아? 어명인데 받들어야지."

누가 시키지는 않은 모양이다. 시켰다면 오히려 안 왔을지도 모를 위
인들이다. 능산은 터놓고 얘기했다.

"어명?"

"그래, 어명이다."

"성상께 직접 받은 어명은 아니지?"

"직접 안 받으면 어명이 아냐?"

"은부란 놈이 전한 어명이지?"

능산은 종희에게서 들은 바가 있는지라 짐작한 대로 말했다.

세 사람은 마주 보고 홍술이 또 물었다.

"네가 어떻게 알지?"

"먼 발치루라도 좋다. 너희들 성상을 뵌 지 얼마나 되지?"

"이 년은 더 되구, 삼 년쯤 되지 아마."

"태자를 뵌 지는?"

"나주에서 돌아오신 게 언제더라?"

"그때 이 능산은 나주에 있어 잘 안다. 작년 칠월이다."

"그때 돌아오시는 걸 영접하구는 뵌 일이 없으니 일 년 가까이 되는구나."

"이상하다구 생각한 일두 없구?"

"뭐가 이상해?"

"모두 알구 있는 줄 알고 공연히 큰일 날 소리를 했구나. 그만해 두자."

능산은 입을 다물어 버렸다. 대단한 비밀을 알고 있는 듯한 능산. 세 사람은 호기심이 동해서 더욱 졸랐으나 능산은 좀처럼 입을 열지 않고 뜸을 들일 대로 들였다. 부하를 많이 다뤄 본 그는 사람의 심리를 알고 있었다.

"생사를 같이하기로 한 친구끼리두 말 못할 비밀이 있다는 거야, 아니면 왕건이 입을 열지 말라고 한 거야?"

홍술이 역정을 냈다.

"이건 비밀 중의 비밀이다."

이렇게 전제한 능산은 놀라운 이야기를 시작했다.

"너희들 종희 장군이 어떻게 됐는지 알아?"

그들은 종희의 소식조차 모르고 있었다.

"뜬소문이 한참 돌기는 했으나 요즘두 아침마다 읽어 주는 공문을 들으면 여전히 비룡성령이던데."

사귀였다.

능산은 종희가 겪은 수난, 정주까지 도망친 사연, 특히 왕후가 친히 그를 찾아와서 털어놓은 궁중의 내막을 남김없이 이야기했다.

"그러니 너희들이 받은 직첩은 성상께서 내리신 것이 아니라 은부와 종뢰가 짜구 한 짓이다."

"사실에 틀림없겠지?"

"이 능산이 언제 거짓말을 하는 것을 봤느냐?"

"그건 그렇다. 허지만 왕건에게 홀려서 넋이 나간 건 아니겠지?"

능산은 언성을 높였다.

"너희들이 은부에게 홀려서 개 충성을 하듯 왕건에게 홀린 줄 아느냐? 이 능산은 지금두 성상 이외에는 누구에게도 충성을 바치지 않는다."

세 사람은 붉으락푸르락하고 홍술이 힐문조로 나왔다.

"우리두 성상을 생각하는 건 너나 마찬가지다. 그런데 쥐새끼 같은 은부에게 충성이라니 사람을 어떻게 보구 하는 소리야?"

능산은 터놓고 이야기했다.

"나두 마찬가지였지마는 너희들은 군영에서 병정들만 상대하다 보니 세상이 어떻게 돌아가는 줄두 모르구 어느 장단에 춤을 추는지두 모르구 있다. 홍술, 너 나를 여전히 친구라구 했지? 그런데 나는 네 부하에게 죽을 뻔했다. 보고가 왔을 테니 모른다구는 못할걸."

"그건 미안하게 됐다. 부하들은 왕건이란 놈을 잡을 일념이라, 네가 그렇게 올 줄 누가 알았겠냐?"

"변명할 건 없구, 성상의 울타리라구 할 수 있는 건국공신들을 저렇게 무골충으로 만든 것만 보아두 짐작이 안 가?"

"……."

세 사람은 대답을 못했다.

"마지막 남은 것이 왕 장군이 아냐?"

"갖은 모략으루 세상없는 요물루 만들어 없애자는 거지. 나는 오래 행동을 같이해 왔지마는 왕 장군은 전공을 세운 외에 무슨 죄가 있어?"

이어서 능산은 휴가라는 명목으로 휘하병력을 전원 해산하고 장군들만 쇠둘레에 오게 해서 암살하려고 한 그들의 계획, 그것도 안심이 안 되어 복병까지 매복한 것을 조목조목 얘기하고 결론을 지었다.

"그러니 너희들은 누구에게 충성하구 누구의 장단에 춤췄느냐 말이다."

"하기는 우리가 너무 단순했단 말이야. 나두 전에 왕 장군을 모신 일이 있지마는 그런 충신이 없었는데."

세 사람 중에 제일 얌전한 백옥삼이었다.

"글쎄 나두 그렇게 보았는데 세상은 요지경이라……."

홍술이 맞장구를 쳤다.

그러나 사귀의 의견은 달랐다.

"나두 전에는 그렇게 본 것이 사실이다. 그러나 산천두 변하는데 사람이라구 변하지 말라는 법은 없지 않아?"

백옥삼은 말이 없고 홍술이 침착하게 물었다.

"그래 정주에서는 어떻게 하구 있어?"

"어명을 준봉해서 정주까지 와 보니 모든 것이 날벼락이라 오도가도 못하구 있지."

능산은 숨김없이 말했다.

"왜 오도가도 못하지?"

사귀가 파고들었다.

"생각해 봐. 무장해제를 시켜 놓구 왕 장군 이하 장수들을 몰살하려는 은부의 음모는 백일하에 드러났겠다, 식량은 떨어졌겠다, 너라면 어떻게 하겠냐?"

"이거 생각을 달리해야겠는데."

홍술이 혼잣말같이 중얼거렸다.

"너희들두 가짜 어명에 놀아나다 우리 꼴이 되지 않을까 걱정이다."

"……."

"너희들이 그래 환선길의 휘하에 들어갈 사람들이야?"

"아니꼬왔지마는 어명이라는 바람에 참은 거지."

얌전한 백옥삼이 탄식을 했다.

"이거 도대체 어느 쪽이 사실인지 판단을 내리기 어렵구나."

그래도 사귀는 능산의 말을 그대로 믿지 못하고 엉거주춤한 태도였다.

"이 능산을 여전히 친구라면서 아직두 의심하는 모양이구나."

"네 말을 들으니 그럴듯한데 어명은 역시 어명이 아니야?"

"몇 번 얘기해야 알아듣겠느냐? 모두가 은부의 조작이구 성상은 갇혀 계신다니까?"

"전의시에 아는 의원이 있어 성상의 근황을 물었더니 아주 건강하시다던데."

"그거 은부의 협박이다."

"그럴까?"

"태자까지 움직이지 못하게 한 걸 봐. 역적은 왕 장군이 아니라 저들이다. 폐일언하구 이자들을 쓸어내구 성상은 따루 모신 다음 태자를 세우는 길밖에 없다. 이게 누가 세운 나라냐? 우리가 피를 흘려 세운 나라를 쥐새끼들한테 뺏길 수는 없잖아?"

능산은 난생처음이라 할 만큼 열을 올렸으나 하도 엄청난 일이라 세 사람은 한동안 말이 없다가 홍술이 제안했다.

"너희들은 정주에 그대루 있구, 우리두 여기서 알아볼 대루 알아본 다음에 결정을 내리면 어때? 그동안 우리는 움직이지 않을 테니까."

"알아보는 건 좋다 그러나 우리는 식량이 없다. 서둘러 다우."

"좋다."

세 사람은 쾌히 승락했다.

"세상이 하 어수선하니 이런 자리가 또 있겠는지 모르겠다. 얘기하다 보니 술이 그대루 있구나. 좀 취하구 싶다."

능산의 감상 어린 말에 사귀가 익살을 부렸다.

"취한 능산을 보면 세상에 난 보람이 있겠다."

능산은 아무리 마셔도 취하는 일이 없는 사람이었다. 그는 권하는 대로 술을 마시면서도 시종 침통한 표정이었다.

"과히 상심 마라. 능산이 재주를 부릴 사람두 아니구, 또 우리가 서로 적으로 돌아 싸우게야 되겠냐? 다만 일이 너무나 중대해서 신중을 기하자는 것이니 오해 마라."

홍술이 위로했다.

능산은 연거푸 몇 잔 들이키고 사귀를 향했다.

"넌 일등 가는 정탐꾼이지? 내 참고루 한 가지만 얘기해 줄 게 있다. 태자 형제는 마마라구 얼버무릴 게다. 둘째 분은 모르겠구 태자는 어릴 때 마마를 잃으신 일이 있다. 이 한 가지만 규명해두 저들의 속셈을 짐작할 수 있을 게다."

세 사람은 마주 보고 놀라는 표정이었다.

"언제 떠날 것이냐?"

"정주에서는 눈이 빠지게 기다릴 테니 아침에는 떠나야겠다."

"하룻밤 같이 지내려고 했더니 가 봐야겠구나. 네 모가지가 달아나지 않도록 조치를 취해야 할 테니까."

그들은 홍술을 선두로 캄캄한 밤거리로 나섰다.

다음 날 느지막이 일어난 능산은 이삼 명의 병사들만 거느리고 병부를 찾았다. 까다로운 세상에 밟을 절차는 밟아 두는 것이 뒷말이 없으리라는 생각이었다.

"어제 도착하는 즉시로 찾아뵈려고 했으나 부상자들을 인도하는 일이 급해서 내군부부터 찾아보니 해는 다 가고 지금에야 찾아뵈오니 결례 막심합니다."

아직도 시중을 겸하고 있는 병부령 구진은 고개만 끄덕이고 앉으라는 말도 없었다. 될 수만 있으면 가부간에 이 일에는 끼어들지 않으려는 눈치였다.

돌아서려는데 불렀다.

"내군장군두 뵈었소?"

"뵈었습니다."

그제서야 앉으라고 했다.

먼저 도망쳐 온 병정들도 있고, 어제 성내를 지나갔으니 소문으로라도 모를 까닭이 없건마는 그 일에 대해서는 한마디도 묻지 않았다.

"내군장군께서 무어라구 하시던가요?"

능산은 잠자코 그의 얼굴을 바라보다가 이것은 연목감도 말뚝감도 안 되는, 부지깽이 정도의 재목이라고 생각했다.

"잘못은 오히려 그쪽에 있다구 아주 좋게 말씀하십디다."

"너그러우신 분이라 고마우신 일이지요."

"더구나 종희 장군의 가족두 동행해서 함께 가라구 말씀하시는 데는 저도 놀랐습니다."

"그러서? 그렇게 도량이 넓은 분은 역사에도 드물 것이오."

필요 없는 말을 꺼낼 것도 없고 밟을 절차는 다 밟았다.

"이제 가 보겠습니다."

"잘 가시오."

일어서지도 않았다. 가끔 구석에 앉은 목석같은 청년에게 눈길이 가는 품이 말조심을 해도 여간 하는 눈치가 아니었다. 있어도 무방하고, 없어도 무방한 인간. 부처님은 걸작과 실패작만 만드는 것이 아니라 오히려 이런 부류를 만드는 것이 주업(主業)이 아닐까?

나오는 길로 종희의 집을 찾았다. 은부의 말대로 전에 집을 에워쌌다는 병정들은 철수하고 주위는 한적했다.

대문을 두드리자 심부름하는 여자 꼬마아이가 군복을 보고 겁에 질린 듯 입을 헤벌리고 쳐다보기만 했다. 능산은 문을 밀고 들어갔다.

마루에 힘없이 누운 부인은 내다보지도 않고 눈을 감은 채 한 손을 이마에 얹고 있었다.

"저 능산이올시다. 그동안……."

말이 끝나기 전에 부인은 후닥닥 일어나더니 그를 한번 쳐다보고는 맨발로 뛰어내려와 어깨에 매달렸다.

여윌 대로 여윈 얼굴, 한참 후에야 말 대신 눈물이 쏟아져 흘렀다.

방에 있던 오누이가 뛰어나와 마루에 멍청하니 섰으나, 나주에서 헤어진 지 삼 년, 자라나는 아이들은 기억이 분명치 않은 모양이었다.

"부인을 모시러 왔습니다."

"네?"

굵직한 능산의 목소리였으나 부인은 얼른 알아듣지 못했다.

"장군께서는 지금 정주에서 부인을 기다리고 계십니다."

부인은 마당에 풀썩 주저앉았다. 육체의 고통도 견디기 어려웠겠지만 시간을 두고 야금야금 사람을 말려 죽이는 마음의 고통에 시달릴 대로 시달린 한 여인의 애절한 모습이었다.

인간은 욕설이나 매질 한 번 가하지 않고도 같은 인간을 이렇게 만드는 기묘한 재주를 가지고 있는 모양이다.

능산은 부인의 겨드랑이에 손을 넣어 일으켰다.

종희의 부인은 말을 잊은 사람 같았다.

"차릴 것도 없습니다. 저와 곧 정주로 떠납시다."

그리고 마루를 쳐다보았다.

"너희들, 나를 잊은 모양이구나. 능산 아저씨다. 지금 입은 그대루 신발을 신구 아버지 계신 데루 가자, 응? 그리구 너두 따라나와."

심부름하는 꼬마에게도 일렀다. 제일 정신이 똑똑한 것이 그였고, 제일 좋아하는 것도 그 아이 같았다. 같은 공포 속에 살면서도 혈육 간에 통하는 미묘한 감정의 선에서 벗어난 때문일까?

아이들은 뛰었다. 그들에게는 떠난다는 사실만도 새로운 꿈나라로 가는 것이나 진배없는 신기한 일인 듯싶었다.

종희의 일가를 데리고 자기 집 앞에 당도하니 병정들은 떠날 준비를 갖추고 있었다.

건장한 병정이 나섰다. 나주에서 종희의 부하로 있다가 그가 떠난 후 능산의 휘하로 들어온 병정이었다.

그는 야영에 쓰는 작은 장막으로 안장을 편하게 꾸미고 부인을 앉혔다. 그때까지도 부인은 그저 시키는 대로 앉으라면 앉고, 말에 오르라면 오르고 도시 말이라는 것이 없었다.

부인이 타자 병정은 고삐를 잡고 아이들은 다른 병정들이 한 명씩 안고 탔다.

서문의 초병들은 올 때와는 달리 귀빈이라도 대하듯 도열해서 예를

갖추어 전송했다. 역시 은부는 민첩한 인간이었다. 한 가지 폭풍이 실패
했으니 다른 폭풍을 민첩하게 몰고 올 터인데 어떤 모양으로 올지 짐작
이 가지 않았다.

　성문을 나서자 올 때 복병들에게 시달린 병사들은 다른 길을 택하자
고 했으나 능산은 오던 길을 고집했다. 아랫사람이 윗사람을 타고앉는
가 하면 믿던 사람이 더 못 믿게 된 세상이다.

　세 친구의 말도 시험할 겸 오던 길을 그냥 내밀었다. 그들과의 믿음이
흔들리고 안 흔들림은 사사로운 일이 아니라 장차 세상 풍파를 가늠할
척도도 될 수 있을 것이다.

　부인과 아이들만 없으면 늦었어도 당일로 정주에 갈 수 있었으나, 부
상자들을 싣고 올 때보다는 빨랐어도 기마행렬은 세 속도를 낼 수 없
었다.

　더구나 부인은 말 위에서도 코를 골고 잤다. 어지간히 큰 아이면 안고
라도 탈 터인데 그럴 수도 없고, 모시는 병정은 부인이 떨어지지 않도록
단단히 휘어잡아야 하고 고삐를 옳게 좌우로 틀면서 행렬에 발을 맞춰
야 하니 아무리 건강해도 견딜 수 없는 모양이었다.

　병사들은 교대로 말에서 내려 부인을 부축하면서 전진했다.

　능산은 전진하면서 복병이 있을 만한 곳이면 빼지 않고 살폈다. 복병
들은 올 때와 마찬가지로 그대로 있었으나 못 본 척했다. 간밤의 친구들
은 약속을 지켜 밤사이에 명령이 내린 모양이었다.

　그것은 좋았으나 복병은 그들의 부하들만은 아니었다. 환선길의 직
속부대도 있었다. 능산이 올 때 보아 둔지라 그들의 위치를 알고 있
었다.

　백 리도 더 와서 해가 너울거리기 시작했다. 능산은 만일의 경우를 생

각해서 지키기 쉬운 개울가에 이르자 야영을 명령했다.

부인은 그때까지도 자고 있었다. 능산의 명령으로 깨우지 않고 풀밭에 간 장막 위에 그대로 누이고, 병정들은 식사 준비를 했다.

내일은 환선길의 부대, 그것도 마지막 복병이다. 어떻게 나올까? 능산은 전투를 각오하고 그들이 숨어 있는 지형을 머리에 그렸다.

능산은 잠든 종희의 부인 옆에 지켜 앉고 아이들은 저물어 가는 개울가에서 송사리들을 따라 이리저리 뛰며 떠들었다.

나주에서 가난한 살림을 알뜰히 꾸며 가던 총명한 부인. 한마디 불평도 없이 항상 웃는 낯으로 사람을 대하고, 알아도 아는 척하지 않던 부인은 해골에 가죽을 씌운 듯 사람의 형상이 아니었다.

그러나 능산은 부인의 얼굴보다도 내일을 생각하지 않을 수 없었다. 오랜 경험으로 보아 내일은 무슨 일이 벌어지고야 말 듯한 예감이 들었다.

궁리를 하고 있는데 잠이 깬 부인이 일어나 사방을 두리번거리다가 옆에 앉은 능산을 어루만졌다.

"이제 정신이 드셨습니까?"

"능산 장군에 틀림없지요?"

"네, 능산입니다."

"꿈은 아니구요?"

"아닙니다."

"여기가 어디지요?"

"정주로 가는 도중인데 내일은 당도할 겁니다. 종희 장군도 잘 계시구요."

"세상이 어떻게 됐나요?"

"그런 건 아니구……. 사연을 말씀드리자면 끝이 없으니 안심하시구 더 주무시지요."

"체신머리없이 말 잔등에서까지 자구……."

부인은 두 손으로 얼굴을 감싸고 소리 없이 흐느꼈다. 말재간이 별로 없는 능산은 지켜보는 수밖에 없었다.

온 낯이 눈물범벅이 된 얼굴을 치맛자락으로 닦고 부인은 그를 쳐다보았다.

"장군, 미안해요."

"천만에요."

"산다는 게 무언지 집 양반이 그렇게 끌려간 후 밤이구 낮이구 눈을 붙여 보지 못했어요. 사는 것보다 죽는 것이 백 배는 낫다는 걸 깨달았어요."

"……."

능산은 무어라 해야 할지 말이 나오지 않았다.

"정말이지 바싹바싹 말라 가는 소리가 들리더군요."

"……."

"밤낮 궁리라는 건 목을 맬 생각뿐이었는데 아이들을 생각하면 그것두 못하겠구……."

부인은 또 흐느꼈다.

"앞으로는 밝은 세월이 오겠지요."

능산은 이렇게밖에 대답할 말이 없었다.

부인은 일어서 시냇가에 내려가 세수를 하고, 손으로 머리를 매만지고, 흐트러진 삼베옷을 이리저리 바로잡았다.

능산은 병정들에게 일가족이 들어갈 자그마한 장막을 치고 포대기를 모아 잠자리도 마련토록 했다.

야산에서 단련을 받은 병정들은 여름철에는 바위틈이고 풀밭이고 어디든 드러누우면 자는 것이 예사여서 있는 장막도 칠 생각을 하지 않았다.

능산은 해가 떨어지기 전에 식사를 마친 병사들에게 교대로 보초를 세우고 일찍 자라고 했다.

그는 모두 잠든 다음에 낮살 먹은 군관들을 모아 놓고 실없는 이야기를 하다가 지나가는 말처럼 한마디 던졌다.

"내일까지 무사하면 일은 끝나는데……."

그러나 군관들은 대수롭게 생각하지도 않았다.

"쇠둘레에서 알아보니 환선길의 직속부대라는 건 건달들을 모은 것이라서 재는 데는 한가락씩 해도 싸움에는 형편없답니다."

능산은 별말 없이 드러누워 잠을 청했다.

다음 날 도중에서 부딪친 환선길의 부하들은 군관들이 간밤에 말한 그대로 상대도 안 되는 것들이었다.

척후들이 정탐을 했는지, 먼발치로 보았는지, 하여튼 백여 명이 창을 치켜들고 길을 막아섰다. 몰라서 그러는지, 싸울 의사가 없어 그런지는 몰라도 이것은 전투태세는 아니었다.

능산은 이해가 가지 않았다. 그 민첩하고 머리가 빨리 도는 은부가 이 부대만은 왜 멋대로 놓아두었을까?

생각 끝에 복병에 대해서는 아무 조치도 취하지 않았다는 결론이 나왔다. 지나온 복병들은 옛 친구의 부하들이니 그들의 재빠른 지시로 무사통과를 시켜 주었으나 이들은 그렇지 않았다.

그는 역시 뱀이다. 복병들이 능산을 해치는 것을 기대하고, 이것을 구실로 왕건이 싸움을 걸어 올 것을 기대한 모양이다. 왕건은 병력으로 열세인 데다 식량도 떨어졌다는 것은 누구보다도 그가 잘 알 것이다. 종희의 가족을 딸려 보낸 것은 안심하고 가다가 죽으라는 것이었다. 왕건은 역적이라고 잔뜩 선전해 놓았겠다, 그럴 만도 한 계책이었다.

친구들이 옛정을 생각해서 그렇게 해 주지 않았다면 은부의 계획대로 자기들은 몰살당했을 것이고 노한 왕건은 싸움을 걸었다가 역적의 누명을 쓰고 죽었을 것이다.

은부란 놈, 이 능산이 지옥에 떨어지는 한이 있더라도 결단코 살려 둘 수 없는 뱀보다 더한 물건이다. 능산은 은근히 이를 갈았다.

종희의 가족들에게 십여 기를 붙여 놓은 능산은 군관들을 내보내, 되도록 무사히 통과하도록 교섭해 보라고 했다.

군관들은 능산의 호위병 십 기만 남기고 모든 병력을 끌고 나갔다.

"어른께서 가시는데 길을 비켜!"

이쪽 군관이 소리를 질렀으나 상대는 비웃었다.

"어른이 누구신데?"

질은 고사하고 숫자로도 상대가 안 될 터인데 그들은 고자세로 나왔다.

"능산 장군이시다."

"우리는 은부 장군과 환선길 장군의 명령을 받구 나온 군사들이다. 못 간다면 그만이지 무슨 잔소리냐?"

"그래두 가야 하겠는걸."

이쪽 군관도 곱게 나가지 않았다.

"정 가겠으면 그 능산인가 하는 개뼉다귀와 종희의 여편네하구 새끼들을 내놔!"

"너 말버릇 한번 아름답다."

"이 두더지 새끼들아, 이 이상 양보는 없다. 은부 장군의 특명이다. 안 들으면 느으들 모두 뼈두 못 추린다."

군관은 뒤를 돌아보고 능산은 손을 쳐들었다.

순간, 이쪽 병정들은 함성을 지르며 창으로 돌격했다. 적은 짚단처럼 쓰러지고, 나머지는 창을 팽개치고 도망치기 시작했다. 그러나 이쪽 병정들은 기어이 쫓아가 창으로 짓이기고, 거리가 멀어지면 활을 쏘았다.

한두 놈 도망친 듯했으나 적은 전멸하고 이쪽은 아무 피해도 없었다.

군관이 큰소리를 치던 환선길의 부하를 개처럼 발목을 끌고 왔다. 허벅지를 창에 맞고 죽는다고 아우성이었다.

"너, 아까 나하구 종희 장군의 가족을 내놓으라구 했는데 네 마음대로 한 말이냐, 윗사람의 지시냐?"

능산이 물었다.

"제 마음대루라니요? 간밤에 은부 장군의 밀명이 내렸습지요. 행렬이 여기까지는 못 올 것이지마는 만약 오거든 그러라구요."

군관은 품에서 문서까지 내보이며 살려 달라고 애걸했다.

능산은 의원을 불러 군관의 상처를 동여매고 옆에 지켜선 이쪽 군관에게 문서를 넘겼다. 평소에도 글을 모르는 능산을 대필하고 문서를 다루는 심복군관이었다.

"내용두 이눔이 한 말과 일치하구, 은부의 친필인 데다 수결도 은부의 솜씨에 틀림없습니다."

"중요한 문서니 잘 보관해라."

능산은 일어섰다. 은부는 죽어도 거저 죽어서는 안 되고 죗값을 치르면서 되도록 천천히, 되도록 괴롭게 죽어야 한다.

그는 의원에게도 일렀다.

"이애를 무슨 수를 쓰든 살려 내라."

그는 대오를 정제하고 다시 출발을 명령했다.

한참 가다가 그는 부인을 돌아보았다.

"이제 험한 길은 끝났으니 안심하시지요."

"아이구, 전쟁, 전쟁 하지마는 이 눈으루 보기는 처음이에요."

"눈을 감구 계실걸 그랬어요."

실지로 아이들은 눈치 빠른 병정들의 품에 얼굴을 파묻고 보지 못하게 했다.

"장군께서는 이런 전쟁 얼마나 겪으셨나요?"

이것도 전쟁의 축에 낄까?

능산은 빙긋이 웃고 대답하지 않았다.

"인간세상에서 전쟁을 영영 없애 버릴 수는 없을까요?"

"그랬으면 오죽 좋겠습니까."

능산은 더 말하지 않았다.

알맞은 대목에서 점심을 들고 피곤한 병정들은 풀밭에 누워 코를 곯았다.

마지막 잔재주마저 들통이 났으니 은부도 심기는 편치 못할 것이다. 그러나 그의 머리에는 무궁무진한 재간이 있으니 아무래도 바람은 일게 생겼다.

"장군께서는 사람이 그렇게 무더기루 죽는 걸 보셔도 아무렇지도 않으신가 봐요."

하늘을 쳐다보고 이 생각 저 생각 하는데, 민들레꽃을 꺾어 든 종희 부인이 가까이 다가와서 말을 걸었다.

"글쎄요."

처음에는 무섭고 징그럽던 살인놀음도 삼십 년 가까이 겪고 보니 장작을 패는 것과 별로 다른 것이 없었다.

"전쟁이 신이 나세요?"

"전쟁이 신날 사람이 있는지는 몰라두 저는 지긋지긋합니다."

"그럼 그만두시지 그러세요."

"그게 참 이상합니다. 농사꾼이 농사를 그만두지 못하듯이, 되다 보니 전쟁꾼이 돼 버려서 이러구 다니누만요. 곧 오십이 되구, 오십이면 저승으로 갈 판인데 이제 와서 달리 변통두 없구."

사지를 벗어나서 그린지 부인의 얼굴에는 생기가 도는 듯했다.

"저는 이번에 집양반을 보면 칼잡이는 못하게 할 작정이에요."

"종희 장군도 그런 생각인 모양입디다."

종희의 부인은 손에 들었던 민들레 한 잎을 입에 물었다.

평화……. 철이 들면서 경험해 보지 못한 평화란 것은 저런 자세로 세월과 더불어 흘러가는 것일 듯했다.

"우리집 양반이 칼잡이를 그만두더라도 자주 놀러 오세요."

"그럼요."

다시 출발한 행렬은 해가 지기 전에 정주에 당도했다.

금언 이하 장군들은 멀리까지 마중 나오고 병정들도 몰려나와 죽었던 사람들이 되살아난 듯 반겨 주었다.

꿈은 넓은 바다로

종희의 부인과 아이들의 출현은 유다른 감동을 주었다.

장군들은 묻지 않아도 만사 잘된 것으로 판단하였고, 영문을 모르는 병사들은 인자하신 폐하로부터 전보다 더 극진한 선물이 있을 것으로 기대하였다. 장군들은 일일이 종희의 부인에게 인사를 드리고 아이들의 머리를 쓰다듬었으나, 부인은 말을 못하고 연거푸 머리를 숙일 뿐이었다.

돌아서서 해변에 친 장막으로 향하는데 왕건이 종희와 함께 말을 달려 왔다.

종희는 가족들을 보자 말을 팽개치고 달려와 어른이고 아이들이고 서로 붙잡고 부인은 무작정 어깨를 들먹였다.

왕건은 식렴을 돌아보고 일렀다.

"어떻게 하지? 여기는 불편하구. 멀지 않으니 영안성에 가서 적당한 집에 모시구 와요."

"종희 장군 옛 댁이 아니구요?"

식렴이 물었다.

"거기는 앞서 온 손님들이 들어 있으니 안 될 것이고, 하여튼 자네가 알아서 살해 드리구 와요."

식렴은 사촌동생이었으나 장군으로 승진한 후부터 딴 사람들 앞에서는 '너'라니 '해'라니 하지 않고 체면을 지켜 주었다.

종희의 부인을 모른 척할 수도 없고, 그렇다고 가족들 틈에 끼어들 수도 없어 왕건이 엉거주춤하자 다른 장수들도 발을 멈췄다.

눈치를 챈 종희가 부인과 아이들을 데리고 와서 인사를 시켰으나 부인은 머리를 숙일 뿐 아무 소리도 못했다.

"제가 처리를 잘못해서 이런 고초를 겪게 되시구 보니 할 말조차 없습니다."

왕건이 늘 가슴에 맺혔던 것을 토로하자 부인은 말없이 고개를 흔들었다.

"그러나 살아서 다시 만나 뵙게 되니 늘 어둡던 제 마음이 한결 풀리는 듯합니다."

부인은 무어라고 할 듯했으나 말이 되어 나오지 않았다. 종희도 이승에서는 다시 만나지 못할 사람들을 만난 듯 철없이 뛰어다니는 아이들을 보면서 멍하니 서 있을 뿐이었다.

종희 일가는 식렴의 부하들이 끌고 온 쌍두마차에 올라탔다. 식렴은 앞자리에 뛰어올라 고삐를 잡고 움직이기 시작했다.

장군이 손수 마차를 몬다는 것은 될 말이 아니라고 종희는 손을 잡고 말렸으나 오늘은 장군이 아니다, 사지에서 돌아온 고향의 선배 일가를 모시는 후배라면서 그냥 말을 달렸다.

차츰 어두워 가는 하늘 아래 멀어져 가던 마차가 비탈을 돌자 몰려섰던 장수들은 왕건의 장막으로 들어갔다.

저마다 알 수 없는 사람의 운명을 생각하는지 아무도 입을 여는 사람이 없고 병정들이 등잔불을 몇 군데 켜 놓고 나간 후에도 잠시 눈을 감고 있던 왕건이 조용히 입을 열었다.

"능산 장군, 다른 일은 아직 듣지 못했으니 모르겠고, 이번에 저 부인과 아이들을 구해 가지고 온 것만 해도 가신 보람이 있고도 남은 것 같소. 그동안에 겪었을 고생이야 여기 있는 분들이 다 짐작할 터이니 내 입으로 새삼 얘기하는 것이 쑥스러울 듯하오."

"무얼요."

능산의 대답은 평소의 성품 그대로 단 한 마디였다.

"피곤하지 않으면 그동안의 경위를 말씀해 주실까요?"

모두들 긴장하고 주시했으나, 그는 큰 몸집을 움씰하고 좌중을 둘러보고 나서 아무 일도 없었다는 듯이 대답했다.

"그보다도 모두들 시장하실 터인데……. 저두 시장하구요."

긴 여름해가 지고 보니 식사 때가 훨씬 지나 모두 시장한 것이 사실이었으나, 이런 일 저런 일로 긴장해서 시장기를 잊고 있었다.

능산의 한마디는 가장 어울리면서도 가장 어울리지 않는 인상을 주어, 좌중은 긴장이 풀리면서 소리 없는 웃음이 터졌다.

왕건도 빙긋이 웃고 대기하고 있던 식사가 들어왔다.

능산은 한꺼번에 두 그릇을 비우고 이를 쑤셨다.

다른 사람들은 벌써 식사를 마치고 모든 시선은 다시 그에게 집중되고 있었다.

능산은 이쑤시개를 버리고 이웃동네에 다녀오기라도 한 듯 느긋이 이야기를 시작했다.

"별것은 없구요……. 내 원래 말이 서툴러서, 떠날 때부터 돌아올 때까지 보고 듣고 겪은 것을 그대로 말씀드리겠습니다."

그는 남의 이야기 아니면 아득한 조상 때의 이야기라도 하듯이 억양도 흥분도 없이 정주에서 쇠둘레에 다녀온 전후 사정을 순서대로 얘기하고 자기 의견은 하나도 달지 않았다.

그러나 장내는 기침소리 하나 없이 조용하고 긴장된 분위기였다.

마지막으로 도중에 환선길의 군관으로부터 압수한 문서를 왕건 앞에 내놓았다.

왕건은 한번 훑어보고 옆에 앉은 금언과 상의하고 나서 좌중을 향했다. 글을 아는 장군들이 별로 없는지라 돌리는 것은 글을 모르는 장군들의 마음에 상처를 입힐 염려가 있기 때문에 왕건이 풀어서 읽어 주는 것이 관례처럼 되어 왔었다.

그것은 능산의 이야기와 다를 것이 없었다.

"능산 장군이 이미 말씀하신 것을 되풀이하는 것은 이상한 점이 하나 있기 때문이오. 이 명령서는 은부의 친필에 어김없는데, 환선길의 부하에게 은부가 직접 명령이라……. 이상하지 않소?"

장군들은 서로 마주보고, 일부에서는 이마를 맞대고 속삭이는 소리도 들렸다.

"능산 장군, 이 점은 캐묻지 않았소이까?"

한쪽에서 이런 질문이 나왔다.

"나야 글을 압니까? 군관이 그것을 보더니 묻더군요. 어느 쪽 명령이든 다 듣게 돼 있는데 내군장군의 명령을 더 무서워한다는 대답입니다. 아까 말씀드린 대로 부상한 당자를 끌구 왔으니 더 캘 수두 있겠지요."

이어서 별별 질문이 다 나왔다.

"환선길은 껍데기구 은부란 놈이 자기의 군대를 키우는 게 아닐까요?"

"그건 모르겠습니다."

"궁중 사정이 일 년 전, 즉 종희 장군이 쇠둘레에 있을 때와 같다구 보셨나요?"

"그건 알 도리가 없고, 다만 태자 형제분이 마마를 앓구 계시다는 소리를 또 하더군요."

"능산 장군과 친하다는 세 분 장군, 믿을 만한가요?"

"나는 믿습니다."

"군영에서 병정들만 상대했다지만, 반드시 쇠둘레 성내가 아니더라도 멀어야 십 리 안팎인데 그렇게까지 도성 사정을 모르고 있다는 게 이상하잖아요?"

"그건 나두 모르겠소."

능산은 추측이나 근거 없는 의견은 일체 말하지 않았다. 잠자코 지켜보던 왕건은 칼로 자란 사람답다고 생각했다.

칼은 에누리가 없다. 에누리 없는 칼을 동반자로 반생을 살아온 능산 역시 에누리를 모르는 인물이었다.

"능산 장군의 생각으로는 어떻게 될 것 같지요?"

"그야 일개 무장인 내가 어떻게 알겠소?"

"이대로 밀고 올라가면 어느 쪽에 승산이 있지요?"

"세 장군이 저쪽에 붙어 있는 대루요?"

"그렇지요."

"우리 쪽의 백전백패지요."

한동안 침묵이 흐르는 가운데 능산의 목소리가 울렸다.

"참 한 가지 빠뜨린 게 있군."

그는 묘한 이야기를 소개했다.

"친지 집에 묵은 병정들이 듣고 온 것이라서 뜬소문인지는 모르겠습니다."

그는 이런 전제를 달고 이야기를 시작했다.

"은부는 여자를 좋아해서 틈만 나면 밤중에 변장을 하고 여자 사냥을 나가는데, 처녀고 유부녀고 가리지 않는답니다."

"그 친구, 볼 재미는 다 보는구만."

한 사람이 익살을 부렸으나 아무도 웃지 않았다.

"그런데 묘한 것은 스님이라는 종뢰와 단짝이라는 겁니다. 종뢰는 불도뿐만 아니라 그 방면에두 도통했답니다."

"그 중놈의 새끼 도통할 데가 따루 있지, 별놈의 도통이 다 있다."

분개하는 축도 있었다.

"그래 모두들 기꺼이 바친대요?"

금언도 끼어들었다.

"그게 묘하답니다. 변장을 하고 나가니 이쪽이 누군지 알아야지요. 알면 무서워서라두 시침이랍시구 바칠 텐데 도둑으로 알고 소동이 벌어지는 경우도 있다나 봐요."

"그렇겠지요."

"영문을 모르구 도끼나 몽둥이를 들고 나섰다가 역시 변장한 병정들의 칼침을 맞는 경우도 있구."

"……."

"눈치 빠른 인간은 예쁘장한 딸을 바치구 섭섭지 않은 선물을 받는 경우도 있기는 있는 모양입니다."

"변장을 하지 않고 떳떳이 나가면 시침 들 여자는 얼마든지 있을 터인데."

한 사람이 왕건을 힐끗 보고 씩 웃자 왕건도 씩 웃었다.

"그게 안 될 것이 은부는 나랏일밖에 모르는 애국자루 돼 있고, 종뢰는 성인으로 자처하는 중이라 변장할 수밖에 없지요."

"변장을 했다면 어떻게 그 두 사람인 줄 알까? 그게 이상하잖아요?"

"딱히야 모르지요. 어떻든 제 마음대로 안 된 여자는 그 다음 날이 아니면 며칠 안에 끌려가서 감옥에 갇힌답니다."

"감옥이라……."

왕건도 흥미가 동했다.

"죄목은 뭔데?"

"폐하께서는 미륵대불이시다. 사람의 마음을 꿰뚫어보구 천 리 떨어진 먼 데서 누가 무슨 짓을 하는지두 훤히 보구 계시는데, 너희들은 음사(陰私, 음란)한 짓으로 이 미륵정토를 더럽혔으니 그 죄로 말하자면 마땅히 죽어야 하리로다, 이거랍니다."

"그것들 없애기는 없애야겠구만."

성미가 급한 검식(黔式)이었다.

"없애되 어떻게 없앨 것인가. 적쇠에 놓고 굽느냐, 솥에 넣고 끓이느냐, 방법을 지금부터 연구해 둬야겠구만."

금언이 물었다.

"능산 장군, 지금 말씀을 들으니 저들은 인간도 아닌데 결국 짐승들에게 나라를 도둑맞은 형국이 되지 않았소?"

"그렇습지요."

"직접 가 보구 오셨으니 묻겠는데 어떻게 대책을 세우는 것이 좋겠소?"

"글쎄올시다."

"적을 약하게 만들구 우리를 강하게 만들어야 한다는 말씀은 잊지 않았소. 장군의 세 친구가 우리에게 붙어 주면 양쪽 전력은 어떻겠소?"

"우리가 이기지요."

"모처럼 건설한 서울을 파괴하지 않고, 또 왕실에 해가 가지 않도록 하면서 이길 방도는 없겠습니까?"

"글쎄올시다."

"능산 장군 곤하실 테니 오늘 밤은 이만합시다."

왕건이 일어서자 장군들은 흩어져 나갔다.

며칠을 두고 능산의 여독이 풀리는 것을 기다리던 왕건은 기회를 보다 그를 불렀다. 능산이 지목한 세 사람을 모르지는 않았으나, 백옥삼을 좀 안다 뿐이지 다른 사람은 자세히 몰랐다.

"장군, 그 세 사람은 어떤 사람들이오?"

왕건이 자리를 권하고 물었다.

"한마디로 말해서 폐하의 다시없는 충신들입니다."

"진상을 알아본다고 했다지마는 그것도 쉬운 일이 아닌데 그만한 능력이 있는 사람들이오?"

"사귀 말입니다. 폐하께서는 적정이나 내정이나 은밀히 정탐할 일이 생기면 언제나 사귀에게 맡기셨는데 어떻게 하는 것인지는 몰라두 귀신같이 알아내곤 했습니다."

"지금 무얼 하고 있는데?"

"쇠둘레에서 십 리쯤 떨어진 고장에 새로 생긴 군영의 장군으로 있습니다."

"그런 사람을 은부가 왜 안 쓰는지 모르겠군."

"은부의 밑에 들어갈 사람이 아니지요. 또 자기의 비밀이 폭로될까 될수록 가까이하지 않고 그 병력만 이용하자는 심산인 듯합니다."

모두가 원회나 신훤 정도는 안 가지마는 다음쯤은 가는 선종의 공신들이었다.

"세 사람이 돌아서면 환선길은 어떻게 될 것 같소?"

"물 위에 뜬 기름이지요. 지금도 사실상 삼백 명을 거느리고 도성을 지키는 데 불과합니다. 모르기는 해도 내심으로는 환선길 자신도 자기 부하들을 마음대로 좌지우지하는 은부를 좋게 안 볼 것입니다. 군대라는 것이 원래 그렇지 않습니까?"

"이 근처의 건장한 청년들을 모아 병력을 증강하면 어떻겠소?"

"글쎄요."

탐탁한 얼굴이 아니었다.

"왜?"

"첫째는 식량이 문제입니다. 종희 장군이 예성강 상인들로부터 거두는 모양인데 상인들의 힘에도 한계가 있지 않겠습니까?"

"그렇지요."

"다음으로, 일이 급박합니다. 설사 모집했다 해도 그때까지 쓸모 있는 병정들이 못 될 겁니다."

"그렇게 급박하오?"

"은부를 예사로 보지 마십시오. 이번 음모가 탄로되었으니 다른 걸 꾸미고 있을 겁니다."

"……."

"다만 은부의 약점을 하나 알았습니다. 별것도 아니지마는 은부는 용병(用兵)을 모르는 명색만의 장군입니다."

"참 그렇구만, 전에도 말재주 덕분으로 내군장군까지 올라간 인물이었지."

"모집할 생각을 마시구 지금 있는 병정들을 밥만 먹일 것이 아니라 일당백으로 단련하는 것이 어떻겠습니까?"

"……."

"그래 두었다가 쇠둘레 친구들이 호응하면 병기(兵機)를 놓치지 말고

밀고 올라가야지요."

"밀고 올라가요?"

"장군, 말로 될 일이 아닙니다. 힘밖에 해결할 길이 없습니다."

"……."

"어차피 벌어질 싸움인데 각오를 하셔야지요."

"쇠둘레에서는 언제쯤 소식이 올 것 같소?"

"빠른 친구들이니 곧 올 것입니다."

"소식이 오면 다시 의논합시다."

이튿날 이른 조반을 마친 후 왕건은 보따리를 하나 가지고 단신 해변가를 동북으로 말을 달렸다.

식렴은 유능한 데다 이 고장 태생이어서 모르는 사람이 없었다.

어제 오후 함께 마차를 타고 가면서 종희에게 이갑 형제를 딴 데로 옮기고 그들이 들어 있는 옛집으로 들어가면 어떻겠느냐고 했더니, 종희는 아예 말도 안 되는 소리요, 은인에 대한 인사도 아니라고 했다.

식렴 자신이 살던 집은 협착한 데다가 딴 사람이 들어 장사를 하는 중이고, 궁리를 하면서 비탈을 돌아서자 지금 영안성의 좌상으로 있는 꽈배기가 길 한복판에서 어슬렁거리고 있었다.

어둡기 시작해서 얼굴은 분명치 않으나 하얀 옷을 입은 그의 모습으로 곧 알아볼 수 있었다. 마차를 세우는데 종희가 먼저 말을 걸었다.

"꽈배기 아냐?"

"으-웅, 부인이 오셨다지?"

종희의 부인이 아이들과 함께 마차에서 내려 인사를 했다.

"오래간만에 뵙겠습니다."

"오셨다는 말씀은 아까 아이들한테서 들었습니다. 그동안 고생, 오죽

했겠습니까. 다들 별난 세상에 태어나서…….”

꽈배기는 아이들의 머리를 만져 주었다.

“많이들 컸구나.”

마차 속에서 종희의 목소리가 울렸다.

“배배 틀기만 하는 줄 알았더니 지금 보니 의젓한 데두 있구나.”

“어른을 만났으면 내려서 인사를 드릴 줄 알아야지, 사십을 넘어서두 저렇게 철딱서니 없으니 부인두 고생깨나 하셨겠습니다.”

부인은 입에 한 손을 대고 웃었다.

자기가 생각해도 실로 오래간만에 나오는 웃음이었고, 공포에서 벗어나 사람 사는 사회에 들어왔다는 실감이 났다.

종희도 마차에서 내렸다. 그러나 꽈배기는 그를 보는 척도 안 하고 부인에게 일렀다.

“집에 잠깐 들어가 쉬시지요.”

강과 바다가 합치는 대목, 아늑한 산기슭에 지은 조촐한 기와집이었다. 근년에 돈이 들어오자 땅을 고르고 골라 마련한 꽈배기의 별장이었다.

일전에 왕건과 함께 와서 생선요리로 점심을 들면서 강과 바다를 한눈으로 바라보던 바로 그 집이었다.

“갈 길이 바쁘다. 훗날 또 오겠다.”

종희가 마다했으나 꽈배기는 무작정 일가를 끌고 들어가면서 식렴에게 그냥 돌아가라고 했다.

식렴은 모두들 집에 들어가는 것을 보고 돌아서는 수밖에 없었다.

왕건이 말을 내리는데 강에서 종희가 낚싯대와 소쿠리를 들고 올라왔다. 소쿠리에는 민물고기도 보이고 살아서 뛰는 바다고기도 있었다.

"아침부터 웬일이야?"

"네 얼굴이 보구 싶어서."

"나는 보구 싶지 않은걸."

"네 얼굴이 아니라 아이들 얼굴이다."

"참, 너는 내 아이들 친구지. 들어와."

부인이 마당까지 달려 나와 마중하는 가운데 두 사람은 마루에 올라 마주 앉았다.

여름철이라도 바닷바람이 시원하고 물과 산이 어울려 흠잡을 데 없는 경치였다.

왕건은 바다를 바라보다가 냉수를 떠 가지고 들어온 부인에게 삼베로 싼 꾸러미를 내밀었다.

"모시올시다. 혹시 소용될까 해서."

심부름하는 아이까지 한 벌씩 하고도 남을 만한 부피였다.

집에서 아무렇게나 입고 있던 옷 그대로 온 부인은 여전히 꾀죄죄한 차림으로 그렇게도 기뻐할 수 없었다.

"장군께서는 언제나 자상하십니다."

머리를 숙이는데 종희가 흰눈을 왕건에게 던졌다.

"저런 식으루 사람을 꼬시는 데는 일등이란 말이다, 너는."

부인은 당황해서 남편을 흘겼으나, 왕건은 빙그레 웃으며 오리병을 내놓았다.

"녹용주를 가져왔으니 과히 나무라지 마라."

"녹용주라, 이름은 들었어두 마셔는 못 보았구나. 내쫓을라구 했는데 용서했다."

"나두 사실은 이름만 들었지 마셔는 못 보았는데, 정주 장인댁에서 보내 온 거다."

지금도 쇠둘레에 있는 유 씨의 친정을 이르는 말이었다.

사냥에 나가 사슴을 쏘고 그 피를 마셔 본 일도 있고, 뿔을 약재로 쓴 일은 있어도, 녹용주는 소문은 들었어도 빚을 생각을 못했고 그렇게 한가한 세월도 없었다.

부인은 마당에서 남편이 낚아 온 고기를 구워 아이들에게 들려 보내고 냄비에 지지기 시작했다.

"녹용주는 술이 아니라 약이어서 이렇게까지 안주가 필요 없는데……."

왕건이 미안한 빛을 보이자 종희가 응대했다.

"아이들이 졸라서 낚은 거다."

종희는 조그만 잔에 부은 녹용주를 찔끔 마시고 구운 고기에 젓가락을 댔다.

"쇠둘레에야 저런 생선이 있어야지. 아이들에게 별식을 만들어 준다구 일찍 낚시질을 내려가서 모두 식전이다."

생선을 지지는 냄비 주위에 둘러앉아 침을 삼키는 아이들의 모습은 한 폭의 그림 같았다. 그중에는 쇠둘레에서 심부름을 하던 여자아이도 끼어 이러니저러니 재잘거렸다.

"저 애두 오늘부터 딸을 삼기루 했다. 나를 따라 나주에 갔다 전사한 병정의 아인데 어머니마저 죽으니 갈 데가 있어야지. 데려온 건 무방했는데 심부름을 시킨 건 잘못이었다."

칠팔 세로 이집 오누이와 같은 또래였다.

"잘 생각했다. 그런데 이 집에는 언제까지 있을 생각이야?"

"그냥 눌러살 생각이다."

"옛집은 어떡하구?"

"이갑 형제하구 돌쇠에게 넘길 생각이다. 내게는 맞지두 않구."

"맞지 않다니?"

"장사두 아무나 하는 거냐? 어려서 심부름이나 하던 처지에 사십이 넘어서 새삼 장사가 될 성싶어?"

"하긴 그렇기두 하지."

"눈치를 보아하니, 점포두 딸렸겠다 이갑 형제는 모르겠구, 돌쇠가 장사에 마음이 있는 모양이더라."

"허지만 이건 꽈배기 집이 아냐?"

"어제 밤부터 내 집이다."

"잠꼬대는 아니겠지?"

"잠꼬대가 아니다. 어제 집에 들어와서 부엌까지 이리저리 구경시키구 곧 돌아서더라. 섬돌에서 신발끈을 매면서, 선물이다, 받아라, 이 집은 이 시각부터 네 집이다, 그러구는 뒤두 안 돌아보구 나가더라."

"그래?"

"가는 그의 등 뒤에 대구 대답해 주었다. 알았다. 받아 두겠다."

"그뿐이야?"

"그뿐이지, 그럼 . 선물을 줬다 도루 찾아가는 법두 있나?"

"하긴 그렇지."

"집 보던 아낙네두 저녁밥을 지어 주구 가 버렸으니 이 집에서 꽈배기의 흔적은 깨끗이 사라진 셈이다."

왕건은 노랭이라는 별명이 붙을 정도로 절약에 절약하는 성품이었으나, 종희는 생기는 대로 부하들에게 나눠 주는 성품이어서 옛집마저 내준다면 글자 그대로 백수건달이었다.

꽈배기의 별장인지라 가장집기도 있고 당분간 먹을 것도 있겠지마는 장차 어쩔 셈일까?

부인이 밥과 찌개를 가져다 놓고는 나무 그늘에 아이들과 둘러앉아 조반을 들기 시작했다. 종희도 밥 한 그릇을 다 먹었다.

이미 조반을 먹고 왔어도 생선찌개가 구미에 당겨 왕건도 반 그릇을 비우고 상을 물렸다.

"아침에 나가 낚싯대를 드리우고 바다를 내다보니 그렇게 시원할 수 없더라. 아이들이랑 이런 데서 산다 생각하니 전쟁에서 적 만 명을 무찌르는 것보다 더 상쾌한 기분이다. 지나간 이십이 년 헛살았다."

종희는 양치질을 하면서 바다를 내다보고 이렇게 말했다.

그를 다시 군대로 끌어들일 생각으로 온 왕건은 말을 꺼낼 여지조차 없었다. 생각하면 그의 말이 틀린 것도 아니고, 이런 평화를 깨뜨린 것은 그도, 자기도, 또 주위의 누구도 아니었다. 아무도 어쩔 수 없이 세상이 그렇게 되어 버린 것이다.

며칠을 두고 함께 다닌 직후인지라 따로 할 말도 없고, 마루에 앉은 두 사람은 잠자코 바다에 눈을 던지고 있었다.

아이들은 식사가 끝나자 뜀박질해서 물가로 내려가고 설거지를 마친 부인이 치맛자락으로 손을 닦으며 옆에 와 앉았다.

"두 분이 싸우기라두 한 것처럼 왜 그렇게 앉아 계시지요?"

"저는 지나온 얘기라두 하구 싶은데 , 종희 장군이 노한 최부사리처럼 저 모양이니 할 수 있어야지요."

"최부사리가 뭐예요?"

부인이 웃었다.

"옛날 신라에 최부사리라는 사람이 살았는데 이래두 화내구 저래두 화내구, 화내는 것이 직업이라, 그래서 노한 최부사리가 돼 버렸답니다."

"별난 사람 다 있네요."

왕건이 응대하기 전에 종희가 왕건을 돌아보았다.

"최부사리두 무방한데 그 장군 소리만은 그만둘 수 없을까?"

"왜?"

"지긋지긋하다."

"능산 장군의 얘기를 들으니 조정에서 나오는 공문에는 아직두 장군이구 비룡성령이라던데."

"그눔아, 가만있자, 이름이 뭐지? 응 그렇지, 은부란 눔아 또 재간을 부리는 모양인데 제 명에 못 죽을 게다."

왕건은 한 걸음 더 내밀었다.

"녹두 꼬박꼬박 나왔다던데. 부인, 그것두 거짓말인가요?"

"떠나기 전날 보리쌀 몇 말 갖다 주기는 줬어요."

종희는 왕건을 위아래로 훑었다.

"너, 나를 놀리는 거야?"

"사실대루 얘기하는 것두 놀리는 거야?"

"더 이상 군대구 쇠둘레 얘기는 너를 위해서 이롭지 못할 테니 그만두는 게 어떨까?"

"당신두……. 일부러 찾아와 주셨는데……."

"그랬으니 무사하지. 여차하면 은부 대신 너라두 저 바다에 처박을 심정이니 입을 잘 간수해라."

"허허……. 여전하구나."

"여전하다."

종희는 웃지도 않았다.

"그런데 집만 있다구 사냐? 뭘 할 생각이냐?"

종희는 태도가 달라졌다.

"그동안 생각을 많이 해 봤다. 조카들이 어제 밤에 먹을 걸 잔뜩 실어다 줬으니 몇 달은 걱정 없구, 한동안 쉬구 나서 고기잡이를 할 작정이다."

"고기잡이라……."

"아까 얘기한대루 장사는 말이 안 되구, 농사두 생각해 봤지마는 사십이 넘어서 처음 농사를 시작한다는 것두 자신이 없구, 궁리 끝에 생각해 낸 것이 고기잡이다…….”

종희는 침을 삼키고 말을 이어 갔다.

“너 알지? 옛날 고기를 잡는 데는 귀신이라는 말을 들은 나다. 아침에 낚시질을 해 보니 옛날 가락이 아직 살아 있더라. 너두 봤겠지만 소쿠리 하나 가득했지? 그거 삽시간에 낚은 거다.”

“좋기는 좋다마는 낚시질은 소일거리지, 생업으로 삼는다는 건 고금에 없는 얘기가 아니야?”

“낚시루 그 정돈데 그물을 들었다 하면 천하에 당할 자가 없다. 중국 무역보다 나을걸.”

“…….”

꿈같은 이야기여서 왕건은 대답을 하지 않았다. 군대에 다시 끌어들이려고 왔는데 흥미도 없는 고기잡이 강론을 듣게 되었다.

“왜 대답이 없어?”

“으, 으 – 응, 될 거야.”

“목포의 네 장인처럼 쪽배 하나루 찰랑찰랑할 줄 알아?”

“그런 실례 말씀이 어디 있어요?”

부인이 얼굴을 붉혔다. 그러나 종희는 한층 목청을 가다듬었다.

“사실 안 그래?”

왕건은 부인에게 고개를 끄덕였다.

“사실은 사실이지요.”

종희는 기염을 토했다.

“좁은 땅에서 팔뚝질이나 하구……. 육지는 좁아서 못쓰겠다. 몇백 척 거느리구 바다를 휩쓸어야겠다.”

“…….”

도무지 허황한 이야기였다. 백만장자도 쉬운 일이 아닐 터인데, 백수
건달의 횡설수설로밖에 들리지 않았다.

"그렇게 되면 너를 부두목쯤으로 써두 좋다."

"……."

"내 말이 안 들려?"

"들린다."

부인은 입을 딱 벌렸으나 종희는 아랑곳하지 않았다.

"우습다 이거지?"

"글쎄……."

"두구 봐. 된다."

부인이 끼어들었다.

"당신, 여기서 끼니나 걱정 없을 정도루 조용히 살기루 하잖았어요?"

"응 그래, 우선 그래 보구, 그것두 따분할 때 얘기야."

"난 또 당장 내일 시작한다구."

왕건이 웃자 종희 내외도 웃었다.

"그러나저러나 능산 장군의 신세가 막중하다."

종희가 화제를 바꾸자 부인은 정색을 했다.

"그러게 말이에요. 어떻게 하면 그 은혜를 갚지요?"

"좋은 사람이지요. 종희, 너두 은인을 만나 죽었던 목숨이 살구, 부인
께서두 능산 장군 같은 이를 만나 예까지 오시구, 세상을 비뚤게만 보지
마라."

왕건은 진정으로 말했으나 종희는 이죽거렸다.

"왕건불(王建佛)의 설법이야?"

"설법이 아니라 못된 사람만 있는 것이 아니라 좋은 사람들두 있잖
아? 양쪽을 다 보잔 말이다."

"하여튼 일간 능산 장군에게 인사를 갈게."

종회의 대답이 나오자 왕건은 일어설 때라고 생각했다.

"일간 또 올게."

대문까지 전송 나온 종회는 왕건의 어깻죽지를 잡았다.

"똑똑히 선을 긋자. 난 군인도 아니구 네 부하도 아니다."

"맞다."

왕건은 말에 올랐다.

열흘이 지나 사월도 하순에 접어들 무렵 나무꾼 같은 육척 거구의 사나이가 능산을 찾아왔다.

초병이 누구냐고 물어도 대답하지 않고 종이쪽지에 이상한 그림을 그린 것을 내 주며 능산 장군에게 드리면 안다고 했다.

초병으로부터 쪽지를 받아 든 능산은 장막 안에 있던 다른 사람들을 물러가게 하고 사나이를 들어오라고 했다.

쪽지는 글을 모르는 홍술의 수결이었다. 단풍 잎사귀 같기도 하고 별 같기도 한 그림인데 헤어질 때 두 사람만이 귓속말로 약속한 조그만 점도 있었다.

나무꾼 같은 사나이는 능산 앞에 서자 한 무릎을 꿇고 한쪽 다리를 뒤로 뻗으면서 군례를 올렸다.

"너는 누구냐?"

"홍술 장군 휘하의 군관이올시다."

"무슨 일루 왔지?"

"우리 장군의 말씀을 전하러 왔습니다. 장군의 말씀을 그대로 받아 적은 것인데 실례되는 귀절이 있더라도 그것은 장군의 말씀이니 나무라지 말아 주십시오."

"그렇지, 군인의 연락은 원래 그래야 쓰는 법이다."

사나이는 허리띠를 찢고 종이를 꺼내 읽어 내려갔다.

"사귀가 조사한 결과 너의 말은 모두 사실로 판명되었다. 그러나 쇠둘레의 군대는 일 년여를 두고 왕 시중을 역적으로 교육시켰기 때문에 우리 세 사람을 제외하고는 장군을 위시하여 상하 군관으로부터 병졸들에 이르기까지 그렇게 믿고 있다. 몇 사람이 아는 것만으로 일이 되는 것이 아니고 중요한 것은 오해를 푸는 데 있다. 다시 알릴 때까지 괴로움이 있더라도 참기를 바란다. 이것으로 끝입니다."

능산은 눈을 감고 긴장해서 들었다. 쇠둘레의 일각에 금이 가기 시작한 것이다.

눈을 뜬 그는 군관에게 일렀다.

"그 종이에 적은 것을 이리 내놔라."

그러나 군관의 대답은 뜻밖이었다.

"이것은 제가 받아 적은 것으로 글이 아닙니다."

"받아 적었다면서?"

"저는 글을 모릅니다."

"글을 모르면서 어떻게 받아 적느냐?"

"제가 말씀을 잘못 드렸습니다. 적은 것이 아니라 그렸습니다."

"하여튼 보자."

군관은 종이를 내놓았다. 종횡으로 그은 작대기, 새, 사람의 얼굴, 소머리, 물고기 등등 갖은 형상이 즐비했다.

"이것을 읽을 수 있는 사람이 몇이나 되느냐?"

"이 세상에 저밖에 없습니다."

"……."

"배우지 못해서 제가 멋대로 만들어 낸 것입니다."

"너, 머리가 비상하구나. 이 종이는 여기 두고 며칠 쉬어 가라."

"안 됩니다."

"……."

"저는 말씀을 전하면 그만이지, 그 종이로 남의 웃음거리가 되고 싶지 않습니다. 또 저는 즉시 돌아가야 합니다."

"이 자리에서 태우는 것은 무방하겠구나."

"그렇습니다."

능산은 그가 보는 앞에서 종이를 불에 태웠다.

종이가 다 타는 것을 지켜보던 사나이는 식사를 하고 가라는 권유도 듣지 않고 돌아서 나갔다.

그동안에도 병사들은 반나절은 쉬고 반나절은 갖가지 훈련에 열중해 왔다.

입 밖에는 내지 않았으나 쇠둘레로부터 올 소식을 고대하던 왕건은 능산으로부터 자초지종을 귀담아듣고 흡족한 얼굴이었다.

"일은 반쯤 성공한 것 같구만. 장군의 공이 태산 같소."

"아흔아홉 번 이겨도 마지막 한 번을 지면 그것으로 끝장이라는데 두고 봐야지요."

능산의 대꾸에 왕건은 고개를 끄덕였다.

"하기는 그렇지요."

능산도 긴장했던 마음이 한결 누그러졌으나, 그렇게 보아서 그런지 그로부터 왕건은 더욱 느긋해 보였다.

빈털터리라 달리 방도는 없고, 손수 낚은 것이라면서 송어 두 마리를 어깨에 걸치고 와서 능산에게 각근히 머리를 숙이고 간 후로 종희는 다시 나타나지 않았다. 군마를 한 마리 준다 해도 백성이 왜 군마를 타느냐고 받지 않았다.

왕건은 적적하겠다면서 며칠에 한 번씩 찾아가 바둑을 두곤 했다.

수척하던 종희의 부인도 차츰 혈색이 좋아지고, 아이들은 아버지를 따라 강변이나 해변에 나가는 것이 낙이었다.

낚시는 아침에 잘 되는지라 한 번 나가면 며칠 먹고도 남을 만큼 낚았고, 남은 것은 부인이 소금을 쳐서 말렸다.

하루 종일 뛰는 아이들은 잠을 이기지 못해 아침낚시에는 따라나서지 못했으나 조반만 끝나면 바다에 나가자고 졸랐다.

"어머니를 혼자 두구?"

가끔 이런 말로 달랬으나 세 아이들은 달려들어 어머니의 설거지를 돕고 치맛자락을 끌고 등을 밀며 아버지와 함께 바다에 나가야 직성이 풀렸다.

부부는 해변에 앉아 바다를 바라보고 아이들은 무조건 뜀박질 아니면 숨바꼭질을 하다가도 물속으로 들어가 서로 물을 끼얹으며 장난질이었다.

철수가 일러 감기 들린다고 해도 듣지 않았고, 실지로 감기 한 번 들지 않고 날이 다르게 씩씩하고 활달해져 갔다.

종희도 한번 물에 들어가 보았으나 차서 배길 수 없었다. 피어오르는 생명과 기울어가는 생명의 차이일까. 아이들은 힘차게 솟아오르는 자연의 생기에 발을 맞춰 가건만 자기는 이미 고개를 넘은 인생, 자연의 발걸음을 따르지 못하고 처지는 것을 피부로 느꼈다. 나도 저맘때에는 저렇게 놀았고 모든 것이 즐겁기만 한 때도 있었건만…….

어른도 아이들도 모든 속박에서 풀려나 봄의 자연과 함께 숨쉬며 생명이 폭발하는 한여름으로 치닫는 기분이었다.

"이런 세상도 있는걸, 쇠둘레에서는 감옥살이를 했어요."

부인은 남편의 손을 잡고 속삭였다.

"나주 생활은 어땠소?"

"쇠둘레보다는 나았지만 마음 편한 날이 별로 없었지요. 전쟁 때는 사는 것 같지도 않고, 전쟁이 없어도 당신이 무시로 위험한 접경에 나가시니 조바심으로 밤을 지새구."

"난리가 난 지 금년으로 만 삼십 년 아니오? 우리는 그래두 운이 좋은 편이구 억울하게 죽어 간 사람들이 얼마나 많소?"

둘이 다 철이 들면서부터 나라가 결딴났으니 불안과 공포에서 벗어난 일이 없고 평화에 대한 실감도 있을 리 없었다. 이렇게 안온한 한때를 보내면서도 마음 한구석에는 구름이 가시지 않았다.

"평화라는 것이 지금 같은 것이라면 세상에 살 만도 한데 정말 그런 세상이 하늘 아래 있기는 있을까요?"

부인이 물었다.

"돌아가신 어른들이 젊었을 때에는 평화로웠다 하구, 또 그때까지 이백 년 평화가 계속되었다고 하니 있는 건 사실이겠지."

종희는 생각하면서 대답했다.

"그럼 우리가 때를 잘못 타구났네요."

부인은 조약돌을 집어 만지작거리다가 바다에 던지고는 잠자코 수평선을 바라보았다.

"그렇지, 좀 더 일찍 나든가, 좀 더 늦게 나든가 했으면 마음 놓구 살 수 있었겠지."

"저 아이들 대에는 평화가 온다는 말씀이에요?"

"글쎄, 아이들 대가 될지, 그 다음 대가 될지 알 수 없지만, 사람들이 무기를 팽개치면 평화가 오지 않겠소?"

"막연하네요."

"신라가 천하를 통일하구 무기를 압수해서 호미니 괭이로 불렸을 때 평화가 시작됐다는데, 그 호미니 괭이들을 건달 장군들이 멋대로 모아 다시 무기로 불리면서 난세가 시작된 것이 아니겠소? 무기가 다시 농구(農具)로 변하는 날 평화가 온다구 보면 틀림없겠지."

"치나 마나 한 점이네요."

"……."

"저 수평선 저쪽에 있다는 대륙에는 평화로운 고장이 없을까요?"

"왜?"

"어디든 마음 놓구 살 수 있는 땅으로 가고 싶어요."

"거기는 더 엉망이래. 여기는 못된 것들두 많지마는 성심으로 감싸 주는 친구들두 있잖아? 그런 곳에 갔다가는 쥐두 새두 모르게 짓밟혀 죽기 십상이라오."

"하늘 아래가 모두 난장판이구만요."

"착한 사람들이 설 땅이 없는 세상이 돼 버렸어."

"참, 그분들, 우리를 살려 주신 분들 말이에요. 너무 무심해서 인사가 안됐어요."

"당신이 온 다음 날 찾아왔구, 우리두 그 이튿날 고기를 낚아 갖구 가지 않았소?"

"그래두 도리가 아니지요. 제가 오늘 밤 정성을 다해서 요리를 할게, 당신이 가서 모시구 와요."

"그러잖아두 저번에 갔을 때 집에 자주 오라구 했더니 능청을 떨더구 만. 서루 신접살림같이 깨가 쏟아질 터인데, 쏟아질 깨가 다 쏟아진 다음에 가겠다구. 웃구 말았지."

"생각났을 때 오늘 저녁에 당장 모시지요. 당신, 갔다 오세요."

"뭐라구 한다?"

"깨가 다 쏟아지려면 손주가 늙어 죽을 때까지 기다려야 할 테니 안 되겠다구 끌구 오세요."

"그래 볼까?"

"그이들두 생각이 많을 거예요. 장차 어떻게 살아가나. 이 생소한 고장에 의논할 사람이 누가 있어요? 우리가 알아서 먼저 손을 써 드리는 게 도리가 아니겠어요?"

"듣고 보니 그렇군."

"능산 장군은 당신과 가까우니까 다음에 차리기루 하구."

"지난번에 송어를 메어다 줬잖아?"

"아 – 니, 그래 나하구 애들 목숨이 송어 두 마리의 값어치밖에 안 된단 말이에요?"

"그렇다구 업구 다닐 수도 없구."

"두구두구 잊지 말아야지요."

부부는 물에 늘어붙는 아이들을 달래 가지고 돌아와 점심을 마치고, 종희는 일찌감치 영안성으로 떠났다.

"술은 될 수 있으면 좋은 중국술을 구해 가지구 오세요."

부인의 소리가 뒤를 따라왔다.

종희는 그물주머니에 넣은 오리병 두 개를 양쪽 어깨에 걸치고 세 사람과 함께 나타났다.

부엌에서 일하던 부인은 그들의 모습이 보이자 적지 않은 거리까지 달려 나가 길에서 마중했다.

오리병은 꽤 무거운 모양이었다. 더운 날씨이기도 했지만 종희의 모시옷은 땀에 젖어 여기저기 몸에 달라붙었다.

부인은 세 사람에게 처녀처럼 단정히 머리를 숙이고 남편의 오리병을 하나 받아 머리에 이었다. 조카 집에서 얻었을 터인데 제일 큰 것을 골라 보낸 모양이다.

남편은 한숨을 내쉬고, 물고기를 한 마리씩 버들가지에 꿴 세 사람 중에서 이갑이 미안한 얼굴을 했다.

"우리들 젊은 사람들에게 맡기라구 해두 막무가내겠지요. 손님 대접할 술인데 손님에게 들려 가지구 가는 법이 어디 있느냐구요."

짐이 줄어 몸이 가벼워진 종희는 걸으면서 이야기를 했다.

"이 친구들, 낚시질을 하면서 통 엉덩이를 들려구 해야지. 또 그 쏟아지는 깨 얘기를 하면서 말이오. 그래서 당신이 시킨 대로 손주 늙어 죽을 때까지 기다려야 할 사연을 놓고 한바탕 열변을 토했더니 단박 일어서지 뭐요. 아무리 생각해도 역시 당신은 머리가 좋아."

"당신두……."

부인은 눈을 흘기고 세 사람은 서로 마주 보고 소리 없이 웃었다.

종희는 집에 와서도 웃통에 물을 끼얹고 땀을 들이고는 부지런히 돌아갔다. 우물에서 물을 길어 오고 아궁이에 장작을 더 집어넣고 마당에서 채소를 다듬었다.

세 사람은 앉아 있기도 민망해서 마당에 내려와 함께 채소에 손을 댔다.

"형씨는 용장인 줄만 알았더니 아주 자상한 가장이기두 하시구만."

이갑이 말을 걸었다.

"자상한 건 아니구 졸병부터 올라간 사람이오. 나무하구 장작을 패는 일부터 밥이며 반찬을 만드는 일까지 안 해 본 일이 없으니까."

이갑은 두 사람과 서로 눈짓을 교환했다.

"우리와 같구만. 중전마마의 지친에게 군대에서 그런 일을 시켰나요?"

"지친이구 뭐구 치마폭에 매달려 어째 보겠다는 사내들처럼 못 볼 것두 세상에는 드물 거요."

"지금은 묘하게 돌아가지마는 형씨 같은 인재는 앞으루 길이 열릴 겁니다."

"열리건 닫히건 나하구는 상관없소. 벼슬이구 군인이구 생각만 해두 머리가 어지럽다니까."

"건달 장군을 따라다니던 우리 같은 것두 못 볼 꼴을 많이 당했는데, 항차 높은 자리에서 그런 변까지 당했으니 형씨의 심정도 알 만하오."

"자ㅡ, 이제 다 됐구만. 모두들 마루에 올라가 바다 구경들이나 하시오."

종희는 다듬은 야채를 작은 광주리에 담아 가지고 부엌으로 들어가고, 세 사람은 마루에 올라가 잡담으로 시간을 보냈다.

종희는 그의 말대로 요리에도 솜씨가 있는 듯 야채를 무치고 생선도 볶는 모양이었다.

"볶은 고기로는 도미가 제일인데 오늘은 한 마리도 걸리지 않았단 말이야."

이런 소리도 들렸다.

첫 여름의 해는 길어 수평선까지는 아직도 적지 않은 거리가 있건만, 주인 부부는 서둘러 음식상을 들어 나르고 세 사람은 그것을 받아 마루에 차례로 놓았다.

상이 다 들어오자 종희는 강가에서 노는 아이들을 큰 소리로 불러들였다.

"아저씨들한테 인사를 드려야지."

손님 세 사람과 주인 내외, 그리고 아이들도 다 둘러앉았다.

종희는 나란히 앉은 세 아이들을 보면서 물었다.

"너희들 이런 음식은 처음이지?"

"네."

하고 같은 대답이었다.

"먹구 싶거든 내 말 잘 들어라. 너희들두 철이 들기 시작했으니 쇠둘레에서 지내던 일과 여기까지 오던 일이 생각날 게다. 길게 말할 것 없이 여기 계신 세 아저씨는 다 죽게 된 나를 살려 주신 고마운 분들이다. 죽을 때까지 잊지 마라."

"네―."

합창이었다.

"형씨, 아이들 보구 쓸데없는 소리는……."

이갑이 쑥스러운 얼굴을 하자 다른 두 사람은 눈을 고정시킬 위치가 마땅치 않은 양 바다를 내다보았다.

"그 이상 쓸데 있는 소리가 어디 있소?"

종희는 병을 뜯어 잔에 술을 부으면서 계속했다.

"은혜는 바다같이 넓고 깊은데 사람의 힘으로는 갚을 길이 없구 우리 오늘 늘어지도록 취해나 봅시다."

"그거 아주 근사한 생각이오. 이제부터 취하기 경쟁인데 부인께서두 자신이 있습니까?"

음성이 큰 이갑이 한 손에 술잔을 들고 부인을 바라보았다.

"이런 자린데, 안 할 수는 없구 반쯤으루 용서해 주시지요."

"깨는 여전히 쏟아지지요?"

"그러믄요."

"그럼 반으루 용서해 드리지요."

그들은 시름없이 웃고 마셨다.

"우린 마음대루 나가두 괜찮지요?"

남자아이가 물었다. 종희는 아이들에게 구운 고기를 하나씩 돌리면서 일렀다.

"여기선 무어든 마음대루다. 싸움질과 물에 빠지는 일만 빼구는."

아이들은 와자지껄 떠들면서 마구 집어먹고 또 물가로 달려 내려갔다. 산속에 살다가 바다에 나오니 볼수록 신기한 듯 밥숟가락만 놓으면 바닷가로 내달리곤 해 왔다. 아이들이 뛰어나가는 것을 보고 종희는 한탄했다.

"저것들은 우리들 같은 일은 겪지 말아야 할 텐데."

이갑은 그 소리에는 응대를 않고 자기 잔에 술을 부으면서 딴소리를 했다.

"자―, 취합시다."

그가 들이키는 것을 보고 종희도 주욱 들이키고 물었다.

"형씨 형제는 삼십이 다 됐다면서 왜 가족이 없소?"

"뺏겼소."

이갑은 밑도 끝도 없이 대답하고 또 한 잔 들이켰다.

"뺏기다니?"

"거두절미하고, 방향은 동남방, 건달 장군을 찾아 군인이 됐다가 마누라를 뺏겼소. 틈만 엿보이면 죽인다구 날마다 칼 쓰는 연습으로 세월을 보냈는데 이것이 죽어 자빠지지 않겠소. 장례 날 그의 새끼를 찌르구 도망했소."

"재취는 안 하구?"

"도망 다니는 신세에 재취가 뭐요? 이 건달 저 건달 붙었다 떨어졌다 하다가 명주 땅에 들어갔소. 순식 장군은 지나온 일을 묻더니 단박 군관을 시켜 주더구만. 재취를 할라구 점을 찍어 뒀구 저쪽두 좋다구 했는데, 이번에는 순식 휘하의 장군이란 작자가 납짝 집어가지 않겠소? 그런데 부인……."

그는 종희의 부인을 바라보았다.

"미안하지마는 여자들 중에는 묘한 족속두 있습디다. 마음에도 없는 데 강제로 끌려갔으니 그 심정이 오죽하겠느냐, 매가 달랑 집어간 까투리의 심정일 것이라구 생각했지요."

이갑은 술을 또 한 잔 들이키고 계속했다.

"밤중에 그 집을 찾았는데 초병이 무슨 일이냐고 하길래 큰일이 벌어졌는데 은밀히 알려야 한다 했더니 평소에 안면이 있는지라 군소리 없이 대문을 열어 줍디다. 들어가서 안으로 문을 잠그고 기웃거리는데 불이 켜진 큰 방이 눈에 들어오더군요. 발소리를 죽이고 다가갔더니 침묵 속에 심상치 않은 숨소리, 경험이 있지 않습니까? 그런 소리가 들립디다. 오장육부가 뒤집힐 지경인데 장군이란 자가, 난 여자두 많이 경험했지마는 너 같은 여자는 처음이다, 이런단 말이오. 전 여자가 울기라두 할 줄 알았는데 요것이 한참이나 해드득거리구 나서 한다는 소리가 난 당신 없이는 못 살아요……. 기가 막혀서. 슬그머니 칼을 빼 들고 별안간 장지문을 열어젖히니 벌거숭이 남녀가 아래위로 엉겨붙은 광경은 볼 만합디다. '못 살겠으면 죽어라' 무작정 내리쳤는데 맞은 곳이 허리라 두 몸이 네 동강이 나서 꿈지락거리는 것을 보면서 이불에 피 묻은 칼을 씻어 칼집에 도로 집어넣구 나왔지요. 순식간의 일이라 외마디 소리두 없습디다. 하여튼 부인, 세상에는 그런 요부두 있더군요."

부인은 얼굴을 붉히고 술을 찔끔 마실 뿐 말이 없었다. 종희가 대신 나왔다.

"한 칼에 두 몸이 살짝 두 동강 났다? 깨끗한 솜씨로구만."

"십 년 닦은 검술이라 그 정도는 돼야지요."

술기운에 이갑은 사람이 달라진 듯 은근히 큰소리였다. 종희는 아우 의갑에게 물었다.

"형제가 같이 다녔소?"

얌전한 아우는 형과는 달랐다.

"웬걸요, 갈라져서 이 장군 저 장군 따라다니다가 근년에 와서는 의성(義城) 장군 밑에서 군관 노릇을 했습지요."

"요즘 양훤(良萱)이라구 이름을 바꾼 옛날 기훤(箕萱)이 말이오?"

"그렇지요. 신방 첫날에 신부를 뺏기구 쫓아가면서 몇 명 칼침을 놓기는 했으나 결국 놓치구 말았습니다. 변복을 했어두 모두 양훤의 심복들이더군. 뻔하지 않습니까? 그 밤으루 도망쳐 죽주(竹州, 경기도 죽산) 땅 시골에 파묻혀 땅을 파다가 형이 쇠둘레에 와서 내군부에 들어갔다는 소문을 듣구 찾아갔지요."

"형제가 다 비슷한 일을 당했군."

"우리 형제뿐입니까? 이런 일은 부지기수이지요."

종희는 계속 자작으로 술을 들이키는 이갑의 호걸풍이 마음에 들어 또 물었다.

"그래 네 동강을 내구 어떻게 됐소?"

"발 가는 대루 간 곳이 정선(旌善)이지요. 아마 그네들이 네 동강을 찾아낸 건 그 이튿날두 해가 중천에 뜬 후였을 테니까, 내 몸은 이미 정선에 있을 때지요."

"거기서는 뭘 했소?"

"저번에두 얘기한 대루 땅을 좀 갈구 산삼을 캤소. 차츰 이력이 나니까 심마니두 할 만하더구만. 벌이가 농사에 댈 것이 아니구. 형씨두 아는지 모르지만 명주 장군이라는 순식이두 원래 이름난 심마니가 아니오? 산삼을 캐는 데는 일등이었다니까."

"들었소. 거기서 은부를 만났소?"

"사람 없는 산속 움막에서 혼자 사는데 비가 억수같이 퍼붓는 날이었소. 하릴없이 뒹굴고 있는데 밖에서 인기척이 나길래 바짝 긴장을 했구만."

이갑은 침을 삼키고 말을 이었다.

"처음에는 명주에서 보낸 세작 몇 놈이 온 걸루만 생각했지요. 칼을 한 손에 들구 살그머니 문틈으로 내다보니 물에 빠진 쥐새끼 같은 것이 오돌오돌 떨구 있더구만. 왈칵 나가서 멱살을 잡고 끌구 들어왔지요. 그까짓 것 어린애 팔 비틀기지 뭐요."

이갑은 더욱 큰소리였다.

"너, 명주에서 온 세작이지? 저승으로 보내 줄 테니 어금니를 지긋이 깨물어라, 그래 놓구선 주먹으로 이리 치구 저리 치구 해서 우선 혼을 빼 버렸구만. 명주 소식두 궁금한데 혼이 빠져야 실토를 할 것 같아서 죽신하게 팼지요."

그는 한참 닥치는 대로 안주를 집어 먹고 나서 부인을 보고 히죽 웃었다.

"미안합니다. 전 원래 두 사람 몫은 먹는 인간이라서……."

"어서 많이 드세요."

"기왕 왔으니 밤새두룩 먹고 마셔야 쓰겠는데 염려 없겠습니까?"

"며칠 두구 잡수셔도 걱정 없습니다."

"그럼 됐구만. 어디까지 얘기했더라?"

돌쇠가 처음으로 입을 열었다.

"은부의 혼을 뺀 대목까지 말씀했어요."

"응, 그렇지. 이 돌쇠로 말하면 산삼을 캐다 만난 천애고안데 그 얘기는 해야 별것 없구, 하여튼 혼을 잡아빼 놓구설랑 깔고 앉았구만. 그런데 이것이 명주에서 온 것이 아니라 쇠둘레에서 왔다나요? 어디서 왔건 너 실토를 할 것이냐 안 할 것이냐, 족쳤더니 나으리가 하두 무거워서 죽을 지경이니 제발 내려앉아 달라구 하길래 내려앉았지요. 그래서 난생처음이자 마지막으루 나으리가 돼 봤구만."

그러고는 말이 없길래 부인이 물었다.

"그래서 어떻게 됐어요?"

"제가 오늘 말이 너무 헤퍼져서……. 하여튼 시작했으니 끝은 맺어야겠지요?"

"헤푸기는요. 참 재미있습니다."

종희도 끼어들었다.

"백만 냥을 주구두 못 들을 얘기요."

"못 믿겠다. 이리저리 족친 끝에 직첩을 내놓더군요. 은부란 말이에요. 쇠둘레에 은부라는 못된 물건이 있다는 소문은 어렴풋이 들었지만 나하구는 상관없는 일이라 인생이 가련해서 살려줬구만. 그 대신 허튼 수작을 하다가는 죽는다구 본때를 보여 주구요."

"본때를요?"

부인은 아주 재미있는 모양이었다.

"퍼붓는 빗속으루 끌구 나가서 한 손으로 냅다 던졌지요. 거짓말을 보태지 않구 이십 보는 나가 떨어졌을 겁니다."

"그래두 죽지 않은 게 용하네요."

"다람쥐 같은 것이 다리 하나쯤 부질러진 줄 알았는데, 공중에서 한 바퀴 돌구 광대처럼 턱 서더구만요."

"그래서 어떻게 됐어요?"

"그날부터 같은 움막에서 먹구 잤지요."

물가에 나갔던 아이들이 떠들썩하면서 돌아와, 저마다 상에서 하나씩 집어먹고 방에 들어가, 파도가 어떻고 돌이 반들거리고 어쩌구 하다가 잠이 들었다.

아이들이 떠드는 동안 식사를 마친 어른들은 종희부터 이야기를 시작했다.

"은부가 한동안 자취를 감췄다더니 그렇게 감췄군."

"하여튼 몇 달 동안 있었지요."

"어떤 사람입디까?"

"머리는 비상한 사람이더구만요. 산삼 캐는 것만 해두 며칠 함께 다녔는데 귀신같이 골라내는 것이 심마니를 했다면 부자가 됐을걸요."

"싸우구 헤어졌소?"

종희가 또 물었다.

"싸움이야 제까짓 게 상대나 되나요? 고분고분 말을 잘 듣구 머리가 빨리 돌구 심부름꾼으로는 그만이더구만. 저걸 두구 심마니를 크게 벌리려구 생각 중인데 며칠에 한 번씩 없어져요. 천하대세를 알아본다나? 속으로 웃어 줬지요. 그런데 이것이 하루는 자기의 억울함이 풀렸으니 쇠둘레에 돌아가야겠다구 나오더구만. 천하대세가 어쩌구 하는 넋두리는 아예 듣지두 않았지만, 처자가 굶어죽게 되었으니 보내 달라구 하는 데야 재간이 있어야지요. 결국 내 덩치는 커두 마음이 보드라와서 보내 준 거지요."

"인간세상 참으로 묘하네요. 그 다람쥐가 나라를 쥐구 흔들 줄 누가 알았겠어요?"

부인은 처음 듣는 이야기가 신기한 모양이었다.

"하긴 저두 몰랐지요. 떠날 때, 반드시 출세할 날이 올 테니 은혜는 기필코 갚는다나요? 내 우스워서. 은혜는 안 갚아두 좋으니 다람쥐 같은 몸뚱아리나 잘 간수해서 처자를 굶기지 말라구 해 줬지요."

"참, 모를 건 세상이구 사람이군."

종희가 한탄 비슷하게 나오자 이갑도 맞장구를 쳤다.

"형씨 말이 맞소. 그 물에 빠진 쥐새끼 같던 것이 저렇게 될 줄 누가 알았겠소? 하여튼 까맣게 잊고 있었는데 이것이 정말 정선까지 찾아오지 않았겠소? 그래서 쇠둘레로 가게 된 것이지요."

"은혜를 갚는다구 모처럼 정선에서 모셔 왔는데 왜 틈이 생겼소?"

"내 입을 안 열라구 했는데 일전에 또 시중이 됐다는 그 왕 장군이 살살 꼬시는 바람에 그만 입을 열고 말았구만. 그 양반 사람 꼬시는 데는 뭐가 있는 게 아니오?"

"글쎄……."

종희는 얼버무리는 수밖에 없었다.

"부인두 계신데 자세히 털어놓으면 또 지저분한 얘기의 되풀이가 될 테니 긴 말은 하지 않겠소. 하여튼 내가 당한 바로 그런 짓을 하는 걸, 이 눈으루 한 번두 아니구 두 번 보구 나니 이거 안 되겠다, 결심이 서더구만. 얘 의갑이 찾아왔어두 은부는 며칠 못 간다, 그냥 병졸루 있으라구 했구요."

"그건 그렇구, 형제가 이름이 비슷해서 혼동할 때가 많소. 이갑과 의갑."

"선친이 지어 주신 이름이니 할 수 없구, 혼동되거든 형갑, 제갑 하시오."

이갑의 소탈한 모습을 바라보던 부인이 물었다.

"이제부터 무얼 하실 작정이세요?"

"여기 오기 전에는 깊은 산속에 들어가 심마니를 할까, 명주에서 멀리 떨어진 당성 해안쯤에 가서 농사를 지을까, 생각이 많았는데, 활기찬 여기 사람들의 모습을 보구 생각이 달라졌구만."

"장사를 할 생각을 했소?"

종희가 물었다.

"장사 생각은 이 돌쇠가 간절하오."

"형씨 형제는 아니구?"

"아니오."

"그럼, 돌쇠에게 지금 있는 집을 넘겼다. 이 시각부터 네 집이다. 참,

몇 살이지?"

"열아홉입니다."

"장사두 아무나 하는 게 아니구 배워야 한다. 조카들한테 얘기해 둘 테니 잘 배워서 부자가 돼라. 그애들이 밀어 줄 게다."

돌쇠는 순진하게 머리를 숙였다.

"고맙습니다."

이갑은 천장을 쳐다보았다.

"형제분은 무얼 생각하시오?"

"이 땅은 좁아서 안 되겠소. 세상에는 나라도 많다는데 배를 끌고 바다에 나가서 이 나라 저 나라 휩쓸구 돌아다니면서 크게 무역을 벌이구 싶은데 될라는지 모르겠소."

"형씨답게 판이 크구만."

종희는 그가 더욱 마음에 들었다.

그러나 이갑은 술김에 주먹으로 가볍게 식탁을 두드리고 고함에 가까운 소리도 냈다.

"우린 소갈머리가 좁아서 못쓰겠단 말이오. 이걸 뜯어 고치기 전에는 크게 되기는 다 틀렸소. 무엇이 어쨌다구 고구려다, 백제다, 신라다 해서 집안끼리 싸우다가 문전옥토를 뙤놈들한테 다 뺏기구, 겨우 손바닥만 한 채소밭을 차지하구두 삼국통일이다? 내 메시꺼워서, 그래 가지구두 또 그 채소밭 안에서 분란이 일어나서 이 지경이 됐으니 어디 세상에 대구 머리를 들게 됐소? 죽구 사는 건 둘째 치구, 형씨 이 모양새가 메스껍지 않소?"

"메스껍소."

"확 트인 바다, 이 세상 끝까지 통하는 망양대해에 나가서 냅다까라 해 봐야 내 직성이 풀리겠소."

"근사한 생각이오."

"까까머리 임금 밑에서 장군이라는 걸 하다 다람쥐한테 물릴 뻔한 형씨, 지금 심정은 어떻소?"

"형씨와 같소."

"역시 마음이 통하는군. 일전에 만난 왕건이란 친구두 마음이 통하더니만, 이 좁은 땅에도 속이 트인 사람이 없는 건 아니구만."

"어디라구 인물이 없겠소?"

"형씨."

"말해 보시오."

"나하구 같은 생각이라구 했지요?"

"그렇소."

"배들을 끌구 천하를 돌면서 함께 무역을 한다 이거죠?"

"넓은 바다에는 고기가 얼마나 많소? 나는 무역할 생각을 못하구 큼직한 선단(船團)을 끌구 다니면서 그 고기들을 모조리 잡을 생각을 했소."

"이래서 틀렸단 말이야."

이갑은 종희를 건너다보았다.

"무엇이 틀렸소?"

"고기와 무역, 거기서 벌써 갈라지지 않소?"

"하긴 그렇기두 하오."

"배추 한 포기를 가지구두 손가락 하나쯤 부러져야 결말이 나는 게 우리 족속이니, 고기냐 무역이냐, 이건 머리가 터져야겠소."

부인은 두 사람의 술잔을 채워 주었다.

"두 분 머리가 성해야 고기건 무역이건 되지, 터지면 다 틀어지는 게 아닌가요?"

"부인 말씀이 옳습니다. 우리 남자들은 여자들의 발밑에도 못 간다니까."

"해드득거리던 여자는 벌써 잊으셨군요."

"잊을 건 잊어야지요. 인간 세상에 그런 것두 있어야 양념으루 심심치 않구."

"그게 바다루 나가려면 적어두 예성강 포구와 서해안의 포구는 힘을 모아야 하는데, 난데없이 어부가 나타나서 일은 다 틀렸군. 고기냐 무역이냐, 두 패로 갈라져 말이 많을기라, 이 백성 이갑은 일찌감치 손을 떼구 술이나 한잔 더 해야겠소."

그는 술을 부으려다 빈병을 쳐들었다. 종희는 새 병을 뜯어 그의 잔에 채워 주고 자기 잔에도 붓고 나서 함께 잔을 쳐들었다.

"축배를 들어야겠소. 형씨는 같은 말을 두 가지로 듣는데, 장사라는 것은 주고받는 것이 아니오? 이 전란에 시달린 땅에 무엇이 있소? 바다에 무진장 있는 고기를 잡아다 중국이며 저 남쪽 여송(呂宋, 필리핀), 천축(天竺, 인도)에 싣구 가서 물자를 바꿔 오는 것이오."

"그건 형씨 말이 백 번 맞았소."

잔을 비운 그들은 밤이 깊어 가는 것을 잊고 앞으로 크게 바다를 주름잡을 설계를 짜고, 허물고 또 짜곤 했다. (계속)